# チーム・オルタナティブの冒険

宇野常寛

THE ADVENTURES
OF TEAM ALTERNATIVE

TSUNEHIRO UNO

集英社

# チーム・オルタナティブの冒険

宇野常寛

Illustration: Mizusu
Design: Kawana Jun

# チーム・オルタナティブの冒険

# 1. 夏の葬列

列に並び焼香の順番を待ちながら、僕は葉山先生のことを考えていた。ワイシャツの襟元がむず痒かったけれど、さすがにいつものように二つ目のボタンまで外すことはできなかった。そういうだらしない着方はしないほうがいい、君はもっとピシッとした格好が似合うのだと、いつも言われていたことを思い出した。こうした忠告を僕はいつも聞き流していたのだけど、今になって思えば彼女が自分を気にかけてくれていることが少し……いや、とても嬉しかったのだと思う。もちろん、葉山先生も僕がそう言われてだらしない格好をしなくなるとは考えていなかったはずで、要は自分が僕のことを気にかけているのだというサインを出したかったのだと、今になって分かる。

僕は列の前の生徒たちの見よう見まねで焼香というものをして、遺影に手を合わせた。写真の中で僕が知っているのより少しだけ若い葉山先生が笑っていた。出会った人のほとんどがそれだけで気持ちよくなるような、悪意や含むところをまったく感じさせない笑顔だった。こういう顔が自然とできる人だったのだな、と思うとなにか鈍痛のようなものが胃の少し下から湧き上がってきた。

列から離れると、会場の片隅で女子生徒たちが泣いていた。彼女たちは僕と同じ葉山先生が顧問を務めていた図書委員の生徒たちだった。僕の記憶では彼女たちの誰一人として、葉山先生と特に親しかったわけでもなかったはずだった。高校生が顔見知りの葬儀に出るというのはあまりないことで、誰かが死に、そして存在しなくなることを確かめる儀式というものをどう受け止めてよいか戸惑ってしまう――そういった事情は僕もよく分かっていた。実際に僕も葬儀というものに出たのははじめてで、とても落ち着いているとは言えない状態だった。ただ僕は自分と葉山先生はほんの少しだけ特別な関係なのだと思っていたところがあって、そのせいでまるで自分たちがこの場の主役だと言わんばかりに泣いてみせている女子たちの態度が面白くなかったのだ。どう考えてもそれは傲慢な考えなのだけれど、お前たちに葉山先生のことで泣く資格はないと言いたかった。僕は一刻も早くこの場から立ち去りたくて、足早に斎場を後にした。

その日は葬儀に参列する生徒に限っては、午後から学校に戻って授業に出ることになっていた。しかし僕はとてもじゃないけれどそんな気分にはならなくて、午後の授業はサボると決めていた。かと言って、まっすぐ家には帰りたくなかった。携帯電話には、その頃いつもつるんでいた写真部の仲間たちの一人からメッセージが入っていた。たぶん、遊びの誘いだったのだけれど、僕は気づかないふりをすることにした。

斎場を出ると、蒸し上がるような熱気が襲ってきた。夏本番にはまだまだ早いはずだったけれど、梅雨の晴れ間の午後の日差しは十分に強かった。僕はひどく喉が渇いていることに気づいて目に止まった道傍の自動販売機でコーラを買い、塀に寄りかかって缶の蓋を開けた。プシュ、と乾いた音を合図に僕はほとんど味も確かめずに飲み干した。仲間たちは僕と葉山先生との関係についてなんとなく知っていて、そして半分は僕に同情していて、もう半分は僕がこうして一人になりたがっていることに格好つけやがってと腹を立てているはずだった。

たしかに、僕は格好をつけていると言われても仕方がなかった。僕と葉山先生との関係は、少しだけ特別だった。でも、それだけだった。葉山先生は僕のことを少し気に入ってはいたのだと思う。そして自分とかかわることで、僕の高校生活が充実したものになればいい……くらいのことは考えていたのだと思う。それは僕にとってはとても大きなことだったのだけどそれを第三者から見たときにはやはり、教師と少し目をかけられていた生徒のありふれた関係にすぎなかったのだと思う。


葉山千夏子は高校の国語教師で、僕が一年生のときに現代国語の授業を担当していた。新卒で配属されたこの学校に務めて五年目だと言っていたので、亡くなったときは二十七歳か二十八歳だったはずだ。背が高くて首が少し長くて、鼻筋が整っていたけれど目を引くような華やかさはなくて、どちらかと言えば地味で真面目な人だと学校では思われていたはずだ。授業も特に面白くもなくて、ある時期まで僕は教壇の彼女の話を基本的には聞き流していて、ときには居眠りして過ごしていた。

ほとんど接点のなかった僕と葉山先生が親しくなったきっかけは、僕の「借りパク」問題だった。一年生の終わり頃、僕は突然昼休みに葉山先生に呼び出された。はじめて見る職員室の彼女の机はとても整頓されていて、書類を束ねているファイルには同じ間隔で色分けされた付箋が貼ってあった。几帳面な性格なのだな、と思った。そしてどう考えてもこういう人は僕とは合わないだろうな、と思った。呼び出された理由にはまったく心当たりがなかったけれど、これはきっと良くないことを言われる――もっとはっきり言ってしまえば注意を受ける――のだなと思った。そして、実際に半分はそうだった。

葉山先生はどこか楽しそうに「どうせなら、図書委員になったらいいと思うんだけど」と切り出した。最初はまったく意味が分からなかったので、随分と無防備にきょとんとした顔をしてしまった。

「あまり延滞していると貸出し停止になるの、知ってるでしょ？　でも図書委員になると貸出しの冊数も無制限になるし、読み終わらなかったら自分で返却の手続きをして、もう一度貸出し手続きすればいいから」

そこまで言われて、僕は自分が冬休み明けからこの学校の図書室で借りた本を、事実上「借りパク」していたことを思い出した。僕は小学校に上がる前から本が好きで、この頃は夕食の後に早目に一度寝て、日付けが変わったあたりに起き出し夜中から明け方にかけてラジオの深夜放送を流しながら本を読むという生活だった。寝静まり、誰にも邪魔されずに好きな本を読んでいると、夜明けまでの数時間が無限に感じられた。高校生になる少し前からは古い海外のＳＦをよく読むようになっていて、この頃特に好きだったのはアーサー・Ｃ・クラークとカート・ヴォネガットだ。まったく作風の違う作家だったけれど、僕はどちらも好きだった。クラークを読む体験は、人間が言葉を用いてこの世界そのもののような大きなものを描いてしまえるのだという感動を与えてくれる一方で、ヴォネガットの小説は僕たち小さな人間の心と大きな世界とのつながりを、言葉で丁寧に確認しているような手触りが心地よかった。ただ、高校生の小遣いでは文庫本であったとしても読みたい本をすべて買っていたらとても追いつかなくて、当時の僕はこれらの本を学校の図書室で借りるのを楽しみにしていた。この高校の図書室にはなぜかこの種のＳＦが揃っていた。そして僕はそこで冬休み明けに借りたその小説を、僕は最初の数十ページで放り出してしまっていた。そのはじめて読むトマス・ピンチョンの小説には『競売ナンバー49の叫び』という邦題がつけられていた。それはある富豪の遺言管理執行人に指名された女性の物語で、探偵小説の体裁を取っていた。しかし、それがこの作家の個性なのだろうけれど、あまりにも物語があっちこっちに拡散するのと比喩として用いられていると思われる膨大な固有名詞にウンザリして、半分も読まないうちに放り出してしまっていたのだ。

そして僕は自分がとっつきづらい古典に耐えられなかったことをあまり認めたくなくて、この本の存在を部屋の隅に放置して忘れることにした。そのうちまた挑戦しようと考えていたのだけど、並行して読んでいた他の本に夢中になっている間に本当にこの本を借りたことそのものを忘れていた。ちなみにこれは最初の「借りパク」ではなく僕には一年生の頃からこういうことが何度かあって、そしてそのたびに図書委員から注意を受けていた。当然のことだが当時の僕のクラスにも図書委員がいて、本当ならいつものようにそのあまり口を利いたこともない女子生徒から注意されるはずだったのだけれど、このときはなぜか図書委員会の顧問をしている(と、このときはじめて知った)葉山先生に呼び出されたのだ。

「昼休みと放課後の受付の当番が月に一度か二度回ってくるけど、ほとんど借り放題になるから、やったらいいと思う」

僕は驚いた。葉山先生がこんなふうに特定の生徒をわざわざ呼び出してお節介を焼くような提案をすることも、その対象が教師に好かれそうな優等生じゃなくてむしろその逆のタイプの僕だったことどちらも意外だった。本当はこういうことを、怒らせない程度の嫌味で口にしてみたかったのだけど、不意を突かれてできなかった。一生懸命考えてやっと出た言葉は「じゃあ、いま借りっぱなしになっている本もそのままでいいんですね」という照れ隠しのような、強がりのような言葉だった。普通に図書委員会に入りますと言えば良かったのだけど、何かひねくれたことを口にせずにはいられなかった。

「それは返してもらわないとダメ、規則だから」と苦笑しながら葉山先生は、僕に一冊の本を差し出した。駅前の大きな本屋のブックカバーのかかったそれは、僕が借りっぱなしにしていたトマス・ピンチョンの『競売ナンバー49の叫び』の文庫版だった。

僕は驚いた。葉山先生が個人的な蔵書を僕に貸してくれようとしているということを理解するのに、少し時間がかかった。国語の教師なのだから多少は本を読むのだろうけれど、彼女が自分と同じようなものを読んでいるとは思っていなくて、それも意外だった。

「こういう小説だったら、家にあるのも多いから言ってくれたら貸してあげる。でも、ちゃんと読んだら返してね」

僕は戸惑いながら本を受け取り、そして蚊の泣くような声でお礼を言った。今思い出しても、照れているのが丸わかりの反応だった。葉山先生は僕のその反応がおかしかったのか、笑顔を浮かべながら付け加えた。

「あと、返すときにはちゃんと感想を聞かせること。いい？」

それから僕は月に一度か二度のペースで、葉山先生から本を借りるようになった。葉山先生は昼休みや放課後に、職員室ではなく図書室のカウンターの奥にある準備室のデスクで事務作業をしていることが多かった。僕は葉山先生から借りた本を読み終えると彼女にその本を返して、そして次の一冊を借りた。必ず読んでどう思ったのかと聞かれたので、僕は感想を話した。最初は少し背伸びした感想を言おうとしてうまく言葉にできなかったけれど、何回か繰り返すうちに、普段友達に話す程度には饒舌に話せるようになっていった。そして彼女も、必ず自分がはじめてその本を読んだときの感想を述べた。

印象的だったのは、小松左京の『果しなき流れの果に』について話したときだった。僕は時空をさまよう主人公の男性の帰りを恋人の女性が何十年も待ち続けていたことが、物語の最後の着地点になっているところに少し興冷めしたと話した。斜めに構えた感想を述べることで背伸びをしたかったと思われるかもしれないけれど、僕は本当にそう感じたのだ。とてつもなく長い歴史の流れに個人は抗うことができるのかとか、人類の認識を超えた存在をどうとらえるのかとか、そういった大きなものへの想像力を掻き立ててくれる物語を、最後に自分を待っていてくれる女性がいるという展開でまとめてしまうところに単純に拍子抜けしたのだ。そして僕がこの話をしたときに、葉山先生はぷっと吹き出した。それも失笑とかではなくて、単純におかしかったのが伝わってくる嫌味のない笑いだった。

「森本君みたいな男の子がそういう感想をもつの、なんかすごいなあと思って」

葉山先生がこんな風に、愉快そうに笑うのを僕はこのときはじめて見た（ちなみに、森本というのは僕のことだ）。

「この小説はね、戦争に負けて悔しくて何か信じていた男らしさみたいなものが損なわれてしまったとこの国の男の人たちが思っていた時代に書かれていて、そしてとても支持された小説なの。だから歴史を書き換えることと、主人公の男の人を恋人の女の人がずっと待っているっていうのは絶対に結びついていないといけなかった。けれど、そういう部分を分かってあげないと、たしかに拍子抜けするよね」

そして、彼女はこう付け加えた。

「実は、私もはじめて読んだときにちょっとそう思ったんだ」

こうして僕と葉山先生は多少親しくなっていったのだけど、図書室の外で会う葉山先生はそれまでと何も変わらなかった。葉山先生は授業中も、図書委員のミーティングのときも特に僕に関心を払うそぶりをみせることはなかった。僕は以前とは異なって彼女の授業を真面目に受けるようになったけれど、相変わらず教科書を読み上げて、参考書に書いてあるような通り一遍の解説を加えるだけのその時間はやはり、退屈なだけだった。しかし図書室で、自分の好きな本について話しているときの葉山先生は違った。少なくとも、僕にはそう思えた。図書室での先生の顔は教室とはまるで別人で、僕はそのことがひどく嬉しかった。少なくともこの学校で、彼女のそんな側面を知っている人間はほとんどいないはずだった。

今思えば僕以外にも親しい生徒はいたのだろうし同僚や後輩と個人的に遊びに行って、こんな顔を見せたりしたこともあったのかもしれなかった。しかし、あの頃の僕は葉山先生にとって特別な生徒のつもりだった。葉山先生は誰か感性の近い相手と話をしたいという情熱を抱えていて、僕はその相手に選ばれたのだと考えていた。その会話はいつも十分か、長くても二十分もないものだったかもしれないけれど僕にとっては貴重な時間だった。

この頃の僕は周囲の退屈な大人たち——主にこの学校の教員たち——を小馬鹿にしているところがあって、僕にとっては葉山先生も以前はそのうちの一人だった。この街の真面目で、勉強がある程度できる人たちのほとんどは地元の国立大学か教育大学に進学して役人か教師になる。僕はそういった大人たちを想像力の要らない仕事で人生を摩耗させている、絶望的につまらない人間たちなのだと軽蔑していた。だから葉山先生が自分という個人に関心を持っていることがとても意外だった。そして、そのことがとても嬉しかった。

もしかしたら葉山先生もこの田舎の学校に自分と同じような本を読む生徒を発見したことを意外に、そして嬉しく思ったのかもしれない——。そう思うと、僕の胸は高鳴った。実際にそうだったのだと、それからしばらく経って葉山先生は僕に言った。図書委員のミーティングで延滞の常習犯である僕のことが問題になったとき、彼女は僕の貸出し履歴を見てまるで「共犯者」を発見したような気になったのだ、と。

二年生になると彼女は僕のクラスの現代国語の担当から外れ、代わりに春から赴任した中年の男性教師が授業を担当することになった。この男性教師は話が巧くて、葉山先生に比べて生徒に人気があった。僕はそのことが、少し面白くなかった。

僕はその男性教師がちょっと苦手だと葉山先生に言ったことがあった。本当は別に苦手というほどでもなかったのだけれど、そう言った。それを聞いて、葉山先生は苦笑した。

「私は樺山先生みたいに面白く話すことはできないし、あの人はいろんなことを知っていてすごいと思う。でも、時々何を考えているか分からないっていうか、何で教師の仕事をしてるんだろうって思うんだ。私もそこまで熱心な教師じゃないと思うけれど、樺山先生は本当にほんの少しも、この学校のこととか、生徒に接することに興味がないんだなあって感じることがたまにあるの。分かる？」

僕は黙って頷いた。でも、本当は葉山先生が言っていることがよく分からなかった。僕の知っているその樺山という教師は単に調子のいい男だった。たしかに言われてみればその教師の話の巧さはどこか仕事だと割り切っているようなところがあった。ただそれは他のあまりやる気のない、冷めた教師たちも変わらなくてその中年男だけのことではないように思えた。そして、この流れで僕は余計なことを言った。

「先生もこうして僕と話しているときみたいにすれば、もっと人気が出るんじゃないですか」

僕としては、自分が葉山先生と話すことが楽しいのだと伝えたつもりだったけれど、彼女はそうではない部分が気になったようだった。

「うん、知ってる」

葉山先生はまた苦笑した。でも、さっきの苦笑とは異なる苦笑だった。ちょっと椅子を引いて、僕から目をそらした。

「私の授業、つまらないよね」

僕はまずいことを言ったなと思ったけれど、後の祭りだった。

「自分でも分かっているけれど、あまり授業で人に教えることが得意じゃなくて」

葉山先生はそれだけ口にして、言葉を切った。ほんの短い時間だったけれど、沈黙が訪れた。

「こうして森本君と話したりするのは、楽しいって思えるんだけどね……」

僕は葉山千夏子の胸に秘めた、知的な情熱のようなものがもっと解放されて欲しいと思う反面、それを知っているのが自分だけだという特権を奪われたくないという相反する気持ちも抱いていた。この分裂した感情が、不意に出てしまったのが二週間前のことで、それが僕と彼女の最後の会話になった。

そして、このとき僕が彼女と最後に交わした会話はあまり気持ちのいいものではなかった。

それは有り体に言えばその場にいない人間たちの、具体的には他の生徒の陰口のようなもので、そのせいで少し気まずいかたちで僕たちは別れることになった。

その日僕はいつものように放課後に図書室に足を運び、彼女から借りた文庫本――カート・ヴォネガットの『ローズウォーターさん、あなたに神のお恵みを』――を返した。次は光瀬龍の『百億の昼と千億の夜』を借りたかったのだけれど、葉山先生はこのとき本を持ってきてくれなかった。「ごめんなさい他の人に貸していて、まだ返してもらっていなくて……」

僕は「他の人」というその言葉に敏感に反応した。僕の他にも、こうして本を貸し与えている生徒がいるのではないか――そんな疑念がたちまち湧き上がってきて、胸のあたりをザワザワさせた。僕はそのザワつきを悟られないように、なら図書館で借りるから大丈夫だと話題を切り上げようとした。僕がその感情に戸惑っていると、葉山先生は少し改まって話し始めた。

「読書会をやろうと思うんだけど、どうかな？」

予想外の提案に、僕はきょとんとした。

「考えたのだけれど、図書委員を何人か誘って読書会を開いてみたいんだ。毎月一冊、課題図書を決めてそれをメンバー全員で読んで、感想を話し合うの」

「何人かで一緒に一冊の本を読むってことですか？」

「大学にいた頃にゼミの読書会に参加していたことがあるんだけれど、そのときはあまりちゃんと意見を言えなかったんだ。でも、森本君とこうして話すようになって……今の自分なら、しっかりと意見を言えそうだし、その楽しさを他の生徒にも教えられたらなって思う。だからこうして二人だけで話しているんじゃなくて、もっと大勢でやってみたいんだ。どう思う？」

最後に「どう思う？」と僕に意見を求めたけれど、葉山先生が既にこの読書会を実行することに決めているのは明らかだった。そして、僕の頭の中は「こうして二人だけで話しているんじゃなくて、もっと大勢で」という言葉でいっぱいになっていた。この図書室での時間を、僕は特別なものだと考えていた。葉山先生は少なくとも他の生徒に僕とのこのやり取りのことを話そうとはしなかっただろうし、僕も誰にも話していなかった。それは二人だけの神聖な秘密のようなものだと僕は考えていたのだけど、葉山先生はそうではなかったのだと思った。

僕は自分の中に生まれたこの強い負の感情を、なんとか抑え込もうとした。他に誰を誘うつもりなのか、と実務的なことを尋ねたのは読書会を開くことそのものに抵抗感があることを彼女に悟られたくなかったからだ。葉山先生は、図書委員の中で中心的な役割を果たしている二年生の女子の名前を二人挙げた。どちらも教師に好かれるタイプの優等生だった。そして例によって図書委員の仕事そのものは概ねサボりがちだった僕は彼女たちの批判の主要な標的であり、はっきり言って苦手な生徒たちだった。

僕はそもそもああいう学校という箱庭に「傾向と対策」をして生きているようなつまらないタイプの優等生と自分とは違うのだとずっと思っていたし、葉山先生もそういった生徒たちにつまらなさを感じているからこそ、僕に目をかけたのだと思っていたのだけど、それは僕の都合のいい思い込みだったのだ。少なくとも僕自身が思っているほど葉山先生は僕を特別な生徒だとは考えていなかったし、僕と僕が軽蔑している優等生たちとが違うとも考えていなかったのだ。今思えば、これくらいのことでへそを曲げる必要はなかったのだけど、このときの僕は胸のザワつきのようなものをうまく飼いならすことができなかった。その結果として、僕は余計なことを言った。正確にはよく覚えていないのだけれど、要するに先生が挙げた生徒たちは能力的に読書会に相応しくないのではないか、ということをあまり遠回しな表現を使わずに言った。口にした瞬間に、それまで楽しそうに話していた葉山先生の口元から笑みが消えた。僕はすぐに自分が間違えたことに気づいたけれど、後の祭りだった。そのときの葉山先生の目には怒りのような感情はなかった。彼女は単純に驚いていた。そして、僕のこの発言に、失望しているように見えた。そして葉山先生は言った。

「森本君が誰かのことをそんなふうに言うの、聞きたくなかったな」

それは小さな、しかし決定的なボタンの掛け違いだった。僕はさすがに何か言わないといけないと思って、そういう意味じゃないんだと否定しようとしたのだけどそのとき、その日の当番だった一年生の図書委員が二人入ってきて僕たちの会話は中断された。葉山先生は今日の作業が終わった旨の報告を受けると、いくつかの事務的なことについて二人に話し始めた。僕は黙って、そのまま図書室を後にした。葉山先生が一瞬、僕を呼び止めようとしたような気がしたけれど僕は振り返らなかった。そしてこれが、僕と彼女との最後の会話になった。


それから葉山先生が死ぬまでの二週間の間、僕は一度も図書室に足を運ばなかった。週明けすぐに顔を出そうと思ったけれど、また余計なことをもっと言ってしまいそうな気がして、やめた。その週明けの月曜日に葉山先生と僕が読書会に誘うことに難色を示した女子生徒のうち一人に、そしてなぜかあの樺山というもう一人の国語の教師を加えた三人が職員室の前で話しているのを僕は目にした。それは本当に偶然だった。会話の内容は聞き取れなかったけれど、葉山先生は笑っていた。その笑顔が、僕に図書室で見せる笑顔にほんの少し似ていた。一緒に歩いていた写真部の仲間の一人——駒澤という、僕たちのグループでほぼ唯一他人に毒を吐かない人間——が葉山先生もあんな笑い方するんだなと口にしたことが、余計に面白くなかった。

気にしすぎていたと、今では思う。ほんとうに些細なことに嫉妬したと思う。ただ、これは今だから分かる理由で、当時は放課後に友達と約束があるからとか、帰りに買いたいものがあるからとか、図書室に足を運ばない理由を考え出しては自分に言い聞かせていた。

葉山先生の死を知らされたのは、その次の週の月曜日の朝だった。担任の湯川という教師が、朝のホームルームが始まるなり「悲しいお知らせがあります」と切り出した。湯川は昨晩に葉山先生が亡くなったこと、事故だったこと、詳しいことは分からないことなどを淡々と述べて、教室は騒然となった。この担任の湯川という若い男性教師は普段から淡々としていたがこのときは不自然なくらい淡白だった。湯川は距離を置いて生徒に接することが、逆に格好いいのだと思っているふしのある教師で、僕のような学校行事や部活動にあまり熱心ではない生徒には都合のいい担任ではあったけれど、このときはさすがに気取りすぎているのではないかと腹が立った。

「明日が告別式なので、女子ソフトテニス部員と図書委員は参列するようにしてください」

そう湯川は付け加えて、教室を去った。女子ソフトテニス部と図書委員会は葉山先生が顧問を務めている部活動と委員会だった。事故というけれど、一体何の事故なのかはまったく告げられることはなかった。しかし葉山先生の本当の死因はすぐに明らかになった。

警察の見解は、自殺だった。僕はそのことをその日の午後の現代国語の授業中に、例の新しく赴任してきた樺山という教師から聞いた。仕事のこと、健康のこと、家族とか恋人とか友人といった人間関係のこと、これといった動機らしい動機は見当たらない。だから警察も戸惑っているらしい——少なくともこの段階で、生徒にペラペラと喋ってよい類のことではないはずだったのだけど、樺山は「俺から聞いたって、言うんじゃないぞ」とおそらくは本人もほとんど意味がないと分かっている前置きを形式的にした上で話した。たしかにそれは僕がどうしても知りたいことだった。しかし僕はこのときこの教師が生徒の歓心を買うために葉山先生の死をネタにしているように思えた。その下劣さに、僕は軽蔑しか感じなかった。

僕には葉山先生に自殺しなければいけないような理由があったとは、とても思えなかった。何か思いつめているようにも見えなかったし、変わった様子もなかった。しかしよくよく考えてみたら僕は月に一度か二度、彼女に借りた本や好きな作家について少しの間話すだけの関係でしかなくて、実際に彼女がどういう人間で何を考えていたのかは、僕には想像する手がかりすらなかった。僕は葉山先生が自殺したことと同じくらい、年の離れた友人か、ちょっとした師匠のような存在だと思い始めていた彼女について何も知らなかったことに打ちのめされていた。斎場で見かけた彼女によく似た雰囲気のお母さんと二人暮らしだったことも知らなかったし、お父さんがだいぶ前に亡くなっていることも知らなかった。彼女が僕たちの学校のある街の女子校の出身なのも、同級生らしい人たちをたくさん見かけて、はじめて知った。

実際に僕が彼女から借りた本は全部合わせてもせいぜい六冊か七冊と言ったところだった。僕が図書委員に誘われたのが一年生の二月なので、彼女が死んだ六月まで、月に一冊か二冊の本を借りていた計算になる。僕たちの半年もない「共犯」関係の実態は、その程度のものだった。

僕と彼女の関係はその程度のものだった。そして最後に交わした会話のことを、僕は本当に悔しく思った。よく考えればそんなことはあるはずがないのだけれど、あのときボタンを掛け違えなければ、彼女がなぜ死を選んだのか少しは想像がつくような関係になれたかもしれない。斎場に向かう間も、焼香の列に並んでいるときも、僕はそんなことばかり考えていた。僕はあの日、新しい本を借りずに葉山先生と別れた。だから僕の手元には一冊も、彼女から借りた本がなかった。葉山先生のよく貸してくれた駅前の本屋のカバーがかかった文庫本だけが、僕と葉山先生のほんの少しだけ特別な関係を証明するもので、僕はそれを手元に残さない状態で彼女と別れたのだ。僕と葉山先生は、その程度の関係だった。こうして彼女の葬儀に出て、僕はそのことを思い知らされていた。その現実を受け入れることはとても悔しくて、でもどうにもできないことだった。

僕は飲み干したコーラの缶を捨てる場所を見つけられなくて手に握ったまま、バス停まで歩いた。帰りのバスで学校の生徒たちと一緒になるのは嫌だったので、他の生徒たちより早い便でここから去ろうと思った。斎場のモノカラーの内装とそこに集まる人々の喪服につつまれた身体とは異なって、外の世界は鮮やかだった。そこには夏の彩度の高い風景が、もう訪れ始めていた。一〇〇メートルも歩くと、じっとりとした汗が吹き出してきて、僕は額を腕で拭った。大きな黒揚羽が飛んできて、路肩の茂みに咲く花々を物色していた。停留所の薄汚れて読みづらくなった時刻表を読むかぎり、乗ろうと思っていた駅前に戻る便はついさっき出てしまったようだった。次の便が来るのは、一時間近くあとだった。時刻は午後の一時を少し過ぎたばかりで、この路線は夕方の帰宅時間まで、極端に便が少なかった。僕は諦めて、バス停のベンチに腰を下ろした。ペンキの半ば剝がれたベンチは、直射日光を浴びて温くなっていた。

「バス、全然来ないんだ。困っちゃうね」

その声を聞いて僕ははじめて僕の他にもう一人、バスを待つ人間が停留所に居たことに気づいた。まったく気配に気が付かなかったので、少し驚いてしまった。それは同じ図書委員で、同じ二年生の板倉由紀子だった。特に話したことはないのだけれど、僕は彼女の顔と名前を覚えていた。それは端的に言えば、彼女が目立つ生徒だったからだ。由紀子は高校では珍しい転校生で、四月の二年生への進級のタイミングでこの学校にやって来た。それまでは東京にいたという話だった。理由は知らないけれど、おそらく親の転勤だろうと思っていた。それくらいでしか、高校生が住む街を変えるなんてことはあり得ないからだ。

由紀子はとても整った顔立ちをしていたけれど、女優やモデルのような華やかさがあるわけではなかった。つまりＮＨＫの朝の連続テレビ小説のヒロインを少し地味にしたような、真面目で明るい昔気質の教師に好かれそうなタイプで、それだけならクラスに一人は絶対にいるたぐいのありふれた個性だった。しかしそれとは別の次元で由紀子の印象は強烈だった。その理由は明らかで、彼女は圧倒的に大人っぽかったからだ。落ち着いて話すとか、世慣れていそうだとか、そんなことではなく、ただその佇まいのようなものが大人っぽかったのだ。僕も図書室で彼女を見かけるたびに、制服を着ていなければ教育実習に来た女子大学生といったあたりがいちばんしっくり来るな、と思っていた。

「もう夏が来たみたいに暑いと思わない？　私、夏って苦手なんだ。暑いのもそうだけど天気もすぐ変わるし、虫もたくさん出てくるし」

先程見かけた黒揚羽が、由紀子にまとわり付くように寄ってきていた。由紀子はその蝶を邪険に追い払いながら、そのまま僕に話しかけてきた。

「ああいう場所って白々しいっていつも……思うんだよね。だって、焼香のときに泣いていた人たちって、葉山先生と大して仲がよかったわけでも、なんでもなかったわけじゃない？」

僕は驚いて顔を上げた。それは僕がその少し前に考えていたことを、そのまま文字にして読み上げたような言葉だったからだ。そしてそれを口にしたのが、それまでほとんど話したことのない女子生徒だったからだ。由紀子は続けた。

「でも、森本君には悲しむ権利もあるし、泣く権利もあると思う。森本君は、葉山先生と少し特別な関係だった。少なくとも、私にはそう見えていた。だから、森本君にはああやって人前で泣いてみせる人たちを軽蔑する権利があるし、他の人たちよりも深く葉山先生が亡くなったことを悲しむ権利もあると思う。一人の人が死んだときに、それを悲しむ権利があるとか、ないとか、そういうことを言うべきではないと考える人もいると思うけれど、私はそうは思わない。悲しむ権利がある人とない人とが、世界にはいると思う」

僕は由紀子が何を言っているのかよく分からなかった。いや、彼女が口にしたことの意味は理解できた。なぜならそれは、僕が考えていたことそのものだったからだ。

僕が分からなかったのは、由紀子がなぜこのようなことを僕に告げたのかということだった。そして同時に、由紀子がこのようなことを考えながら僕と葉山先生の関係を観察し、把握していたという事実に驚いていた。

「板倉さんの勘違いだよ。僕と葉山先生の関係は、少しも特別なんかじゃない」

自分の言葉が、痛かった。それは半分は由紀子を警戒して選んだ言葉で、そして半分は僕の実感だった。

すると由紀子は鞄から一冊の本を取り出した。鞄はどこにでもあるような黒の肩掛けスクール鞄だったけれど、本には見覚えがあった。それは、僕があの日に葉山先生から借りる予定だった（そして借りることのできなかった）本——光瀬龍の『百億の昼と千億の夜』の文庫本——だった。由紀子は言った。

「これは、葉山先生が私に貸してくれた本だよ。でも、私は森本君のように先生から目をかけられていたわけじゃない。私は葉山先生と森本君が、ちょっとした秘密を共有している感じが、なんだか羨ましかった。だから少し前だけど先生に、思い切って言ってみた。私にも、本を貸して下さいって。先生は少し困った顔をしたけれど、私がどうしてもって食い下がるとこの本を貸してくれた。先生が困った顔をしているのを見て、先生にとって森本君はやっぱり特別なんだなって思った。けれども、私にも本を貸してくれたのが嬉しかった。だから、私にも森本君の何分の一か、何十分の一くらいは、悲しむ権利があると思う。違う?」

僕は驚いていた。葉山先生が本を貸していた僕以外の生徒は、由紀子だったのだ。そして、あの日感じた嫉妬に似た感情が再びこみ上げてきた。由紀子は僕が葉山先生にとって、特別な存在だったと言った。しかし、由紀子がこの本を手にしているということは、むしろそれが僕の思い込みであることを証明しているように思えたのだ。葉山先生は読書会のメンバーを集めるために、僕が想像していたよりも広く、そしてたくさんの生徒に声をかけていて僕もそのうちの一人に過ぎなかったのではないか。由紀子の言葉とは裏腹に、僕と葉山先生の関係はやはりその程度の、ありふれたものだったのだと改めて思い知らされた気がした。

由紀子の言葉は脆くなっている僕を突き崩すのに十分な重さを持っていた。僕は何か、斜めに構えたことを口にしないといけないと思った。そうしないと、脆くなっている今の自分が決定的に損なわれてしまう。僕はそう思って、由紀子に言った。

「たとえその権利があったとしても、僕が葉山先生について話せることなんか何もない。僕は先生について何も知らないいんだ」

やっとの思いで、ひねり出した言葉がこれだった。由紀子は「そう」とだけ言って、小さくため息をついた。やれやれ、と言いたげな苦笑を浮かべているようにも見えた。

「本当にそうなら、残念だな。もしこの場所で葉山先生のことを話すとしたら、森本君しかいないと思っていたんだけど」

由紀子が僕と葉山先生について話そうとしていたのは、僕にも分かっていた。もしかしたら彼女も僕と同じような気持ちを抱いているのかもしれなかった。でも、このときの僕には、それを認めることがどうしてもできなかった。

これ以上、由紀子と一緒にいるのはつらかった。この、何もかも見透かしたような物言いをしたがる女子は――そして実際にある程度見透かす力のある女子は――僕の内面のこの焦げ付くような感情を目ざとく見つけてしまうように思えた。適当な口実を見つけて、その場を去らないといけない。そう思って、僕が腰を上げたそのときだった。

「バスはしばらく来ないみたいだから、迎えに来てもらうことにする」――そう告げて、由紀子は背を向けた。僕が不意を突かれてきょとんとしていると、振り返って言った。

「もう一度言うけれど、私は先生と森本君との関係が、少し羨ましかったんだ――」

由紀子はそう言い残して、斎場のほうに戻っていった。

バスはそれからしばらくして、たぶん時間通りにやって来た。前の席に二人、買い物袋を提げたおばあちゃんと、手ぶらのおじいちゃんが乗っているだけだった。後ろのほうの席には誰もいなくて、僕一人だった。バスが動き出して、もう誰も見ていないと思った瞬間に僕は堪えきれなくなって、泣いた。

※

週の後半になると学校の中は何事もなかったかのようになっていたけれど、僕はまだ引きずっていた。特に食べたいものも、読みたい本も、行きたい場所も思いつかなかった。一週間もすれば、さすがに一日中葉山先生のことを考えていることはなくなったけれど、何をやっても味気ないという感覚は残り続けた。

そんな僕の関心は、次第にあの由紀子に移っていった。たぶん彼女は、僕と同じように葉山先生に見出されていて、そして僕と同じように葉山先生とほんの少しだけ特別な関係を結んでいた。そして、由紀子は僕とそのことを確認して、葉山先生のことを話したいと考えていたはずだった。しかしその後、由紀子が僕に話しかけてくることはなかった。僕は廊下ですれ違ったときや、図書委員の仕事で一緒になったときに、気がつくと彼女の挙動を目で追っていた。あの日、とても動揺していた僕は彼女とろくに話すことができなかったのだけど、こうして時間が経って冷静になって考えてみると、僕と由紀子の間には語るべきことがたくさんあるはずだった。僕ら二人がそれぞれ見知っていたことを話すことが、葉山先生がなぜ死ななくてはいけなかったのかを少しでも理解することにつながるのではないか。僕はそう考え始めていた。しかし、僕は由紀子と話してみたくて仕方がなくなっている自分を、あまり認めたくなかった。あの日のバス停でのやりとりが引っかかって、自分から由紀子に話しかけることが、どうしてもできなかった。そもそも由紀子から僕に絡んできたわけなのだから、黙っていれば彼女から僕に話しかけてくるだろう。そう考えていたのだけど、由紀子は一向に僕に近づこうともしなかった。ただし、葉山先生が死んでから十五日目に当たる月曜日までは。

その日由紀子は、僕の所属する写真部への入部を希望してきたのだ。

## 2. 独立愚連隊の来歴

由紀子のことを書く前に、もう少し僕と「僕たち」について説明しておく必要があると思う。

僕がこの街に引っ越してきたのは、中学一年生の秋のことだった。僕は父親の転勤に伴って転校を繰り返していた上にもともと学校というものにうまく馴染めないところがあって、この時期まで友達らしい友達もできたことのない孤独な少年だった。特にこの街に来る前にいた東京の学校では、不登校気味になっていた時期もあった。この街の中学に転校してきてからも状況はあまり変わらなかったのだけど、その翌年から両親が僕を地元の進学塾の特進コースに通わせたことが僕の運命を変えた。

僕にとって幸運だったのは、その年の僕たちの学年の特進コースに集まったのが、揃いも揃って、僕と同じように学校に居心地の悪さを感じている生徒だったことだ。この田舎町には私立の小中学校がほとんどなくて、たいていの成績の良い生徒は公立の小中学校を出て、その県の県庁所在地にある僕らの通う県立の進学校に進学する。そしてこの田舎でこうしたお決まりのコースに乗るのは勉強ができるだけではなくて、スポーツや図画も器用にこなし、そしてそれ以上に学級という箱の中でうまく立ち回って多数派の中心に自分を持っていくことのできる明るくハキハキした生徒たちが多かった。このタイプの生徒が、かつては同じようなタイプだった先生たちに可愛がられて、良い内申点を獲得して僕らの高校に進学する。そして前に述べたようにだいたいが同じ市にある地元の国公立大学に進学して、県庁や市役所の役人か、学校の先生か、あるいは地元の金融機関勤めになって帰ってくる。この街ではそんなサイクルがもう、半世紀も続いているのだ。しかしこの街にも、少数だけれども「そうではない」生徒たちもいた。このタイプの生徒はテストの点数は良くても、いわゆる教師に好かれるタイプの優等生ではなかった。そして学校の行事や部活動にも熱心ではなく、教師から見れば陰気でひねくれている可愛げのない生徒だった。そして僕も、さらに本当に偶然だけれども僕がこの塾の特進コースで出会った仲間たちもまたことごとく、こうした教師から、自分が可愛がっている生徒会長や学級委員たちより成績が良いせいで疎まれるタイプの生徒だったのだ。

僕は当時通っていた中学にほとんど居場所がなかった。しかし塾の特進コースは違った。ここで出会った彼らは学校のクラスメートとは異なり、僕が持ち歩いて休み時間に読んでいる本にきちんと知的な関心を持って話しかけてきたし、交わす冗談もしっかり論理の構造があって気の利いたものだった。彼らは僕と対等にものを考え、話すことができた。そして大人たちの建前のようなものを最初からバカにした上で、あらゆるコミュニケーションを行っていた。

僕は自分と同じレベルで会話ができて、かつ僕が嫌いなタイプの優等生ではない――生徒会長でも、学級委員長でも、陸上部のエースでもない――仲間たちと出会えたことが嬉しかった。自分はこっちの世界で生きていけばいいのだと、はじめて居場所ができた気がした。もちろん、最初から仲良くなったわけではなくて忘れた教材を貸し借りしたり、土曜日の二コマ連続の授業の合間の中休みに一緒に弁当を広げたりしているうちに、いつの間にか勉強には関係ない本を貸し借りするようになり、授業後もまっすぐ家に帰らずに話し込むようになっていた。たいした話はしていない。背伸びして読んだ本の感想を一生懸命話したこともあったけれど、その十倍も二十倍も、同じくらい背伸びして口にする下ネタの冗談や、塾の先生たちの悪口とか、塾の近くにできたラーメン屋のトッピングでは何が好きだとか、そんな話を飽きもせずに延々と繰り返していた。そう、付け加えるのを忘れていたけれど、僕たちの特進コースは——これも本当に珍しいことらしいのだが、その年はなぜか——全員、男子だった。

結局その特進コースの六人全員が隣町にある同じ高校に進学した。僕たちは受験前から、進学したら同じ部活に入ってそこを自分たちのグループの活動拠点にしようと話していた。そして、春に入学すると旧校舎の部室長屋を順番に見学に訪ねた。僕たちの部活選びの条件は、まず自分たちの好きにできる部室があること、そしてなるべく活動が少なくて、忙しくないこと、そして鬱陶しい先輩がいないこと、だった。この三つの条件に見合うのが、ほとんど部員がいなくなって開店休業状態だった写真部だった。そして僕たちはこの、潰れかけた写真部に集団入部して事実上「乗っ取って」いた。

当時写真部には二年生と三年生が、登録上は十名近く在籍していた。しかし三年生はどの部活でも慣例的には半ば引退しているようなもので、その上そもそもこの写真部には活動らしい活動は存在していなくて、旧校舎の二階にある部室は、おそらくは友達がいないと思われる二年生の先輩が毎日一人で昼休みに弁当を食べること以外に使われていなかった。顧問は一応、葉山先生の先輩に当たる女性の国語教師が務めていたのだけどあくまでも形式的なものらしく、年に一度の予算申請のときに書類にサインをする以外の関与はしていなかった。

春に入部した六人の一年生が、部室の私的利用を目的にしていたことは誰の目にも明らかだったが、その友達のいない先輩は面倒臭そうにしながらもどこか嬉しそうだった。たぶん、昼休みに話し相手ができたと思ったのだろう。僕たちは、その後主に放課後の溜まり場としてこの部室を使いはじめた。部室には古いテレビと備品のラップトップ、そしてなぜか冷蔵庫があった。それは、僕たちのような男子高校生の溜まり場にはうってつけの場所だった。

僕たちはほぼ毎日、昼休みと放課後はこの部室に集まっていた。だいたい雑談をしながら、マンガを読んだりゲームをしたりしていた。あるいは、部室のテレビをラップトップに繋いで古い映画とかアニメとか、ときにはもうちょっと直接的に思春期の男子の欲望に訴えるタイプのビデオを観たりしていた。昼休みに一人で弁当を食べていたあの友達のいない先輩は入部したての頃は僕たちの所業を「ほどほどにしておけよ」と注意することはあったけど、すぐに何も言わなくなった。三年生になって受験が近づくと、事実上引退して部室にもあまり顔を出さなくなったけれど僕たちはこの先輩が割と好きだった。

こうして振り返ってみても「僕たち」はどこにでもいる、普通よりちょっとダメな——怠惰でひがみっぽい——男子高校生のグループだったと思う。ただ、彼らは僕には間違いなくかけがえのない仲間たちだった。そして僕たちは今思うとまったく根拠がないのだけれど、周囲の人間と自分たちは違うと思っていた。

学校社会の外の世界を知らないくせに、生徒にウットリと人生や社会を語りたがる「イタい」教師たち、そしてそういった教師たちの話を半分は世間への賢い適応として、そして残り半分はしっかり真に受けて目をうるませて聞いてみせる優等生たち、自分は東京の大学に出てジャーナリストになると聞かれてもいないのにべらべらと喋り、昨晩観たNHKスペシャルの内容を自慢気に周囲に話す学級委員長、しっかり進学校を受験しておきながら意外とワルだというアピール（せいぜい放課後にたばこを吸い、部活動の打ち上げで缶チューハイを開けるくらいなのだが）をせずにはいられない自意識過剰な不良気取り――そういった周囲の人間をいかに知的に、そしてユーモラスに酷評できるかというゲームに僕たちはいつも興じていた。単に悪口を言うだけではだめで、それが論理的に洗練されていることと、笑える表現であること。この二つが僕たちの暗黙のルールだった。

やっぱり、当時のことを思い出すと僕たちはどうしようもなく勘違いしたグループだったと思う。ただ、僕たちの勘違いにも実はそれなりに根拠はあった。僕たちのグループはある理由から他の生徒たちから一目置かれている存在だったのだ。それは、僕たちのグループに藤川康介がいたからだ。

僕と藤川の関係は中学二年生のときにさかのぼる。僕たちがある学習塾で出会った仲間たちであることは既に述べた通りだ。そしてこの塾の特進コースに、僕は正確にはこの街に引っ越して来てから一年近くが経った中学二年生の夏休みの夏期講習から通っていた。そしてその夏期講習の終わりにあった模擬試験で、僕は市内で二位だった。この街に引っ越して、この街の中学に通うようになってからずっと学年で一位しか経験したことのなかった僕は、そのときはじめて二位になった。そして僕はまったく悔しくなかった。それどころか、むしろ嬉しかった。なぜならば僕を負かしたのは、僕が夏期講習で意気投合した隣の中学校の生徒だったからだ。それが、藤川だった。

僕らはたまたま席が隣り合ったことがきっかけでよく話すようになり、どちらもＳＦ小説やカードゲームが好きだということが分かると、数日後には本の貸し借りをするようになっていた。彼——藤川康介——は僕が生まれてはじめて対等にものを話すことができると思えた人間で、そして親友になれるかもしれないと思えた人間だった。そして実際にその後そうなった。

僕はその後、中学を卒業するまでの一年半の間、一度も彼に勝つことができなかった。僕が試験勉強をサボって四位とか六位とか、もっとひどい二桁の順位を取ることがあっても、藤川はずっと市内で一位だった。そして、僕はそのことが自分のことのように誇らしかった。僕と藤川は、塾のある日は必ず、特に示し合わせることもなく一時間ほど前に教室に入った。そして、話し込んだ。読んだ本のこと、観た映画のこと、いまプレイしているゲームのこと、塾の講師の悪口……話題は尽きなかった。受験のことも、もっと先の将来のことも、まったく話さなかったけれど、少なくとも僕はそれでいいと思っていた。そしていつも早く来て話している僕と藤川の周りには一人、また一人と仲間が加わって「僕たち」のグループが形成されていった。

藤川は受験勉強に血道をあげるタイプではまったくなく、僕たちと四六時中遊び回っているはずなのだけれど、彼は中学の間ずっと市内トップの成績を維持し続けていた。中肉中背で、運動能力は人並みだったけれど、他のことはなんでもできた。絵を描かせれば県のコンクールで入選し、歌もうまくて大会の度に合唱部に助っ人で参戦していた。

十代の男子には珍しく料理もできて、キャンプや釣りにでかけたときはその腕を存分に奮っていた（当時僕は、藤川がアウトドアでいつも作ってくれていた焼きそばが世界で一番おいしいと思っていた）。裁縫も器用にこなすことができて、高校では僕は壊れたバックパックのファスナーを保健室からソーイングセットを借りてきた藤川に器用に縫い付けてもらったこともあった。人間としてのキャパシティのようなものが、僕と藤川では根本的に異なっていた。僕ができないことが、藤川にはなんでもできた。そして藤川はその能力を、僕たち仲間のために使うことをためらわなかった。

中学の教師や優等生のグループは彼に生徒会の役員を打診して、塾で知り合ったロクでもない他校の友人（僕たちのことだ）とつるむのを止めるように暗に勧めたことが何度かあったらしいが、藤川は意に介さなかった。

しかし藤川の天才性は偏差値や数々の大会やコンクールの受賞の類よりもむしろ、彼の普段の振る舞いや佇まいに表れていた。

藤川はこの時点で僕の出会った人間の中で、もっとも頭がいいと感じさせる人間だった。ちょっとした日常会話で見せつける記憶力の高さや、暗算の正確さにも舌を巻くことが多かった。たとえば複雑な電車やバスの乗換えなどもGoogleの路線検索と同じくらいの正確な経路を「だいたい、こんなもんじゃないか」とあたりをつけ、僕が検索するより早く口にすることができた。藤川は高い記憶力を持ち、そして演算する力が異常に高い少年だった。

藤川が隣にいると、僕はものを考えるのがひどく楽だった。僕は彼といるとき、眼の前で起きている状況や提示された情報をおおざっぱに分析して、だいたいこうだとあたりをつけておけばよかった。あとは藤川が、かなり正確なシミュレーションをしてくれる。言ってみれば、僕はいま解かないといけないのはこういう問題なんじゃないかと問いを立てるだけでよくて、それを藤川に話すと最適な解答がたちまち、それも場合分けをして数案示されるのだ。僕はこんなにスゴいやつが自分の身近にいることに、いつも興奮していた。

あと、藤川は僕たちの中で一人だけとても「大人」だったように思う。少なくとも出会った頃はそうだったはずだ。僕がはじめて藤川に会ったとき、僕も彼もまだ十三歳だった。そして僕も含む他の中学生らしい少年たちがまるで花から花に飛び回るミツバチのように持て余したエネルギーを騒がしくすることで発散しているとき、藤川はその輪の中心にいたにもかかわらずやけに落ち着いていて、いつも穏やかな微笑みを浮かべていた。このときの藤川の横顔は社会科の授業の副読本として配布された資料集に載っていた天平期の仏像に似ていると僕は思っていた。

僕は藤川が誰かと揉めているのを見たことがなかった。周囲に合わせるのが苦手で、すぐに険悪になる僕とは好対照だった。藤川もまた、他人に合わせるのは苦手だったけれど、彼はうまくすり抜けて、自分のペースで物事を進める達人だった。藤川のそんな部分にも、僕は惹かれていた。たとえば課外学習の準備とか球技大会の練習とか気乗りのしない学校行事があったとき、問答無用でサボってあとで揉めるのが僕のパターンだったけれど、藤川は最初だけ付き合ったあといつの間にかいなくなっていて、しっかりサボっているのだけど総合的には参加している印象になっていた。こうした不思議な器用さも、彼のカリスマ性の源だった。

僕は藤川がふと気が緩んだとき、切れ長の瞳を細めながら、遠くを見ているような表情をすることに気づいていた。僕は藤川のこの顔がとても好きで、そんな彼の横顔を見るたびに、彼の親友であることをとても誇らしく感じていた。

このように僕たちは藤川康介という少年の才能に惹かれて集まってきた仲間たちでもあった。その中でも僕は仲間内でいちばん藤川と付き合いが長く、そして精神的な距離も近かった。僕は彼の相棒であることが、本当に誇らしかった。

もし、あの塾のクラスに藤川がいなければ、僕たちのグループはこれほど仲良くならなかったはずだった。そしてこうして生まれた仲間たちに——正確には藤川に——新しいものを持ち込むのが、僕の役割だった。グループで回し読みする本やマンガも、観る映画も、プレイするゲームもだいたいは僕を経由したものだった。僕たちの遊びの計画は、だいたい僕が古本屋で見つけた昔の雑誌や海外のウェブサイトを参考に思いついたアイデアを、藤川が具体的なプランに落とし込み、実行を仕切ることで成立していた。控えめに言っても中学校二年生から高校一年生までの三年間、僕と藤川は最高のコンビだった。

たとえば僕と藤川はよくボードゲームを作っていた。僕も藤川も、この頃以前から遊んでいたトレーディングカードゲームの延長で、海外のボードゲームに興味を持ち始めた。そして塾の仲間たちと、となりの街に一軒だけある専門店に時折足を運ぶようになった。何度か大人の常連客たちのプレイを見学して、僕たちはそのゲームに夢中になった。練り込まれたルール、プレイヤー同士の複雑な心理戦、一つ一つが飾っておきたくなるほど美しい盤上の兵士やモンスターを表現した駒のフィギュア……どれをとっても洗練されていた。ただ一つだけ問題があるとすれば、このゲームを仲間内でプレイするためにそれらのアイテム一式を揃えるのは、中学生の小遣いではかなり難しかったことだ。そこで、僕と藤川は考えた。ならば、自分たちで作ればいいと。こうして、僕らは中学の二年生から三年生にかけて、十本以上のボードゲームを制作した。それはほとんど、方眼紙を切り貼りした簡易的な駒と画用紙をツギハギしたボードを使用したもので、見た目はいかにも手作りだったけれど、よくできたゲームは仲間たちの中で二十回も、三十回もプレイされることになった。ゲームの世界観やコンセプトを考えるのが僕で、ルールのバランスやカードのパラメーターを調整するのが藤川という役割分担がいつの間にか生まれていた。僕たちのグループは、同じ塾の同じ特進コースに通い、そして僕と藤川の作ったこれらのゲームをプレイする仲間だと定義することができた。

僕と藤川のコンビネーションがもっとも有効に働いたのが、高校一年生の秋の文化祭だった。このとき、僕たち写真部は形式的な作品の展示会——そのほとんどが、昨年度以前に先輩たちが残した写真の使いまわしだった——を部室で行ってお茶を濁していた（クラスの展示や模擬店への協力は、部活動の展示が忙しいと嘘をついて参加せず、要するにサボっていた）。

そして僕たちは文化祭の準備期間は、堂々と夜中まで校舎に残ることができるという不文律を活用して、遅い時間まで部室で当時夢中になっていた自作のボードゲームをプレイしていた。腹が減ると、藤川は自宅から持ち込んだホットプレートを用いて、僕たちに焼きそばや、ホットケーキといった簡単なものを作ってくれた。しかし、それもただの焼きそばやホットケーキではなく、彼なりに創意工夫したオリジナルのレシピだった。特に藤川が中学の頃から釣りやキャンプのたびに僕たちに作ってくれていたレモンをたっぷり搾った塩焼きそばは、研究熱心な藤川によるたび重なるレシピの改良でこの時期にはさらにその味を洗練させていた。

その噂は一年生の間に口コミで広がって、そのうち同じ旧校舎の部室長屋に居を構える漫画研究会や天文部の連中も食べに来るようになった。匂いにつられて写真部の部室の前で足を止めた彼らに、「食べていかないか」と藤川が声をかけることもあった。彼らは僕たちと同じ学校の日陰者で、ほぼ男子だけで構成される地味な部のメンバーだった。ただ開店休業状態だった写真部を昔からの仲間で計画的に乗っ取った僕たちとは異なり、他の文化部には明らかに友達を作りに活動に参加したような大人しい生徒が多く、僕たちは彼らを「青春ごっこに憧れている、寂しい生徒たち」だと少しバカにしているところがあった。しかし話してみると意外と気のいい連中が多くて、少なくとも教室の真ん中でふんぞり返っている生徒会や運動部の連中よりはずっと好感が持てた。そして藤川は彼らに料理を振る舞うことを楽しんでいた。気がつけば写真部の部室はちょっとした「裏学食」のようになっていた。文化祭の直前には毎日二十人から三十人の、ときには五十人近くの生徒が藤川の作る焼きそばを食べに来るようになっていた。材料費と称して、僕たちは一食五百円を他の部の生徒から徴収した。焼きそばの一食あたりの原価は百円もしなかったので、これは高校生にとってはそれなりの小遣い稼ぎになった。

この「裏学食」のコンセプトを考えたのが僕だった。利益よりは、生徒会の管轄下にある正規の出店ではないこの「裏学食」が今年の文化祭の話題を占めていくことが面白くてやったことだった。僕は藤川と相談して、翌日の客足を想定し、その分の材料を確保するために歩いて片道二十分のスーパーマーケットへの買い出しローテーションを組み、仲間たちを動かした。文化祭当日に模擬店を正規のルートで——つまり生徒会に申請して——開店すれば、一日でこの何倍もの売り上げが上がるはずだったけれど、そういうお膳立てされた舞台には絶対に乗らないのが僕たちの流儀だった。しかし提供しているものの質も話題性も、この「裏学食」は他のどのクラスや部活動の手の込んだ企画——演劇とか、メイド喫茶とか——よりも上だった。僕は普段はひっそりとしたこの旧校舎の部室長屋が、学園祭の準備期間中ずっと賑わっていたのが嬉しかった。藤川の料理が褒められるのは自分のことのように誇らしく、そして自分たちが学園生活の主役であると思い込んでいるタイプの生徒たちの鼻を多少なりとも明かしてやれたことが小気味よかった。

ちなみにこの「裏学食」は、その後かなり問題になった。話を聞きつけた堅物の生徒——彼は学級会の類で「発言」すること自体が目的になっているタイプの、それこそ寂しい奴だった——が生徒会に写真部の行為は事実上の模擬店ではないかと告発したのだ。そしてたちまち写真部の「裏学食」は問題化した。結果的にこの年の学園祭で一番話題になったのが、日陰者の写真部の運営する「裏学食」になったことを面白くないと感じる生徒はかなりいたのだ。

当時僕たちは一年生で、形式的には部活動の責任者は会ったこともない二年生の部長だったのだけれど、実行「犯」として藤川が生徒会に召喚された。そして僕もそれに付き添った。藤川の一挙一動の傍らに僕がいてそれをサポートしていることを僕も、藤川も、周りの人間も誰も不思議に思わなかった。

事前に僕たちが決めたことは一つ、生徒会の連中のとりあえず大人に言われたからそうするのだといった実のところ何も考えていないだけの生真面目さには絶対に屈しないということだった。だから自分たちが遊ぶための資金としてプールしてあった裏学食の利益を使うことで僕たちはあの想像力のない連中の鼻を明かすことにした。

計画を思いついたのは僕で、主に実行したのは藤川だった。みんなで稼いだ金をある程度手放すことになる計画だったけれど、藤川が決めたことに他の仲間たちが文句を言うことはなかった。僕の考えた計画は、裏学食の売り上げをユニセフのＳＤＧｓ関係の基金に寄付してしまうことだった。そしてそれを、地元の新聞社に取材させることだった。

藤川の両親は神童と名高いこの長男が表彰されたり、褒められたりすることに貪欲だった。藤川の父はこの地方都市の信用金庫の重役で、地元の財界ではそれなりに顔が利く人物だった。そしてそのせいもあって、藤川の両親は子供からしてみるとあまり好ましくないかたちで息子への期待を表現する傾向があった。

僕はこれまでの付き合いで、藤川の両親のこうした傾向を概ね把握していた。そして藤川の両親が、僕を筆頭とするお世辞にも優等生とは言えない仲間と付き合っていることを面白く思っていないことも知っていた。加えて藤川の父の弟が地方紙の記者をしていることも。だから僕は藤川の両親がこの美談に飛びつき、確実に藤川の叔父に記事にするように持ちかけると考えたのだ。

そして僕はこの計画の意図を余すことなく藤川に話した。藤川は僕の話を一通り聞くと「面白いな、やろう」と手を打って告げた。僕は親友の両親の虚栄心を利用することを提案し、藤川はそれを面白がって受け入れた。僕と藤川はこのレベルの話ができる関係だった。

生徒会に僕たちが査問される数日前に、藤川がまるで優等生のような顔をして環境問題について話す小さな記事がその地方紙の文化面に掲載された。それは名刺を縦に二枚並べたような小さな記事で、そもそも地方紙のこの欄など誰が読んでいるのか分からないようなものだったが、効果は絶大だった。そこには藤川の談話として「日々の写真部の活動で、自然環境の美しさと儚さを感じた」「環境問題とは、結局は僕たち市民一人ひとりの取り組みが大切なのだと考えている」「だから、こうした活動には金額以上の意味がある。一人ひとりが考えるきっかけになればいい」という言葉が引用されていた。もちろん藤川はほんの少しもそんなことは考えていない。しかし、この程度のそれっぽい話をざっとでっちあげることなど、藤川にとっては朝飯前だった。僕の書いたこのシナリオを、アドリブ込みで完璧に、いや、それ以上に演じられるのは世界中で藤川康介一人だった。

そして生徒会に呼び出されたときも、藤川は新聞記者に話したのと同じことを朗々と歌い上げた。僕らを吊るし上げるつもりだったはずの生徒会の役員たちは、まるで自分たちが写真部のチャリティー活動を、規則を盾に意地悪して妨害しているかのような立ち位置になってしまった（実際に事情を知らない生徒からはそう言われていたらしい）ことに困惑していた。中には本当に藤川が環境保護の精神に目覚めて、その重要性を訴えていると思ったのか真面目に頷きながら聞いている生徒までいた。こいつらは単に想像力が足りないだけで、決して悪い奴らじゃないんだな、と僕はこのとき思った。

これ以上この件で藤川を批難すると、ＳＤＧｓの精神を軽視する人間として逆に批判される流れになることは明白で、気がつけば誰も何も言えない雰囲気になっていた。もちろん手続き的に問題があるとか校則違反だとか、そういう反論はいくらでも可能だったし、そもそも僕ら写真部に活動実態などなく、間違いなく撮影の中で環境保護に目覚めたなんてのは誰がどう見ても後付けなのだけど、そうした冷静な判断ができない状態に彼らを追い込むことでこの場を切り抜けるのが僕らの狙いだった。

結局、藤川の演説後に生徒会の役員は誰一人として、何も言えなかった。見かねた生徒会担当の教師（二年生のときに僕の担任になる、湯川という例の冷めた教師だ）も露骨に困っていたが、事を荒立てないことを優先したのか、「次からは事前に学校に相談するように」と口頭の注意で終わりにした。完勝、だった。

僕と藤川はペコリ、と心のこもっていないお辞儀をして生徒会室を去った。生徒会室を出て、早足で声の聞こえない所まで遠ざかると、僕たちは思い切り笑い転げた。

ちなみに、当然裏学食の帳簿は偽装していた。帳簿上、僕たちの裏学食は実際の１／３くらいしか売り上げがなかったことにしてあった。その１／３を差し出すことで、僕たちは生徒会の連中の鼻を明かすことにしたのだ。残った売り上げを使ってみんなで焼肉を食べて、残りは秋休みのキャンプ費用に充てた。生徒会の役員の中で、比較的僕たちと仲の良かった横島という同級生はだいたい僕たちが何をしたか想像がついたらしく、その後半年間口を利いてくれなかった。この裏学食と、その後に生徒会を完封したエピソードはだんだんと学校中に広まり、中学時代から有名だった藤川の存在は校内で伝説化した。そして彼の親友として隣にいられることが、僕はとても誇らしかった。

しかし藤川のカリスマ的な求心力も、一年生の終わり頃には陰りが見え始めていた。要するに、成績が落ちてきたのだ。僕たちのグループは高校一年生にしてほぼ受験勉強を放棄した独立愚連隊のようなものだった。僕を筆頭に、仲間たちはみんな高校三年生になってから、あるいは浪人することで学力の帳尻を合わせればいいと考えていたのだけど、それはほぼ無勉強で中学三年間市内トップの成績を保ち続けた藤川の仲間にはこうした行為が許されると思っていたからだった。今思うと、まったく根拠がない思い込みだったのだけれど、僕らは当時本当にそう思っていた。けれど、さすがの藤川も高校一年生の後半になると成績が落ちてきた。一年生の夏休み明けの実力テストまではぶっちぎりの学年一位を独占していた藤川だが、十月の中間テストでは四位になり、その後もテストのたびに八位、十四位と成績を落とし、二年生になると三十位前後をウロつくようになっていた。その取り巻きである僕たちの成績はもっと悲惨だった。

藤川はまったく意に介していなかったけれど、周囲の目は違った。それまで周囲がマイペースな藤川を許容していたのは、ほぼ無勉強であるにもかかわらずトップクラスの成績を取り続けているという結果に、教師も他の生徒も心のどこかで敬服していたからだった。そして藤川は一言でいうと、以前ほどちやほやされることもなければ敬して遠ざけられることもなくなった。二年生になると、以前ほどマイペースな行動が許されなくなったのか、面倒な生活委員を押し付けられたりもするようになった。藤川は相変わらずひょうひょうと涼しい顔をしていたが、僕は面白くなかった。藤川という男の価値が偏差値でしか測られていなかったことに、僕は憤りのようなものすら覚えていた。

そして僕はというと「神童」藤川を堕落させた張本人として、教師や校内の優等生たちの一部から今まで以上に白い目で見られるようになっていた。僕はそのことが辛かった。でもここで僕が堂々としていることが、そんなつまらない奴らのことなんか無視して、一緒に思いっきり人生を楽しんで見せることが彼の友情に応えることなのだと僕は考えていた。

だが、僕と藤川の関係もこの一年生の終わり頃から少しずつ変わっていった。原因は二つあって、一つは例の自作のゲームだった。僕は高校に上がっても自作のゲーム作成に没頭していたけれど、他の仲間たちは違った。彼らは高校に入ると、自作のゲームよりも市販のゲームを、それもボードゲームではなくコンピューターゲームを好むようになっていった。そしてもっと言えば、せっかく手に入れた写真部の部室にたまるよりも、学校の近くに一人暮らしの部屋を借りた仲間の一人の部屋に入り浸って、酒盛りをすることのほうに夢中になり始めた。

僕はそれが、あまり面白くなかった。親や教師に隠れて酒を飲むのが良くないと考えているわけではなかったけれど、仲間たちがこういう分かりやすい遊び方とカッコつけ方をしてしまうのがどうにも安直に思えて、嫌だった。そしてもっと嫌だったのが、藤川が僕にではなくてどちらかと言えばそんな仲間たちのほうに同調していたことだった。藤川はあまりゲームの自作に乗り気ではなくなり、父親が自宅に溜め込んでいる高そうなウイスキーの酒瓶を持ち出して、簡単なツマミを自作する「飲み会」のほうに夢中になっていった。

僕は溜まり場になっている下宿に顔を出しても、ほとんど酒は飲まずに会話にだけ参加していた。そして酔っ払った仲間たちの相手がしんどくなると、部屋の隅で本を読むか先に帰ることが多くなった。

僕が葉山先生から図書委員に誘われたのはちょうどこの頃で、それが僕と藤川の間に生まれたほんの少しの、しかし決定的な距離のもう一つの原因だった。仲間たちは僕が図書委員になったことを、あまり面白く思わなかった。優等生ぶっているとか若い女教師に鼻の下を伸ばしているとか、たぶん半分は冗談、半分は本気で口にされたこともあった。藤川はそのようなことを口にすることは決してなかった。しかし僕が仲間たちから浮きはじめたことも、藤川がそんな僕にではなく、どちらかといえば他のメンバーに同調していることも明らかだった。

そして高校二年生の夏が近づいた頃、葉山先生は亡くなり、僕たち写真部の部室に由紀子が現れたのだ。正確には、新しく写真部の顧問になった教師が由紀子を連れてきた。樺山優児――通称カバパン。葉山先生が生きていた頃時々話題にしていた、あのもう一人の国語教師だ。

# 3. 由紀子とカバパン先生

カバパンこと樺山優児が僕たちの学校に着任したのは僕たちが二年生に進級した、つまり由紀子が転校してきたのと同じ四月のことだった。産休に入る国語教師の代替教員として現れた樺山は、たちまち学校中の話題を集めた。それは一言でいうと、彼は教師らしくなかったからだ。もっといえば、変人だったからだ。

まず樺山は国語の教師のはずなのに、なぜかいつも白衣を着ていた。白衣の下はUNIQLOや無印良品のシャツと黒のデニムパンツで、少し底の厚いスニーカーを履いていた。本人はシリコンバレーの起業家のようなスマートでシンプルなスタイルのつもりだったのかもしれなかったけれど、ヨレヨレの白衣をその上に羽織っていると単に身なりに無頓着な中年男にしか見えなかったし、おそらく実態としてはそちらに近かった。

樺山は丸くて大きな、縁のないメガネをかけていたのだけど実際にそこまで度がきつくないのかあるいは伊達メガネなのか、よくメガネをどこかに置き忘れたまま何時間も活動していた。話に夢中になるとメガネを外すくせがあり、何時間も気付いていないかったくせにメガネをしていないことを指摘されると、血相を変えて捜し回っていた。僕のクラスの教室にメガネを忘れて、他の教師の授業中に慌てて取りに現れたことも何度かあった。

午前中の授業には寝癖がついたまま現れたり、無精髭を剃らずにいたりすることも多く、たびたび女子生徒から指摘されていた。しかし、生徒や他の教師に何度注意されても、樺山のこうした行動は直らなかった。指摘を受けると「あれ、さっき直したはずだったんだけどなあ」とか「今朝は大事なことを考えていたんだよ」とか、あまり意味のない言い訳を口にしては授業を中断して教室を去った。そしてしばらく帰ってこなかった。おそらくトイレに行って鏡を見て整えているのだと思われたが、髭のほうはともかく、戻ってきた彼の寝癖が直っていることのほうがまれだった。

あと、この教師はなぜかよく小さな怪我をしていた。しょっちゅう、顔にすり傷を作っていたし、足を傷めて引きずって歩いていた。本人曰く、「俺は常に世界について深く考えながら歩いている。そのためによく、足元のものにつまずいて転ぶ。しかしそれは、世界の真実を探求する者の宿命なのだ」ということだった。

このように樺山は一言でいうとだらしのない中年男性を絵に描いたような人だった。しかしなぜか樺山は自分のことをちょっとカッコいいと思っているようで、その言動の節々に自分は人生に疲れた他の中年男性とは違い、若さを維持している魅力的で精力的な人間であるという意識が垣間見えた。

「俺はかつて、俳優の西島秀俊に憧れていた。彼の『俺ってカッコいいのだけれど周りに女性がいないとダメなんだよ』というオーラを身に付けたくて仕方なかった。でも、あるときに気づいたんだ。俺は西島秀俊にはなれないんだって……。俺は彼のように、五十歳近くになっても、筋トレを続けてムキムキの胸板を維持するようなストイックな生き方はできない。俺はずっと西島秀俊の背中を見て生きてきたけれど、自分でも気が付かない間にどこかで、彼とは生き方のようなものが決定的にすれ違ってしまった。俺は世界に対して、鍛えて強い身体を維持することで立ち向かうんじゃなくて、もっと自然体で、調和的でありたいと思うんだ……」

たとえばこの発言は、一見謙虚に西島秀俊への憧れを語っているようでいながら、よく考えるとなぜか自分と西島秀俊が同じ土俵の上に立っているという前提が存在していることが分かる。一体なぜ、樺山がこのような思い込みをしたままこの年齢に達してしまったのかはまったく想像がつかなかったが、このようにとにかく彼はあまり根拠の定かではないが極めて高い自己肯定感を備えていた。もっと簡単に言ってしまえば、ナルシストだった。

ただ樺山は、葉山先生が言っていたように話の巧い教師だった。

そもそも樺山は、まともに授業というものをしていなかった。一応、教科書に載っている小説や評論の類を生徒に読み上げさせたり、作者について解説したりはするのだけれど、現代文の試験に出てくるような文の細かい解釈のようなことには一切触れなかった。樺山は、だいたいその教科書に載っている文章の解釈を、一言で片付けてしまった。「要するに」という言葉をよく使う教師だった。

「物語は主人公がランプ屋を廃業した時点で終わっている。しかし作者は主人公がその後、本屋を開業してその本屋が孫の代まで続いているというエピソードを付け加えた。なぜか分かるか？　要するに、文明観みたいなものを表現したかったんだろうな。科学技術はめまぐるしく進歩し、目の前にあるものはすぐに廃れてしまう。ランプはすぐに電灯に取って代わられる。しかし、人間が世界をどう解釈し、どう生きるかを考えた言葉はどれだけ時間が経っても古くならない。この小説の作者はそう考えた。だから、エピローグで主人公はランプ屋を廃業したあとに本屋をはじめたんだ」

その言葉遣いは平易で、教材を茶化して笑いを取るようなくだらないものも多かったが、何回に一度かは引っかかるものがあった。そして、一度引っかかったあとは、その日はずっと樺山の言葉が頭の中を渦巻いていた。

　そして樺山は、こうして教科書に載っている文章に最低限の解説を加えたあとは、雑談しかしなかった。話題はいつも他愛もないことだった。学食のカレーの具の少なさ、折り合いの悪い教頭に服装のことで注意されたことに対する愚痴、いま毎週楽しみにしている連続ドラマでヒロインがどちらの男性を選ぶのかの予想と、どちらを選ぶと彼女はより幸福になれるのかということについての個人的な見解……など、バラエティに富んでいた。

　あと、樺山は生徒から話を聞き出すのが巧かった。樺山は毎回、チャイムが鳴ってから五分から十分くらい遅れて教室に現れた。教壇に立つと、ニタッと口元を歪ませて教室を見回した。そして必ず一人、目が合った生徒を選んで話しかけた。樺山に話しかけられた生徒は、最初は困惑するのだけれど、いつの間にか彼のペースに乗せられて、ベラベラと喋りだすことが多かった。特に樺山が好んだのが、生徒の恋愛話だった。この教師は妙に鋭いところがあって、生徒のちょっとした言動からその本音を引き出していた。

　たとえば、ある女子が樺山にこんな相談をしたことがある。春から生徒会の副会長を務めている彼女は、テニス部のエースプレイヤーで次期部長候補のある男子と付き合っていた。要するにこの二人は教室の人間関係の中心にいる学園のパワーカップルで、当然僕のような生徒とは、かかわりのない存在だった。その彼女が樺山に彼氏と最近うまくいっていないと相談したのだ。僕は、この女子が自分の恋愛話を教室の全員と共有することにまったく疑いをもっていないことに驚き、この手の連中とは仲良くやれないなと改めて思ったものだった。

　彼女の相談は、最近彼がテニスの練習にばかり夢中で自分に構ってくれない。しかし彼は部活動の成績を手土産に大学の指定校推薦枠を狙っているので、あまり邪魔をしたくない。でも寂しい、という内容だった。そして樺山は一通り彼女の話を聞くと、あっさりこう結論づけた。

「それはまあ、アレだな。お前は彼氏がもう自分を好きじゃないって気づいているのだけれど、それを認めたくないから、これは部活動と恋愛の両立の問題だって自分に言い聞かせている感じだな」

教室の温度が、一気に数度下がったような気がした。

「お前くらいしっかりしている奴がこの程度の分析ができないはずがない。つまり問題はむしろ現実を受け入れるのに、俺に相談しなきゃいけないくらい弱っているってことだ。結論はとっくに出ている。あとはお前が元気になるために何が必要か、それだけだな」

こうして文字にしてみるととても冷たく感じるかもしれないが、樺山の狡猾なところはこうした発言を、適度に笑いを混ぜることで、あまり深刻に見せないところだった。

「大事なのはむしろこれからだ。このように自分はモテると思い込んでいる男子はかなりの高確率で以前付き合った女子がずっと自分を好きだと考えている。自分が『上書き保存』ではなく『別名で保存』されていると考えている。だから確実に、数年以内にふと寂しくなったときにお前にフランクに連絡してくる。そこで『いい友達』として関係を再構築するフリをして、都合のいい関係を求めてくる。だからお前はこの時うっかり『元カレとオトナのお付き合いってクールでいいよね』とか思わずに即メッセージをブロックする勇気が必要だ。分かるか？次の戦いはもう、始まっているんだ」

その女子生徒は泣きじゃくっていたけれど、最後は笑っていたし、そして教室の雰囲気もまったく重たくなかった。むしろ彼女の恋愛話を共有したことで、奇妙な一体感が生まれていた。

僕はその樺山のあざといやり口が、気に食わなかった。

　また、あるときは自分に良くしてくれた部活動の先輩の女子にダメ元で告白したいという男子にこんなことを述べていた。彼は昨年の冬に一度告白していたが、大学生の彼氏がいることを理由に振られてしまった。しかし彼女は彼を年下の友達として仲良くし続けていて、その後も何度か二人で遊びに行ったこともあるという。そして先日、先輩が大学生の彼氏と別れたので、もう一度告白してみたいのだと。樺山はその話を聞くと深い溜め息をついて言った。

「このケースは典型的な〈白雪姫と七人のこびとの法則〉に当てはまる」と。

〈白雪姫と七人のこびとの法則〉――それは樺山が学生時代に発見したという人類普遍の（と本人が主張する）法則なのだという。

「このままだとお前は白雪姫の物語に登場する七人のこびとの一人になる。白雪姫はこびとたちが自分のことを好きなのを知っているが、絶対に付き合わないと最初から決めている。一方、こびとのほうはそうは思っていない。王子と姫が別れたら、自分たちの中から一人が選ばれて、王子に昇格すると考えている。しかしそんなことは絶対にない。姫がこびとに優しくするのは、ちやほやされたいからであって、こびとを恋愛対象として見ているからではない。むしろ逆だ。姫はこびとを恋愛対象とみなしていないからこそ、冷静に、計算ずくで、都合のいい中距離にコントロールし続ける。実際に、その先輩はお前が告白するためにそれっぽい雰囲気を作ろうとすると、そのたびにそれとなくその場をつくろったり話題を変えたりしてきたはずだ。クリスマスは家族と過ごすと十一月に入った途端にさり気なく伝えられたりとか、誕生日近くのデートだけはいろいろ理由をつけて頑なに断ってきたりとか」

　ほとんど図星だったらしく、相談した男子生徒はそのことを認めたくなさそうにしながらも、樺山にじゃあどうしたらいいのかと続けて尋ねていた。教室の他の生徒たちは、樺山のたとえの面白さと分析の鋭さに舌を巻いてざわついていた。こうやって生徒の受けを取るのが樺山のやり口だった。けれど、僕は騙されなかった。僕はただ、この人も若い頃に痛い目にあっているんだろうなと思っただけだった。

そして着任して一ヶ月も経たないうちに、この樺山という教師は四割の侮蔑と六割の親しみを込めて、生徒たちから「カバパン」と呼ばれるようになっていた。

でも僕はこのカバパンのことを、どうしても好きになれなかった。それは同じ国語教師の葉山先生よりカバパンのほうが生徒たちに人気があったからだ。僕はそれが、面白くなかった。カバパンは話が巧く、彼の授業の時間は退屈はしなかった。僕も最初の頃は彼の授業を楽しみにしていた。けれど、次第に僕は話題の選び方から生徒に対する距離感も含めて、カバパンが自分は普通の教師とは違って、生徒の味方なのだというサインを出すことで好かれようとしているように思えてきた。

気がつけば僕も、以前葉山先生がこのカバパンという教師に対して漏らしていたのと同じような違和感を覚えていた。カバパンの話はたしかに面白かったが、彼は葉山先生と違ってこの学校という場とか、生徒にものを教えることとかに対して、まったく気持ちが入っていない。そう感じることが、ときどきあった。彼がまともに授業をしないのは、生徒に本当に良い学びを与えたいからではなくて、そもそも自分がまともに授業をしたくないと考えているからではないかと感じていた。こうした理由から、僕はこのカバパンと呼ばれる教師にあまりよい感情を持っていなかった。しかし、そうも言っていられなくなった。そのカバパンがある日、僕たちの写真部の部室に現れたからだ。

その日、部室に顔を出すと、いつもは僕が座っている椅子にカバパンが座っていた。教室以外で見かけるカバパンは（痩せぎすのくせに）いつも、なにか食べていた。このときはタブレットでなにかの本を読みながら、コンビニで売っている大粒のラムネ菓子をバリボリ食べていた。先に部室に来ていた連中が言うには、ついさっき突然この部室にやって来て「今日から俺がこの写真部の顧問だ」と宣言したということだった。

そのこと自体は不思議なことでもなんでもなかった。この写真部の顧問はカバパンの前任者――葉山先生の先輩にあたる、産休に入った国語教師――だったからだ。だからカバパンが顧問を引き継ぐのは考えてみれば当たり前のことというか、むしろ今まで顧問が誰もいない状態で放置されていたことのほうが少なくとも手続き上は問題のはずだった。これまで、特に問題にならなかったのはこの写真部がもともと開店休業状態にあり、そのことを誰も気にしていなかったからに違いなかった。したがって、問題はむしろカバパンがなぜ着任から二ヶ月も経ったいま、ここに突然思い出したように顔を出したのかということだった。しかしその疑問への回答は尋ねるまでもなくカバパン本人の口から語られた。

「今日から昼休みと放課後は俺、ここで仕事するから」

とんでもない話だった。教師なんかに居座られたら、せっかく見つけた自由にできる溜まり場が台無しだった。仲間たちが声を出さずにざわつき、キョロキョロと顔を見合わせた。さすがの藤川もこれには少し驚いたように目を見開いていた。

「はっきり言ってさ、俺、職員室で浮いているんだ。この学校の先生とあんまり話が合わなくて。もしかしたら嫌われているのかもしれない」

かもしれない、じゃなくてそうに決まっていたが、もちろん僕は口には出さなかった。

「だから、基本的に授業がないときはここにいることにするから、よろしくな」

よろしく、じゃないだろうと僕は思った。僕は藤川がどういうつもりなのかが気になって、ふと彼を見やった。他の仲間たちは突然部室に教師が現れたことに、ただ動揺していた。しかし藤川だけはいつの間にか落ち着きを取り戻し、ひょうひょうと構えていた。藤川は状況を面白がって観察しているときの顔をしていた。藤川がそう判断しているなら、と思って僕も様子を見ることにした。

「お前たちの言いたいことは想像がつく。俺の見たところ、写真部はここにいる二年生の六人の男子で実質的には全員だ。より正確に表現するのなら、お前たち六人が便宜的に写真部を名乗って部室と予算とを好きに使っている状態だ。だから、いきなり現れた顧問の教師に占拠されてしまってはいろいろと困る。そんなところだろう?」

図星だった。本当は四月に数名、一年生が入部していたのだけれど写真部の実態が僕らのグループの溜まり場に過ぎないことを知ると、一ヶ月もせずに寄り付かなくなっていた。カバパンの推理は少し観察すれば分かることで、驚くほどのことではなかったけれど、このときは突然言われたので思わず舌を巻いていた。そしてそのことをラムネを齧りながら嬉しそうに語られると、なんだかものすごく腹が立った。

「しかしまあ、四六時中男同士でつるんでバカな話ばかりして、そのくせ周りの生徒や大人たちを見下して、本当にしょうもない連中だな」

カバパンはなぜか、とても嬉しそうに言った。そしてこれみよがしに、深い溜め息をついて付け加えた。「俺も高校のときはそうだった」と。

そして尋ねもしないのにカバパンは語りはじめた。

「俺は、男子校の出身だ」

僕はそうだろうな、と思ったけれどやはり突っ込まなかった。

「今のお前たちのように、いつも男子ばかり五、六人でつるんでいた。毎日しょうもないことばかりやっていたけれど、ものすごく楽しかった。でも、心の底では、この仲間たちに女子が一人か二人でも交じっていれば、それだけでもっと楽しくなるのにと考えていた。考えていたけれど、口にできなかった。なぜならば口にしたところで、俺たちの学校には一人も女子なんかいなかったからだ。俺は高校の三年間、本当に母親と妹と購買のオバちゃん以外の女性と口を利かない生活を送っていた。あの頃、俺たちは最初から負けていた。背中に羽の生えていない残酷な天使のテーゼに直面していた。でもお前たちは違う。はっきり言おう、お前たちは共学であるというただその一点において、既に青春に勝利している。運命に祝福されている。遥か未来を目指すための羽を手に入れている。なぜ飛ばない？」

最後のほうはなぜか、熱っぽく語りかけられた。なぜ、と言われても困った。本当に困った。なぜならば、それは本当に僕たちが心の中で少しだけ、しかし確実に感じていたことだったからだ。生徒会だとか、文化祭の実行委員だとか、そういった学園生活の青春をテンプレートをなぞるようにこなしている生徒たちのことを、僕たちは世間に与えられた「高校生の青春」のイメージを追いかける想像力のない連中だと心底バカにしていた。バカにしていたからこそ、自分が物語の主人公だと無条件に信じられる人間のもつ、ひたむきさや楽しそうな顔が羨ましいと思うことがあったのも間違いなかった。

「俺が、連れてこよう」

カバパンは告げた。誰もそんなことは言っていないし、頼んでもいなかった。しかしカバパンはまるで自分が僕たちの渇望に応えているかのように述べた。

「女子部員を俺が連れてこよう。お前たちが六人いるのだから、六人連れてこよう。誰からも好かれる明るく話しやすい娘から、大人しいけれどよくものを考えている娘まで。お前たちのようなしょうもない連中と絡むことを、逆に面白がってくれるような女子生徒を選んで、連れてきてやる。個性さまざまな女子に入部してもらって、この写真部の多様性を飛躍的に改善することを約束しよう」

……余計なお世話だった。この二一世紀になっても、僕たちが暮らしていた田舎町には、三十歳近くになって独身の男女がいると、「いい人」を「世話してあげたく」なるタイプのオジちゃんやオバちゃんがたまにいる（僕の親戚にもいて、従姉妹が迷惑していた）のだけど、カバパンのこの提案はその類のありがた迷惑な親戚の人のそれに限りなく近かった。

「そんなことが、果たして俺に可能なのか、お前たちは俺に疑いの目を向けるかもしれない。しかし俺には可能だ。いや、むしろ俺以外のどの教師に可能かと問うべきだ。着任三ヶ月足らずで既に生徒たち、特に女子生徒に絶大な人望を誇るこの俺だけが、この写真部の未来を切り拓くことができる。違うか？」

僕の知っている限り、カバパンが特に女子生徒に人気があるという話は聞いたことがなかったけれど、どうやら本人はそう思っているようだった。この学校の正門を出て少し歩いたところに、丸々と太ったブルドッグを庭で飼っている家がある。そのブルドッグは生徒が通りかかると中途半端に低い声で唸り声を上げる。ブルドッグとしては威嚇しているつもりなのだろうけれど、その声は空気の抜けたサッカーボールを思いっきり蹴り上げたような力の抜けた音で、なんだか微笑ましい気分になる。このブルドッグはこの高校の生徒、特に女子の話題を集めることがあり、たまに塀越しに動画を撮影しているのを見かける。こういう関心の集まり方を「女子生徒に人気がある」と表現してよいのならば、カバパンはたしかに女子生徒に人気の教師だった。

「一週間待っていろ。俺がこの部室に女子部員を連れて来てやる。そして、お前たちは俺という教師に出会ったことに、生涯感謝することになるだろう。お前たちが今の俺くらいの年齢になったとき、きっと思い出すはずだ。あのとき樺山先生が部室に現れなければ、自分の青春は灰色のままだっただろうと」

そしてカバパンはさっそうと立ち上がり、部室を去っていった。結局カバパンがこのままこの部室に居着いてしまうのかは、いまいちハッキリしなかった。しかし、カバパンは何日経っても部室に現れなかった。仲間たちはそのことにほっとしていた。カバパンのやつ、調子のいいことを言ったけれど結局あれから一度も部室に来ないじゃないか、と。けれど、僕の考えは違った。なぜならば、その翌日から僕はカバパンが昼休みや放課後に女子生徒たちと立ち話をしているのを何度か見かけたからだ。担任を持っていない上に、先週写真部の部室に現れるまでは担当する部活動の顧問すらサボタージュしていたと思われるあのカバパンが授業以外で生徒と接することは稀で、どう考えてもこうした時間に生徒たちと談笑しているのは不自然だった。そしてたぶん、いや、確実にカバパンは僕の不安気な視線に気づいていた。教室や廊下で僕は何度かカバパンと目が合った――ような気がした。そしてそのたびにカバパンはあのときと同じ目をしていた。一週間待っていろ、俺が女子部員を連れて来てやる――そう、僕たちの前で啖呵を切ったときと同じ目をカバパンはしていた。カバパンはたぶん、本気だった。本気で写真部に女子部員を連れて来るつもりだった。常識的に考えて、僕らのような（藤川を擁しているとはいえ）パッとしない男子たちのグループに加わりたがる女子がいるとは思えなかった。むしろカバパンがこうして勧誘活動を行うことによって、あいつらがカバパンを使って女子部員を獲得しようとしていると噂が立ったら本当に困るというか、それこそ本当にこの学校に居場所がなくなってしまうような気がしたが幸いにもその気配はなかった。そして約束の一週間後に、カバパンは僕たちが予測したように、一人で部室に現れた。

カバパンはムスッとして僕らの前に立ち、そしてバツの悪そうに、しかしあくまで悪いのは自分ではないと言いたげに僕らを責めるような口調で言った。

「お前たちは、嫌われすぎだ」

そりゃそうだ、と思った。ふと藤川を見やると小さく肩をすくめてみせた。まあ、そんなもんだろうなとその顔には書いてあった。僕は苦笑したが、同時にほんの少し何かを期待していた、つまりがっかりしている自分を発見して戸惑っていた。カバパンは言った。

「お前たちは、自分たちで思っているよりも他の生徒に、特に女子生徒たちに嫌われている。写真部を占領して好き勝手やっているくせに文化祭にも合唱コンクールにも非協力的だとか、いつも部室で何をやっているか分からないとか、特に藤川と森本は人を小馬鹿にしているのが透けて見えるとか、さんざんな言われようだ」

最後のところで、どっと笑いが起こった。それは僕たちにとっては褒め言葉だったからだ。笑いをこらえながら、藤川は言った。

「でも、そんな俺たちの悪い評判を覆して、女子部員を連れてこれるのが先生の人望ってやつじゃなかったんですか？」

「いや、それはさ……。ほら、だっていろいろあるじゃん……」

カバパンは口をとがらせて、うつむいた。なんだかブツブツ文句を言っているようだったけれど、声が小さくて聞こえなかった。子供のような拗ね方をする教師だった。僕たちが嫌われているのは間違いなかったけれど、カバパンに自分が思っているほど「人望」というものがなかったのも間違いなかった。僕たちは勝ったと思った。そしてこのとき僕はこのカバパンというお調子者で、子供っぽいところがあるけれど気さくな教師とどう付き合っていけばいいのか、少し分かった気がした。こうしてこの教師の言動をやれやれと苦笑しながら面白がっていけば、なかなかいい関係になるのではないか。そんな考えが頭をよぎった、そのときだった。

「いつまで待たせるんですか。さっさと紹介してくださいよ」

あのときと——葉山先生の葬式の日のバス停で話したときと——同じように、いつの間にか彼女はそこにいた。本当に気配を感じさせずに、気がついたら彼女はそこにいた。他の五人も息を呑んでいたけれど、いちばん驚いたのは僕だった。他の五人はカバパンが一人だけとはいえ、本当に女子部員を連れて来たことに驚いていた。そして僕はそれに加えて、その一人があの板倉由紀子だったことにさらに驚いていた。

「この人、いつもこうやってあっちこっちで調子のいいことを言ってはうまくいかなくて言い訳ばかりしているんだけど、悪い人じゃないから許してあげて」

親戚の問題児を紹介するような口調で由紀子は僕たちに言った。それはとても生徒の教師に対する口の利き方ではなかったけれど、なぜか違和感はなかった。当のカバパンも不服だと言わんばかりに頰を膨らませていたが、バツが悪そうに頭をかくだけで特に反論もしなかった。

「たしかに、俺は六人連れて来ることには失敗した。しかし、こいつだって悪い奴じゃない。お前たちみたいなひねくれた生徒とも十分やりあえるくらいタフだし、そしてお前たちみたいなやり方も面白がってくれるはずだ。そうだろう？」

由紀子の言ったことを自ら証明するような言い訳をカバパンは僕たちに言った。そんなカバパンを由紀子は半ば呆れたような目で見ながら、でも決して否定的ではない笑みを浮かべていた。理由はよく分からなかったけれど、この二人は仲が良いようだった。そして僕は一連の由紀子とカバパンの慣れたやり取りを見て、何が起きているかをだいたい理解した。女子生徒の勧誘に失敗したカバパンは何らかの理由で距離が近く、こうしたことを頼みやすい由紀子を説得してここに連れてきたのだ。

由紀子は僕たちに向き直ると言った。

「2年1組の板倉由紀子——森本君とは図書委員会で一緒なんだけれど、これまではちゃんと話したことはなかったよね？」

由紀子の口もとは、いたずらっぽく笑っていた。僕はそこにちょっとした彼女の悪意のようなものを感じた。その感触をうまく自分の中で整理できなくて、そのせいで僕はこのときとても大事なことを見逃していた。

# 4. ヒデさんのオートバイ

カバパンはその翌日の昼休みから、不穏な動きを始めた。僕たちが部室に顔を出すと、そこには予告どおりカバパンが居座っていた。そしてヤキトリ弁当の、それも大盛りを食べていた。それは僕たちの暮らす地方の地元資本のコンビニエンスストアがもう三十年以上販売している弁当で、この街のソウルフードのようなものだった。「ヤキトリ弁当」というけれど、実際に入っているのは甘辛い秘伝のタレに漬け込んだ豚バラ肉の串焼きが三本で、それが海苔を敷いた白米の上に載っている弁当だ。僕たちも中学の頃からこのヤキトリ弁当が好きで、高校に上がってからも放課後によく買い食いをしていた。

僕たちと目が合うと、カバパンは例によって尋ねてもいないのに話し始めた。

「この学校の教師たちは昼飯を学食で食べるか、自分で弁当を持ってきて職員室で食べている。学食は何度か試したけれど、とても食えたもんじゃない。そして職員室で食べると、俺は隣のデスクで毎日弁当を食べている依田先生の世間話に付き合うことになる」

依田先生というのは、世界史の担当でこのとき僕たち二年生を教えていた教師だ。悪い人ではないけれど、昔見た映画のあらすじを話すのが好きなくせに説明が下手でよく分からないのと、本人は面白い雑談だと思って話す奥さんの失敗談――財布を忘れて買い物に出かけたとか、観劇のチケットを一日勘違いして買って泣きながら帰ってきたとか――がまったく面白くない上に何度も同じ話をするのが少し残念な人だった。決して側にいて愉快な人ではなかったけれど、そこまで毛嫌いするのも不自然だった。だから僕はこの人は依田先生が苦手なのではなく、そもそも職員室の雰囲気に馴染めないのだと思った。

「そのヤキトリ弁当、どうやって手に入れたんですか?」

仲間の一人、駒澤が尋ねた。駒澤は僕たちの中では社交的な性格で、グループの外にも友達が多い奴だった。こういうときに、率先して大人と話すのが彼の役割であるのは、暗黙の了解だった。そして駒澤の口にした疑問は僕も感じていたことだった。

「いいだろ? 買ってきてもらったんだ」

ヤキトリ弁当が買える一番近い店でも、歩くとこの学校からは四十分以上かかる。自動車を使えば往復できない距離ではないけれども、僕の記憶ではカバパンはそもそも運転免許を持っておらず、この田舎町で自動車がない生活の不便さを自虐的に話して笑いを取るのが彼の雑談の十八番だった。だからカバパンがその弁当を誰かに買ってきてもらったという説明はある意味納得がいくものだった、というかそれ以外にあり得なかったのだけれど、それは同時に別の疑問を浮上させていた。

「買ってきてもらったって、誰にですか?」

駒澤が尋ねたが、カバパンはニヤリとしただけで、答えなかった。

ここで少し説明しておかなくてはいけないのが、この学校の食料事情だ。僕たちの学校は県で一番の進学校で、知事も一区当選の衆議院議員も地元の銀行の頭取も、みんなこの学校の出身者だという名門のはずなのだけど、どういうわけか結構な町外れにあった。さかのぼると戦時中に行われた県内の学校の統廃合が関係しているらしいのだが、ここで大事なのはそんなことではなく、そのせいでこの学校の食料事情が極端に悪いことだった。

まず僕たちの高校から最寄りのコンビニエンスストアまでは約三・五キロメートル離れていた。昼休みに自転車で往復できないこともなかったのだが、その場合は買ってきたものを味わって食べる時間的な余裕はなかった。しかもそれは正確にはコンビニエンスストアではなかった。セブン‐イレブンでもローソンでもファミリーマートでもない、家族経営の酒屋が商売替えしたと思しき、正確に表現すれば「コンビニエンスストアっぽい食料品店」だった。だからおにぎりの具は梅と塩鮭しかなく、炙りチャーシューとか季節限定の鶏ときのこの炊き込みご飯とか、そういった大手のコンビニエンスストアで売っているような気の利いたものは一切なかった。あとはやたらと練り物が多い幕の内弁当と、主菜の焼鮭が冷えてプラスチックのように固くなっている塩鮭弁当、そしてスーパーでよく投げ売りされている昭和風のパッケージの菓子パン数種がその店で僕たちが調達できる食料のすべてだった。もちろん、カップラーメンの類もいくつか置いていなくはなかったが、昼休みに校内に一つしかない給湯器を使うためにはおよそ十五分並ぶことが必要で、これらを買って帰って食べることも現実的ではなかった。

そこそこ大きな学校なら、学食の一つくらいあるのでは？

多くの人がそう思うだろう。たしかに学食はあった。しかしこれこそが問題だった。結論から述べると、この学食がまた壊滅的にマズかった。

たとえばこの学食では時折、「ゴム肉」と呼ばれている、一応豚肉であると主張されている謎の肉片が出てくることがあった。これはこの学食で出てくるすべての料理に当てはまることなのだけど、基本的に冷え切っていてパサパサと乾いていた。固くてなかなか噛み切れず、その通称の通り輪ゴムのような臭いがした。そしてほとんど、味がしなかった。肉自体に味がないのをごまかすように、無造作かつ大量にケチャップとパイナップルのソースがベチャッとかかった「ポークソテーハワイアン」がそのゴム肉を使った定番メニューだった。このメニューのときは、ゴム肉とケチャップの臭気が入り混じり、食堂に近づくだけで軽い吐き気がした。

ほかにも、骨ばかりでほとんど身がない正体不明の魚フライ（謎のフレンチソースがかかっていて、それがまた一口食べただけで失神しそうなくらいまずい）とか、公衆トイレの臭いのするこれまた正体不明の貝のたくさん入った海鮮トマトスパゲッティとか、本当に摂取不可能なメニューがいくつかあり、そんなとき僕らは自転車通学の市内生から愛車を借りて、三・五キロメートル先のあの自称コンビニエンスストアまで全力で往復し、汗だくになりながら、おにぎりや練り物ばかりの幕の内弁当や、菓子パンを買ってきて飢えをしのいだ。

もっとも、これは市内から通って来る大半の生徒には無縁の問題だった。市内生たちは行きがけにいくらでもコンビニエンスストアで、弁当屋で、牛丼屋で、ハンバーガーショップで、昼食を調達することができたからだ。しかし、僕たちは違った。僕たちの住む街から隣の市にあるこの高校に通うためには、路線バスに一時間ほど乗ること以外の選択肢がほぼなかった。そして僕たちの暮らすこの街は一人一台自動車を所有していることが前提に設計されていて、そのために最寄のコンビニエンスストアやファストフードのチェーン店が、自宅から二キロメートルから三キロメートルほど離れているケースも珍しくなかった（僕もそうだった）。もちろん、しっかり早く家を出れば寄れないことはなかったけれど、当時の僕たちにとって朝の十分はそれ以降の一時間より貴重だった。

そのため、僕たちの街からこの高校に通う生徒たちは朝に昼食を用意できないことが多かった。もちろん、市外生でも両親が十分な弁当を持たせてくれていたり、料理が好きでかつ早起きが苦ではなく、自分で弁当を用意できたりする生徒は問題がなかったのだけれど、僕たちは揃いも揃ってそうではなかった。特に僕は――これも、あとで事情を説明するが――このとき両親と同居していなかったので、余計に昼食を用意しそびれることが多かった。すると、必然的に「あの」学食のお世話になることになる。日替わりの定食を食べるのは自殺行為なので、基本的に三百円の素うどんか、三百五十円のカレーライスを食べていた。どちらも、味らしい味のしないものだったけれど、不愉快な思いをしない分だけ他のメニューよりマシだった。ただ、これらは味もそうだけれど量的にも物足りなかった。だからあの頃、僕はいつもとてもお腹をすかせていた。


翌日の昼休み、カバパンは今度は、僕たちもよく学校帰りに食べていた街の外れにある地元の有名なハンバーガーショップのチーズバーガーを齧りながら、同じく名物のホームメイドのレモネードを飲んでいた。このときは由紀子が部室に後から現れてカバパンを追及した。

「あ、ずるい。それ、もしかして……!」

「そう。買ってきてもらっちゃった」

「え？　なんで私のぶんはないの？」

「いや、だって、別に頼まれていないから……」

こうした噛み合わないやりとりがあったその翌日に、僕たちがカバパンにボロクソに言われた学食の味のしないカレーライスや素うどんで若い胃袋を満たして部室に顔を出すと、カバパンと由紀子と、そして見知らぬ――いや、同学年なので顔と名前くらいは把握していたが話したことはない――女子生徒を二人加えた四人が昨日カバパンが食べていたものと同じ例の店の包み紙に包まれたチーズバーガーを齧っていた。由紀子の友達らしい二人は二年生で、同じクラスのようだった。

「お邪魔しています」と口をモゴモゴさせながら片方の女子が言い、「ポテト食べます？」ともう一人の女子が包みを僕たちに差し出した。彼女たちは由紀子から、事前に言っておけば昼休みにそのチーズバーガーを買ってきてくれるという話を聞いて、なら自分たちもと頼み込んだということだった。カバパンは二日連続でこの店のチーズバーガーを食べているはずだったけれど、気にしている様子はなかった。

「一食、一食を大切にしているんだ。この年齢になると、普通に食べているだけでぶくぶくと太る。だから無駄なカロリーを摂るわけにはいかない。どんなに手間がかかっても、中途半端なものは口にしない。本当に食べたいものだけを食べる。それが俺のポリシーだ」

根本から論理が転倒しているような気がしなくもなかったが、カバパンはそのことについて特に気にしていないようだった。そして由紀子たち女子三人は、まったくカバパンの話を聞いておらず、自分たちだけでこの店のハンバーガーのバラエティに富んだトッピングのうち、どれが一番好きかという話で盛り上がっていた。あっけにとられている僕たちに向けて、しばらくよく分からない自分の食とダイエットについての持論を展開していたカバパンは、一通り語り終えると僕たちに告げた。

「俺は明日、鳥Qの唐揚げ弁当をデリバリーしてもらうつもりだけど、お前たちも食べるか？」

由紀子とその友達の女子二人が真っ先に手を挙げて、そのうち一人――駒澤と同じ中学の松田という女子で、二人は顔なじみだった――が「駒澤たちも頼みなよ」とおそらくは何の気なしに言った。僕たちは一瞬、顔を見合わせた。今、起きていることを把握するのに、少し時間が必要だった。つまりカバパンは何らかの手段を講じて、市内のおいしいお店からランチをテイクアウトしている。そして、この正体不明のフードデリバリーサービスに、由紀子とその友達らしい女子二人は今日「相乗り」し、町外れにあるハンバーガーショップのチーズバーガーを食べている。そして、明日カバパンは駅前の弁当屋の唐揚げ弁当を調達することを宣言し、それに僕たちも「相乗り」しないかと誘っているのだ。それを提案したのは何の決定権もない松田だったが、由紀子もそしてカバパンも表情を見る限りご機嫌そのもので、むしろ僕たちがここで遠慮して欲しくないと思っていることは明白だった。

その瞬間に僕は思った。これは罠だ、と。ここでカバパンが何らかの手段を講じて実現している擬似的なフードデリバリーサービスを利用することは、僕たちがカバパンのモードに乗せられることを——彼に大きな借りを作り、大げさに言えばその精神的な支配下に入ることを——意味するような気がする。いや、絶対そうなる——。僕は無意識のうちに藤川を探していた。こうしたときに、藤川はいつも僕より冷静で、大人だったからだ。藤川なら、適切な判断をしてくれるはずだった。他のグループの生徒たちや大人に舐められるようなこともなく、しっかり僕たちにとって「実」のある判断を、瞬時にしてくれるはずだった。しかし、このとき藤川はたまたまその場にいなかった。その日の日直当番だった藤川が部室に現れるのはその五分後だった。僕は自分がいつの間にか、藤川がいないと大事なことを決められない人間になっていたことに気づいて愕然とした。そしてその間に、駒澤が「え、俺たちもいいのか?」と嬉しそうに答えていた。「当たり前じゃない」とカバパンの代わりに由紀子が答えていた。僕はしまった、と思ったけれど後の祭りだった。その場にいた僕以外の男子四人がこの流れでカバパンに弁当の手配を頼むことになるのは明らかで、僕はそれがとても嫌だった。そして実際にたちまちそうなっていった。僕が口を挟むタイミングを逸している間に、部室は賑やかになっていった。僕はその流れを、呆然と眺めていた。仲間たちが照れながらもすごく喜んでいるのが丸分かりなのが、見ていて辛かった。僕は一瞬で、自分がその場の流れのようなものから遠ざかってしまった気がした。何か言おうとしたけれど、その隙を見つけられなかった。そして結局、盛り上がる「みんな」に気づかれないように部室から出た。「なんだよ、簡単にデレやがって」と誰にも聞こえないと分かっていたからこそ、僕は口に出した。でも、僕のその言葉は一番聞かれたくない相手にしっかり聞かれていた。

「森本君こそこんなことで意地を張っちゃうの、よくないと思うな」

由紀子だった。さっきまで部室でハンバーガーを齧っていたはずの由紀子は、いつの間にかそこにいた。そして僕の独り言を聞いて、苦笑していた。

「昼休みにみんなでこっそり出前取ってご飯を食べるの、楽しいと思ったんだけど、気にいらなかったかな?」

「カバパンも板倉もいきなりこんなことをはじめて、どういうつもりなんだ?」

「せっかく女子も連れてきたのに……高校生にもなって恥ずかしいの? それとも自分はまだすごく傷ついているんだって、アピールし足りない?」

由紀子は僕が腹を立てているのが、可笑しくて仕方がないようだった。その何もかも見透かしたような物言いが、癪に障った。お前に何が分かるんだと言い返そうとしたけれど、その瞬間に部室からカバパンが由紀子を呼ぶ声がした。由紀子は大きな声で「はいはい」と慣れた調子で返事をした。僕は、逃げ出すようにその場を離れた。

とりあえず、藤川を探そうと僕は部室長屋になっている旧校舎を出た。二年生の教室のある新校舎への近道は一度中庭に出て、駐車場を突っ切るルートだ。上履きで外を歩くことになるので教師に見つかると厄介なことになるのだけど、実際に見つかって小言を言われている場面を見たのは一年ちょっとの高校生活の中で二回しかなく、うち一回は着任直後のカバパンが教頭に見つかって怒られている場面だった。僕は足早に中庭から駐車場に出た。そのまま新校舎の裏口まで小走りで向かうつもりだったのだけど、そこで足を止めた。

「だから、怪しいものじゃないですって」

若い、とても背の高くて日焼けした男が立っていた。

「じゃあ何しに来たんだね」

そして、教頭と揉めていた。

この学校の教頭は、頭の禿げ上がった小男で、僕は名前も覚えていなかった。入学してからほとんどの行事をサボタージュしてきたので、この男性が自分の学校の教頭だということを思い出すのにも少し時間がかかった。ここを歩くときに、以前カバパンがこの教頭に注意されていたことを思い出さなければ本当に誰か分からなかったと思う。そしてどうやらどう見ても学校の関係者ではないこの若い男を、教頭は不審者と見做して呼び止めたようだった。

「そんないきなりけんか腰で詰め寄らないでくださいよ。怖いなあ、もう……」

若い男は本当に困ったという表情を浮かべた。昔のマンガだったら眉を「へ」の字に描かれそうな完璧な困り顔だった。しかしすぐに何かを思い出したらしく、ぱっと表情を明るくした。

「そうだ。オレ、いまいいもの持っているんですよ」

若い男の後ろにはとても大きな、そして黒いオートバイが停められていて、そのハンドルには白いビニール袋がぶら下がっていた。そして彼はそこから、何か包みのようなものを取り出した。

「じゃーん」

そしてそれを教頭の前に差し出した。それは、例の店のチーズバーガーの包みだった。

「教頭先生、お腹空いていませんか？　これ、あげますからオレと一緒に食べましょう」

若い男は歯磨き粉のコマーシャルに出てくる若手俳優のようなさわやかな笑顔を浮かべて、教頭にチーズバーガーを差し出した。それは嫌味でも挑発でもなんでもなく、本当に善意でそう提案しているようだった。

「君、バカにしているのかね？」

教頭は完全に怒っていた。まったく噛み合わない会話に、見ているこっちが気まずくなった。

「え？　なんかオレ、失礼なこと言いました……？」

そして僕は行動の方針を決めた。若い男が取り出したチーズバーガーの包みを目にした瞬間に、僕にはだいたい何が起きているのか概ね想像がついていた。ここでカバパンに貸しを作っておくのは悪くないな、と思った。

「あ、ごめんなさい、遅れました……」

僕はちょっとわざとらしいくらい高めの声を出して、二人の間に割って入った。

「知り合いなのか？」

「写真部二年の森本です。この人は樺山先生の使いの人で……」

僕はその若い男に視線を送った。側に寄ると、びっくりするくらい背が高くて、肩幅が広くて、そしてとても顔立ちが整った人だった。年齢はおそらく二十代後半から三十歳くらいだろう。プロのサーファーとファッションモデルを足して二で割ったような人、というのが僕の彼に対する第一印象だった。

「写真展の資料を持ってきてもらったんです」

若い男は僕の嘘に一瞬だけきょとんとしたが、樺山という固有名詞に安心したのか、すぐにブンブンと首を縦に振って同意を示した。

「樺山先生には、部外者を校内に呼ばないように言っておかないとな」

とりあえずは僕の話を信じたらしい教頭は、ブツブツ言いながらそのまま立ち去っていった。教頭としては、カバパンに小言をいうネタを得たことで満足したのだろうなと僕は思った。

「写真部の生徒さんですよね？　助かりました」

男は頭のてっぺんから出ているような大きな、裏表のなさそうな伸びやかな大きな声で僕に言った。その笑顔には屈託というものがまったくなくて、よく晴れた日の青空を連想させた。

「あなたがカバパンに言われて、昼飯を宅配していたんですね」

「そうなんですよ……先生には部員の生徒さんに見つからないようにって言われていたんですけれど……あーっ、ばれちゃったかなあ」

頭をボリボリかきながら、男は本当に困った顔をした。

「お兄さん、カバパンとどんな関係なんですか？」

僕は思ったことを口にしてみた。

「どういう関係って言われても……。うーん、困ったなあ。オレと先生の関係ですよね……。師匠と弟子……ってわけでもないし……。うーん。助手、なのかなあ……」

男は本当に考え込んでしまい、気まずい沈黙が訪れた。いや、たぶん気まずいと感じていたのは僕だけで、たぶん男のほうは本当に僕の質問に答えるのが難しくて考え込んでしまっていた。僕はこの短い昼休みの時間を有効に使うために、別の質問をしてみることにした。

「明日もここに弁当を届けに来るんですか？」

「そうなんですよ。でも、今日、教頭先生に見つかっちゃったからここにバイクを停めるのはもうできなくて、たぶんちょっと先の駐車場から歩いて持ってこないといけないんです。それも、明日からは十人分。まいったなあ」

僕はこのとき、カバパンが既に明日から十人――つまり自分と女子三人に加えて、僕たち写真部の男子六人の全員――が自分の用意した弁当を食べる前提で手配を進めていたことに気がついた。そしてまた少し、あの教師が嫌いになった。しかし男は、そんな僕の気持ちにはまったく気づいていなかった。そしてさも最高のアイデアを思いついたかのような顔をして僕に告げた。

「そうだ。もしよかったら、明日からお弁当運ぶの、手伝ってもらえないですか？」

まったく予想していない展開だった。

「いやー、さすがにそれだけの数のお弁当を運ぶの、オレ一人でやるのしんどくて……。学校の中に一人で入るのもなんかまた怒られそうだし、お願いできますか？」

男は僕の前で、まるでお地蔵さんの前のおじいさんのように手を合わせた。こんなに直接的に他人にものを頼む人に、僕ははじめて出会った。なんとなく、断りにくい雰囲気だった。

「え、あ、まあ……」

僕は言葉を濁したつもりだったけれど、男はそれを了承の意思表示だと解釈したらしく「ありがとうございます！」と叫んでいた。さっき教頭に渡そうとしていたチーズバーガーの包みを僕に差し出した。

「一つ食べませんか。オレが昼飯用に二個買ったの、片方あげます」

「いいんですか？　一人で二個食べるつもりだったんですよね？」

正直言って、嬉しかった。部室でカバパンたちが食べているのを見てからずっと食べたくて食べたくて仕方なかったからだ。

「オレは家に帰ってから、適当になんか作りますから。オレ、こう見えて料理が得意なんです。あのへんに腰を掛けて、一緒に食べましょう」

男は新校舎の非常階段を指して言った。いつもは学内のカップルがよく一緒に弁当を食べているのだけれど、なぜかそのときはいなかった。

「ほら、ポテトにレモネードもありますよ」

男は更に袋から取り出して言った。

こうして、僕は初対面のこの男となぜか一緒に非常階段に腰を掛けてチーズバーガーを食べることになった。それが僕とヒデさん——本名は豊崎秀郷という——との出会いだった。


僕はヒデさんと並んでチーズバーガーとフライドポテトを交互に頬張り、ときどきレモネードを啜りながら、いろいろな話を聞いた。いまは国語の教師をしているカバパンだけれど、もともとは理系の分野で学位をもつ研究者で自分はその助手のようなものだというのが彼の説明だった。なぜそのような人間が、この地方の高校の、それも国語の教師をしているのかも、その助手が研究室に残らずに付いて来ている——しかも、どうやら同居しているらしい——のかもまったく分からなかった。当然、僕はもっと詳しいことを聞かせて欲しいと言ったけれどヒデさんは「いやあ、実はそのへん、オレもよくわからないんですよね。ごめんなさい」とまたお地蔵さんにそうするように僕に手を合わせて謝ってきた。僕はどうしても彼がごまかしていたり、嘘をついたりしているようには思えなかった。それでも僕は粘り強く、昼休みが終わるまで何度もヒデさんにいろいろなことを尋ねた。しかし分かったことは、彼らがこの春まで暮らしていたのは東京だったということと、どうやら「助手」といってもヒデさんのそれは研究上の助手ではなく限りなく家政夫兼秘書のような存在に近いもので、まるで生活力のないカバパンの身の回りの世話と家事一般をこなしているというのが実情であることとくらいだった。

「オレと先生の家、ここから割と近いし、結構広いから今度遊びに来てくださいよ。オレ、なんか料理作りますから」

そう告げると、ヒデさんはオートバイにまたがり、「じゃ、明日からよろしく」と付け加え、爆音を残して走り去っていった。


こうして僕は半ばなし崩し的にヒデさんと一緒に、昼休みのたびにカバパンと写真部の面々のために弁当を運ぶことになった。翌日、僕はなんでこんな面倒なことになったんだろう、と自問自答しながら四時限目の授業が終わると、ヒデさんに指定された学校の側の駐車場まで小走りで向かった。すると、そこに平日の昼間の、地方都市の住宅街にはまったく似つかわしくない真っ黒でいかついオートバイの巨体が停まっていて、その傍らでは真夏のビーチから抜け出してきたような日焼けしたヒデさんが大きく手を振っていた。改めて眺めるとヒデさんは傍らのオートバイに負けないくらい背が高くて、そしてその笑顔にはやはり屈託がなかった。明らかに、彼はこれまで僕の周囲にはいなかったタイプの人間だった。

「待ってました。理生《りお》っち、ありがとう！」

　ヒデさんは真っ白な歯を大きく見せて、笑った。理生というのは僕の名前で、昨日ヒデさんは、名前を教えた瞬間に僕のことをこう呼んでいた。

「先生も理生っちが手伝ってくれるって言ったら、喜んでいましたよ」

　そしてヒデさんの大きな手から、五人分か六人分の唐揚げ弁当の入った袋が手渡された。僕の役目は教師たちの目を掻い潜ってこっそりと、そして見つかったときは適当な言い訳をでっちあげてヒデさんと一緒にこの弁当を部室に届けることだった。

　僕とヒデさんが部室に弁当を運び込むと、到着を待っていた部員たち――そこにはその前の日に入部していた由紀子が連れてきた二人の女子も含まれていた――がどっと沸いた。突然見知らぬ青年が部室に現れたこと、彼が待望の唐揚げ弁当を持っていたこと、そしてなぜかその彼と僕が一緒にいたこと、すべてが説明なしでは理解できないことのはずで、僕はたちまちどういうことなのかと仲間たちの質問攻めにあった。すべての黒幕であるカバパンと、そしてなぜか由紀子の二人だけはそんな僕らの騒ぎを眺めながら、黙々と自分の分の弁当を広げていた。

ヒデさんは昨日、僕に話したのとそっくりそのまま同じことを他の部員たちにも話した。そして仲間たちはやはり昨日の僕とまったく同じように彼を質問攻めにした。助手って何の助手なのか、とか仕事は何をしているのか、とか――。少し困ったヒデさんを見かねて、由紀子が介入した。「この人、ちょっと天然ボケなところがあるけれど、とてもいい人だから話が嚙み合わなくても気にしないでね」――由紀子はこのヒデさんとも知り合いのようで、まるで自分が保護者のように僕たちに彼を紹介した。僕はこのとき、とても教師と生徒の間柄とは思えない由紀子とカバパンの関係についてヒデさんに尋ねそびれたことを後悔していた。

そして大きな唐揚げにかぶりついていたカバパンは僕と目が合うと、ニヤッと笑い、そして言った。「ヒデみたいなのんびりした奴と、お前みたいな理屈っぽい奴とはきっといいコンビになる。俺が保証するよ」——僕はその物言いがなんだか気に食わず、カバパンを無視して仲間たちの質問に適当に答えていると、ヒデさんがそれに被せてきた。「そうなんですよ。理生っち、昨日も教頭先生に捕まえられたオレを助けてくれて、すごかったんですから」と昨日の話を始めた。僕が教頭の追及をうまく誤魔化した顚末をヒデさんが話すと、場は再びどっと沸いた。仲間の一人の鈴木が「さすが理生だな」と声を上げて、今村という別の仲間が「こいつ、ひねくれているけれど悪い奴じゃないんだよ」と女子たちに言った。僕は久しぶりに仲間たちの輪に自分の居場所が回復した気がした。

ヒデさんはその気さくさと明るさで、たちまちその場に溶け込んでいた。そこには昨日はいなかった藤川もいて、当たり前のように弁当を食べていた。この昼休み、その場にいた十一人がこの街のソウルフードの一つである駅前の弁当屋の販売する唐揚げ弁当を一緒に食べた。片栗粉が全面にまぶされて、衣が油をたっぷり吸った唐揚げはとてもジューシーで、冷めていても、いや冷めているからこそとても味がしみていておいしかった。カバパンは口をもぐもぐさせながら教頭以下の他の教員の監視の目を掻い潜り、このフードデリバリーのシステムを永続的なものにするためのプランについて熱っぽく語っていた。しかしその話をヒデさん以外はほとんど聞いていなかった。僕の仲間たちと由紀子たち女子三人は、今度ヒデさんにデリバリーして来て欲しい店について議論を始めていた。この街に引っ越してきたばかりのはずの由紀子が次々とあのお店はおいしいのかと名前を挙げて、すぐに藤川があそこなら昼は十一時からやっているけれどデリバリーできるのはこのセットだけだと具体的な段取りを話し始めた。そこには、明らかにこれまでとは違う場が生まれていた。そして、みんな楽しそうだった。

その日から毎日、僕は昼休みになるとヒデさんを近所の駐車場に迎えに行って、そして十一人分の弁当を二人で手分けして部屋に運び込んだ。ときどき、写真部の仲間たちが運ぶのを手伝ってくれたのだけれど、駐車場までヒデさんを迎えに行くのは暗黙の了解として僕の役目になっていた。そして、翌週になるとときどき、僕は昼休み前の授業を抜け出してヒデさんと一緒に買い出しに出るようになった。ヒデさんはあまりこの街の地理に詳しくなくて、目的の店になかなかたどり着けないことが多かったからだ（彼は地図を見るのも苦手だった）。「じゃあ、理生っちがオレと来てくれないかなあ」とヒデさんはまったく悪びれずに口にして、カバパンは教師のくせに「それができたら一番いいな」と口にものを詰め込みながらモゴモゴとそれを積極的に支持した。仮にも教師のカバパンが授業をサボることを事実上勧めてきたことにちょっとビックリしたけれど、僕はこの提案を呑むことにした。僕はこのヒデさんという青年が端的に好きで、彼ともう少し仲良くなりたいと（僕としては珍しく素直に）自覚していたからだ。僕は、彼の自慢の大きなオートバイの後部座席に乗ってみたいと思っていた。

そしてその翌日、僕ははじめてヒデさんの愛車の後部座席に乗ることになった。

それは改めて見ると背の高く、よく日焼けしたヒデさんのように大きくて、そして黒いオートバイだった。ただ、明るくて温厚なヒデさんが乗るには、ちょっと似つかわしくないゴツゴツとした印象を与える車体だった。オートバイが好きな人が趣味で乗るものにしては、あまり洒落っ気がなく、何か、細部まで特定の目的に向けて効率化されているように僕には思えた。普通はこういったオートバイにはＨＯＮＤＡとかKawasakiとか、製造したメーカーのロゴが目立つところに入っているものだけれど、このヒデさんのオートバイの真っ黒な車体にはそういったものが、どこにも見当たらなかった。代わりに、車体の横にステッカーのようなものが貼ってあった。そのステッカーには、SDGsのマークのようなものが印字されていた。それは卵のようなものの四方を四つの円がまるで四つ葉のクローバーのように取り囲んでいるマークで、その脇には小さく「Team Alternative」という文字が添えられていた。このチーム・オルタナティブとは何かと僕が尋ねるとヒデさんは「オレたちのチームのことです」と答えた。何のチームなのかとさらに尋ねると「人類の自由を守る正義の秘密結社です」と答えた。まったく意味が分からなかったけれど、僕の知らない昔のマンガかアニメに出てくる組織の名前なのだろうとそのときは思った。ヒデさんがあまりそういうものが好きだとは思えなかったので、たぶんカババパンの趣味なのだろう。

ちなみに僕はこのヒデさんのオートバイの写真を、この少しあとに仲良くなったこういうものに詳しい人に見せた。その人が言うには、外見はブラフ・シューペリアというイギリスの古いメーカーのオートバイに似ているけれど、あれはそうホイホイと買えるものじゃない、ということだった。その人は外見だけ似せているのだろうけれど、違法改造車にならないのだろうかと、首を傾げていた。

僕はヒデさんと知り合うまでオートバイというものにまったく触れたこともなくて、興味もなくて、もっと言ってしまえばちょっと怖いなとも感じていた。実際にヘルメットをかぶって、ヒデさんにしがみつくようにオートバイのお尻にまたがって、そして走り出すと、自分の身体を固定するもののないジェットコースターに乗っているような気持ちになった。本当に風を切るような空気の抵抗を全身に感じて、怖かった。怖かったけれどその分、気持ちが良かった。

ある日、ヒデさんのオートバイの後ろに乗って買い出しにでかけた郊外の自然食系のカフェの駐車場で、僕は彼にいつもこういうものに乗っていて怖くないのかと尋ねた。

「え？　怖いってどこがですか」

ヒデさんは、僕の質問の意味がよく分からなかったみたいだった。

「大丈夫ですよ、オレ、運転すごくうまいですから」

僕は別に事故のリスクを怖がっているのではなく、あの不安定な乗り物の持つ怖さと気持ち良さについて伝えたかったのだけれど、この人とは完全に見えている世界が違うことだけが伝わってきた。しかし、なぜか悪い気はしなかった。

僕はその日の夜に、原動機付き自転車――いわゆる原チャリ――の免許の取得の方法と、安い中古の車体の相場を調べ始めた。ヒデさんから、最初は原チャリがいいと言われたからだ。

僕はそれまで何か機械を運転したいと思ったことがなかった。なんとなく、自分の親の世代や、もっと年上の人たちが大きくて力のある機械を自分の力量で手に入れて、それを自在に動かしてみせることと自分に対する自信のようなものを結びつけているのは感じていたけれど、僕はそういうのがあまりピンと来ない子供だった。けれど、ヒデさんのオートバイは違った。彼のオートバイの後部座席に乗せてもらって、昼休みの短い時間、ほんの二十分か三十分の間一緒に移動するだけで、世界がぐっと広がった気がした。もう何年も住んでいるこの街にも、僕の知らない道や知らない店がたくさんあって、そして訪れたことのある場所も平日の昼間に訪れると違って見えた。自宅と学校を往復する毎日を送っていた僕には、自分の意志で時間とガソリンが続く限りどこにでも行けるということそのものが、とても羨ましく思えた。これが自由なんだ、と僕はそのとき感じた。いつの間にか、僕は自分でオートバイを運転したいと思うようになっていた。

しかし問題が一つあった。それは僕の、というかいわゆる高校生の小遣いで買うにはやはり高くて、僕は両親に内緒でアルバイトを始める計画が必要だった。原チャリそのものの購入と免許の取得は、通学用だと言えば特に反対はされないはずだった。しかし問題はそのためのアルバイトで、高校二年生の夏休みに予備校の夏期講習も受けずにアルバイトをするなんてことを、僕の両親が許可するとは到底思えなかった。だから、内緒で始めるしかなかった。そのためには大人たちにバレないようにコトを進めるための緻密な計画が必要で、僕はこの計画を藤川に相談するつもりだった。藤川なら、きっと一緒に完璧な計画を作ってくれるだろうし、そしてもしかしたら――いや、これまでのことを考えればかなりの確率で――一緒に免許を取って、原チャリを買うためのアルバイトにも付き合ってくれるはずだった。僕は計画のおおまかな形をまとめながら、藤川にこのことを話すタイミングをうかがっていた。すぐに話さなかったのは、二年生になってから少しずつ広がっていた、僕たちの間の距離のせいだった。しかし、僕がタイミングを見計らってこの計画を話せば、きっと藤川は大喜びしてこの話に乗ってきて、そしてここしばらくの僕たち二人の間のちょっとした気まずさは終わりになるはずだった。

こうして、ヒデさんの登場によって葉山先生が亡くなってから塞ぎ込みがちだった僕は、ほんの少し、でも確実に毎日が楽しみになった。もちろん、それで僕がそれまでに直面していた問題が解決したわけではまったくなかった。僕はグループの中ではやっぱり浮いていたし、毎日藤川に、原チャリを買う計画を打ち明けようと思っては、まだ早いんじゃないかと思ってやめるといったことを繰り返していた。それは僕がこの計画について話したとき、万が一にでも藤川に気乗りしない態度を取られるのが怖かったからだ。本来ならそんなことがあるはずはなかったのだけれど、僕は不安でなかなか踏み出せなかった。

# 5. 仮病とお見舞い

写真部にカバパンが由紀子を連れてきて、その由紀子が友達の女子二人を連れてきてから二週間が経った。そしてこの二週間で、写真部の雰囲気はがらりと変わった。一言でいうと賑やかになった。表面的なことだけを見れば、女子が三人加わって昼休みに一緒に弁当を食べるようになっただけで、写真部の活動が活発になったわけでもなければ、それ以上の何かが新しく始まったわけでもなかった。ただなんというか、「ノリ」のようなものが少しだけ、しかし確実に変わっていた。

話題そのものが大きく変わったかというと、それは違った。僕たちはこれまでと同じように今度新しく日本語版が出るゲームの話題だとか、東京の有名なラーメン屋がこの街にも出店してくるという噂だとか、そういったどうでもいい話題で盛り上がっていた。強いて言うなら、期末テストの英語の試験範囲が思ったより広いことだとか、音楽室のスピーカーが壊れていることだとか、さらにどうでもいい話題が増えていった。ただこの昼休みのちょっとしたやりとりを僕の仲間たちは――そしてたぶん三人の女子たちも――それなりに楽しんでいた。それは学校に隠れて、それも教師や学外の大人も巻き込んで組織的な出前を楽しんでいるというちょっとした「悪いこと」をしていることの生む楽しさであり、その秘密を最近までロクに話したこともないメンツで共有していることの楽しさでもあったように思う。

そして、この不思議な盛り上がりの中心にいたのは明らかにあの由紀子だった。

由紀子はこの部室に現れたその日から、物怖じせず男子部員とやりあっていた。これは少し意外なことで、僕が図書委員会で見かけていた由紀子は、大人っぽい雰囲気で異彩を放っていたものの物事に積極的なイメージはまったくなかった。しかし由紀子は写真部の部室ではずけずけと物を言う、おそらくは彼女の素に近い部分をまったく隠さなかった。

由紀子は食べ物をよくこぼすカババンに露骨に嫌悪感を示して文句を言い、天然ボケ気味のヒデさんに呆れながらツッコミを入れ、そして同じように僕たち独立愚連隊のノリに真っ向から向き合った。由紀子は僕たちが当時夢中になっていたカードゲームの絵柄をキモいとちょっと大げさにからかい、僕たちの学校行事へのサボタージュの数々を大きな声で笑いながら楽しそうに批難した。それは要するに、そんなに面白いなら自分も今度はそのゲームに交ぜて欲しいとか、そうやって思いっきりサボって遊びに行くのも楽しそうなので自分もついていきたいとか、そういった意思の間接的な表明のように僕たちには聞こえた。そして男子たちは溜まり場にしている駒澤の下宿に由紀子たち女子がやってきたり、学校行事をサボって一緒にキャッチボールをしたりカラオケに行ったりすることを想像して、それだけで楽しくなっているのが、普段の何気ない会話から伝わって来た（実際に仲間たちが、それに近いことを話していたこともあったと思う）。

それは高校二年生の夏に、不意に訪れたこれまでとは違った青春の始まりだった。ただ、僕だけがどこか引っかかるものがあって、その変化に素直に胸を弾ませることができないでいた。僕はあっさりと写真部を掌握してしまったカババンのやり口が気に入らなかったし、そしてどうしても、あの日の――葉山先生の葬式の日の――由紀子の言動が引っかかっていた。そしてこの部室に現れてから、彼女が一切そのことを口にしないことも。

由紀子は葉山先生の葬式で僕に話しかけてきたときのような、あの何もかもを見透かしたような物言いを、まったく部室ではしなかった。由紀子はあくまで、二つのまったく異なる背景を持つグループのまとめ役として、積極的に明るく振る舞い、とっつきやすい話題を振り、場の雰囲気を作り上げることに、白々しいほど徹していた。

ちなみに、由紀子が連れてきた二人の女子は松田と井上と言った。松田は僕たちの仲間の駒澤と同じ中学の出身で、当時からそれなりに親しいようだった。明るくて、男子ともためらいなくよく喋る女子だった。彼女は明らかに僕たち男子部員のグループを子どもっぽいと感じていて、少なくとも入部当初は駒澤以外とは積極的に話さなかった。おそらく彼女の関心は由紀子という異様に大人びた同級生と、なぜか彼女が対等に話すカバパンという教師、そしてヒデさんといった大人たちにあり、写真部に加わることでこの学校の「外」の臭いのする人間関係に近づきたいと考えていることが振る舞いですぐに分かった。ただ根が気さくなのか、一週間もすれば松田も駒澤以外の男子部員とも――まるで出来の悪い弟に呆れながら可愛がるような口調ではあったが――よく話すようになっていった。彼女の根の明るさは、だいぶ部室の雰囲気を風通しの良いものにしていた。

もう一人の井上は派手ではないけれどしっかりとした印象のある女子だった。由紀子が朝ドラのヒロインなら、井上はその親友でヒロインが夢に向かって上京したあとも、地元に残って教師や看護師になったり、役場に勤めたりするようなタイプだった。僕たち男子と松田が打ち解けてくると、井上もつられるようによく話すようになった。ただ、松田と違って、井上が由紀子にくっついてこの部に入部した理由はよく分からなかった。これはあとから気づいたのだけれど、この二人は特に由紀子と仲がいいわけではなく単に同じクラスにいるというだけの関係のようだった。どうやら由紀子は他の同じくらい仲のいい生徒たちの中からこの二人を選んで一緒に写真部に入ろうと誘ったようだった。僕はそこには彼女の、あるいはその背後にいるカバパンの思惑のようなものを感じていた。

そして僕はこの由紀子と二人の女子を中心とした新しい写真部の「ノリ」に、あまりついていけていなかった。少なくとも以前のように――グループのリーダーの藤川の片腕として――いつも話題の中心にいることはなくなっていった。以前から僕が仲間たちから浮きがちだったことに加えて、やっぱり葉山先生のことを僕はまだ引きずっていて、あまり明るい気分になれなかったことも大きかった。その結果として、僕は由紀子たちがやってくる前よりも仲間たちと距離が生まれていた。大したことではないはずだったのだけれど、これが僕には結構堪えていた。

ただあの日、ヒデさんと親しくなって、彼のフードデリバリーを手伝うことで僕は少しだけグループの中に居場所を取り戻せたようなところもあった。だから、たぶん僕が積極的に主張すれば、他の仲間と持ち回りにすることもできたと思うのだけれど、僕はヒデさんの「配達」を手伝う役割を引き受け続けた。

一度僕は昼飯の調達中にヒデさんに由紀子のことを尋ねたことがあった。ヒデさんとカバパンも昔から由紀子と知り合いらしいけれど、どういうつながりがあったのか、と。

「よく分からないんですよね」

ヒデさんは言った。

「オレ、そのへんのこと詳しくないんですけれど、先生って、由紀子ちゃんの保護者っていうか、後見人とか、そういうやつなんですよ。由紀子ちゃん、親御さんがいないというか、縁を切っているとか、そんな感じで、先生はその由紀子ちゃんのお母さん方の親戚とか、そんな感じで。だから、先生がこの学校に来るときに、一緒に引っ越してきたっていうか……」

「じゃあ、一緒に住んでいるんですか?」

「はい、オレたち三人で。この街に引っ越してきてからずっとそんな感じです。言いませんでしたっけ?」

ヒデさんの話からは詳しいことは分からなかったがそれよりも年齢も性別もばらばらの、家族でもない男女三人が一つの家に同居しているということが、僕には驚きだった。しかしこれは、カバパンと由紀子が同時にこの学校に現れたことや、由紀子のまったく物怖じをしないカバパンやヒデさんへの物言いの説明としては、とてもしっくりくるものがあった。そして、僕はこのとき、他の部員たちはとっくにこのへんの事情を聞き知っていて、だからこれまでまったくこの話題を持ち出さなかったのだと気がついた。そしてそのことで僕は自分が、この少しの間に決定的にグループから孤立してしまったことを、改めて思い知らされた。

この頃から、僕は放課後には部室にも、溜まり場になっている駒澤の下宿にも顔を出さずに、一人で帰ることが多くなった。以前から、僕はときどきこうやって市内の図書館や古本屋を回るために仲間の誘いを断って一人で歩くことがあって、そのことで仲間たちのうちの何人かからは、あいつはカッコつけているのだと冗談交じりに反感を口にされていたのだけど、六月の後半あたりからその頻度がとても増えた。僕はヒデさんとの買い出しに出かけたときに知った町外れの国道沿いにある大きな古本屋のチェーン店に一時間以上かけていつもとは違うバスに乗っていって、そこの百円コーナーで買った本や持ち歩いている読みかけの本をそのそばのマクドナルドで読む、といった放課後を多く過ごすことになった。それはいま思うと、とても他愛のないことだったのだけど、当時の僕にとってはとても大きな変化だった。遠くの古本屋まで一時間以上バスに揺られているとき、そしてその近くにあるマクドナルドの硬い椅子に別の学校の生徒や買い物帰りの主婦に交じって座って、百二十円のSサイズのコカ・コーラを注文して本を読んでいるとき、僕はとても自由になれたような気がした。そして僕はこの古本屋に行く途中にある、とある橋が好きだった。それはこの街の西側を南北に走る大きな川にかかった橋で、隣の街とをつなぐ幹線道路の一部だった。この街にかかっている橋では大きなものだったけれど、一番ではなかった。でも、僕は少し前にヒデさんの運転するオートバイの後ろに乗ってこの橋を渡ってから、とてもこの場所が気に入っていた。北側の川の上流にはなだらかな山が広がっているのが見えて、南側にはその川が、隣の大きな海辺の街に向かってだんだんと広く、ゆるやかに流れている。橋の上にはその隣町まで三十五キロメートル、さらにその隣町まで六十キロメートルだという標識がついていた。それは、しっかり準備すれば僕が乗っているクロスバイクでも十分にたどり着ける距離だった。そしてヒデさんのオートバイはもちろん、僕がこれから買おうとしている原チャリなら簡単に往復できる距離だった。そのことに気づいたとき、僕は自分はどこにでも行けるのだと思った。それは生まれてはじめて感じたことだった。

僕が目星をつけていたのは、学校に通うときに乗るバスが通っている国道沿いにある中古店で発見したスーパーカブで、そこにはかなり年季の入ったものが格安で放出されていた。そしてその隣にはそれよりは少しだけ古くなくて、その分値段が少し高いものが並んでいた。僕はツナギのよく似合うバイク屋の主人――僕の父親より年上で「おじさん」と「おじいちゃん」の間にいるような感じの人だった――に話しかけて、免許の取得を含めて総額でどれくらいの金額が必要か教えてもらった。僕の計算では夏休み中に、いま求人の出ているパン工場かプラスチック製品の工場のどちらかで週に四日間アルバイトをして、足りない分を小遣いやお年玉を貯めた貯金から工面すると、九月に学校が始まる頃にはなんとか高いほうのカブでも手に入るはずだった。

しかし七月の第一週にあった春学期の期末テストが終わっても、僕はこの胸が躍る計画を藤川には話していなかった。僕は藤川にこの計画を何日も話せないでいるうちに、彼がこの計画に乗ってこないのではないかとより強く思うようになっていたからだ。そして僕がもたついているうちに写真部の雰囲気がまた、大きく変わる出来事が起きた。

それはテスト明けの週の金曜日だった。このときまで僕たち写真部は部員が一気に増えたとは言え、毎日昼休みにヒデさんが買ってくる昼食をみんなで食べているだけで、活動らしい活動はまったくしていなかった。しかし、部室の雰囲気はそれまでとはまったく異なっていて、何かワクワクすることがこれから始まるような、そんな予感に満ちていた。いまの写真部は学校外の人物に食事を配達してもらっていて、その秘密をみんなで、それも教師を含めたメンバーで共有することによって、ちょっとした一体感が生まれていた。そしてこの一体感が、このメンバーでならもっと楽しいことができるんじゃないかという予感を生み出していた。そして、その楽しい予感はまるで試験が終わるのを待っていたかのように――実際待っていたのだろうが——カバパンの口から告げられる形で現実のものになった。

「合宿をやるぞ」

それは夏休みの撮影合宿旅行の計画だった。その日、カバパンは珍しく放課後に部員たちを招集した。そしてこの街から電車で二時間半ほどかかる半島の先にある海辺の別荘で二泊する合宿の計画を、得意気に披露した。この写真部はもう何年も開店休業状態で、そのために主に備品代として確保されていた予算の繰越しがそれなりに溜まっていた。本来ならそれは、越年して備品購入に充てられるはずだったのだけれど、カバパンは校長以下の幹部職員と交渉し、その一部というか、かなりの部分をこの合宿の費用に回すことを承諾させたのだと述べた。その上、滞在先はカバパンが以前から親しくしている人物が所有する別荘なので生徒の負担する費用はほとんどなく、そのために既にインターネットのディスカウントショップで、普通列車が一日乗り放題になる「青春18きっぷ」を人数分確保しているのだ、と。

部員たちは狂喜した。あれほど教頭に嫌われているカバパンがどうやってそのような例外的な措置を認めさせたのか、ちょっと想像がつかなかったのだけれど、カバパンはものすごく恩着せがましく告げた。

「……これも俺の人徳の為せる業だ。校長たちは樺山先生のおかげで世を拗ねた生徒の溜まり場だった写真部は活気づいてきたと俺の手を取って感謝して、別荘の持ち主は樺山君の生徒なら大歓迎だと言ってくれた」

そもそも校長がこの部の現状といった細かいことを把握しているはずもなく、特に前半部には明らかに誇張が入っていたが、誰も突っ込まなかった。気がつくと話題は由紀子を中心に現地で何をするかということに移っていた。少し調べると、現地にはあまり人気《ひとけ》のない小さな海水浴場があって、夜は花火やバーベキューもできそうだった。松田がヒデさんは来るのかと尋ね、由紀子がもちろん来ると返すといつものお礼にバーベキューでヒデさんをもてなそうと言い出して、その場がどっと盛り上がった。釣りの好きな駒澤と鈴木がかさばるけれど道具を持っていきたいと言って、それに男子の何人かが同調した。こんな楽しそうな顔は見たことがない、というくらい仲間たちはとびっきりの笑顔を見せていた。

　そして僕だけがその輪にどこか入れないでいた。僕もそれは楽しそうだと思ったことは間違いないし、行き先の海辺の街は僕が原チャリを手に入れたら行ってみたいと思っていた場所の一つだった。下見がてら、ヒデさんのバイクの後ろに乗っけてもらってあたりを回ってきてもいいし、それに合宿中なら藤川とゆっくり話すタイミングもあるかもしれない。ただ、あれもしたい、これもしたいと盛り上がる仲間たちを、僕はどこか冷めた気持ちで眺めていた。理由は明白で、その輪の中心にいるのが由紀子と、そして藤川だったからだ。

　少し前まで、この写真部の中心には藤川と僕がいた。しかしこの短い間ですべてが変わっていた。いま中心にいるのは由紀子と藤川であり、かつての僕の位置に由紀子が座っていた。

　みんなのあれがしたい、これがしたいというアイデアを、まずは由紀子が引き取った。たとえば松田がバーベキューをしたいと述べると、由紀子がすぐに、少し離れたところにある有名なお好み焼き屋で提供している焼きそばのことを話し始めた。そこは昭和四十年代から続く、近所の学生や主婦に愛され続けてきたお店で、鉄板の並べられたお店の中だけではなくて、持ち帰りでお好み焼きや焼きそばを提供していた。それも店で焼いたものではなく、家に持ち帰ってフライパンやホットプレートに広げたらすぐに焼ける生麺と具材、そしてソースのセットを提供していた。カバパンも由紀子もこの街にやってきて三ヶ月ほどしか経っていないはずなのに、こういうことにとても詳しかった。由紀子はどうせならそこの焼きそばをバーベキューのときに焼いたらいいのではと提案した。仲間たちはまたどっと盛り上がり、そして次の瞬間に藤川がクーラーボックスを持ち運ぶのは大変だからクール宅急便をその別荘に送ろうと言って、すぐに段取りと料金計算を始めた。やっていることは他愛のない遊びの計画だったけれど、それはものすごく鮮やかなコンビネーションだった。洗練されていて、そして創造的だった。由紀子と藤川のそれはまるで息の合った夫婦のようなやりとりだった。

僕は楽しそうなみんなの姿を、部室の隅から眺めながら考えていた。たしかに、あのお店の焼きそばはおいしいけれど、藤川が去年の学園祭の裏学食で作って、仲間たちに振る舞った焼きそばだって捨てたものじゃない。どうせだったら、店で買った焼きそばではなくて藤川の開発した自慢のレシピをみんなで味わうほうが、絶対に楽しいはずだった。写真部にもともといた男子たちは、みんなそのことを知っているはずだったけれど、当の藤川を含めて誰もそのことを指摘しなかった。

ほんの少し前まで、由紀子の位置にいたのは僕だった。僕がアイデアを膨らませ、それを藤川が具体的な計画に落とし込む。そうやって僕たちは中学の頃からやってきた。しかしたったーヶ月足らずで、その位置は由紀子のものになっていた。そして藤川も、他の仲間も、僕がその位置にいた頃より何倍も楽しそうに見えた。

実際にその少し前から、藤川も他の仲間たちも僕の考える遊びに飽き始めていた。僕の勧める本や映画は気取っているとか背伸びしているとか言われて敬遠され始めていたし、あれほど夢中になっていたボードゲーム作りも、市販されているもので遊ぶほうが手っ取り早いと誰もやりたがらなくなっていった。こうして、僕は一人で行動することが増え、そのことがますます僕を仲間内から孤立させていった。そしてこの時期にはその孤立は、由紀子の登場によって決定的になりつつあった。

僕は用を足しに行くていで、席を立ち部室を離れた。本当にトイレに向かうつもりだったけれど、廊下に出たときに、適当な理由をつけてこのまま帰ろうと思った。どんな理由をでっち上げたとしてもそれが口実にすぎないことは明白で、僕が面白くなく思っていることが伝わってしまうのは間違いなかった。そしてそのことでますます僕の立場は悪くなることも簡単に予測できた。けれど、どうしても僕はその場にいたくなかった。せめていまが昼休みで、ヒデさんがその場にいればもう少し違った選択もありえたのかもしれないけれど、そのときは放課後でヒデさんはいなかった。いまのあの部室で、孤立しがちな僕に気を遣ってくれる人はいなかった。

「これみよがしに、帰ってやろうとか思っているでしょ?」

背中から声をかけられて、僕はぎょっとした。

由紀子だった。このときも彼女は気がつくとそこにいた。そして、このときの由紀子は部室で見せるような明るく屈託のない少女ではなく、あの葉山先生の葬儀で見せた、何もかも見透かしたような口の利き方をする、ちょっとぞっとするような硬質さをもったあの由紀子なのが声色で分かった。

「昔からの仲間とうまく行ってなくてちょっと拗ねちゃっているのは知っているけれど、もっと素直に青春を楽しめばいいと思うな。先生だって、調子がいいところもあるけれど、どうせなら楽しくやりたいと思っていろいろがんばっている。それくらい分かるでしょ?」

青春を楽しむ、と由紀子は言った。まるで、それを失ってしまった大人が懐かしんでいるような言い方だなと僕は思った。

「物語のヒロインは舞台の中心でスポットライトを浴びて気持ちがいいのかもしれないけれど、脇役や悪役に押しやられてしまった人はたまったもんじゃない。そしてカバパンや板倉が、そういうことを分からずにやっているとも思わない。だから僕はいま、なんて白々しいことを言う奴なんだって思っているよ」

それは僕がずっと用意していた台詞だった。次に由紀子が本性を見せたときに、言ってやろうと考えていたのだ。

「そうやって自分は傷ついているんだ、面白くないんだってアピールしていれば誰かが優しくしてくれるんじゃないかって思ってるんでしょ？　でもそういうのが透けて見えるのって、あんまりカッコよくないと思うんだけど、どうかな」

僕は図星をつかれてドキッとした。そして同時にその正確な指摘を武器に僕をねじ伏せようとしている由紀子の態度にカチンと来ていた。そこまで分かっているなら、もう少し言い方があるだろうと思った。今思うと、この感情こそが由紀子の指摘する見え透いた部分なのだけれど、このとき僕はとにかく何か言い返してやろうとしか思わなかった。

「葉山先生のことを引きずっているあいつは格好をつけているって、僕はいまだにそう思われているんだ」

咄嗟に出た言葉だった。でもこれではまるで、由紀子に同情して欲しいと言っているようなものだなと、もう一人の自分が冷静に自嘲していた。

僕は由紀子の反応を待った。きっと同じくらい意地の悪い、なんとかこっちを見透かしたようなことを言おうとしてくるに違いないと、僕は構えた。僕は自分を支えるために、ここで由紀子に負けるわけにはいかなかった。しかし、由紀子の反応は僕が予想していたものとは少し、いや、だいぶ違った。

「森本君はさ、もう少し自分の寂しさに自覚的になったらいいと思う。葉山先生はそれに気づいていて森本君のことを気にかけていたんじゃない？　そのことが嬉しかったから、森本君は先生が好きだったんでしょう？」

それはたぶん、その通りだった。ただ、由紀子は同じことをもっと意地悪に、悪意を込めて言うことができたはずだったけれど、そうしなかった。まるで本当に、僕のことをかわいそうに思っているかのように彼女は言った。そのことが、逆に僕はとても嫌だった。

僕はちょっとたまらなくなって、そのまま由紀子に背を向けて、逃げ出すように足早に新校舎に向けて歩いていった。そのまま、帰宅することにした。荷物は明日取りにいけばいいと思った。さすがにこれで僕が拗ねていることが誰の目にもはっきりして、しかもその拗ねている理由も、最近ちょっと浮いているからくらいのことでしかないので、たぶん仲間たちからは一斉に不興を買ってますます孤立することが予測できた。けれど、もうどうしようもなかった。

僕は財布がポケットにあるのを確かめると鞄を部室に置いたまま学校を出た。古本屋にも、図書館にも寄らなかった。ただ、あの町外れの橋から川を見たくなって、そこまで行った。一度家に戻って、自転車で行こうかとも思ったけれど、そのままバスで行った。悪いことは続くもので、僕がバスを降りて、橋へ歩いている途中で雨が降ってきた。季節は梅雨の最中で、雨がちではあったのだけれど、僕は鞄と一緒に傘を部室に置いて来ていた。

そのときだった。急に、何かに「見られている」ような感覚が襲ってきた。それは、とても強い視線のようなものだった。びっくりしてあたりを見回したけれど、誰もいなかったし、変わったことは何もなかった。それもそのはずで、別に僕は誰かに声をかけられたわけでもなければ、何か光や音を感じたわけでもなく、ただ、なんとなく見られているような気がしただけだったからだ。ただ、その視線のようなものは確実に、強い意思のようなものを帯びていた。もっと言ってしまえば、それは僕という存在そのものを否定するような、とても強い意思だった。敵意というよりは、磁石の同じ極同士が反発するような、存在として相容れないものを排除したい、という意思のように感じた。ただ、本当にそこには何もなかった。その視線のようなものを発する存在はどこにも見当たらなかったし、そもそもただ「見られている」という感覚があるだけで、その視線のようなものがどこから注がれているのかその方向さえも感じることはできなかった。もし仮に僕がゲームボードの上の駒で、ゲームをプレイしている人間から視線を注がれていたら、このような気分なのではないかと思った。たちまち、悪寒のような、鈍い頭痛のようなものが腹の底から湧き上がってきた。

気がつくと、最初はこれくらいなら大丈夫かな、と思っていた雨が本降りになってきた。僕は橋のたもとまで歩いて、ほんの少しにごり始めた川を視界に収めたのだけど、すぐに逃げ出すように横断歩道を渡って、反対車線に来たバスに飛び乗った。ずぶ濡れ、というほどではなかったけれど、制服のシャツはすっかり水を吸って、青白く透けていた。バスが動き出す振動が身体に伝わったとき、激しい吐き気がした。僕はそこから一時間ほどかけて、濡れた身体を引きずって帰宅して、そしてしっかりその夜から熱を出して寝込んだ。

それからしばらく僕は熱を出して寝込むことになったのだけれど、ここで、僕の家庭についてもう少し説明しておきたいと思う。僕がいわゆる転勤族の子弟であることは既に説明した通りだ。僕の一家は中学一年生のときにこの街に引っ越してきたのだけど、父親は僕が高校一年生のときにまた転勤になった。高校の転校は小中学校のそれと比べて格段に面倒で、そして両親はこの県内随一の進学校に僕が通っていることをとても喜んでいた。その結果として僕の両親は歳の離れた妹を連れて隣の県の大きな街に引っ越して、僕はこの街に下宿することになった。僕の通っている学校は県内のいろいろな街から生徒が集まっていて、学校の近くには高校生向けの下宿屋もいくつかあった。僕たちの仲間内では駒澤がいわゆる「下宿生」で、そのために彼の部屋は僕たちの放課後の溜まり場の一つになっていた。しかし僕の場合はたまたま父の従兄弟にあたる人がこの街に住んでいた。その父の従兄弟の家は父が「本家」と呼んでいた少し古い家で、僕が幼稚園に通っていた頃に亡くなった曽祖父が使っていた離れのような、書斎のような場所があった。そこは「蔵」と呼ばれていて、何十年か前に実際に蔵だったものを改装した部屋だということだった。

そして、僕はその「蔵」に高校一年生の秋から住むようになっていた。そこには、たくさんの本棚と古いステレオとレコードがたくさんあった。本棚には三十年から四十年ほど前の、古い文庫本が多かった。片岡義男や矢作俊彦といった知らない名前が多く並んでいたのだけれど、中には筒井康隆や小松左京といった昔の日本人のSF作家のものも混じっていた。それは曽祖父のものではなく、ほとんど会ったことはない年の離れた父の兄、つまり僕の伯父のものだった。彼も若い頃にこの家のこの「蔵」に下宿して隣町の国立大学に通っていたことがあるらしく、その頃に持ち込んだものだということだった。僕はこの「蔵」が気に入って、母屋に部屋を用意するという父の従兄弟夫婦の勧めを断って、ここを自分の住み処にした。

この父の従兄弟夫婦のおじさんとおばさんもそれまでほとんど会ったことのない人だったけれど、特におばさんは僕にとても良くしてくれていた。進学校に通い、本の好きな僕は「手のかからない」「真面目な」「いい子」なのだと彼女は口癖のように述べていた。朝晩の食事と、洗濯だけ面倒を見るという約束で僕の両親が下宿代を払っていたはずだけれど、彼女はそれ以上の面倒を見てくれていたと思う。高校の食料事情が悪いことを知ると、毎朝弁当まで持たせてくれようとした。それはとても魅力的な提案だったけれど、僕はそれはさすがに申し訳ないと、丁寧に断っていた。この気のいい親戚の夫婦と、これ以上距離が近くなるのがなんとなく恥ずかしかったからだ。

しかし、熱を出して寝込んでしまったとなれば、頼らないわけにはいかなかった。僕は発熱した夜におばさんの作ってくれた玉子粥と、一緒に一房まるごと持ってきてくれたバナナで胃を満たし、風邪薬をたっぷりのミネラルウォーターで流し込んで、そして寝た。僕が熱を出したのは金曜日の夜で、土曜日、日曜日と休日を潰して寝込むことになった。その間、おばさんはお粥とかうどんとか消化によい食事を一日三回、同じものが続かないように気を遣いながら持って来てくれた。咳と鼻水は出続けていて、身体のだるさは取れなかったけれど、とりあえず日曜の夜には熱は下がっていた。翌朝にはこれらの症状もほぼなくなっていて、せいぜいちょっと本調子じゃないなと感じるくらいだった。つまり、かなり体調は回復していたのだけれど、僕は週末の発熱を口実に学校を休むことにした。昼食を一人で運ばなければいけなくなるヒデさんには悪いけれど、あの全力で青春ゴッコをやっている部室に顔を出すのも、その輪の中心にいることができないことを寂しく思っている自分を自覚するのも、それを由紀子に見透かされて言われたくないことを言われるのも嫌だった。

僕はおばさんに担任への連絡をお願いすると、三日ぶりにシャワーを浴びて午前中はベッドに横になりながら、ずっとロバート・A・ハインラインの『夏への扉』を読んでいた。それは葉山先生から借りるつもりだった本の（そして彼女の死で借りることができなくなった本の）一つで、代わりについこの間国道沿いの古本屋の百円コーナーに置いてあったボロボロのハヤカワ文庫版を見つけて読んでいた。物語の後半はちょっとご都合主義的な甘ったるい展開だと思ったけれど、病み上がりに読む分にはむしろその甘さが心地良かった。

葉山先生が、この小説は現代では科学がつくる明るい未来を無邪気に信じ過ぎていると批判されることが多いけれど、自分はこんな風に未来が信じられる人のことを少し羨ましく思うと言っていたのを思い出していた。

そして、夕方に小説を読み終わった頃、僕の部屋がある「蔵」におばさんがやってきた。彼女がお昼に作ってくれた鍋焼きうどんの器はさっき下げてもらったばかりで、夕飯にはまだ少し早かったので僕は少し驚いた。「お友達がお見舞いに来ているから、通していいか」と彼女は僕に尋ねた。僕は誰だろう、と思った。写真部の連中が僕を呼びに来るのは日常茶飯事なので、もし奴らの誰かが来たなら彼女は藤川君とか駒澤君とか、固有名詞を口にするはずだったからだ。「いいですけど、誰ですか」と僕が尋ね返すと、意外な人がおばさんの後ろからひょっこりと顔を出した。

「意外と元気そうじゃない？」

それは由紀子が連れてきた二人の女子のうちの一人で、井上だった。

井上は手土産に、自分の家の庭で取れたというすももをスーパーのビニール袋に入れて大量に持ってきた。おばさんはこの手土産が気に入ったらしく、すぐに洗って持ってくるとはしゃいで母屋に戻っていった。

「私の家って、意外と近くなんだ。知らなかったでしょ？」

井上は僕の見舞いに来た理由を、そう説明した。しかし、説明になっていなかった。僕と井上はクラスが違い、そして写真部に彼女が入ってからもほとんど話したことがなかった。そもそも井上は口数が多くなくて、部室ではいつもニコニコしながら人の話を聞いていた。だから、あまり強い印象がなかった。強いて言えば、僕はこういう物静かなタイプのほうが由紀子や松田のような自己主張の強い連中とは逆に気が合うのかもしれないなと思っていたけれど、それ以上の感想を抱いたことはこのときまで本当になかった。その井上が僕の見舞いに下宿までやってくるなんていうのは、どう考えても不自然なことだった。

井上は僕の部屋に上がると、物珍しげに部屋の中を見回して本棚に目を留め、そして「本がたくさんあるんだね。カバパンの本棚みたい」と言った。僕はその一言を聞き逃さなかった。カバパンたちの家に行ったことがあるのかと、僕は即座に尋ねていた。ヒデさんの話が本当なら、そこにはカバパンとヒデさん、そして由紀子が共同生活を送っているはずだった。井上は少し自慢気に「実はさっきまで、由紀子たちの家にいたんだ」と言った。このあたりは新興住宅地の多いこの街の中でほとんど唯一の古くから集落のある地区で、戦後のある時期までは農家を中心に大きな敷地を持つ家が少なくなく、僕の下宿するこの森本の「本家」もそのうちの一つだった。そしてその古い集落を見下ろすように北側には小さな山があって、その中腹には一九八〇年代の好景気の時代に建てられた瀟洒な造りの別荘がいくつかあった。そのうちの一つに、この春からあの三人組が住み着いたのだという話だった。僕はヒデさんから自分たちの家は学校から「割と近い」と聞いていたので、まさか僕の住む隣街から彼らが学校に通っているとはまったく想像していなかった。それはお世辞にも「割と近い」距離ではなかったのだけれど、あの大きなオートバイを自在に乗り回すヒデさんの基準で考えるなら、この距離も「割と近い」のかもしれなかった。

井上は今日の放課後に彼女らの家に立ち寄ったこと、その家のガレージにはヒデさんのものと思われるオートバイが他にも何台かあったこと、カバパンの蔵書を収めた大きな本棚がいくつもあったこと、しかしそれらはまったく整理されていなくて地震が来たら大変なことになるだろうということなどを楽しそうに話した。そして最後に由紀子の怪我は大したことがなく、合宿にはちゃんと来られることを話して「よかった」と付け加えた。僕はこのときはじめて、由紀子が怪我をしたことを知った。僕が半分は仮病を用いて学校を休んだこの日に、由紀子もまた休んでいたのだ。週末に自転車で転んだとき頭を強く打ったので、念のために今日は病院で検査をするため学校を休んだということだった。検査の結果に異常はなく、見舞いに訪れた井上を由紀子は元気に出迎えた。左腕から耳の近くにかけて、小さな擦り傷をたくさんつくっていたが、本人はあっけらかんとしていた。そして、井上は由紀子の様子を伺ったその足で、僕の下宿にやってきたのだと言った。

「由紀子たちの家から私の家の帰り道に森本君の家があるって、カバパンが教えてくれて。それで寄ってみたんだけど、迷惑だった？」

「いや迷惑なんてこと、ない……けど……」

僕は井上のその問いに、うまく答えられなかった。ただ、迷惑じゃないということをちょっと必死に、身振りを交えて示すのが精一杯だった。僕はほとんど話したこともない井上が、僕の見舞いにやってきたことにとても驚いていたけれど、間違いなくそれを嬉しく感じていた。

ただ、カバパンが僕の下宿の所在地を知っていたことが少し、引っかかった。カバパンが教員として僕の住所を知り得る立場にあるのは間違いなかったけれど、それをいちいち把握する理由が僕にはどうしても思いつかなかった。なんだか薄気味悪いものを少し、感じた。しかし、それは些細な問題で僕にとってより重要なのはむしろ、そうやって場所を教えられた結果、実際に井上が僕の下宿にやってきたことだった。そう、井上は、自分がここに来るまで何をしていたかを詳しく話してくれたけれど、なぜほとんど話したこともない僕の見舞いにやってきたのかは話さなかった。しかしその理由を聞くのが、僕には少し恥ずかしくてできなかった。そして井上も、その理由についてはまったく触れなかった。代わりに夏休みの合宿は、面白くなりそうでとても楽しみだと話し始めた。僕がこの合宿について、あまりよく思っていないことを、井上がどれくらい把握していたかは分からない。けれど、井上がこの合宿をとても楽しみにしていて、その合宿に僕が来ることが彼女の中で前提になっていることは間違いないようだった。

その日に井上が僕の下宿に滞在した時間は、三十分もなかったと思う。井上は合宿の話が一段落すると僕の本棚にある本がどういうものかとか、僕がこの街に来る前に暮らしていた東京のこととか、僕がこの「蔵」で半分一人暮らしのような生活をしている事情を尋ねてきた。特に東京については井上は進学を機に上京したいと考えているようで、詳しく聞きたがった。

「東京と言っても僕の家があったのは都心からだいぶ離れた住宅地で、たぶん、井上が思っているほどこの街と変わらないと思う。僕も自分が住む前はそうだったけれど地方に暮らしている人の考えるビルの森みたいな大都会って都心のほんの一部分なんだ。東京って半分以上は本や動画のなかでつくられたイメージでできている街なんだって思う」

「森本君ってさ、本に書いてある文章を読み上げるような感じで話すよね」

何が面白いのか、井上はやたらとニコニコしながら言った。僕は逆に、物静かな印象の強かった井上がこんなによく喋ることを意外に感じていた。

そして井上は僕の部屋を去るときに言った。

「でも良かった。森本君ってなんか部室じゃちょっと話しかけづらいなと思っていたけれど、全然そんなことないよね」

それは一度自分と話してみたかったと言っているように僕には聞こえた。そして更に井上はこう付け加えた。「ね、今度、一緒に由紀子たちの家に行かない？」と。

それは想像もしない提案だった。僕はほとんど反射的に「板倉は、僕が行ったら嫌なんじゃないかな」と答えていた。それが僕の、最大限の強がりだった。井上は「そんなことないよ」と笑い、じゃあ由紀子に話しておくからと告げ、バイバイと手を振って部屋を出ていった。

そして僕はそのときふと、気がついた。由紀子とカバパン、そしてヒデさんの三人が暮らす山の中の別荘地からこの下宿までは「近い」といってもたぶん、二キロメートルは離れている。その距離を一度帰って自宅に寄ったらしい井上が徒歩で全て移動したとは考えづらかった。このあたりは夕方でもバスの本数はまったく多くなくて、山の上に向かうのは一時間に一本あるかないかだ。僕はピンと来た。井上は由紀子たちの家に行くために、そしてここに来るために自分が運転できる乗り物に乗ってきたのだ。慌ててサンダルを履いて裏庭に出ると、納屋の前で井上がヘルメットを被っているところだった。井上は僕が飛び出してきたのに気づくと、小さく手を振った。井上は、ウインドシールドの付いたスーパーカブにまたがっていた。そして小さくエンジンを吹かすと、その紺色の車体はコテコテとタイヤで砂利を踏みならしながら、県道に出て走り去っていった。彼女が来るときにこのエンジン音に気が付かなかったことを、僕は悔やんだ。そして、なんとなくだけれど、井上が今日ここにやってきた理由を想像することができた。井上はおそらくヒデさんから、あるいはヒデさんから話を聞いた由紀子かカバパンのどちらかから、僕がオートバイを買おうとしていることを聞きつけたのではないか。その程度のことが、いきなり見舞いにやってくる理由になるとも思えなかったけれど、井上が僕に興味を持つ一因にはなり得るように思えた。

僕はそのときまで、井上の下の名前すら把握していなかった。綾乃というのが彼女の名前で、僕はそれを一時間ほどかけて調べた。クラスが違うので、これが意外と苦労した。僕は写真部の仲間で、井上と同じクラスの今村に連絡して、そのクラスの連絡網の名簿を送ってもらった。そしてそのために適当な嘘をついた。一年前の裏学食の件がまだくすぶっていて、生徒会の役員と話をつけないといけない。だから根回しのために他のクラスの連絡網が必要なのだ、と。藤川の手を煩わせたくないので、僕だけで片付けておくと、嘘がばれないための嘘をつくのも忘れなかった。今村はここしばらく僕がグループから孤立していく流れの中心にいた奴だった。今村は陽気で、ノリがよくて、グループのムードメーカーで、こうした頼み事をまず断ることのない気のいい奴だった。そしてだからこそ、僕がここしばらく一人になりたがったり、昔の遊び方に拘泥したりしているのに反感を持ちがちだったのだと思う。しかし、このときの今村は特に怪しむこともなく、すぐにクラスの連絡網を僕に送ってくれた。

我ながら本当に単純な思考回路だと思うのだけれど、その日から僕は井上のことをよく考えるようになった。そして、僕はこのとき気づいていた。原チャリで、一緒にツーリングに出かける相手は藤川とは限らないということに。

# 6. 庭の日

井上が不意に僕の下宿に見舞いに現れたのが月曜日で、僕は翌日の火曜日から学校に復帰した。そして井上の言った通り、由紀子は左腕を三角巾で吊って部室に現れた。左の耳をはじめ、擦り傷のようなものがあちこちにあって、それなりに痛々しい外見になっていた。二週間もあれば――つまり七月末に出かける合宿までには――治るという彼女の発言に、仲間たちはとても安堵していた。皮肉な話だけれど、仲間たちの関心は圧倒的に由紀子の怪我に集中していたので、僕が金曜日の放課後に拗ねて一人で帰ってしまったことは、まったく話題に上らなかった……というか誰も気にしていなかった。もはやこの写真部では僕が拗ねようが、熱を出して寝込もうが誰もさほど気にすることはなく、その一方で由紀子がいなければ、何も始まらないといった認識がいつの間にか共有されていることが、僕には面白くなかった。

しかし僕の関心はこのとき、かなりの部分が井上に移っていた。彼女が部室で僕と顔を合わせたとき、どんな反応をするのかを僕は気にしていた。結果を言えば、何もなかった。僕はいつも通りヒデさんの買い出しを手伝い、彼を密かに校舎に招き入れて少し前に駅前にできた店で調達してきたクリスピーチキンカツサンドを人数分部室に持ち込んだ。そして、そのカリカリした歯ごたえを楽しみながらそれとなく井上を見やったが、彼女が特に僕を意識しているそぶりはなかった。その反応に僕は半分ホッとして、そして半分ガッカリしていた。

だが、その日の夜に井上から携帯電話にメッセージが入った。そこには由紀子の了解を取ったから土曜日に三人組の家に遊びに行こうと書いてあった。それから週末まで昼休みの部室で、井上はまったくその話をしなかった。それどころか僕に話しかけもしなかった。ただときどき目が合うことが何度かあって、そのときの井上は意味あり気に微笑んでいたように見えた。それはちょっとした秘密を共有していることを確認するサインのように、僕には思えた。いま思うとこういうことを考えていることこそが、思いっきり浮かれている証拠なのだけれど、そのときはまったく自覚がなかった。

そして週末の土曜日、僕は自宅の最寄りのバス停からバスに乗って六つ先の停留所で降りた。バスに乗っている時間は十五分ほどだったけれど、そのバスの便はだいたい一時間に一本しかなかった。これは原チャリでもないと頻繁に行き来はできないなと思っていたら、ちょうど僕の乗っているバスが目的の一つ前の停留所で停まっているときに井上の乗った原チャリがかたかたと追い越していった。停留所から五分ほど歩いて、僕は井上に教えられた家にたどり着いた。

三人の暮らしている借家は、八〇年代の好景気の頃に建てられた別荘の一つで、建物自体は相当古いもののはずだったけれど最近リノベーションしたらしく白を基調にしたシンプルな外観はとてもきれいな印象を与えた。

そこがあの三人組の家だということはすぐに分かった。なぜならば、その軒先にはあのいつも見ているヒデさんの、そしてときどき後部座席に乗せてもらっているオートバイが停められていたからだ。そしてその傍らには、先にここに着いたらしい井上の原チャリに加え、ヒデさんのそれと同じ機種だと思えるオートバイが二台も停めてあった。そしてうち一台は素人の僕が見ても分かるくらい、壊れていた。車体は大きく凹み、後輪が外れていた。

これはちょっと不思議なことだった。そもそも同じ家に、同じ車種のオートバイが三台もあることがかなり不自然なことで、いくらヒデさんがこの車種が好きだったとしても、まったく同じものを三台も所有するものだろうか、と疑問に感じた。由紀子またはカバパンが、これに乗っているという可能性も考えづらかった。先週、由紀子が怪我をしたときに乗っていたのは自転車でありオートバイではないはずで、カバパンは以前から運転免許の類を持っていないことを公言していた。さらに言えば、あの二人がこのオートバイを乗り回しているならそれを使って学校に通っているはずで、ヒデさんにフードデリバリーを頼む理由などどこにもないはずだった。

そして、更に驚いたのはその奥に大きな自動車――いわゆるバンとかワゴンとか呼ばれるタイプのそれ――が停められていたことだった。高校生の由紀子はもちろん、カバパンも無免許のはずで、つまり消去法でヒデさんがこの自動車を運転していることになるのだけれど、だとしたらなぜ、わざわざ僕に手伝わせてまで輸送力の低いオートバイでフードデリバリーをやっていたのだろうという疑問が浮かんできた。ヒデさんのことだから単にオートバイが好きだとか、その程度の理由なのだろうと考えながら玄関の呼び鈴を探していると不意にドアが開いた。

「いらっしゃい。みんなリビングのほうにいるから、とりあえず上がって」

そこに居たのは由紀子だった。制服以外の彼女を見るのははじめてだった。少し大きめのサイズのTシャツと、デニム地のハーフパンツという出で立ちだった。腕が露出しているせいで、左腕の傷口に当てられた大きなガーゼが痛々しく目立っていたけれど、特に本人は気にしている様子はなかった。もともと大人っぽい顔立ちで、普段から大学生くらいには見えていたけれど、こうしてラフな私服を着ていると、二十代半ばの社会人に見えた。そして部室で見かける由紀子よりも、ほんの少し柔らかい印象を僕は彼女に抱いた。

「森本君は私のこと嫌いなのかなって思っていたから、来てくれて嬉しい」

後から考えると、これは白々しい発言だった。何度も喧嘩を売るようなことを言っておきながら、よくこんなことを言えたものだなと思う。しかし、僕は不思議と腹が立たなかった。このとき僕は、本当に由紀子が僕に嫌われていないことに安堵しているように聞こえたのだ。


三人組の家の内装も、外観と同じように白を基調にしたシンプルなものにまとめられていた。黒いフローリングの廊下を通って、二十畳はありそうな広いリビングに出た。そこには、六人がけのダイニングテーブルがあって、そしてその傍らには見たこともない大きなソファがコの字を描いて、碁盤を大きくしたような足の短いテーブルを囲んでいた。九十インチはありそうな大きなモニターには、真っ白な砂漠を男たちを乗せたラクダが歩いている映像が流れていた。名前は分からなかったけれど画面の質感からまったくコンピューターの処理の入っていない、かなり昔の映画なのではないかと推測できた。ソファの向こうには縁側があって、そこに大きなカウチが置いてあった。窓の外には手入れの行き届いた、広い庭が見えた。由紀子は「適当に座っといて」と告げると大股で歩き、飛び込むようにそのカウチに身を委ねた。

ソファには先に来ていた井上がしょこんと座っていて、僕と目が合うとニッコリと微笑んだように見えた。そしてそのソファには前かがみでカバパンが腰を掛けていて、手元で何か細かい作業をしていた。白衣を着ていないカバパンは、ヨレヨレのTシャツと寝巻きなのか外着なのかよく分からないショートパンツを穿いていて、本当にただの無職の中年男性に見えた。

「理生も来たか」

カバパンはある時期から、僕たち部員を下の名前で呼んでいた。僕はそれがなぜかすごく苦手だった。僕は返事をする代わりにカバパンの手元を覗き込んだ。カバパンは一瞬僕を見やると、ニタッと笑みを浮かべてすぐに手元の作業に集中した。カバパンはニッパーで何かを切り取っては、それを何か長細いもので磨いていた。それはよく見ると割り箸の先に紙やすりを貼り付けたもので、カバパンは切り取った小さなものをそれで一つ一つ丁寧に磨いていた。テーブルに広げられた英語の組み立て説明書のようなものを見つけて、それが外国製の旅客機のプラモデルであることに気づいた。

僕はそれから少しの間、モニターに流れている映画のことも、そしてカバパンが組み立てているもののことも気になっていたけれど、タイミングが摑めずにそれらについて尋ねることができなかった。愛想よく出迎えた割に由紀子は僕たちにあまり構う気がないらしく、そのままサイドテーブルに伏せてあった文庫本を手に取って夢中でページを捲っていた。何を読んでいるのか気になって、目を細めて確認するとそれはオースン・スコット・カードの『死者の代弁者』の下巻だった。それは有名な（映画にもなっていたはずの）『エンダーのゲーム』というこの作家の代表作の続編で、僕は名前だけは知っていたけれど読んだことはなかった。葉山先生との会話でも話題に出たことのなかった本で、僕は由紀子がどうやってこの本にたどり着いたのかが少し気になった。

「綾乃ちゃんも理生っちも、とりあえずこれ食べてくれないかな」

カウンターの向こうのキッチンから、ヒデさんがにゅっと身を乗り出した。そしてヒデさんはコーヒーと、自分で焼いたのだというカヌレを出してくれた。そのカヌレは僕たちの高校のある隣の市の駅前にある有名なカフェのそれに見た目も味もソックリで、とてもおいしいのだと以前にもこれを振る舞ってもらったらしい井上は興奮気味に述べた。

「あ、バレちゃいました？　オレ、あのお店のカヌレが大好きで、なんとか自分でも作ってみたくていろいろ試してみていて……。最近、やっと味が似てきたなって思ってて」

　同じカヌレに由紀子も満面の笑みで大口を開けて齧りついていた。カバパンはコーヒーだけを受け取り、手作業を続けながら聞いてもいないのにブツブツと言い始めた。「俺、カヌレが嫌いなんだ。なんかこう、もっさりした食感で口が渇くから」そしてカバパンが言い終わる前にヒデさんが別の皿をプラモデルの説明書の脇に置いた。

「そう思って、先生には……じゃじゃーん。昨日のスフレ・チーズケーキの残りです」

「そうこなくっちゃ」

　カバパンは上機嫌に、大口を開けて一口でヒデさんの持ってきた小さなお手製らしいチーズケーキを口に放り込んで、もしゃもしゃと咀嚼し始めた。僕はそんなカバパンを見ながら、自分の目の前のカヌレを手にとって一口齧った。その表面はとても滑らかで、歯を入れるとほのかにバターが香ばしくて、柔らかい甘さが口の中に広がっていった。さっき一口含んだ濃いめのブラック・コーヒーが、また欲しくなった。僕はコーヒーの味なんてどれも大差ないと考えていて、このときも単に砂糖やミルクを入れるのが面倒だからそのままブラックで飲んでいただけだった。でもこのヒデさんの焼いたカヌレを齧って、僕は生まれてはじめて思い知った。これが「コーヒーに合う」ということなのだと。「やっぱりこれ、本当においしい！　ヒデさん、お店出せるよ」井上のその声は、僕の気持ちを代弁していた。

「いやあ、オレなんて、ただ見よう見まねで作っているだけなんで……」

そして、照れるヒデさんを眺めながら、僕はあることに気づいていた。ヒデさんがこんなに料理が好きでそして上手なら、由紀子とカバパンの弁当を作ることなど簡単なはずだった。昼休みにオートバイでやってきて昼食の買い出しに行く必要など、どう考えてもなかった。あるとすればそれは、彼ら自身のためではなかった。この三人組がここまで手の込んだことをしている理由は、確実に僕たちを楽しませるためだった。僕たち写真部を盛り上げるために、もっと言ってしまえば自分たちのペースに巻き込むために、この三人組は——というよりもおそらくは由紀子とカバパンは——自分たちにはまったく必要のないフードデリバリー・サービスを計画したのだ。それは生徒の心を摑みたいと考える教師と、その教師とグルの生徒による小賢しい演出に他ならなかった。僕はやっぱりそういうことかと少し腹を立てながら、同時に疑問を感じ始めていた。要するに顧問を引き継ぐことになった部活動を盛り上げることが目的にしては、この三人組のやっていることは手が込み過ぎているように思えたのだ。

「先生の本棚、見せてもらっていいですか？」

井上の問いかけに、カバパンはニッパーを使いながら「いいぞ」と背中を向けたまま答えた。

「この俺の、圧倒的な教養を裏づける蔵書量と洗練された選書に感動するといい。いい本棚は背表紙の並びだけで、人を知へと動機づける。それはときに、本そのものを開くことよりも、遠く広い場所に人を連れ出す。そのことをお前たちはいま、俺の本棚を前にすることで学ぶだろう……」続けて何かごちゃごちゃと言っていたけれど、僕は井上に連れられるままリビングの奥の廊下に向かった。

「ね、なんかすごいでしょ？」

たしかにそれはすごかった。しかしそれは僕が想像し、期待していたものとはちょっと違った。僕は僕の暮らす「蔵」のような静かな書斎を——作り付けの書棚に作家の全集が並んで、ガラでもなくシックなレコードプレーヤーとジャケットの日焼けしたレコードのコレクションが置いてあるような書斎を——想像していたのだけれど、そうではなかった。まず、書斎というものが存在しているのではなく、細い廊下の2／5くらいを占める形で本棚がびっしりと並んでいた。この家がいま、火事になったら、奥の部屋にいる人たちはこの本棚のせいで逃げ遅れるだろう。

そこに並んでいる本は特に整理されている様子はなく、おそらく単に買った順番に並べられているだけだった。その量はたしかに膨大で、見たところせいぜい三十代後半に見えるあのカバパンが、これだけの本を読んできたのかと思うと驚くものがあった。本の分野もバラバラで、ナチス支配下のドイツで流行した裸体生活について解説した本があるかと思えば、その隣にはパターン・ランゲージの解説書があり、更にその隣にはインドの建築家ユニットの図案集が並んでいた。強いて言えば、歴史や文学の本が多かった。国語の教師なのだからそれでいいのかもしれなかったけれど、なぜかそこには研究者としてのカバパンの専門だという情報工学のものが一冊もなかったことが、妙に引っかかった。

あともう一つ。僕はこのカバパンの膨大な蔵書の中に、俗に古典と言われるSF小説がかなり混じっていることに気づいていた。アーサー・C・クラーク、ロバート・A・ハインライン、カート・ヴォネガット、トマス・ピンチョン、チャック・パラニューク、ウィリアム・バロウズ、小松左京……うち、何冊かは僕が葉山先生から借りた本と同じもの——トマス・ピンチョンの『競売ナンバー49の叫び』や小松左京の『果しなき流れの果に』——があった。あの葬儀の日、由紀子は言った。僕と葉山先生の関係が羨ましくて、自分も彼女から本を借りたのだ、と。このカバパンの本棚はあの日の由紀子が言ったことが、あるレベルまでは本当のことであることを示していた。由紀子は別に、あの本を読むために貸して欲しかったわけではなかったのだ。なぜならば同じような本を、同じ家に暮らすカバパンが何冊も所有していたのだから。彼女が本当に僕と葉山先生の関係を羨ましく思っていたかどうかは分からない。しかし由紀子が、葉山先生との接点を作りたくて本の貸し借りを始めたことは間違いないようだった。由紀子とはやはりどこかでしっかり話さなければいけない。僕は、そう思った。

おそらくカバパンが仕事場として使っているであろう、廊下の奥の窓のない部屋には、ほとんど本がなかった。たしかにそこは棚で埋め尽くされていた。しかし、そこに収まっていたのは本ではなく、カバパンがこれまでに作ってきたと思われる模型の類だった。旅客機、コンテナ船、自動車、そしてオートバイ……。プラモデルといえば戦車や戦闘機といった兵器やアニメのロボットのものが多いという印象をもっていたけれど、カバパンのコレクションにはその手のものはほとんどなかった。中には、僕たちの通う高校のある隣町の駅前にも建っている有名なビジネスホテルチェーンの模型まであった（そのような商品が存在することに、軽い衝撃を受けた）。そのどれもが、あのガサツでだらしない印象しかないカバパンが作り上げたとは思えないほど、そしてそれがプラスチックの模型だとは感じられないくらい緻密に組み上げられ、細部まで塗装がほどこされていた。

「人間の認識は不思議なもので、模型は実際に存在するものをそのまま正確に縮小しても、人間はそれを本物っぽいとは感じない。特徴を摑み、強調するデフォルメをほどこしたとき、はじめて人はそれにリアリティを感じる。模型は目に見える世界を縮小して、そして所有する行為ではなく、それを批評的に捉え直す行為だ。人間は目に見える世界だけを生きているのではないことを、知るための行為なのさ」

カバパンだった。気がつくと僕たちの後ろに立っていたカバパンは得意気にその長台詞を言い終えると僕と井上の間をかき分けて、奥の本棚の下部に詰め込まれた無印良品の収納棚を漁り始めた。カバパンは、背中を向けたまま言った。「**これは想像力の必要な仕事だ。目に見えぬものたちを、かたちにすることだ**」そして、リビングで使っていたものとは異なるサイズのニッパーを取り出すと、また僕と井上の間をすり抜けて戻っていった。

僕は、そのカバパンの言葉が妙に引っかかった。想像力の必要な仕事があるというその言葉は逆に必要のない仕事があるということで、カバパンはそのことを僕に告げようとしたのではないかと感じたのだ。しかし、このとき僕はそれ以上このことを考えなかった。僕にとってはもっと大事なことを、井上がそのあとすぐに口にしたからだ。井上はそのとき、カバパンが作ったオートバイの——ブラフ・シューペリアというヒデさんの好きなイギリスの古いメーカーのオートバイの——模型に見入っていた。エンジンの金属がむき出しになった部分の光沢と、ボディの艶光りが丁寧な塗り分けで再現されたそれは、カバパンの言う「想像力の必要な仕事」を体現していた。そして井上は、その1／12スケールのブラフ・シューペリアを見つめながら言った。「森本君は、原チャリを買うことにしたんでしょ？」そして僕のほうを振り返ると、大きな目をますます大きくして言った。「早く免許取りなよ。一緒に出かけたら楽しいよ」。この一言を言われたために、僕はその日はこのあとほとんど井上のことしか考えられなくなった。

リビングに戻ると、食欲をそそる匂いがした。僕たちはヒデさんから大きな声で庭に呼ばれた。僕と井上は、縁側に用意してあったサンダルを履いてその庭に飛び出した。手入れの行き届いた手前の芝生の奥に、花壇と家庭菜園が広がっていた。そこは学校の教室の一・五倍くらいあって、僕の想像していたものよりもずっと広かった。以前から僕はヒデさんから自分は土いじりが好きで、いま住んでいる家の庭で花や野菜を育てているのだということを何度か聞かされていたのだけど、実際に目にしたそれは想像していたものよりずっと本格的だった。そこには名前の知らない花々とそしてキュウリやトマトといった夏野菜が、未熟な青さを主張しながら生い茂っていた。どうもバッタの類の虫が多いらしく、そこに植えられた植物の葉は食い荒らされているものが多かったけれど、ヒデさんは気にしていないようだった。これだけ几帳面に芝生を手入れしているヒデさんが、花壇や菜園の虫たちに無頓着だとは思えなくて、たぶん彼なりの考えがあってそうしているのだろうなと僕は想像した。

菜園の反対側の庭の端からは、山の下に広がる僕たちの暮らす集落が見えた。田んぼに囲まれたその集落は一軒あたりの敷地が広いせいか、小さいけれどはっきりと一つ一つが視認できた。双眼鏡の類を使えば、僕の下宿する森本の本家もはっきり見えるはずだった。

ほどなくヒデさんは芝生のない土のむき出しになった箇所にコンロを置いて、肉を焼き始めた。コンロの横にはキャンプ用のテーブルと人数分の椅子が設置されていて、グラスや紙皿がきれいに配置されていた。僕と井上はヒデさんに促されて、その椅子に腰を掛けた。並んで座るほうが自然な流れのように思えたけれどなんだか少し恥ずかしくて、僕たちはどちらからともなく、一つ席を空けて座った。

由紀子は縁側に鎮座するカウチに寝そべったまま、例のオースン・スコット・カード の文庫本を捲っていたが、ヒデさんから肉と野菜がてんこ盛りになった紙皿を渡されると半身を起こし、本をサイドテーブルに置いてパチン、と割り箸を割った。そして「いただきます」と言ってガツガツと食べ始めた。怪我をしている左腕をあまり使いたくないのか、由紀子は右腕だけを器用に使って、箸で肉をつまみ、サイドテーブルに置いた文庫本のページを捲っていった。その手慣れた動作は、以前にも同じような怪我をしたことがあるのではないかと僕に想像させた。

カバパンは作業の場所を縁側に移したらしく、やはり紙皿に載せられた肉片をつまみながら相変わらず細かい作業に没頭していた。ヒデさんはまったく手伝う気のない二人の同居人に文句一つ言わずどんどん肉と野菜を焼いて、そして二人の紙皿の上に載せていった。

「綾乃ちゃんと理生っちは、好きな飲み物を適当についじゃって」とヒデさんに言われたので、僕は何も考えずに傍にあったガラスの瓶に手を伸ばした。伸ばしながらこれは何かとヒデさんに尋ねると、代わりにカバパンが飛び出して「それは俺専用だから飲むんじゃない。こっちにしてくれ」と隣に置いてあった別の瓶を差し出してきた。

「こっちは俺専用のカロリーがほぼゼロのレモネードだ。そしてこっちが通常の一般人用のカロリーたっぷりのレモネードだ」

「オレ、ダイエット用の甘味料は苦手なんですけど、先生がどうしてもカロリーがある甘い飲み物は嫌だって言うから、仕方なく作ったんですよ……」

ヒデさんはそう言って眉をひそめた。

「気休めでしょ？　そうやって自分は気を遣っているから大丈夫だって自分に言い聞かせて、

ひたひたと迫る四十代の影から目をそらしているのよ」

由紀子が文庫本に目を落としたまま、辛辣なことを言った。

「フン。いま、口にしたその言葉をお前は十年後に絶対に後悔することになるからな。覚えておけよ。三十代の直面する残酷な現実に、容赦なく報復されるがいい」

ドバドバとカップに自分専用のレモネードを注ぎながら、カバパンは由紀子に反撃した。十年後では由紀子はまだ三十代には達しないのではないかと思ったけれど、突っ込むほどのことでもなかった。

「まあまあ、ケンカしないで。オレ、じゃんじゃん肉焼くんでじゃんじゃん食べてください」

ヒデさんがあまり機能していない仲裁を試みて由紀子とカバパン、そして僕と井上の紙皿に焼き上がった肉をどんどん載せていった。その光景を井上は白い歯を見せてケラケラ笑いながら眺めていた。

ヒデさんの自信作らしい自家製のレモネードは、ほんの少し苦かった。甘みと酸味の綱引きを引き立てるためのほんの少しの苦みがそこにはあった。そしてこれが企みをもって、とても丁寧に作られたものだということが、口に含んだ瞬間に伝わってきた。

ヒデさんのこだわりなのか、この家で出てくるものにはとにかく市販のものをそのまま使っているといったものがほとんどなかった。本当になんでも自分で作ってしまうんですね、と聞いたら、ヒデさんは露骨に嬉しそうな顔をして「オレ、なんかこういうの好きなんですよね。自分で手を加えていろいろ作るっていうのが」と答えた。

そして僕がヒデさんのレモネードに感動しているそのすぐ横で、由紀子が平然と外国語のラベルのついたワインを開けていた。傍らにはクラフトビールの瓶も並んでいた。そしてその行為をヒデさんはもちろん、一応は教師のはずのカバパンもまったく咎めなかった。僕と同じことに気がついたらしい井上がおそらくはあれでいいのかと確認するために「由紀子って、結構お酒を飲むんですね」とカバパンにささやいた。そしてカバパンは答えた。「ああ見えて、由紀子もヒデも放って置くと際限なく飲む。しかしこの俺のような賢者になるともはやアルコールの支援などまったく必要がなくなる。いいか、覚えておくといい。真の知性は世界そのものに酔うことができるのだと……」

どう考えてもカバパンが酔っているのは自分自身に対してであり、そしてどう考えても由紀子の飲酒について彼は何の問題意識も抱いていなかった。

僕はそのとき、自分がこの場に奇妙な居心地の良さを感じていることに気がついた。そこは、誰もが自分の好きなことを、好きなようにやっているだけの場所だった。由紀子とカバパンはもちろん、ヒデさんだってこういうことが好きでやっているようにしか見えなかった。僕は、この先に自分が井上とどういう関係になっていけるのかを探りたくてここに来ていたのだけど、しかしその結果としてこの場所にはとても気持ちのいい、誰にも遠慮しなくていいし誰からも侵害されない時間が生まれていることに気づいたのだ。

それは少し前の僕なら、絶対にそうは考えないことだった。この三人組が現れてから、僕はそうでなくとも孤立気味だった仲間内から、よりいっそう浮き上がってしまったことは間違いなかったし、ここしばらく起きたことによって決定的にもう昔の頃の仲間内のノリには戻れなくなったことも間違いなかった。しかし、それは必ずしも悪いことばかりじゃないのではないか、と僕はこのときはじめて感じた。

その日の午後、この庭とその周辺にはとても幸福な時間が流れていた。そして、僕は少しだけ、ワクワクし始めていた。葉山先生が亡くなってからまだ一ヶ月ほどしか経っていなかった。しかし彼女の死をきっかけに僕をめぐる環境は良くも悪くも大きく変わっていってしまった。葉山先生の存在をはじめ、たくさんのものを僕は失くしてしまっていた。しかしその代わりにいくつかの豊かなものと僕は出会い始めているように思えた。

ヒデさんはたぶん、僕にとってはじめてできた大人の友人と言っていい存在で、彼に教えられたオートバイの世界は、僕をまだ知らないどこか遠くの世界に連れていってくれる予感に満ちていた。その冒険にもしかしたら一緒に行けるかもしれない井上綾乃の存在が、その予感をより膨らませていた。由紀子もカバパンも、たしかにいけすかないところのある食えない人たちだったけれど、もしかしたら僕はこの二人と、たとえばもっと本や映画の話をすることでまだ知らない世界に出会うことができるのかもしれなかった。そしてそれは、葉山先生が僕に与えたかったはずの環境に、とても近いものなのかもしれないと思った。これを認めるのは悔しいことでもあるのだけれど、僕の世界はある方面では確実に豊かになり始めていた。あとは仲間たち、特に藤川との少し気まずくなった関係が、これまでとは違う形になったとしても改善することができれば言うことはなかった。

# 7. 海へ

期末テストが終わると、僕たちの学校は夏休みに入った。この学校の夏休みは一応、四十日ある。しかしお盆が明けて少し経つと、名目的には自由参加なのだけどその実態としては半強制参加の——二学期の授業はこの講習を受けている前提で行われる——夏期講習が始まるので実際には三週間強の休暇だった。だからこの学校の生徒はなるべく夏休みの最初の一週間にその夏の一番の楽しみを計画することが多かった。去年の夏休みに僕たちは川釣りに挑戦してみたいと盛り上がって、二泊三日で県外のキャンプ場に出かけた。一日目は夜中まで僕と藤川が作り上げたカードゲームをプレイし、二日目の午後には釣りの好きな駒澤と鈴木の指南で僕たちは少しだけ川に入った。僕は少し竿を握った程度だったけれど、十分満足した。学園祭で問題になった藤川の焼きそばは、もともとはこのキャンプのために考案されたものだった。

そしてこの高校二年生の夏休みの初週に、僕たちは写真部の撮影旅行と称して隣の県の海の街に出かけた。去年は六人だったメンバーが、十一人に増えていた。うち二人は大人で、そして三人は女子だった。

その撮影合宿の旅行は、二泊三日の日程が組まれていた。昨年のキャンプの計画は僕と藤川で練り上げたものだったけれど、僕はこの合宿の計画にほとんど関与していなかった。この合宿の計画は由紀子と藤川を中心に組まれたもので、それはこの一ヶ月で起こった仲間内の関係の変化をよく表していた。要するにそれまでリーダーの藤川をその親友の僕が支えることで回っていた写真部は、カバパンという新しい顧問の先生の発案をその妹分である由紀子と男子たちのリーダーである藤川が具体的な計画に落とし込むことで回るチームに変化していたのだ。そしてこのいまの写真部では相対的に由紀子の連れてきた二人の女子の発言力が強く、特に気の強い松田の意見が通りやすかった。それは彼女たちが由紀子に近い存在だったことと、あと、これは仕方ないのかもしれないけれど、僕たち男子がこの新しく入ってきた女子たちに遠慮しがちになった結果だった。要するに嫌われたくないという気持ちが前面に出てしまっていたのだ。

たとえば、一日目に僕たちはマンボウの展示に力を入れていることで有名な水族館に行くことになっていた。そこで松田がその水族館の売店で売っている名物のマンボウソフトクリームを食べようと発案すると、それはいいと僕を除く全員が盛り上がった。僕は水族館にまったく興味がないわけではなかった（基本的に動植物は好きだ）けれど、マンボウソフトクリームにはまったく興味が持てなかった。それはマンボウの皮膚の柄をイメージした色のソフトクリームで、おそらくその実態は派手に着色料が用いられただけのただのバニラソフトクリーム以上のものではないと思われた。そもそも僕たちはそういった嘘臭いものをバカにすることで、本音で楽しくやっていこうという前提を共有している仲間のはずだった。それなのに仲良くなり始めた女子たちがはしゃいでいるからといって、よりにもよってマンボウソフトクリームはないだろう、と僕は抵抗を感じた。腹を立てるようなことではないけれど、長い時間をかけて丁寧に作り上げてきた砂の城が、いつの間にか崩れてしまっていたような気持ちになった。ただ僕が少し前のように露骨に拗ねて、不愉快な態度を取ることで抗議の意思を表明することをしなかった……というかできなかったのは、井上はそれまでと同じように僕にほとんど話しかけてこなかった。

他の写真部のメンバーがいるときに、井上はそれまでと同じように僕にほとんど話しかけてこなかった。ときどき、周囲に人がいないときに軽く雑談をしてくることがあったけれど、こうした井上の態度は僕をかなり満足させていた。つまり井上は僕と個人的に親しくなり始めていることを部室でおおっぴらにしたくないと考えているわけで、それは彼女なりに僕との距離が近くなってきていることをデリケートな、しかし好ましいことだと考えていることを意味しているように思えたからだ。そして、このようなことを延々と考えている僕も、やはり心のどこかで浮かれていた。そしてこの井上への感情が少し後ろめたく、僕はマンボウソフトクリームに対する違和感を表明できなかったのだ。

※

行きの電車は、四人がけのボックスに十人が分散して座ることになった。十一人ではなく十人なのは、ヒデさんが朝からオートバイで先に向かって僕たちを迎える準備をしてくれる手はずになっていたからだ。僕はたぶん女子三人とカバパンが同じボックスに座り六人の男子が適当に分散するのだろうなと思ったけれど、違った。由紀子を取り巻くように藤川と鈴木、そしてたぶんまだこれまで一度も名前の出ていない写真部の男子の最後のメンバーである椎名が座った。通路を挟んで向かい側の四人席には駒澤と、そして駒澤と仲のいい今村が並んで座った。その正面に松田が陣取ろうとしたが、そこにカバパンが割って入り、自分は進行方向かつ右を窓にして座らないと乗り物酔いをすると強烈に主張し始めた。その車両で、カバパンの望む席はいま松田が陣取ろうとしているその席だけだった。松田は苦笑してカバパンに席を譲り、自分はその隣に腰を下ろした。どちらが教師でどちらが生徒か分からなかったけれど、もはや写真部にとってそれは日常茶飯事の光景だった。そしてその結果……この席取りに消極的だった僕と井上が不意に二人席に並んで座ることになった。

僕はこの合宿の間に、三つのことをしたいと考えていた。一つ目は、藤川としっかり話すこと。そしてできることなら、原チャリの免許を取ってスーパーカブを買う計画について話して、それに参加してもらうことだ。僕と藤川はこの一ヶ月、以前のように話すことがほとんどなくなっていった。具体的に揉めたりしたことはまったくなく、ただすれ違い、遠ざかるようになっていた。それは葉山先生が死んで、そして由紀子たちが写真部に加わるその前から始まっていたことだったけれど、その進行が一気に加速してしまったことは間違いがなかった。その不本意に広がってしまった距離を、僕はこの合宿で埋めたかった。

二つ目は葉山先生のことを、由紀子としっかり話すことだ。結局のところ、僕と由紀子はあの葬式の日にしか葉山先生のことについて話していなかった。由紀子は他の生徒のいるところではまったくあの人を見透かしたような、悪辣な態度を見せなかった。それは彼女なりの処世術のようなものだということは想像がついたけれど、やはり面白くなかった。そういった僕の由紀子への反発が、二人で葉山先生のことを話す機会を奪っていることも分かっていた。だからこの合宿のどこかで、僕は由紀子の傲慢な態度のことは横において彼女から僕の知らない葉山先生のことを聞けたらいい、そう思っていた。

そして三つ目は井上と二人きりで話すことで、この最後の目的は旅のはじめにあっさり果たされてしまうことになった。考えてみれば、お見舞いに来てくれたときを除けば井上と二人きりでじっくり話すのははじめてだった。主に僕たちはオートバイの話をした。これまで僕はオートバイのことを主にヒデさんに尋ねていた。しかしヒデさんは物事を順序立てて説明するのが苦手なのに加えてお金に無頓着なところがあって、ほとんど参考にならないことを言うことがあった。たとえば「それ、どこにでも売っていて、それほど高くないですから」と言ったものが高校生の小遣いではとても手が出ないものだったりすることがよくあった。そもそも実質的には無職だとしか思えないあのヒデさんが、どうやってあのオートバイを何台も、そしてあのバンまでも維持しているのかがまったく分からなかった。カバパンがその資金を提供していると考えるのが妥当だったけれどあの別荘といい、一高校教師にしては羽振りが良すぎるように僕には思えた。

話がそれてしまったが、結論から述べると井上の話のほうが僕にはずっと参考になった。通学のために親に勧められて原チャリの免許を取ったこと、親戚から中古のスーパーカブを譲ってもらって、最初はダサい車体だと思ったけれどだんだん愛着がわいてきたこと、遠乗りに興味があるけれど、オートバイに乗っている友達がいないことなどを井上は大きな目を丸くしながら僕に話した。そして、その話の中で僕は自分が原チャリを所有するためにどのような準備がいるのかということや、高校生が原チャリを維持していく上でのハードルを具体的に把握することができた。加えて僕はこの一連の会話が、僕が原チャリを入手したら二人で出かけていくことが暗黙の前提になっていることに深い満足感を覚えていた。そしてこの行きの電車内での井上との会話が、僕のこの合宿で一番の楽しい思い出になった。

※

現地に着くと、エプロン姿のヒデさんが僕たちを出迎えた。鉄道の駅からバスに乗り換えて二十分、さらにそのバス停から歩いて二十分――僕たちがカバパンの友人の経営する会社が所有するものだというその海辺の別荘にたどり着いたときは、すっかり汗だくになっていた。

「お、みなさんついに来ましたねー。とりあえず、コレでも食べてください」

ヒデさんはゴルフボールくらいのトマトを僕らに次々と投げ渡してくれた。そのトマトは瑞々しくて、そしてキンキンに冷えていた。齧りつくと、想像していた以上にずっと甘い果汁が口の中に飛び込んできた。ほんの少し残る青臭さが、むしろ心地よかった。僕たちはまず通された二十畳ほどの居間に荷物を放り出して、出されてきた麦茶を気が済むまで飲んだ。それは、ヒデさんが今朝早めにこの別荘に入って仕込んだ、水出しの麦茶だった。そして人心地がつくと僕たちは各自の雑魚寝する予定の寝室に案内された。その別荘は別荘と呼ぶには少し語弊のある、昭和の民宿を思わせる何かだった。ただ、建物は古かったけれど中の家具や寝具は比較的新しくて、気持ちよく寝られそうだった。

僕たちはその後ヒデさんが用意してくれた冷たい蕎麦を食べた。季節を考えると素麺が出てくるところだと思うのだけれど、蕎麦が出てきた。藤川が目ざとく「これ、どうせ先生が素麺が嫌いで蕎麦にしろって言ったとか、そんなオチだろ?」と言った。図星だったらしく、由紀子が大笑いした。カバパンはムキになって、自分が高校の寮に入っていた頃に、寮の食堂で出てきた素麺がいつもふにゃふにゃで味がしなかったこと、それに対して蕎麦は多少伸びていても、風味が感じられたこと。だから自分は十代の頃から蕎麦が好きで、うどんか蕎麦なら無条件で蕎麦を選んできたこと、しかし若い頃に関西に長く暮らしていて、そこは異常にうどんが幅を利かせていて、行きつけの洋食屋の付け合せがなぜか味噌汁とうどんの選択制で、自分以外の客がほぼうどんを注文していたことに絶望したことなどを延々と話し始めた。もちろん、僕らはそんなカバパンを無視してズルズルと蕎麦を啜った。ヒデさんが選んだのは太くて、香りの強い田舎蕎麦でそれが甘めのつゆによく合った。そして、さらに感動したのは一人一個配膳された小エビと玉ねぎをたっぷり使ったかき揚げだった。大人の男性のげんこつみたいな大きさをしたそれは、中までよく火が通っていて、齧るとじゅわっと油が広がって、そしてそこにエビと玉ねぎの二種類の甘味が混じり合って加わってきた。この爆弾のようなかき揚げが、また冷えた蕎麦にとても合った。

この感動的なヒデさんの蕎麦とは対照的に、午後の水族館で食べた問題のマンボウソフトクリームはやはり少し色が派手な業務用バニラソフトクリーム以外の何物でもなかった。特においしくも、マズくもなく、強いて言うならコンビニエンスストアの三百円ほどする高めのアイスクリームのほうがおいしかった。そしてこの記述から明らかなように、僕もしっかり買って食べていた。雰囲気に流されてしまったと言えばそれまでだけれど、僕にもそれなりに言い訳はある。だいたい想像がついてしまっていると思うのだけれど、おいしそうにマンボウソフトクリームを舐める井上が「森本君は食べないの？」と僕に聞いてきたのだ。

「フン。このような子供だましの観光産業に騙されるとは、お前たちもガキだな」そう、勝ち誇ったようにカバパンが僕たちに告げた。彼は、このクソ暑いのにタコ焼きを買い込んで、ほくほくと頬張っていた。

「俺のような賢者はかようなコマーシャリズムに対して既に完全な抗体を備えている。そのために、正しくその土地に根ざした食文化にアプローチすることができる。その成果がこのタコ焼きだ。これはただのタコ焼きではない。今朝獲れた活きのいい生タコをそのまま使用した活タコ焼きだ。この生タコから溢れ出る汁が、生地の出汁と混じり合って……」

「ちょっと、なに独り占めしてるんですか」

全部言い終わる前に、由紀子以下の生徒たちが殺到して、カバパンからタコ焼きの箱を奪い取り、手づかみで活タコ焼きを口に運んでいった。おい、待て、誰がやると言ったんだ……とカバパンは抵抗していたが、瞬く間に紙の箱は空になった。ちゃんと二箱買ってあるあたり、生徒にも味見させるつもりだったのだろうけれど、結局カバパンが食べることができたのは、最初の一個だけだった。

「お前ら、ふざけんなよ。中間試験死ぬほど難しくしてやるからな。覚えておけよ！」

教師にあるまじき罵詈雑言を聞き流しながら、僕も、井上に勧められて一個だけ食べた。パリッと焼き上げられた薄皮を噛むと、熱い生タコのエキスが口の中に飛び込んできた。その磯臭い旨味が、マヨネーズと青のりの風味にとてもよく合った。口の中を火傷しそうになったので、慌ててマンボウソフトクリームを一口齧った。そんな僕を見て、傍らの井上がクスッと笑った。このとき、僕は確実に自分がこれまで軽蔑してきた人たちと、同じようなことをやっていることに気づいた。そしてそのことが恥ずかしく、そして少し嬉しかった。

水族館での撮影――そう、この旅行は一応は写真部の撮影合宿なのだ――を終えた僕たちは、その日の夜に合宿所となった別荘で、当地の刺し身を中心にした夕食をとった。今朝ヒデさんが市場で仕入れてきたという魚たちは、どれも安い地魚の類で、見たことがないものがほとんどだったけれど、新鮮で味は抜群だった。そしてその食後に、松田がドラッグストアかコンビニエンスストアに行きたいと口にした。今村がすぐに風呂上がりのためにアイスクリームを補給したいと重ねて、その場にいたほとんどのメンバーがそれがいいと同意した。由紀子が当然のような顔をして、カバパンの前に手のひらを出すと、カバパンは渋々と財布（アウトドア用の、コンパクトな財布だった）を取り出して、そこに千円札を三枚置いた。そしてくれぐれも自分用にアイスクリームではなく、「ガリガリ君」や「サクレ」などのかき氷を買ってくるように言い聞かせた。

「いいか、俺がこの種のものに求めているのは鮮烈な冷たさだ。乳脂肪分の柔らかな甘さは求めていない。一口齧った瞬間に頭の痛くなるようなものしか必要ない。それを忘れるな」

カバパンのこのような言葉をもはやまともに聞く人間はこの写真部には誰もおらず、由紀子が千円札をふんだくるように受け取ると、一行はぞろぞろと玄関から飛び出していった。その中には、藤川も井上も交じっていた。僕はなんとなく、このノリについていけなくて、その場に残った。合宿所に残った生徒は僕だけだった。由紀子たちが加わってから、僕はいつもそうだった。今日くらい、付き合えばよかったんじゃないかと思ったけれど、後の祭りだった。最寄りのコンビニエンスストアまでは歩いて十分もかからないはずなので三十分もあれば、戻ってくるはずだった。まあ、いいかと僕は思って居間のソファに腰を下ろして、スマートフォンで、最近日課になっているスーパーカブの中古市場のチェックを開始した。しかし三十分待っても、連中は帰ってこなかった。遅いな、と思っているうちに満腹になったせいか、まぶたが重たくなってきた。そして、目が覚めたのは椎名がバタバタと部屋に駆け込んできたときだった。どうしたんだと尋ねると、由紀子が膝を擦りむいたから絆創膏を取りにきたと告げた。状況が飲み込めずに、僕はみんなはどこにいるんだと尋ね返した。すると、椎名は「ビーチで花火をやっている」と答えた。僕はびっくりして時計を見上げた。二一時を少し過ぎていた。夕食を食べ終わったのが一九時三〇分を少し過ぎたあたりだったので、僕は一時間以上眠ってしまっていたようだった。椎名は僕には構わずに、部屋を飛び出していった。アイスクリームを買いに行った奴らが、どうして花火をしているのかまったく分からなかった。食堂に行くと、夕食の後片付けの終わったヒデさんがコーヒーを入れていた。カバパンはダイニングテーブルで少し難しい顔をしてラップトップに向かっていた。このときのカバパンは普段とは違い、ちょっと近寄りがたい雰囲気があった。僕はこの顔をしているときのほうがこの人の本性のようなものに近いのだろうな、と直感的に思った。先にヒデさんが、僕が入ってきたことに気づいた。

「お、理生っちもコーヒー、飲みますか？」

僕はヒデさんの問いかけには答えず、食堂の大きな冷蔵庫の扉を開けた。冷凍庫には僕が買ってくれるように頼んだ、パルムが一本安置されていた。僕が寝ている間に何があったか、これで概ね察しがついた。

「連中も子供だな。夏の夜の海では花火をするものだと思い込んでいて、そしてそれを実演することにはしゃいでいる。生意気な口は利くけれど、まだまだ想像力の足りない子供だ」

カバパンはラップトップに向かいながら、しかしどこか楽しそうな口調でそれを述べた。僕は、仲間たちが居眠りしている僕に声をかけずに、僕一人を置いて花火に出かけてしまったことを確信した。悪気がないのは、よく分かっていた。理生は疲れて寝ているみたいだから、声をかけないでおこうと、駒澤か鈴木あたりが言っているところが目に浮かんだ。そしてその場にいたメンバーで、理生はこういうのがあまり好きじゃないだろうし、起こしてまで誘うことはないだろう、といった感じの会話があっただろうことも想像がついた。そして想像がついてしまうからこそ、僕は寂しかった。とは言っても、一言くらい声をかけてくれてもいいじゃないかと思った。藤川も井上も僕に声をかけなかったことに、僕は傷ついていた。そして、椎名に至っては僕が目を覚ましたところに出くわしたのだから、お前も来いと誘ってくれてもいいじゃないかと思った。彼がそうしなかった理由は一つで、いまの写真部のノリにとって僕は居なくてもいい、いや、居ないほうがいいメンバーだからだった。

行ってもロクなことにならないのは、分かっていた。しかし、居ても立っても居られなくなって僕はサンダルをつっかけて、ビーチのほうに駆け出していった。歓声が聞こえてきたので、すぐに仲間たちのいる方向は分かった。暗闇の中に花火の火花が浮かんでいた。人影がぼんやりと把握できるくらいの距離まで近寄って、僕は足を止めた。このまま、僕があの輪に加わったとしても、あまり気持ちのいいコミュニケーションは取れないと思ったからだ。僕はくるっと背を向けて、合宿所に戻ることにした。分かっていたことではあったけれど、基本的にこの写真部から僕の居場所は、なくなろうとしていた。

このあたりから、僕はこの旅行の「ノリ」のようなものからズレていった。僕は連中が買ってきてくれたアイスクリームに手もつけずに、シャワーを浴びて歯を磨くと、一人で先に寝ることにした。正確には中古オートバイ店の通信販売のウェブサイトの確認をもう少し続けたあと、読みかけの本を数ページ捲っているうちに眠たくなり、そのまま眠ってしまった。

朝に目覚めると、夜更かししていたらしい僕以外の男子たちはまだ寝ていて、僕は汗臭い男子部屋を一人抜け出した。ヒデさんが昨晩の刺し身の残りをきれいに盛り付けた朝食を作って待っていたのだけれど、他には食堂に誰も居なかった。カバパンは一人でどこかに行ってしまったらしく不在で（この教師はときどきこうして理由なく不在になることがあった）、女子三人はもうごはんを食べ終わっていて、ビーチに散歩に出かけていったのだという。僕はヒデさんの用意してくれた朝ごはんの、特に魚のあらを入れた味噌汁に感動した。計画としては、午前中は自由時間で、少し遅めの昼食は別荘の前でバーベキュー、午後の四時から漁港とその周辺の撮影会が行われるはずだった。だから、浜遊びをするなら、このタイミングしかないと藤川たちが盛り上がっていたのを僕は思い出した。僕は昨晩の花火のノリで、みんなで砂浜で青春を謳歌する展開になってしまうとたまったもんじゃないと思った。僕は一度部屋に戻って文庫本を取り出した。古本屋で見つけた、光瀬龍の『百億の昼と千億の夜』のハヤカワ文庫版の、それも表紙に漫画のイラストが使われていない古い版のものだった。それは葉山先生から借りる予定だった小説の一つで、珍しく日本人作家のものだった。僕は砂浜から少し離れた岩場にまばらな釣り人たちに交じって腰を下ろした。日陰のまったくない夏の太陽の真下だったけれど、いまは太陽をいっぱい浴びたい気分だった。ここに来る路上の自動販売機で買ってきた、ポカリスエットのイオンウォーターのペットボトルをときどき口に含みながらその煤けた表紙を開きページを捲っていった。

かえしては寄せる波の音は、何億年ものほとんど永劫にちかいむかしからこの世界をどよもしていた。〉

それは宇宙の始まりから始まる壮大な、という言葉では表せないくらい長い時間と広い空間を舞台に、神の視点から描かれた叙事詩のような小説だった。まずはそのリズミカルな書き出しに魅了された。降り注ぐ夏の太陽の白い光が、僕の肌をジリジリと焼いていたけれど、気にならなかった。そして地球と人類の始まりの描写から、アテネのプラトンの物語に移り、いよいよ物語が動き出そうとしたときだった。ふと、僕の視界に影が覆いかぶさった。誰かが僕の真後ろに立ったことに気づくと、どこかからかうような声でその影は言った。

「そんなことだろうと思ったけど、わざわざ合宿中に拗ねて見せるのはないんじゃない？」

振り返ると麦わら帽子を深くかぶり、白いワンピースを着込んだ由紀子が立っていた。

「こんなところで本を読んだりして、熱中症にでもなったらどうするつもりなの？」

服装からして海には入らないつもりのようだった。それが僕には意外だった。僕は嫌味の一つも返してやろうと考えてみんなビーチに行っているんだろう、そっちに行かなくてもいいのかと言った。由紀子は笑った。何がおかしいのか、僕にはよく分からなかったけれど笑った。

「苦手なんだよね。砂浜でボール追いかけてはしゃいだり、波打ち際で水を掛け合ったりするのって、なんか夏っぽいことするためにしているような気がして……それ自体があんまり楽しいとは思えない。森本君もそうでしょう？」

意外な発言だった。二日目の昼間は海水浴場で思いっきり遊ぼうと、みんなが盛り上がっていたときにその中心にいたのは由紀子だったように僕は記憶していたからだ。

「だったら、どうして合宿の計画を立てているときにそう言わなかったんだ？」

「きっと葉山先生が生きていて、ここに来れていたら、森本君も意地を張っていないで交じってきたらいい、って言ったと思う。それでやっぱり違うな、と思ったらあの人たちとは違う生き方をすればいいって言ったんじゃないかな。葉山先生は、そういう人だったと思う」

ついに、出るべき名前が出た。僕はそう思った。部室でも、あの山の上の家でも、いくらでも機会があったのに、由紀子は僕と二人きりになろうとはしなかった。由紀子は意図的に、僕と葉山先生の話をする機会を避けていた。その意図を、僕は知りたいと思った。しかし、その気持ちをどう表現したらいいのか、このとき僕は分からなかった。

「葉山先生は僕をあの仲間たちとの世界から外に連れ出そうとしていた。僕はそれが嬉しかった。でも、あいつらだって捨てたもんじゃない。いや、僕にはもったいないくらいの、優秀で、面白い、気のいい奴らなんだ。ちょっとウブで無防備なところもあるけれど、僕ほどひねくれてもいない。だから、あまりからかわないでやってくれないか」

それは、僕がこの一ヶ月ほど、ずっと言いたかったことだった。僕は由紀子の行動を観察していて、気づいたことがあった。由紀子はこの写真部の活動にほとんど時間を割いていない。由紀子が部室に顔を出すのは、昼休みにヒデさんの買ってくる弁当を受け取って食べるときだけで、放課後にその姿を見たのは一度か、二度しかなかった。松田や井上といった他の女子部員は、入部して少し経つとたまに放課後にも部室に立ち寄るようになったけれど、由紀子だけは絶対にそうしなかった。由紀子は明らかに、写真部に割く時間の上限を定めて行動していた。由紀子は最低限の労力で、写真部を自分のものにすることを意図している。それが僕の結論だった。

そして実際にその毎平日の二十分から三十分の短い会話を数週間繰り返すことで、由紀子はこの写真部の実権を掌握し、実質的なリーダーの位置に収まっていた。顧問の教師であるカバパンとの個人的な距離の近さに加え、藤川や今村といったグループの中心人物の扱いが――明らかに僕よりも――上手かった。由紀子はあたかもそれが自然であるかのように、僕の仲間たちの男子部員に対してまるでずっと前から仲のいい友達であったかのように振る舞った。その気安さが突然女子部員が増えて浮足立つ仲間たちをひどく楽にしたのを、僕はその渦の外側に置かれていたからこそとてもよく把握できた。しかしそのことは同時に由紀子が何らかの明確な意思をもって写真部の人間関係を掌握しようとしているのではないかという疑惑を、僕に抱かせた。ただ、井上と一緒に山の上の家を訪ねたときの由紀子はこうして僕に接するときとは異なっていて、毒気の抜かれたような印象を受けた。そこにいたのは少し口の悪いところのあるけれど気のいい、親戚のお姉さんのような女子でしかなかった。だから、余計に僕は由紀子の意図を測りかねていた。由紀子が藤川たちをからかっているとは、僕も思ってはいない。彼女が抱いているのはたぶんもっと別の意図で、ただそれを引きずり出すためには挑発的で、強い言葉が必要だと思ったのだ。

由紀子は僕の手にしていた文庫本に目を留めると、それをひょいっと取り上げた。そしてパラパラとページを捲りながら、口にした。

「寄せてはかえし、寄せてはかえし、かえしては寄せる波の音は、何億年ものほとんど永劫にちかいむかしからこの世界をどよもしていた……」

それは『百億の昼と千億の夜』の冒頭の一文だった。

「葉山先生も、この小説が好きだったんだよね……」由紀子は文庫本を僕に返すと、遠くに見える海水浴場の砂浜のほうを見やって言った。

「私はああいうの、興味ないけれど他のみんなは違うでしょう？　私たちが来る前は、本当はああいうことをしたくて仕方がないのに、いまの誰かさんみたいに素直になれずにずっと天の邪鬼な態度を取っていた。だから私がああいうことをしたいって言えば、みんな言い訳ができて素直に楽しめると思った。そして、私はああいうの好きじゃないけれど、みんなが楽しそうにしているのを見るのは好きだから、これでいいと思っている。だからからかっているわけでもなければ、いやいや付き合っているわけでもないんだ。森本君も綾乃が楽しそうにしていれば、付き合えなくはないでしょう？」

最後の一言は、確実に由紀子からの意地悪だった。僕と井上が二人で山の上の家を訪れていたことの文脈を、この由紀子が把握していないはずがなかった。僕はそこを突かれると、ぐうの音も出なかった。由紀子は笑った。弱みを突くことができて満足したのだろう。もっと嫌味を言われるのを僕は覚悟した。由紀子は少し間を置いて、続けた。

「葉山先生は、森本君にもっと広い世界を見て欲しかったのだと思う。私も写真部のみんなはたしかにいい仲間だと思うのだけれど、別に森本君がもっと広い世界に触れたいと思ったからといってあの仲間たちを否定することにはならないし、思い出が台無しになるわけでもないと思う。違うかな？」

その言葉にカチンと来たのは由紀子がまた、僕の気持ちを正確に見透かしていたからだ。だからこそ、お前に何が分かるんだという憤りのようなものが湧き上がってきた。

「お前たちが来なければ、僕はあいつらともっとうまくやれていたんだ」

それは、僕の精一杯の強がりだった。自分でも、そのようなことがあるはずがないと分かっていることだった。僕は由紀子たちが現れる前から仲間内で浮いていたし、最近では部室や溜まり場にしている駒澤の下宿での時間よりも、井上と二人で由紀子たちの住む山の上の家を訪れた時間のほうを豊かだと感じていた。そして、そのことをどうしても認めたくなかった。とにかく、これ以上ここで由紀子と一緒にいるのは嫌だった。僕は飛び降りるように岩場から離れて、早足で丘のほうに向かった。由紀子は声をかけてこなかったし、追いかけてもこなかった。やれやれと苦笑しているのが想像できたので、僕は振り返らなかった。

# 8. 渚にて

由紀子と言い合いになって、逃げ出すように岩場から離れた僕は真っ直ぐに合宿所に向かった。本当は確実に一人になれるところに行きたかったのだけれど、あまりにも土地勘がないので、適当にウロウロするのはやめた。この炎天下で、迷子になるのだけは嫌だった。

僕は歩きながら、激しく後悔していた。僕はあの山の上の家を訪れたとき、由紀子と本や映画の話をして仲良くなれたら楽しいのではないか、そうするのが葉山先生も喜ぶ、一番いい方法なのではないかと思った。しかし、やっぱり由紀子と仲良くやっていくのは無理なのだと、僕は痛感していた。だからほんの一瞬でも、そんなことを考えてしまったことを後悔していた。

由紀子の言いたいことは、僕にも分かった。要するに彼女は僕に自分が中心の新しい写真部に、素直になってもっと積極的に参加したほうがいいと言っているのだ。井上との微妙な関係の変化も、僕が新しい写真部に気持ちを切り替えて関わるには十分な理由になるはずだった。

しかし、どうしても僕にはそれが嫌だった。自分が以前のようにグループの中心にいられないのも悔しかったけれど、それと同じくらいカバパンと由紀子が作り上げたいまの写真部の雰囲気を、とてもわざとらしい作り物のように感じていたのだ。その嫌らしさは、彼らが暮らす山の上の家とその庭を訪れたときには感じられなかった。あの日に、山の上の家で会った三人組は客が来ているにもかかわらず僕たちを半ば放置して、好きなことをしていた。カバパンはリビングの大きなモニターでお気に入りの映画を流しながらプラモデルを作り、由紀子は縁側のカウチで本を読み、そしてヒデさんはキッチンで料理に没頭していた。僕はその放って置かれているけれど邪険にもされていない感じに、奇妙な居心地の良さを覚えていた。僕も好きな本を持ち込んで、あのリビングのソファでゴロゴロしていたいとすら思ったのだ。しかし部室やこの合宿先ではカバパンにも由紀子にも、常に何かを演じているようなわざとらしさを僕は感じていた。そうではない素の彼らの姿を見てしまっているだけに、余計にそれが気になってしまうようになっていた。もっと言えば、なんだか馬鹿にされているように思えて、腹が立った。そしてその作り物の青春ゴッコにしっぽを振って大喜びしている仲間たちを見るのもどうしても我慢できなかった。

僕たちが二泊三日の撮影旅行で訪れていたこの海辺の街は、半島の先っぽにあたる部分で、海と山との距離がとても近かった。海岸から百メートルも離れていないところに、それなりに広い雑木林があった。僕がいた岩場から合宿所になっている別荘に戻るにはこの雑木林の横を通りすぎて行く必要があった。そして、僕がその雑木林を右手に歩いていると、見知った人影がのそのそとその中に分け入っていった。

カバパンだった。そういえば、朝から見かけていなかったが、こんな林の中に分け入って何をしているのだろうと気になって、そっとその後をつけた。カバパンはこのクソ暑いのに、なぜか長袖のジャージを着ていた。その明るいグレーのジャージは、森の中でもよく目立ったので、僕は彼を林の中で見失わずに済んだ。百メートルほど進むと、カバパンはスマートフォンを取り出した。そして木の幹や根本の部分を、おそらくはカメラの動画モードで撮影し始めた。

僕は微動だにしないカバパンにそっと近づいて、なぜ彼が木を撮影しているのかを突き止めようとした。答えはすぐに分かった。「理生か？　頼むから大きな音を立てたりしないでくれよ」僕に気づいたらしいカバパンは、背を向けたまま言った。

「カブトムシもクワガタも、夜行性だと言われている。しかし、昼間にも活動していることは少なくない。前の晩に雨が降っていたり、他の虫に餌場を追い出されて十分に樹液を吸えなかったりしたときは、こうして昼間も木にへばり付いていることがよくあるんだ」

　カバパンの構えるスマートフォンのカメラの先には、樹液に群がる虫たちがひしめいていた。大半が蛾やカナブンといった小さな虫たちだったが、その中心には大きなカブトムシのオスが二匹と、メスが一匹、そしてその傍らにはそれらより一回り小さいクワガタのオスが一匹いた。僕は子供の頃に、虫たちはよく樹液の出る位置を巡って争い、身体の大きな虫が一等地を占めるという解説を児童向けの科学雑誌で目にしたことを思い出した。カバパンがこの種の虫の観察を趣味にしていることについては、もはや驚きはなかった（いかにも、この人が好きそうなことだった）。そして彼は僕に背を向けたまま言った。「森の中は思ったほど眼が利かない。頼りになるのは聴覚と嗅覚だ。樹液が出ていて虫たちが集まる木に近づくと、何かの腐ったような、酸っぱい匂いがする。そして虫たちの羽音が聞こえる。こうして、人間は虫たちの居場所を知ることができる。**コツは一つ。虫の眼で世界を見ることだ。**虫のように音を聞き、臭いをかぐことだ。そして虫の羽と足でこの世界を動き回ることだ。人間同士の閉じたネットワークの内部で承認を交換しているときは見えないものが、虫の眼をもつことで見える。そう、**これは想像力の必要な仕事だ。目に見えぬものたちを、かたちにする**ことだ」

　これは想像力の必要な仕事だ——以前にもどこかで、僕はこの呪文のような言葉を耳にしたように思った。しかし、それがいつ、どこでのことだったかを、このとき僕は思い出せなかった。カバパンは背を向けたまま、話し続けた。

「理生が昨日から読んでいるその小説は、人間を愛することを選ばなかった神と人類との戦いを描いた物語だ」……完全なネタバレだった。僕はまだ、最初の数十ページまでしか読み進めていなかった。まだ神の存在も示唆されていなければ、戦いも始まっていなかった。

「それは同時に、この小説がこの世界の理の外側に存在するものにいかにアプローチするべきかということを問う物語でもあることを意味する。言っている意味が分かるか？　目に見えるものを数えることでは、俺たちは奴らの存在を認識することすらできない。だから虫の眼が必要だ。人間として成熟し、人間としての眼と足を鍛えるのではなく虫の眼と足を得ることが必要なんだ」

僕はこれ以上のネタバレを喰らうのが嫌で、そっとその場を離れた。カバパンはたぶん僕が離れたことに気づかずに、虫たちを撮影しながらブツブツと何かを言い続けていた。


合宿所の別荘に戻ると、僕は食堂に向かった。昨晩、仲間たちが買ってきてくれたパルムを食べながら、『百億の昼と千億の夜』の続きを読むためだ。冷凍庫からパルムを取り出して袋を破ったところで、足音がして食堂に誰かが入ってきた。

「よう」

藤川だった。ビーチでみんなといるんじゃなかったのかと尋ねると、なんだかバツの悪そうな顔をした。藤川は食堂の入り口に立ったまま、何かを言いたそうにしていた。このような落ち着かない藤川を見るのははじめてだった。僕の知っている藤川はいつも飄々としていてそしてユーモアを忘れない、そんな男だった。しかしこのときの藤川は会話のきっかけすらつかめずに、モジモジとしながら立ち続けていた。それは、おおよそ藤川らしくない態度だった。ただ、僕はこれをチャンスだと思った。このタイミングなら、藤川とじっくり二人だけで話すことができると思った。もう夏休みに入ってしまったので、いまから一緒にやれるアルバイトを探すことは難しいかもしれないけれど、原チャリを買おうと思うのだけれど興味はあるかと話してみるくらいはしてみてもいいはずだった。そして少しでも藤川が興味を持ってくれたなら僕は全力で原チャリがそれほど値の張るものではないこと、それを手に入れると行動範囲がぐっと広がること、そうすればたくさん、たくさん楽しいことができるということを話す用意ができていた。そして僕がこの一ヶ月近くずっと準備していたその話を切り出そうと考えたとき、藤川のほうが先に口を開いた。

「お前さ、さっき岩場のほうにいたよな」

それは、まったく想像していなかった話題だった。僕は驚いて、何も言えなかった。本当にどう答えていいか分からなかった。しかし、藤川の思いつめたような顔を見ていると、僕に何が言いたいのかなんとなく分かってしまった。そしてそれは、僕にとって本当に認めたくないことだった。

「さっき板倉と二人でずっといたと思うんだけれど、何を話していたか教えてくれないか？お前たち、ときどき部室の外で二人で話しているじゃないか」

僕はこの瞬間まで、藤川が由紀子に抱いている感情のことに気づいていなかった。それはもう少ししっかりと藤川の言動を観察して、そしてもう少ししっかりと考えていれば予想できることのはずだった。僕がたったこれだけの時間で井上のことがすごく気になるようになってしまったのだから、藤川がまるで長年連れ添った夫婦のように息の合ったコンビネーションを築き上げた由紀子にどんな感情を抱いていても不思議ではなかった。そして僕がこの程度のことを考えつかなかった理由も、自分で分かっていた。僕はあの藤川には、僕たちのヒーローの藤川には自分たちと同じような少年らしい感情を持っていて欲しくないと思っていたのだ。

「お前さ、井上と二人で板倉たちの家に行ったんだろ？　お前と井上って、その……どういう感じなんだ？」

しかし僕の目の前にいる藤川は、ただの少年だった。考えていることが、手に取るように分かった。藤川は、僕と由紀子が個人的に親しいのではないかと思って心配している。その疑念は僕が先日由紀子たちの家を訪れたという話を聞いて膨れ上がって、ついさっき僕と由紀子が岩場で話しているのを見て破裂したのだ。そして最近僕が井上と仲良くしていることにも藤川は（おそらくは由紀子と僕との関係を気にしているために）感づいていて、そのことを確かめるためにここで僕を待っていたのだ。安心していい、僕と由紀子はそういうんじゃないし、そもそも僕が気になっているのは由紀子じゃなくて井上のほうだと言ってやるのは簡単だった。そして、本当はそう言ってやるべきだったのかもしれなかった。しかし、僕にはできなかった。怒りと失望のような、黒くてドロッとしたものが僕の中に渦巻いていた。

「そういうことしか、言うことはないのか」

自分でも驚くくらい抑揚のない、低い声が出た。まさか、そんなことを言われるとは思っていなかったのだと思う。あの藤川が、ギョッとした顔を見せた。その表情に表れた、僕がなぜ怒っているのか分からないという感情がますます僕を失望させた。そして、その失望は瞬く間により強い怒りに置き換わっていった。

「いったいどうしちゃったんだよ。そんな普通の奴らみたいなことを、なんでお前が言うんだよ。学園祭に張り切っている連中とか、生徒会の連中とか、そういう奴らと俺たちは違うはずだろ？　俺たちは、そういうんじゃないんじゃなかったのかよ。なあ、最近お前も、駒澤も今村も鈴木も椎名も、みんなおかしくなってるって思わないか？　俺たちは俺たちのやり方で楽しくやるんだって、塾にいた頃から話していたじゃないか」

「俺たちは、お前とは違うんだ」

それは大きな声ではなかった。しかしその言葉に込められた強い意志は、僕の言葉を中断させるのに十分な力を持っていた。

「俺たちはお前みたいに大人に気に入られるようなタイプじゃないし、お前みたいに他の奴らをバカにしてもいない。お前はまったく分かっていないみたいだけれど俺たちはお前みたいに人と違うことをしたいとか何か新しいことをしたいとか、そういうのはあまりないんだよ」

目の前が、真っ暗になった。藤川が僕にそのような感情を抱いていたことなんて、まったく想像したことがなかった。葉山先生が、そしてたぶんカバパンも僕に目をかけてくれているのはさすがに気がついていたけれど、それをこんなふうに言われるなんてまったく想像していなかった。そしてさらに傷ついたのは、僕が周囲の人間をバカにするために人と違うことや新しいことをしたがったりすると言われたことだった。僕は仲間たちと一緒にいる時間が好きだった。その時間を最高のものにするために、どんどんこの世界のまだ知らない物事をグループに持ち込むのが僕の役割だと思っていた。しかし、それは僕の勘違いだった。少なくとも藤川は、そう感じていた。それが僕がここしばらく感じていた仲間たちとの「ズレ」のようなものの正体だった。言葉が出なかった。僕が黙っているのを見ると藤川は俯いて、そのままいなくなってしまった。追いかけて声をかけようかと思ったけれど身体が動かなかった。テーブルの上では、開いた袋の口から溶け出したパルムのアイスクリームが白い水たまりを作っていた。

食堂で藤川と言い合いになったあと、僕はそのまま座り込んでいた。何もする気が起きなかったのだけど、このままこの誰もいない食堂に一人でいることがすごく惨めに思えてきて、とりあえず何かすることにした。Google Mapsを使って調べるとこの別荘から少し離れたところに別の海水浴場があったので、そこに行くことにした。ここなら誰も来ないはずで、そこでゆっくり藤川のことを考えたり本を読んだりすることにしたのだ。

僕はそこから十五分ほどかけて、その海水浴場まで歩いた。真昼の夏の太陽は容赦なく照りつけてきて、僕が浜茶屋までたどり着いたときは全身が汗でぐっしょりとしていた。こちらの砂浜は僕たちの合宿所の別荘の前にあるものよりも一回り大きくて、平日なのに若者や家族連れでそこそこ賑わっていた。そのせいで店は混んでいたけれど、ちょうど僕が来たところでカップルが席を立ち、僕は運良く奥の座敷に腰を下ろすことができた。そして注文を取りにきたこんがりと肌が焼けた店員のお兄さんに氷イチゴを頼んだ。さっき、パルムを食べそこねたので、冷たいものが欲しくなったからだ。お兄さんはいま注文が混んでいるから少し時間がかかるがいいかと尋ね、僕は構わないですよと答えた。そして読みかけの『百億の昼と千億の夜』の続きを読み始めた。しかし、まったく集中できなかった。岩場で由紀子に言われたこと、そして食堂で藤川に言われたことが頭の中でグルグルと回って、小説の文章が頭に入らなくなった。しばらくして氷イチゴが運ばれてきて、僕はそれの一番たくさんシロップのかかっている真っ赤な部分をスプーンですくい、口に運んだ。半ば予測していたツーン、という痛みが頭の中に走った。僕はアイスクリームやかき氷を食べたときのこの感覚が好きだった。しかし、このときの痛みはいつもとは違った。いつもならすぐに引いていく痛みが、このときは引かなかった。正確にはこの頭の中の痛みが、だんだんと別の感覚に変化していった。それは腹の底から脳に突き上げていくような、悪寒と痛みの入りまじったような感覚だった。これはちょっとまずいんじゃないのか、と思った瞬間に僕の記憶が蘇った。あのときと同じだと思った。それは僕が夏休みの前に熱を出して寝込んだときと同じ感覚だった。あのとき僕はいつもの橋の上で何かに「見られている」ことを感じ、そしていまと同じような感覚に襲われて、その後高熱を出して丸二日間寝込んだ。そして気がつくと、僕は再びあのときと同じように何かに「見られて」いた。あのときと同じように、誰が見ているのかも、視線を受けている方向も、まったく分からなかった。しかし、僕は確実に何ものかに「見られて」いた。その視線は、圧倒的な意思を僕に向けていた。それは僕という存在を根本から否定する強い意思だった。人間的な生臭い感情ではなく、機械的に僕という存在をただ排除するという、冷たい針のような意思を僕は感じていた。食道と胃の間の辺りが熱くなって、吐き気がこみ上げてきた。とにかく、この場から離れないといけないような気がして、僕はほとんど手を付けていない氷イチゴを残して、這うように浜茶屋を出た。別荘に戻ろうと思ったけれど、身体が思うように動かなかった。身体が重く、ほとんど引きずるようにのろのろと僕は歩いた。昼間の真っ白な太陽の下を少し歩くと激しく立ちくらみがして、まっすぐに歩けなくなった。途中、木陰に倒れるように腰を下ろして、へたり込んだ。一キロメートルほどしか離れていないはずの浜茶屋から別荘までの距離が、信じられないくらい長く感じた。二回ほど道端の木陰で休んで、そしてそのたびに吐いて、胃の中を空っぽにして、僕はどうにか別荘に戻ってきた。最初に僕に気づいたのは、別荘の前でバーベキューの準備をしていたヒデさんだった。

「お。お腹をすかせた人が匂いに引かれて帰ってきましたね……。まかせといて下さい。いまからオレが、研究に研究を重ねて仕込んだ……」

ヒデさんは最初、僕が具合が悪くなっていることにまったく気がつかずに自慢の自家製バーベキューソースのことを話し始めた。そしていまから始めるバーベキューは海鮮の食材が中心になるのでこの間のヒデさんたちの家の庭でバーベキューをしたときのソースとは、かなり味付けを変えてあることをとても楽しそうに話した。それはさほど複雑な話ではなかったのだけど、このとき僕はその内容が半分も頭に入らなかった。視界がぐらついて、もう胃には何も残っていないはずなのにまた吐き気がこみ上げてきた。そして頭の中の鈍痛は、ひび割れるような痛みに変わっていた。どうやら倒れたらしい、と僕が把握できたのは、別荘前のむき出しの土が少し湿ってひんやりしていたのを肌のどこかで感じたのと、慌てたヒデさんが僕の名前を呼びながら肩を揺すって顔を覗き込んできたからだ。覚えているのはそこまでで、そして気がついたときは夕方の、日が沈みかけた頃の時間になっていた。

目覚めると僕は別荘の二階の、男子たちが雑魚寝している部屋の昨晩自分が使った布団に寝かされていた。一度、たっぷりと汗をかいたあとに、クーラーの利いた部屋で長時間倒れていたせいか、肌がとても冷たくなっていた。別荘の前で倒れ込んだときのような、激痛と悪寒は嘘のようになくなっていた。ただとても、とても疲れていた。悪い夢を長く見ていたような、そんな気がした。そして実際に、僕は夢を見ていた。このときは既に半分くらい思い出せなくなっていたのだけれど、僕は何か圧倒的な存在に怯えていた。それは白のような銀色のような光に包まれた人間のようなそうじゃないような存在で、僕はその存在に「見られて」いた。理由は分からないけれど、その人のような存在からは僕の存在を根底から否定したいという圧倒的な意思のようなものが感じられた。それは間違いなく、僕を「見ていた」存在だった。しかし、なかなかその姿は具体的な像を結んでくれなかった。夢の中で僕は必死にその存在を「見ようと」したけれど、まるでカメラのピントがなかなか合わないときのように、僕はその存在を「見る」ことができなかった。その存在は僕のことを一方的に「見る」ことができるのに、逆はできない。そのことに夢の中の僕は焦った。なんとか、その存在を「見る」方法がないかと考えたとき、カバパンの声が蘇った。「**コツは一つ。虫の眼で世界を見ることだ**」――僕が目覚めたのは、その言葉にハッとしたときだった。僕は、それが夢であることにまず、ホッとした。身体は嘘のように軽くなっていたけれど、その夢のことが引っかかって、モヤモヤした気分が残っていた。

僕はシャワーを浴びたいと思って、身体を起こしてまだ少しフラフラする足を引きずるようにしながら階段を下りた。キッチンに人の気配がしたので、ヒデさんが夕食の準備をしているのだな、と思った。状況から考えるとおそらく倒れた僕を二階に運んで介抱してくれたのはヒデさんで、真っ先にお礼を言わないといけないと思った。

「起き上がってきて、大丈夫なの?」

しかしそこにいたのは、由紀子だった。由紀子は昼間と同じ格好のまま、ダイニングテーブルでコーヒーを片手に本を読んでいた。それは僕の読みかけの――そして倒れたときにヒデさんが回収したと思われる――『百億の昼と千億の夜』の文庫本だった。

「ヒデさんは夕食の買い出しに出かけて、先生は漁港の撮影を引率している。だから私がここに残った。さすがにあの状態の森本君を一人にしておくわけにもいかないでしょう？」

「そしてこれ幸いとばかりに、興味のない漁港の撮影をパスしたってわけか」

由紀子はクスッと笑うと、開いたままの文庫本をテーブルに伏せた。

「だいぶひどかったみたいだから、心配していたんだけどそうやって憎まれ口が出てくるんだからもう大丈夫だね」

「具合も悪かったけど、ひどい夢を見たんだ。何か、人間じゃないのだけど、意思を持ったものにじっと見られているんだ。僕はその存在の色や形はよく見えないのだけど、たしかにそれはそこにいて、そして僕の存在を否定したいと考えている。そのことだけが漠然と伝わってくるんだ。僕は、なんとかその場から逃げようとするけれど、逃げられない。そんな夢だった」

たぶん、心細かったのだと思う。よりにもよってあの由紀子に、ついさっき言い合いになったばかりの由紀子に、あの悪い夢の話を僕はうっかりしてしまった。僕はしまった、と思った。しかし由紀子は僕のその話を聞いて、笑い飛ばしもしなければ困惑もしなかった。むしろ口元のコーヒーカップを下ろして、神妙に聞いていた。そして、その夢の話をもう一度してくれないかと僕に尋ねた。僕は、なぜ僕の夢の話なんかを聞きたがるのか、少し不思議に思ったけれど今度はもう少し詳しくその夢について話した。光に包まれた、人間のかたちをしているのだけれど何か決定的に異質なその存在が射貫くような視線で僕を「見ていた」こと、そして僕がその視線に絶対的な排除の意思を感じたことについても話した。由紀子は、一通り聞き終わると、妙に真剣な顔をして僕に言った。

「森本君……だいぶ疲れているのだと思うから、今日と明日はあまり出歩かないでこの別荘でなるべくじっとしているほうがいいんじゃないかな」

それは僕も考えていたことだった。そもそもこの合宿は、あとは夕食を食べてもう一泊して、そして明日の朝に少しだけ付近を撮影して帰るだけの日程のはずで、特に大がかりな予定は組まれていなかった。だから僕は、あとはなるべくこの別荘でじっとしていようと思っていた。

そしてそうすれば、藤川となるべく顔を合わせなくても済むはずだった。ただ、意外だったのは由紀子が少しためらったあとにこう、付け加えたことだ。

「実は私にも森本君と同じような感じで具合が悪くなることがたまにあるんだけど、そういうときはとにかく、一人にならないようにしている。あの状態で正常な判断がどこまでできるのかも自信がないし、誰かが側にいれば、万が一に気を失ってもどうにかなると思うから。だから次にこういうことがあったら、森本君も絶対に一人にならないようにしたほうがいいと思う。なんだったら、私やヒデさんを呼び出してくれたっていいから」

それは、由紀子がはじめて口にした意図のよく分からない言葉だった。この聡明な女子は、その大半がいけ好かないものであったとしても意図のよく分からないことや、不必要なことを口にすることがまったくなかった。それが僕が由紀子を警戒している理由でもあったのだけど、その由紀子がこのような意図のよく分からないことを口にしたことに僕は驚いた。一人にならないように繰り返す由紀子の発言はどう考えても不自然で、一体どういうつもりでそんなことを言うのかと尋ねようとしたのだけど、できなかった。そのとき、玄関のほうから賑やかな声が聞こえてきたからだ。漁港を撮影していた仲間たちが、カバパンに率いられて戻ってきたのだ。そして、食堂に鈴木と椎名の二人が駆け込んできた。鈴木の片手には、コンビニエンスストアの袋がさげられていて、そこにはいろいろな種類のアイスクリームが十本以上詰め込まれていた。風呂上がりのお楽しみを前もって調達してきたのがすぐに分かった。そして椎名は僕と目が合うと「理生、大丈夫なのか？」と声をかけた。僕があぁ、心配かけたなと笑ってみせると鈴木が袋からパルムを一本取り出して見せた。「理生はなんだかんだで、これだろ？」

僕は分かってるじゃないか、と返しながらお前たちこそなんだかんだでいい奴らだな、と思った。そしてふと横に目をやると、由紀子がニヤニヤとそのやりとりを眺めていた。なんだか、すごく照れくさいところを見られてしまった気がして、由紀子に何か嫌味の一つも言ってやろうと考え始めたとき、僕は息を呑んだ。藤川が食堂に入ってきたのだ。冷凍庫にアイスクリームを放り込んだ鈴木と椎名は藤川と入れ違いになって食堂を出ていったので、そこには不意に僕と由紀子、そして藤川の三人がいることになった。僕は藤川が別荘に戻ってまず、居残った由紀子が気になって会いにきたのだと思った。だとするとここでしばらく二人っきりでいたのが丸分かりないまの状況は、とても気まずいものがあった。僕はいっそのこと僕と由紀子の間にそういったことは何もないのだということを証明するために何か言おうかと思ったけれど、藤川は僕と目が合うとテーブルの奥の由紀子と僕を見比べてそのまま立ち去ってしまった。追いかけて何か取り繕うようなことを言おうかと思ったけれど、身体が動かなかった。

藤川は他の誰よりも聡明な男子だ。由紀子が藤川だけでなくて、写真部の男子を誰もそういった意味では相手にする気がないことくらい、分からないはずがなかった。そしてそれが分かっているからこそ、藤川はそのやり切れない思いを僕にぶつけたのだ。だからここで僕が何を言っても意味はない。僕にもその程度のことは分かっていた。

「ケンカでもしたの？」

由紀子は不思議そうに僕に尋ねた。僕はいっそのこと、昼間にこの食堂であったことを由紀子に話そうと思ったのだけれど、できなかった。

「はーい。そろそろ準備を始めますよ。みんな手伝ってくださーい！」

今度はいつの間にか戻っていたヒデさんが、駒澤と今村、そして松田の三人を連れて食堂に入ってきて、夕食の鍋の準備を始めたからだ。そして僕は、このとき藤川を追いかけて話しかけるタイミングを逃してしまったことを、このあとずっと後悔することになった。


その日の夜に僕たちは、昼間に（僕は倒れていて食べそびれた）バーベキューをした別荘の前の駐車場で、ヒデさんが用意した浜鍋を食べた。それは漁港の漁師から安く分けてもらったという小魚のたくさん入った味噌鍋で、少し食べると汗が吹き出したけれどとても食べごたえがあった。そして、少しだけ昨晩の残りの花火を楽しんだ。今度は僕も、少し照れながら参加した。由紀子がニヤニヤと見ていないかと思って警戒したのだけれど、このとき由紀子は隅のほうでカバパンとずっと何かを、それも彼女には珍しく真剣な表情で話し込んでいて、あまり僕らに関心を示していなかった。昼間に昆虫観察に出かけていたカバパンは森の中で転んだらしく、両腕と両足に擦り傷を作っていた。何か厄介なことが起きたのか珍しくカバパンは露骨に眉をひそめ、傷をかばいながら頭を抱えていた。

途中から井上が僕の側に寄ってきた。行きの電車の中で僕と井上は夏休み中の僕のアルバイトのない日に一緒にオートバイ関係の店に出かけようということを話していたので、仲間たちが振り回す花火を眺めながらその話の続きをした。あまりいいことがなかった合宿だったけれど、最後の夜は悪くないものになったと僕は感じていた。ただ藤川は明らかに僕を避け続けていて、僕に近寄ろうともしなかった。そして僕も話しかけられなかった。その日の夜も、翌日の朝にヒデさんの用意してくれた具だくさんおにぎりの朝食に群がっているときも、僕と藤川は一言も口をきかなかった。

合宿の最終日の午前中に、僕たちはこの海辺の小さな街に別れを告げるように朝の砂浜を散歩して、簡単な撮影会を行った。そしてオートバイで帰るというヒデさんを残して行きと同じ路線の逆方向の電車に乗って、自分たちの街に帰った。帰りの電車の席では僕は駒澤と松田、そして椎名と四人でボックス席に座ることになって、駅弁を突っつきながら主にこの合宿の感想について話した。藤川は今村、鈴木、そして井上と四人の席に座って、たぶん僕らと同じような他愛もないことを、それだけに楽しそうに話していた。由紀子とカバパンは二人席に並んで座り、昨晩と同じようにいやに真剣に何かを話していた。

電車が僕たちの通う高校の最寄りの駅に到着して一行が解散になったとき、僕は思い切って藤川に話しかけようと思って近づいた。けれども、そんな僕の気配を察したのかそれより先に藤川は用事があると言って一人だけ仲間たちの輪をそそくさと離れていってしまった。そしてそれが、僕が見た藤川の最後の姿だった。

# 9. あいつのいない夏休み

僕が藤川の失踪を知ったのは、合宿から帰って二日後の朝だった。知らない番号から携帯電話に着信があったので、折り返すと知らない女性の声で「藤川です」と聞こえた。それは藤川の母親の声だった。僕は中学の頃に何度か会ったことがあるはずだけれど、すぐには思い出せなかった。そして藤川の母親は藤川があの合宿から家に戻っていないことを、震える声で伝えた。あの日、駅前のロータリーで僕たちと別れてから藤川は忽然と姿を消していたのだ。家出ではないかと、藤川の両親や担任をはじめとする学校の関係者は想像しているようだった。彼女はこの二日間の経緯の説明を二度繰り返したあと、これまでこのようなことはただの一度もなかったこと、そして高校に入ってからだんだん学業の成績が落ちてきて心配していたこと……などを話した。最後の一言は、明らかに僕への恨み言が入り混じっていた。僕のような悪い友達とつるむようになって、息子は変わってしまった。成績も落ちて、素行も悪くなった。その延長に、この家出があるのだと彼女は暗に訴えていた。「以前の康介なら、こんなことするはずはないのだけど」というそのか細い声は、僕を傷つけるのに十分な力を持っていた。

仮に藤川が家出をしたとするのなら、その理由は一つしかない。僕はそう、考えていた。藤川は僕と言い争いになったあと、つまり合宿の二日目の夜か最終日の帰り道のどこかで由紀子と「何かあった」のだ。その結果として、家に帰りたくなくなった。僕はそう、想像したのだ。

さすがにナイーブすぎる反応ではないかと思ったけれど、それ以外に理由は想像できなかった。これは普段の藤川なら絶対に取らない行動で、そして最近彼が変わったとするとそれ以外に思い当たることはなかった。すぐに僕は藤川の携帯電話を鳴らしたけれど、藤川の母親の言った通り電源が入っていなかった。

次に僕は由紀子の携帯電話にコールした。由紀子が藤川の行き先を知っているとは思えなかったけれど、合宿で何があったかは知っているはずだったからだ。しかし何度呼び出しても、由紀子は電話に出なかった。僕はすぐに折り返し連絡が欲しいとメッセージを入れた。ヒデさんにも電話したが同じように出なかった。カバパンの連絡先は、知らなかった。

僕はとりあえず仲間たちにこのことを先手を打って知らせるべきだと思った。藤川の母親が写真部の仲間に順に電話をしているらしく、最初に電話をした駒澤は話し中で出られなかった。次に電話した今村はまだ藤川の失踪を知らなかった。僕は今村に藤川が家に帰っていないことを告げた。今村はひどく驚いていたけれど、すぐに藤川のことだからきっと大丈夫じゃないかと自分に言い聞かせるように言った。僕は、今村はいい奴だなと思った。そして念のために合宿中に藤川に変わったことはなかったかと尋ねたが案の定、変わったことはなかったということだった。今村は僕と藤川が合宿所でケンカをしたことすら、気づいていなかった。僕は鈴木と椎名には今村から連絡をして欲しいと言付けると、もう一度駒澤に電話をかけた。

駒澤のところには案の定すでに、藤川の母親から連絡が来ていてだいたいのことは知っていた。そして駒澤は僕に尋ねた。関係があるかどうかは分からないけれど、お前は合宿中に藤川と揉めるようなことがあったんじゃないのか、と。グループの渉外担当で、溜まり場のホストでもある駒澤はさすがに周囲をよく観察していた。僕は隠しても仕方がないので、合宿の二日目に僕と藤川の間であったことを話した。僕と由紀子が岩場で話していたことと、そして少し前に僕が井上と一緒に由紀子たちの家に行ったことを藤川はとても気にしていて、そのことを尋ねられたのだ、と。たぶんそれはつまり……そういうことで、僕は藤川らしくないそういった態度に苛立って、つらく当たってしまったのだと。しかし、あの藤川がその程度のことで家出をしたりするだろうか。僕は最後にそう付け加えた。考えられるとしたら、合宿から帰る日に藤川と由紀子との間に何かがあり、そのことをきっかけに藤川が姿を消したという可能性だった。しかし自分で指摘しておきながら、それこそ僕にはどうしても認めたくないことだった。

「あの藤川が、フラれた程度で家出するなんて子供っぽいことをするはずがないだろう」――僕は自分に言い聞かせるように、駒澤に言った。駒澤は答えなかったが、同意しているのが伝わってきた。そして、僕は今後の行動を駒澤に提案した。まず駒澤は他のメンバーをとりあえず彼の下宿に集める。僕たちは駒澤の下宿での飲酒をはじめ、あまり親や教師に知られたくないことをそれなりにしてきていた。だから、藤川の家出が大ゴトになったはずみで、それらのことが明るみに出ることを避けなければいけなかった。そして一通り口裏を合わせた上で、家の中を捜索されて見られたらまずいものをすべて処分するように僕は駒澤に頼んだ。もし学校や警察に事情聴取をされた場合は、合宿中のことはすべて正確に話す一方で昨年の裏学食については帳簿を処分した上で、あれはすべて僕と藤川が考えたことで、自分たちは一切知らないと証言するように付け加えた。

最近は浮き気味だったとは言え藤川がいないときにグループの行動方針を考えるのは、やっぱり僕の役目だった。駒澤にはさらに松田に連絡を取ってもらい、藤川と由紀子の間に何かなかったかを尋ねてもらうことにした。そして僕は駒澤との電話を切って、今度は井上を呼び出した。井上は僕が突然電話をかけてきたことにまず驚き、藤川の失踪にさらに驚いた。そして僕は由紀子にもヒデさんにも、カバパンにもまったく連絡がつかないこと、ちょっと厄介なことになりそうな気がするから、直接彼らの家に行きたいということを話した。最初は驚いていた井上だったけれど、すぐに落ち着いて話を聞いてくれた。そして僕が何を頼みたいのかも想像がついたらしく、僕が口にする前にこう言ってくれた。

「分かった。いまから迎えに行く」

僕はこの一ヶ月ですっかりオートバイの二人乗りで後ろに乗ることに慣れていた。しかしあのヒデさんの大きな身体と大きなオートバイに比べると、井上の身体とスーパーカブは二回りほど小さくて、軽かった。しかしそれでも、井上の運転するスーパーカブは井上と僕の身体を、力強く山の上の由紀子たちの家に運んでいってくれた。僕は結果的に彼女と身体を密着させるという行為について、いろいろ考える……というか感じるところもあったのだけれど、このときはそれどころじゃなかった。

井上が二人分のヘルメットを片付けている間に、僕は玄関の呼び鈴を鳴らした。しばらくしてドアが開くと髪がボサボサの、幽霊のような由紀子が顔を出した。井上が何度も携帯電話に連絡を入れたというと由紀子は「ごめんなさい」とびっくりするくらい素直に謝った。「藤川君が家に帰っていないこと、私もさっき知った。でも、こっちはこっちで大変で……。その、ヒデさんが、バイクで事故っちゃって……」由紀子はそこまで一気に話して、僕たちがまったく状況を飲み込めていないことに気づいて、言葉を区切った。そしてとりあえず上がって、中で話そうと僕たちを誘導した。

「命にかかわるような怪我でも、あとに何か残るような怪我でもないらしいんだけれど、手術が終わったのが昨日の夜遅くで……」

藤川が失踪した日の夜、ヒデさんは買い出しの途中に無灯火の自転車の二人組を避けようとして横転した。腕の骨を折る、全治一ヶ月の怪我だった。僕は驚いた。あのヒデさんが事故を起こしたこともそうだが、それと同じくらいあの由紀子が滅入っていたからだ。ずっと病院に付き添っていたという由紀子は、見るからに憔悴していた。あの悪辣で、見透かした物言いを好む由紀子がいまにも泣き出しそうな顔をしていた。井上が怪我が大したことじゃなくてよかった、と言うとなぜか由紀子は苦笑いした。

「悪運が強いってことなのかな。お医者さんが言うには、本人があの程度の怪我で済んだのは奇跡的だって」

僕がカバパンはいないのかと尋ねると、まだ病院だと由紀子は答えた。

「入院の手続きとか、そういうのがいろいろあって……」

こっちとしては、藤川の失踪という緊急事態について話したかったのだけれど、こちらはこちらでとんでもないことになっていた。このように、余裕のない由紀子の姿を見るのははじめてだった。たしかに同居人が手術を受けるような怪我をしたのだから一大事なのだろうけれど、後遺症が残るような大怪我でもなければ、誰か他の人を巻き込んだ様子もないのに何が彼女をここまで追い詰めたのかが、実のところよく分からなかった。しかし、由紀子たちの事情に配慮してばかりもいられなかった。

「あれから誰も、藤川に会っていないんだ。本当に何も連絡はなかったのか？」

由紀子は黙って首を振った。僕は藤川に何かあったとしたら、由紀子が関係しているという考えを捨てていなかったけれど、仮に藤川が彼女に振られたようなことがあったとして、嘘をついてまで何かを隠す理由があるようにも思えなかった。

僕は現時点で判明していることを、由紀子に一通り話した。合宿の最終日に駅前のロータリーで解散してから藤川に会った人はいないこと、藤川の両親は家出だと考えているけれど僕にも他の仲間にも心当たりはないことを説明して、そして最後に合宿中に藤川に変わったことがなかったか、もし知っていたら教えて欲しいと付け加えた。これだけ話せば、聡明な由紀子は僕が彼女に何を尋ねたいのかはすぐに理解するはずだった。由紀子はじっと僕を見た。そして喉の奥から出すような声で、静かに言った。

「藤川君のことを、一番よく分かっているのは森本君だと思う。最近はしっくりきていなかったのかもしれないけれど、藤川君のことで森本君が分からないことを、他の誰かが分かっているなんてこと、本当にあると思う?」

そう、由紀子の言う通りだった。藤川のことは、たぶん僕が一番よく分かっている。最近は距離ができて、藤川が由紀子にのぼせあがってしまっていることにも気づかなかったくらいだったけれど、それでも相対的には僕が一番あの素晴らしく優秀で、仲間思いの男子について分かっているはずだった。そしてその藤川康介という人間を一番深く理解しているはずのこの僕の判断は、藤川はもう帰ってこないというものだった。なぜならば、たとえどのような理由があったとしても、あの藤川が家出などという感傷的な行動に出るはずがないからだ。もし彼がしばらく独りになりたいのなら、呼吸をするように適当な口実をでっち上げ、両親から旅費と小遣いをせしめて悠々と一人旅に出かけていくはずだった。そして、僕たちに土産の一つも見繕って帰ってきてくれるはずだった。実際に藤川は去年の冬、合唱部の助っ人に駆り出されて隣の県の大会に出かけたときそこでたまたま立ち寄った古本屋で、僕がずっと探していた本――栗本薫の『レダ』という小説の三巻目――を見つけて確保してくれたことがあった。「お前がずっと探していたのって、これだろう？」と言って、部室でブックオフの百円のシールが付いたその文庫本を差し出してくれたとき、やっぱりこいつは最高の親友だと僕は思った。藤川はどんなときも僕たちのことを忘れないし、自分の行動で仲間たちにピンチをもたらすようなことは絶対にしないはずだったからだ。

そう、今回の藤川の失踪は彼の行動にしてはあまりに安易だった。あの藤川が事件になるような方法で、自分の内面の問題についての解決を試みるなんてことがあるはずがなかった。その確信は僕に考えたくもないようなことを、最悪の事態さえも想像させた。

「森本君は、私に聞くことなんか本当は何もないことは分かっているでしょう？　藤川君がどういう人か、藤川君ならどう考えるか、藤川君ならどう行動するか。たぶん、それが答えなんだと思う。違うかな？」

それは、由紀子の声でもあり、葉山先生の声のようにも聞こえた。いつもの僕なら、由紀子にそれはどういう意味だと食ってかかるところだった。しかし目の前の由紀子はいつものように僕を挑発しているのではなく、あの合宿のときと同じように心の底からそう言っているように見えた。

そして、由紀子自身が何より弱っているように見えた。

井上は僕たちの抽象的な会話に埒のあかなさを感じたのか、藤川君に変わった様子はなかったと自分は思ってるけれど、由紀子が気づいたことはあるかと尋ねた。由紀子は黙って、首を左右に振った。カバパンが帰ってくるなら何か学校のほうで摑んだことが聞けるかと思った僕は待ちたいと言ったが、戻りがいつになるか分からないと由紀子は言った。何か分かったら連絡を入れると付け加える由紀子は明らかに、僕たちを早く帰したがっていた。

僕と井上は、行きと同じようにスーパーカブの二人乗りで来た道を戻るかたちで山を下りた。時刻は昼の二時になろうとしていた。昼食を食べそびれていたので、腹が空いていた。僕は山の上の家に連れていってくれたお礼に昼食を奢ると言って井上と国道沿いのファミリーレストランに入った。

このときまで僕はこの時間のファミリーレストランに入ったことはなかったけれど、平日のランチ限定の日替わり定食はどれもおいしそうだった。こんなときでも、しっかりお腹が空くのだなと自分に苦笑しながらメニューを広げていると、井上が自分はチーズドリアセットにすると少し高めの声を出して言った。彼女なりに僕を元気づけようとしてくれているのが、なんとなく伝わってきた。だから僕も一回頭を空っぽにしようと思って、思い切ってハンバーグとエビフライの千円以上するセットを頼んだ。けれど意外と食べ始めると脂っこいものを胃が受け付けなくて、二本ついてきたエビフライを食べきれずに、一本を井上にあげる羽目になった。井上は少し大げさに喜んで見せて、エビフライに齧りついた。でもたぶん、本当においしかったのだと思う。私もこっちにすればよかったと彼女は普通に話した。僕は井上が今日一緒に来てくれてよかったと心の底から思った。

昼食のあとに井上と別れて、バスで駒澤の下宿に向かった。僕が到着したときには既に全員が集まっていて、クーラーをかけていても部屋はムッとしていた。駒澤、今村、鈴木、そして椎名。中学の頃から苦楽をともにしてきた仲間たちだった。僕はあの藤川が何の考えもなしに行動することはあり得ないこと、そしてだからこそ僕たちは藤川の足を引っ張らないように学校や警察が騒ぎ出したときに面倒を起こしてはいけないこと、いまの僕たちにできるのは藤川を信じてしっかりと対応しておくことだけだということを話した。僕の話を、仲間たちはじっと聞いていたが、話し終わると鈴木が言った。

「なあ、理生。お前と藤川は合宿の二日目から、ほとんど話していなかったみたいだけど、ケンカでもしたのか?」

カンの鋭い奴だった。僕は事情を話してある駒澤を見やった。駒澤の表情は隠しても仕方がないと言っていた。僕はたしかにちょっと揉めたけれどそのことで藤川が失踪したりするとは思えない。だからこそ、何か事情があるのだと思うと半分だけ正直に答えた。僕が飲み込んだもう半分のことは、まだ彼らが知らなくていいことだった。僕は話しながら、明日もう一度山の上の家に出かけようと考えていた。僕はこのとき自分がほとんど無意識のうちに、由紀子やカバパンを仲間たちよりも頼りにして——少なくとも意見を交換する優先度の高い人間だと認識して——いることに気づいた。

しかし翌日は由紀子もカバパンも、そしてヒデさんもまったく捕まらなかった。二日連続で井上を呼び出すのも悪いので、待ち時間を入れると一時間もかけて僕はバスで山の上の家に出かけていった。しかし、何度呼び鈴を鳴らしても誰も出てこなかった。ガレージには、以前来たときに見かけた壊れたオートバイが無残な形で放置されていた。その奥にはまた別の車体が見えた。三日前にヒデさんが事故を起こしたというオートバイがまた別だとすると一体ヒデさんは何台オートバイを持っているのだろうと思ったが、このときはそんなことを気にしている余裕はなかった。

きっと由紀子もカバパンもヒデさんの病院なのだろうと僕は想像して、ヒデさんの携帯電話に明日にでもお見舞いに行きたいから入院先を教えて欲しいとメッセージを入れた。そのとき、僕は井上からのメッセージに気がついた。それは藤川の失踪事件についての進捗を尋ねるものだったので、山の上の家に来たけれど空振ったと返すと、私に言ってくれたら送っていったのにと返ってきた。帰りのバスを待つ間にメッセージが何周かして、結局僕たちはこの日も昨日と同じファミレスで会うことになった。

食事時ではなかったので僕たちはドリンクバーで飲み物を汲み、窓際のテーブルに向かい合って座った。しかし会ってみるとすぐに藤川のことで話すことは何もなくなってしまった。それは当たり前のことで昨日の今日で特に状況に変化もなく、僕たちにできるのはいまある状況証拠から推測することだけだった。そして、いまある材料からではその推測は何も具体的なかたちを結びようがないことも昨日の時点で明白だった。

代わりに僕は少し迷ったのだけど井上に合宿中に僕と藤川の間にあったことを話した。ただ藤川に、僕と井上の関係について尋ねられたことだけは恥ずかしくて話さなかった。井上はそんなことがあったんだ……と半分驚いて、そして半分は深く納得したような顔をした。

「板倉は藤川のことは僕が一番よく分かっているって言ってくれたけれど、僕はあの合宿まで藤川が板倉のことをどう思っていたかなんて、まったく気づいていなかったんだ。だから、僕は本当はあいつのことを何も分かっていないのかもしれないって思う……」

それは僕にとって、言葉にするのが辛い現実だった。

「あの二人って、なんだか息の合った夫婦みたいなところあったもんね。ただ、由紀子はそういうつもり、ぜんぜんないと思うけれど、藤川君って鋭いからそういうところも含めて分かっちゃったんだと思う」

薄々感じていたのだけれど、井上はよく喋る人の多い写真部では目立たないが実はよくものを考えて、周囲を観察しているのだなと思った。

「由紀子って大人っぽいじゃない？　それって見た目だけじゃなくて、本当に考えていることが大人っぽいんだと思う。由紀子ってカバパンやヒデさんとは対等に話している感じがあるけれど、私たちと話すときは、ちょっと無理している感じがするんだよね。森本君もそう思うでしょ？」

その後僕たちはドリンクバーまで三往復しながら、同じ話題を繰り返した。考えれば考えるほど、僕たちにできることは何もなかった。しかし僕たちは、特に僕は何かを話していないといてもたってもいられなかったのだ。そのうち夕方が近づいてきて、僕たちは解散することにした。話すべきことは実のところとっくになくなっていたし、お腹が空いていなくもなかったけれど、高校生の小遣いで夕食まで外食するのはたとえファミリーレストランであったとしても負担が大きかった。

にもかかわらず僕と井上は結局その次の日も次の次の日も、この日とほぼ同じ経緯をたどって同じファミリーレストランで会っていた。僕は朝から藤川の母親に電話をかけ、特に状況に進展がないことを確認すると、今度はヒデさんと由紀子に同じように電話をかけた。そして初日と同じように二人とも出なかった。その間僕と井上は携帯電話でメッセージのやり取りを何周かして、結局夕方ごろに同じファミリーレストランで落ち合うことになった。そして同じようにドリンクバーを何周かした。要するに藤川が失踪してからの三日間、僕は毎日井上と会いながらほとんど気休めのためだけに、藤川の母親と由紀子たちに連絡を取り、そして空振ったのだ。藤川の母親には三日目に何かあったらこっちから連絡するからそっとしておいて欲しい、と言われてしまった。具体的に進展がないにもかかわらず、僕が井上と会っているのは要するに藤川のことを半ば口実に顔が見たかっただけで、どちらからともなくこうして会うことが当たり前になってきているこの流れから考えると、たぶん井上も近いことを考えていたはずだった。ただ、藤川の身に何かあったのかもしれないこの状況で、やっぱり浮かれた気持ちになりきれないのも事実だった。いま思い出しても、それはとてももどかしい時間だった。しかし僕たちはついに藤川が失踪したのを知ってから四日目の午後に、藤川の話題が尽きた以上他に話すこともないのでお互いあまりはしゃいだ感じにならないように（特に井上のほうが）気を遣いながら、ついに夏休みの予定について話し始めた。しかしその結果として、ちょっとしたケンカのようなことになってしまった。

「それってどういうこと？　アルバイトには行かないってこと？」

「だから、藤川があんなことになっているわけだし……。朝から晩まで工場にいるってのもマズいかなって思ってさ」

それは、僕が計画していた小さな工場でのアルバイトのことだった。僕は夏休みの前半に、プラスチック製品を扱う工場で十日間アルバイトをして、そのお金で中古のスーパーカブを買う計画を立てていた。そして、夏休みの終わりには井上と二人で、近場に出かけようと話していた。しかし、僕は藤川の失踪を知ってから、ちょっとそれどころじゃないなと思い、アルバイトはやめようと思っていた。もちろん、ただの高校生である僕が藤川のためにできることははっきり言って何もないのだけれど、あれから僕はほとんど何も手につかなくなっていて、好きな本もほとんど読めていなかった。そしてこのときはじめてこういった気持ちを正直に井上に話してしまった。そして話してしまってから、しまったと思った。僕がアルバイトに行かないということは夏の間にスーパーカブを手に入れて、免許を取って井上と出かけるという約束を反故にするということを結果的に意味していたからだ。僕はそのことをこのときまで、あまり考えられていなかった。

井上は数十秒の沈黙のあと、しばらくするとストローを咥えてアイスティーを啜り、深く息を吸い込んで、吐いた。そして落とした視線を上げて、まっすぐに僕を見て話し始めた。

「森本君は藤川君がもう帰ってこないんだって思ってるんでしょ？　本当にそうなのか、私には分からないけれど、森本君がそう思っているのは分かる。だから毎日何かをしていないと気が済まなくなっているんじゃない？　でもさ、森本君くらい藤川君を信じてあげなよ。きっと、藤川君は大丈夫だよ。あの人、すごくしっかりしているし、何も考えなしに行動するようなことはないと思うから」

僕は一瞬、その言葉にカチンときた。そんなことは分かっている。あの聡明で、いつも用意周到にことを運んでいた藤川が失踪騒ぎを起こしているからこそ、僕たちは青ざめているのだと言いそうになった。実際に口にしなかったのは、それを言うとケンカになってしまうことが分かっていたからだ。いま思うと、僕を元気づけようと言ってくれていたのは分かるのだけど、このときは何も分かっていないくせに適当なことを言うなという反発のほうが強かった。僕はとりあえず、うん、そうだよなと井上に同意したけれど、心の底からそう言えたかと言うと、もちろん違っていて、その感情は語調や表情に出てしまっていたと思う。

「今日はもう、帰るね」

そして僕が思っていたよりも井上は気を悪くしていた。たぶん、露骨なケンカにならないように彼女なりに言い方を工夫したのだろうけれど、今日はこれ以上僕と一緒にいるつもりはないようだった。藤川君のこと、何か分かったら私にも教えてねと告げると彼女は千円札をテーブルの上に置いて立ち上がった。言葉と表情は穏やかだったけれど、態度から彼女が怒っているのははっきりと伝わってきた。追いかけたほうが良かったのかもしれないけれど、僕は座り続けたまま動かなかった。親友が失踪して傷ついている自分に対してもうちょっと優しくしてもいいんじゃないかと、僕はこのとき思ったのだ。しばらくあとに僕は七歳ほど年上の女性にこのときのことを話して、それは君が悪い、女子の気持ちが分かっていないとしこたま説教されることになるのだけど、このときは本当に井上はちょっと冷たいのではないかと思った。

こうして、その日は終わった。僕は原チャリで帰れば(つまり、井上が送ってくれれば)十分もかからない道のりをバスを乗り継いで四十分かけて帰り、そしてその後は基本的にふて寝して、何もしなかった。正確に言えば、するつもりのことをしなかった。本当はこの日に、アルバイト先にある程度事情を話して急に行けなくなって申し訳ないけれど……と謝罪する電話を入れようと思っていたのだけれど、それをしなかった。僕はやっぱりこの夏休みはたっぷりアルバイトをして、そして原チャリを買おうと思い直したのだ。

僕はこのとき、いつの間にか自分がとても寂しい人間になっていたことに気づいていた。仲間たち——特に藤川——と疎遠になって、葉山先生が亡くなって、そしてますます仲間たちから孤立して……といったこの数ヶ月に起きた出来事のことを考えたとき、僕にはやっぱり原チャリが必要だと思ったのだ。もちろん、せっかく仲良くなれそうだった井上とも、これでうまくいかないのはつらいので挽回したいという気持ちもあったけれど、それ以上に僕には他の誰かと一緒じゃなくても、一人でいても世界を楽しめる回路のようなものが必要なんじゃないかと思ったのだ。こうやって孤独になった僕を原チャリは慰めてくれそうな気がしたのだ。

井上にはやっぱりアルバイトをすることにしたと携帯電話にメッセージを入れようかと思ったけれど、結局はしなかった。本当は送りたかったけれど、送らなかった。この件では僕なりにへそを曲げているところがあって、井上のほうから折れて今日はなんだか悪かったね、ごめんねとメッセージを送ってくれるべきだと思ったのだ。そして何日かアルバイトを続けて、少しほとぼりが冷めたあとなら素直に連絡ができそうな気もした。いっそのこと、電話をかけてもいい。突然電話をかけて実はあれから毎日工場に行っているんだと言って驚かせてやるのも悪くないと思った。

しかし翌朝、僕がアルバイト先の工場に顔を出すと、夏休み前に僕を面接した「主任」と呼ばれていた中年男性が面接した日と同じツナギを着て出迎えて、そして露骨に困惑していた。

「南校の生徒は許可のないアルバイトは禁止だそうじゃないか。困るんだよね、そういうの」

面接のときには、まったく気にしていなかった校則のことを持ち出されて、今度は僕が困惑した。そういう細かいことを気にしないざっくりした社風のアルバイト先を僕は事前に綿密に調べ上げて応募して、そして採用されていたからだ。

「面接のときは、ぜんぜんそんなことを気にしていなかったじゃないですか」

「昨日、あんたの学校の先生から電話があったんだよ。うちの生徒がこっそりアルバイトに応募しているから、来たら追い返してくれって……」

何が起きたかが、だいたい想像がついた僕はそのまま黙ってその場をあとにした。

僕はバスを乗り継いで、一時間半ほどかけて山の上の家に向かった。そしてほとんど怒鳴り込むような調子で呼び鈴を鳴らすと、ドアがすぐに開いて、おお、理生っち、メッセージ返せていなくてごめんなさい、と退院したらしいヒデさんが笑顔で出迎えてくれた。左腕を三角巾で吊っていたけれど、元気そうだった。本当はヒデさんに怪我のことを聞くべきだったのだと思うけれど、僕はこのとき頭に血が上っていて、それどころじゃなかった。大股で廊下を突き進んでリビングの扉を開けた。そして、ソファに腰を掛けて何か細かい作業をしているカバパンの背中に、開口一番怒鳴るように声をかけた。

「どういうことなんですか?」

「どういうことなんですかって、こっちのセリフだろ?」

カバパンは何か金属でできた腹巻きのような、ベルトのようなものをカチャカチャといじっていた。それはバックルに当たる部分に風車のようなものがついていて、一体何に使用するものなのか、まったく想像がつかなかった。カバパンはそのよく分からない物体をテーブルに置くと、僕に振り返って言った。

「いっけないなー、学校に隠れてアルバイトだなんて」

カバパンはあっさりと、犯行を認めた。そのこと自体は完全に想像したとおりだった。僕のアルバイトを嗅ぎつけて、わざわざ工場に連絡して、僕がそこで働けないように手配したのだ。犯人と手口は、最初から見当がついていた。こんなことをやりそうな人間は他にいない。しかし、動機はてんで分からなかった。いったい、カバパンに僕のアルバイトを妨害して、何の得があるというのだろうか。

「康介の両親が警察に捜索願を出した。学校のほうも、いろいろ敏感になっている。一応、失踪したのは合宿から帰ってきたあとなので、いまのところ俺や写真部にお咎めはない。だがこのタイミングで、部員が禁止されているアルバイトをしているなんてことがバレたら、さすがにいろいろとマズい。だから、悪いけれど手を回させてもらった。時間もなかったし、理生が俺の言うことを素直に聞いてくれるとは思えなかったからな」

僕のアルバイト先を知っているのは井上とヒデさんの二人だけで、そしてそのどちらが悪気もなくカバパンにそのことを話してしまったのかは明白だった。僕は部屋の隅で、はたきをかけていたヒデさんを睨みつけた。ヒデさんは最初は僕の視線に気づかないフリをしていたけれど、十秒くらい無言で睨みつけていたらさすがに観念したのか、僕に向き直って怪我をした左腕を庇いながらお地蔵さんにそうするように手を合わせた。その「へ」の字に曲がった眉が、「ごめんなさい」と言っていた。僕は深い溜め息をついた。ヒデさんに悪気はなかったのはよく分かっていたし、カバパンの言い分も分からなくはなかった。しかし藤川の失踪に何の進展もなく僕にできることが何もないいま、僕は僕で何かをしていないと気が変になりそうだった。僕はこのとき切実に「何か」をすることを求めていた。

「だからって、このやり口はないんじゃないですか？　僕だって……」

と、言いかけたそのとき、カバパンが言葉を被せてきた。

「足がつかないアルバイトを紹介してやるよ」

ずっと用意していたセリフなのが、その得意げな表情で分かった。窓際のカウチにいた由紀子が、やれやれといった感じで溜め息をついた。カバパンは東京の私立大学の名前を挙げて、自分は本来はそこの研究所の所属なのは知っているだろうと言った。その事情は、はじめて知ったことだった。事情があってこの街で高校の教師をしているけれど、研究は続けている。夏休みの間は、いまかかわっているプロジェクトのリサーチをこの街で行うつもりだとカバパンは続けて述べた。

「そのリサーチを僕に手伝えってことですか?」

「正解。飲み込みがいいな」

カバパンは改めて説明を始めた。自分の専門は情報工学だが、その専門家として都市計画のプロジェクトに参加している。そして、そのプロジェクトの中で都市の自然環境と、住民の主観的な幸福度や知的生産性との関連の調査をしている。特に自分たちのチームが注目しているのは、都市に生えている「木」が住民に与える影響だ。そして、その研究の一つとしてこの夏の間に、市内の街路樹や公園の樹木の状態の調査をまとめてやってしまわないといけない。その調査を僕に手伝わないかというのがカバパンの提案だった。カバパンと一緒に街中の木という木を回って写真を撮り、センサーの状態を確認して記録をつけるというのがその調査の内容で時給は工場のそれよりも五百円も高く、ある程度まとまってシフトを入れられれば予定よりも早く原チャリが手に入りそうだった。しかし、僕は警戒した。話がうますぎる。カバパンの行動は融通の利く写真部の生徒をアルバイトに使うために、僕をうまく囲い込んだのだと考えれば辻褄が合うが、それにしてはこの条件は僕に都合が良すぎるような気がしたのだ。

「いま、話がうますぎるって警戒しただろ」

二つ返事でやりますと答えかけてためらった僕を見て、カバパンは嬉しそうに笑った。

「もちろん、そんなうまい話がそうそう転がっているはずがない。このアルバイトには一つ条件がある。働いてもらうのは、夜の九時から朝の五時までの八時間。つまり夜から朝までだ」

「夜の九時から五時ですか？　なんでそんな時間に……」

「俺たちはこの四月から市内二五六箇所にセンサーを設置して、住民の行動を計測している。しかし、並行してこれらのスポットの植物、特に俺たちが重視している街路樹や公園に生えている木の状態の把握をしなくてはいけないのだけど、これを昼間に行うことは、あまり現実的じゃないいんだ。俺たちが調査に行って、これらの木々にまとわりついて調査を始めるとかなりの確率で住民の行動に影響が出てしまう。だから個別の樹木の調査は深夜に行うしかない。もちろん、このアルバイトは十八歳未満の未成年を二二時以降に就労させる完全な労働基準法違反だ。だから、書類上は午前中の九時から夕方の五時までとして記録されることになる」

「口止め料とか、そういうものを込みでってことですか……」

「ヒデの怪我がなければあいつが手伝う予定だったんだけど、付き合ってもらえないか？」

僕はもう一度、部屋の隅ではたきをかけているヒデさんを見やった。ヒデさんはやっぱり左腕を痛そうに動かして、顔の前で両手を合わせて「ごめんなさい」と言いたそうなポーズをとった。由紀子が、もう一回深い溜め息をつくのが聞こえた。僕はなんというか、完全に断れない流れが作られているのを感じた。観念するしかなさそうだった。

「明日の夜二二時に、お前の家に迎えに行く。特に準備はいらない。身体一つで来ればいい。徹夜になるから、疲れないように昼間に少し寝ておけよ」

と、カバパンは最後に言った。帰りのバスの中で僕はふと「あれ？」と思った。迎えに来るって、一体誰が？　たぶん、あの山の上の家の前に停めてあるバンで迎えに来てくれるのだろうけれど、そのバンは誰が運転しているのだろうか。本来ならヒデさんが運転しているのだろうけれど、そもそも彼が骨折したから僕が呼ばれているはずで、そして無免許のカバパンと高校生の由紀子はどちらも運転ができないはずだった。きっと、僕の知らない誰かが手配されているのだろうと想像して、そのときは深く考えなかった。ただ、あの三人組が簡単に自分たちの仕事に部外者を誘うとは思えなくて、それがやっぱり引っかかった。そもそもカバパンはなるべく融通の利く、身近な関係でこの仕事を完結させたくて僕を誘っているはずで、この街に来たばかりのあの三人組が学校関係以外の知り合いを、それも深夜に誘い出すというのもあまり想像できなかった。

しかしその疑問は翌日夜にあっさりと解決された。二〇時五〇分にカバパンは僕の下宿する森本の本家の呼び鈴を鳴らして、夜分遅くすみませんと丁寧に挨拶をして駅前の和菓子屋の水ようかんのセットをおばさんに手渡した。おばさんはどうもご丁寧に理生をよろしくお願いしますと頭を下げた。これはあとで知ったのだが、カバパンは前の日の夜におばさんに電話して、かなり脚色した事情を説明していた。「藤川君のことでふさぎ込んでいる理生君に元気になって欲しくて連れ出そうと思った」とか、「理生君は向学心が強く以前から自分の研究に興味を持っていた。きっと進路の参考にもなるはずだから思い切って助手のアルバイトに誘ってみた」とか、かなり適当なことを吹きこんだ上に、さりげなくおばさんの好物を聞き出してそれを手土産にしていた。

そして上機嫌で「蔵」に僕を迎えに来たおばさんに連れられて家の前の道に出ると、あの山の上の家のガレージに停められていたバンが停まっていた。その後部座席のドアには、ヒデさんのオートバイと同じ、あのＳＤＧsのマークのようなステッカーが貼られていた。ステッカーに記された「Team Alternative」はきっとたぶんカバパンが参加している研究チームの名前なのだと思った。ドアをスライドさせて乗り込むと、運転席から由紀子が振り向いて、「おばさん、すごくいい人そうじゃない」と言った。板倉が運転するのか、と驚いて声を上げると「誰も由紀子を見て高校生だとは思わないから、大丈夫だ」と僕を押しやるようにあとから乗り込んできたカバパンが告げた。どうやらこのチームは労働基準法どころか、道路交通法もまったく守る気がないようだった。普通に考えたら僕の工場のアルバイトが学校にバレるよりも、これらの違法行為がバレる方が大きな問題になるはずだったが、カバパンの口調からは自分が管理している以上は絶対に露見しないという自信がみなぎっていた。そのやり取りを助手席に座るヒデさんが終始ニコニコと見守っていた。彼もまったくこの異常で、違法な状況に疑問を持っていないようだった。想像以上に、ヤバい人たちのヤバい話にかかわってしまったなと僕はカバパンの誘いに乗ったことを後悔し始めていた。「理生は後ろの席に座ってくれ」と言われて、バンの真ん中の列のシートに腰を下ろしかけていた僕は後ろの席に移動しようとした……ところで目が合った。

井上だった。僕と井上はあの日、ファミリーレストランでケンカ別れのようになってから、まったく連絡を取っていなかった。それはほんの二日間の断交だったけれど、なんだかすごく気まずい感じがした。本当は昨日の夜に電話をして、カバパンのところでアルバイトをすることになったんだと話して、それを口実に仲直りっぽい感じにできたらいいんじゃないかという考えが頭をよぎったのだけど、恥ずかしくてできなかった。しかし、その必要はなかった。彼女もまた、カバパンにこの深夜のアルバイトに誘われていたのだ。

バンが出発して、カバパンが作業の段取りを説明し始めたところで、隣の井上がジロッと僕を見て、そして前の席には聞こえないくらいの声で囁いた。「ずっと連絡したかったくせに」。

そう言って、彼女は笑った。

# 10. 虫たちの夜

こうしてカバパンに半ば強引に誘われて、僕と井上は環境調査のアルバイトをすることになった。カバパンの話ではこの調査は要するに「木の眼から街を見る」調査だった。それは、街の中の街路樹や公園の林が、人間の心理に与える影響を長期的に観察する調査で、市内百本以上の「木」に取り付けられたカメラとセンサーの状態をチェックし、さらに夜間撮影用のカメラを使ってその木の写真を撮り、チェックリストに従って状態を記録する作業だった。

これが結構大変で、単にサンプルに指定された一本の木をチェックすればいいだけではなくて、その周辺の状況もあわせて記録する必要があった。それも適当に撮ればいいというのではなく、その木の生えている周辺の環境の特徴がひと目で分かるような写真を撮影しなくてはいけなかった。駅前の繁華街の街路樹のイチョウを撮るときは、整然とした通りが見渡せる場所から撮る必要があり、公園の雑木林ではコナラとクヌギが半々で茂っているのが分かるように撮る、ということが細かく指定されていた。しかも夜間なのでしっかり三脚を立てて、大きなカメラで撮影しなければいけなかった。

これでも最近は解析ソフトの性能の向上によってかなりサンプル数が少なくて済むのでぐっと楽になったという話だったのだけど、それでもかなり面倒な作業だった。僕たちは、ターゲットの木を見つける（これも、その木が病気などにかかっていた場合、周辺の別の木にセンサーとカメラを取り付け直す作業が必要になり、これが一晩につき、必ず一回か二回は発生した）と、建物などに面していて回り込めないときを除けば最低四方向から外観を撮影し、それをクラウド上の指定のフォルダにアップロードするまでをその場でやらなくてはいけなかった。そしてそれぞれの木を識別するため、番号を書いたビニールテープを幹に貼り付けて、どの写真がどの木に当たるかを専用のアプリケーションに記入するという面倒な作業もあった。

初日に僕たちは五箇所の調査を終えなければいけなかった。休憩や後始末を考えると、一箇所につき移動時間込みで一時間程度で作業を終えなければいけない計算になり、それなりに段取り良く片付ける必要があった。その結果、ドライバーの由紀子や怪我のまだ治っていないヒデさんまで作業に駆り出されることになった。しかしカバパンは全体の指揮を執ると言って僕たちの作業に画角が悪いとか、センサーを取り外すときに木を傷つけるなとか、そういう注文を延々とつけてくるくせに、自分は一切具体的な作業をしなかった。そしてこれは本当にいま思い出しても腹が立つのだけれど、そもそも当のカバパンはあまりこの作業に集中していなかった。なぜならば、彼の関心はこの調査そのものよりも、圧倒的にその過程で発見される別のものにあったからだ。

「……やはりいたか。俺の読みは正しかった」

最初にカバパンがそれを見つけたのは、駅前の繁華街からもそれほど離れていない公園の林だった。僕たちの通う高校のあるこの街はその県の県庁所在地で、江戸時代は大名の城があったという小さな山から街が見下ろせるように造られていた。昔の城があったその山側には国立大学を中心に美術館や歴史資料館などの施設が集まっていて、公園はその入り口にあった。カバパンはその公園の一角にあるクヌギ林、通称「どんぐりの森」に調査を半ば放り出して向かい、そして目当てのものを見つけると、子供のようにはしゃいで僕たちを手招きした。

「この木だけで、カブトムシの雄と雌が二匹ずつの合わせて四匹、クワガタが三匹、ノコギリの雄が一匹とコクワガタの雄と雌がそれぞれ一匹ずつ止まっている。照らしてみないと分からないけれど、上のほうにはまだいるかもしれない」

合宿のときと同じように、この暑いのに上下のジャージを着込んでいたのでなんでだろうと思っていたのだが、そういうことだった。カバパンはどうやら事前にGoogle Mapsなどの航空写真で目星をつけているらしく、大きな公園や、寺や神社の敷地の林に足を踏み入れたときは調査を放り出して一目散に突撃していった。そして目当ての木——樹液が染み出して、まるで酒場のようにさまざまな虫たちが、カブトムシが、クワガタが、カナブンが、カミキリムシが、大小の蜂と蛾が集う木——を見つけると、カバパンはやはりあの日と同じように得意気に僕らに告げた。「**コツは一つ、虫の眼で世界を見ることだ。**」虫の眼を持つことで、人間とは異なる身体を獲得することだ」と。そして更に付け加えた。「**これは想像力の必要な仕事だ**」と。

そしてカバパンは一箇所の調査が終わると、その仕上げに必ずあることを行った。たとえそれがどんな場所であろうとも、カバパンはターゲットにしている樹木の撮影とセンサーのチェックを終えると小さな円筒を地面に設置し、ライターを取り出して火をともした。アルバイトの初日に、はじめてそれを目にしたとき僕はさすがにびっくりして声をかけた。それが狼煙のような、花火のような何かであることがすぐに分かったからだ。

「ちょっと何やってるんですか、こんな時間に。みんな起きちゃいますよ」

「次の場所では理生にやってもらうからな。よく手順を覚えておけよ」

カバパンは何の疑問も思っていないようだった。これには、隣の井上もさすがにドン引いていた。僕は助けを求めるようにヒデさんを見た。

「オレ、花火好きなんですよね。長岡のとか大曲のとかの大会に、一度行ってみたくて……」

ヒデさんがまったく嚙み合っていないことを言い出して僕は助けを求める人を間違えたことを悟った。由紀子に視線を移すと、彼女はそっと目をそらした。何を言っても無駄なのだと、僕に伝えたいようだった。僕はたまらずカバパンに言った。

「いや、まずいでしょう。下手したら警察に通報されますよ」

「お前ってときどき、学校の先生みたいなこと言うよな」

自分の職業を完全に忘れているとしか思えないようなことを、カバパンは吐き捨てるように言った。その間にジリジリと導火線は短くなっていった。というか、そもそもこれが何のために必要なのか、さっぱり分からなかった。

「大丈夫だ。安心していい。人間は自分たちの暮らしの外側にあるものが突然目の前に現れたとき、それを認識することができない。認識することを拒否することで、自分の心の安定を守っているんだ。それは、残酷な世界の真実から心を守るために必要なことだが、同時に目に見えない大きな力に対する鈍感さももたらしてしまう。困ったもんだよな」

カバパンが明らかに何かのアニメの影響を受けたと思われる意味不明の長台詞を喋っている間に、それは着火すると小さな火の玉がしゅるしゅると音を立てて夜空に伸び、そしてぱあんと炸裂した。鈍く赤い光が、一瞬僕たちの顔を照らした。それは花火というよりは、信号弾のようなものに見えた。木に取り付けたセンサーの稼働テストのために打ち上げているのだとカバパンは説明したが、それにしては大きな音と強い光が出すぎるというか、いくらなんでもやりすぎではないかと思った。僕が最初にその打ち上げに立ち会ったそこは、大きな公園の中で、辺りには僕たち以外誰もいなかったので他の誰かに苦情を言われようもなかった。しかしその後カバパンは市役所前の街路樹の前でも、閑静な住宅街の一角にある小さな林の前でも、同じようにそれを打ち上げた。そしてそれが夜空に炸裂して赤い光で辺りを照らすたびにそれなりに大きな音がしたはずだったけれど、なぜか深夜営業の飲み屋の従業員から怒鳴られることも、付近の住宅の住民から警察に通報されることもなかった。もしかしたら、本当に僕たち以外にこの音は聞こえていないのかもしれないと思うくらいだった。「だから言っただろう、誰も気づきはしないって」と、ある場所でカバパンは笑った。傍らの由紀子が、炭酸水のペットボトルを口から離してこれみよがしに深い溜め息をついた。

こうして僕は熱帯夜に本来の仕事の木の調査に加えて、カバパンの虫捕り——正確には、カバパンは写真と動画を撮って満足するので、「捕って」はいない——と花火——正確には信弾の打ち上げ——に一晩中付き合わされることになった。

その後僕たちは四箇所の撮影とセンサーの確認を終えて、朝の四時くらいにヘトヘトになって、ファミリーレストランに駆け込んだ。そこは、僕と井上がいつも行っている近所の店よりも少し価格帯が上の、あまり高校生は入らないファミリーレストランのチェーン店だった。というか、そもそも僕はこの時間帯のファミリーレストランに入ったことがなかった。

僕たちが陣取った窓側のボックス席の並びには地元の国立大学の学生らしい若いカップルが二人揃ってラップトップを広げていて、あとは派手な格好をしたバンドマンらしい若い男性の三人組が夜食を平らげた空っぽの皿を前に、不必要に大きな声で何かを話していた。入り口から一番遠いテーブルには中年男性の二人組が座っていて、無言で向き合っていた。一人は肘をテーブルについて祈るようなポーズを取り、もう一人は椅子の上で座禅を組んで目を閉じていた。一体何をしているのか、さっぱり分からなかった。

僕は、平凡なこの地方都市にもまだまだ自分の知らない側面があるのだな、と思った。

そして予想以上にたくさんの虫たちに出会うことのできたカバパンは上機嫌で、今日はよく働いた、なんでも好きなものを食べてくれと胸を張った。

料理が運ばれてくるまでの間、カバパンはこの夏の虫たちの発生状況を話し始めた。先程カブトムシとクワガタを発見した雑木林に昼間に行くとタマムシがいる可能性が高いと推論を述べ、それをヒデさんがなぜそう思うのかと前のめりに聞いていた。そしてカバパンは得意になってとうとう持論を語り始めた。ヒデさんは一言で言うと天真爛漫な人で、子どものように何にでも興味を持ってどんな話にも食らいついてきた。そこが、自説をウットリと披露することを生きがいにしているようなカバパンとの相性の良さを生み出しているのだなと僕は思った。

由紀子はそんな二人を半ば呆れ顔で眺めながら、文庫本を取り出して開いた。合宿のときに気づいたのだが、由紀子は文庫本をいつも持ち歩いていて、このときはチャック・パラニュークの『ファイト・クラブ』をずっと読んでいた。それは映画にもなった有名な本で、僕が葉山先生から借りようと思っていた本の一つだった。「この作者はゲイなのだけど、だからこそ男の人ってものを深いところから、少し意地悪に見ているところがあると思う。森本君が読んだらなんというか、気になるな」――彼女が生きていた頃、図書準備室で葉山先生とこの本について話したときのことをふと、思い出した。

僕がその本について話しかけようか、少し迷っていると由紀子のほうからふと顔を上げて「読んだことある?」と尋ねてきた。ブラッド・ピットが出ていた映画は観たことがあるが、原作は読んだことがないと言うと、それまでヒデさんに延々とこの地方にいる珍しい柄のカミキリムシの話をしていたカバパンが口を挟んだ。ああいった演劇的な暴力性で男性性を確認するなんて発想に陥るのは、人間同士の承認の交換以外の世界が見えていないからだと早口でまくし立て、そして最後に「虫の眼を持たない人間なんて、その程度のものだ」と付け加えた。由紀子は苦笑しながら「深夜の虫捕りよりファイトクラブで発散するほうが、かわいいと思う女子もいると思いますけどね」と応じた。僕はその由紀子の「かわいい」という感想が気になって、何か言いたかったけれど映画のほうしか観ていないので、適当なことは言えないな、と思って口を挟めなかった。なんだか、とても大人のやり取りを見せられた気がした。葉山先生が、このよく分からないメンツで、未明のファミリーレストランでこの本の話をしていると知ったら、どんな顔をするだろうと思った。

「ねぇ、あれ見てよ」

僕の隣で携帯電話で何かを調べていた井上が、急に声を上げた。井上は窓から見えるこの店の駐車場の一角を指差した。そこにはホンダのカブが二台並んでいた。一台はまさに僕がこの夏休みに買おうと思っていた少し前のモデルのスーパーカブ50のブルーの車体で、もう一台はおそらくそれより一回り大きいハンターカブのブラウンの車体だった。「森本君が買おうと思っているの、あのタイプだよね」

僕が目星をつけている中古のカブは二台あって、価格差もほとんどなかった。うち一台があの駐車場にあるのと同じブルーで、もう一台はスーパーカブのたぶん、もっともメジャーなカラーであるダークグリーンだった。僕の中の計画では、藤川と話し合ってどっちのカラーに乗るかを決めようと思っていた。しかし、このときの僕はできればグリーンを買おうと思っていた。それは井上がブルーのカブに既に乗っていたからだ。

料理が運ばれてきたその瞬間に、僕たちは揃って目の前の皿にがっつき始めた。

カバパンは「ここに来るといつもこれを頼んでいる」という牛肉のごろごろ入ったビーフシチューに取り掛かり、由紀子は「この暑いのにビーフシチューなんか頼んで……どうかしてるよね」と毒づきながら冷やし中華を啜った。

「これ、オレも作ってみようかな」

ヒデさんは豚しゃぶと大葉の冷製サラダをつっつきながら、箸でつまんで一つ一つの具材を吟味し始め、井上は好物のチーズドリアを、猫舌なので何度もフーフーと息を吹きかけながら口に運んでいた。そして僕はカバパンに勧められた「ポン酢で食べる夏のハンバーグステーキ御膳」の二〇〇グラムのハンバーグを丁寧に切り分けながら、そんな彼ら一人一人の食べ方を見比べていた。そしてもう一度、葉山先生が生きていたらこの夏の夜の展開を知って、なんと言うのだろうな、と思った。

その後、僕たちはこの季節にこの店に来たら、絶対にこれを食べないといけないというカバパンの主張に負けて、期間限定の桃と葡萄のミニパフェをデザートに食べた。「こんなものばっかり食べてるから痩せないんですよ」と毒づきながら、由紀子もしっかり注文していた。ヒデさんは「これ、どこの葡萄かな?」といろいろ産地と品種をあげながら、皮ごと食べられる葡萄の1/2カットを一粒ずつ味わっていた。たしかにこれはうまいな、と感心していると奥の席に座っていた中年男の二人組が駐車場の二台のカブに乗って、走り去っていった。僕はその走り去る中年男の二人組が、僕と藤川のあり得たかもしれない未来の姿のような気がして、胸のあたりがチクリと痛んだ。

店を出たあとに、僕たちは最後にもう一箇所のスポットで木の写真を撮り、センサーをチェックして、そしてカブトムシを探し、信号弾を上げた。解散したのは朝の六時で、すっかり明るくなっていた。由紀子が違法運転するバンで家の前まで送ってもらった僕は、「じゃあ、また次な」と声をかけるカバパンに眠たい声で「はい」と返事をして、走り去る車を見送った。僕は朝の早いおじさんとおばさんと顔を合わせて、アルバイトはどうだったかといろいろ尋ねられるのが面倒だったので、手早くシャワーを浴びて歯を磨くと「蔵」の自分の部屋に駆け込んで、ベッドに突っ伏した。

こうして僕の夏休み——藤川のいない夏休み——は始まった。このアルバイトの報酬にいくらか足せば、僕が目星をつけている中古のスーパーカブのどちらかが手に入るはずだった。そしてカブを手に入れたとき、一緒に出かけるのは藤川でなく、たぶん井上になりそうだった。

不満があるとすれば、全部で八回の調査に全部参加する僕とは違って、井上が参加できるのは初回と最後の回の二回だけだったことだ。さすがに、この保守的な気質の強い田舎町で女子高生が教師の監督のもととはいえ深夜のアルバイトに参加することを彼女の両親はあまり歓迎しなかった。それでもなんとかと井上が食い下がった結果として、家族旅行にも夏期講習にもかぶらない二回だけの参加が許されたということだった。これを機会にもう少し彼女と距離を詰めたいという下心があったので、僕は少しがっかりした。

しかし、結果的に僕と井上はこの夏休み中に何度も会っていた。アルバイトのあった翌日は僕は朝の五時半から六時頃に帰宅して、昼前まで寝た。そして、目覚めるとだいたい井上から携帯電話にメッセージが入っていた。それはだいたい昨日はどうだったかと尋ねる内容だった。

三十分くらいだらだらやり取りをしているうちに、今日はこれから何をする予定なのかという話になり、そして二回に一回くらいの割合で、僕が図書館に行くのに井上がついてくるとか、逆に例のファミリーレストランで夏期講習の課題をやるという井上に僕がついていくとか、そういった流れで会うようになっていった。

　そのうちアルバイトの翌日には井上から「今日はどうする？」とメッセージが入るようになった。これはつまり、彼女の中で僕と会うのが前提になっていることを意味していた。これは既に半分付き合っているようなものなのではないか、と僕は考えなくもなかった。しかし具体的にそういう雰囲気になったことは一度もなかった。

　この微妙な状況をどう解釈したらいいのか。僕は誰かにこのことを相談したいと思った。そしてこのとき真っ先に顔が浮かんだのは、あの三人組だった。ただ、ヒデさんはどう考えてもこの種の人間関係の話題に疎く、逆に他人の「恋バナ」を聞くのを生きがいにしていると公言しているカバパンに相談するのは必要以上に面白がられそうで嫌だった。消去法で話すなら由紀子なのは間違いなかったのだけれど、僕はまだ彼女にそこまで心を許す気にはなれなかった。葉山先生が生きていたらな、と思わずにはいられなかった。

　僕が井上のことを相談するなら消去法で由紀子だと考えたのにはもう一つ理由がある。それは僕がこの夜のアルバイトを通じて、これまでよりもずっと由紀子とよく話すようになっていたからだ。井上が来られないとき、この街の道に多少なりとも詳しいのはチームの中で僕だけで、その僕が助手席に乗って運転席に座る由紀子をサポートすることが多かったのだ。その流れで各スポットで木のセンサーを確認して写真を撮っているときも、カバパンに連れられてカブトムシを探しているときも、あのなぜ必要なのかよく分からない信号弾を打ち上げているときも、僕は由紀子と話していることが多くなった。

毎回、ものすごくダルそうに現れて自分が運転手を務めなければいけないことに常に不平を口にしていた由紀子だが、実際に作業が始まるとその行動はとても迅速で、正確で、そして丁寧だった。由紀子はときにカバパンでさえも忘れてしまうような、細かいセンサーの設定もよく覚えていたし、付近を撮影するときもとても細かくカメラの設定を調整して、他の誰よりもはっきりと必要なものが写る写真を撮影した。

「物事を右から左に動かして、あるべきところに収めるのって気持ちのいいことじゃない？私はそういうの嫌いじゃない。先生はそれは想像力のいらない仕事だって言うのだけれど、私はそんなに悪いものじゃないと思う。それは世界のためではなくて、私自身のために必要なことなんだよね。自分を整えるための儀式のようなものかな」

そう言ってつま先で立って背伸びしながら、樹上のセンサーのバッテリーを取り外す由紀子の横顔を見ながら、僕はこいつは口は汚いけれど僕が思っていたほど悪い奴じゃないのだな、と改めて思った。

作業をしていて一つ驚いたのは、由紀子の勘のようなものが異様に鋭いことだった。具体的には由紀子はカブトムシやクワガタを見つけるのが当のカバパンよりも巧かった。カバパンが、いくつかのスポットを回ってもまったく目当ての虫を見つけられずに「今日は外しちゃったなあ」とボヤいているときも、由紀子は一人黙々と森の中に進んで、虫たちがたむろする樹液の出た木を見つけ出す、なんてことが何回かあった。その何回目かのとき、僕が板倉も虫が好きなのかと尋ねると「冗談言わないでよ」と笑った。「宝探しみたいな感じで珍しい虫を探すのが楽しいっていうのは分かるんだけど、別に虫自体が魅力的かって言われるとね……」

それにしちゃあ、見つけるのが巧いじゃないかと尋ねると、由紀子は「ヒデさんはもっと巧いよ」と苦笑して続けた。

「先生のいう『虫の眼』っていうの？　あれ、なんとなく分かるんだよね。コツを一回摑んだら、分かるようになっちゃって。ああ、ここにはいるんだなって……。何の役にも立たないんだけど、もう一つの眼をもつとか、人間ではない別の身体に変わるって感覚は分かるし、嫌いじゃないかな」　由紀子は少し喋りすぎたと思ったのか、照れくさそうにして話を変えた。

「森本君こそ、最近始めた割にはよく見えているよ。少し続けたら私なんかよりもよっぽど見えるようになると思う。勘って要するに訓練を通じて行動がオートメーション化されることで、『身体が覚える』というのに近いんだなと私は思うんだけど、森本君は一見どうでもよさそうにしていて、実はちゃんと身体で覚えていっているの、見ていて分かるんだよね」

一体何を褒めあっているのだろう、と少し不思議な気分がした。しかし、こういう軽口が出てくるくらい彼女と打ち解けられたことに対して、悪い気はしなかった。

そしてこの作業の間に僕と由紀子は本の、特に小説のことをたくさん話した。由紀子がよく小説を読むようになったのは実のところは最近の話で、同居するようになったカバパンの影響だということだった。「私はずっと理系であまり小説とか読んでこなかったのだけれど、先生は若い頃に小説をよく読んでいたみたいで……。だから家の本棚にもたくさんあって、それがきっかけで読み始めたんだ」

「ずっと理系だったって、中学の頃から進路を考えていたのか？」

この由紀子という食えない少女は、やっぱり自分たちよりもだいぶ精神年齢が上なのだと思った。僕は高校二年生の夏になっても、ろくに進路のことを考えていない怠惰な生徒だった。

僕の通っている高校の生徒のほとんどは同じ市内にある国立大学か隣の県にある旧帝大を受験して、少し冒険心のある生徒が東京の私立大学を受験する、といったあたりが相場だった。そしてもともと地元の人間ではない僕はどこかの適当な大学に進学して、四年間好きな本を読み映画を観よう、くらいのことしか考えていなかった。由紀子は続けた。

「昔のSFって人間が科学というものに何を夢見て、そして何に失望してきたかが作者が意図していた以上に表れてしまっているように私は思う。そこが、面白いんだ」

僕は好きな本を読んでいるときには自分の人生のこととか、葉山先生や藤川のこととか、そういったあまり考えたくない現実を忘れたいという気持ちがあったのだけれど、由紀子の話を聞いて自分が惹かれている宇宙や人間の認識を超えた存在について考えることに、僕はもっと夢中になってていいのではないかと思った。

そしてこうした小説についての会話は、お互いその名前は口にしなかったけれど葉山先生の思い出をお互いに交換している、ちょっとした弔いの儀式のようなものに僕には感じられた。一度だけ、その名前が出たのは僕がこの夏にずっと持ち歩きながら少しずつ読んでいた『百億の昼と千億の夜』のことを話したときだけだった。

「その本は、葉山先生の遺書みたいなものなんだと思う」

ある夜に由紀子は、誰も居なくなった街を歩きながら僕に言った。

「私、葉山先生からあの本を借りてて、結局返さなかったんだよね。次に貸したい人がいるから読み終わったら返して欲しいって言われていたんだけれど、それがたぶん森本君なんだろうな、と思うとなんていうかな……ちょっと妬けちゃって半分はわざと返さなかった。私が葉山先生に最後に会ったときも、その本の話になった。そのとき、葉山先生はなんて言ったと思う？

駅前の本屋で新装版を見つけたから、それを買い直しちゃったって。やっぱり葉山先生にとって森本君は特別な存在だったんだと思う」

それはあの葬儀の日以来、由紀子の口からはじめて聞いた葉山先生の思い出だった。

「森本君の持ち歩いていたのって、そのとき先生が買い直した本だよね？　あの表紙に萩尾望都が描いた阿修羅王のイラストが使われているでしょう？　萩尾望都の描いた漫画版は光瀬龍の原作とは別物だって、先生……カバパンのほうね……は言うんだけれど、私は好きなんだ。あの阿修羅王は怒っているのか、悲しんでいるのか、それとも何かを諦めているのか、よく分からない。たぶん、その三つの感情が入り混じったものを萩尾望都は光瀬龍の小説に感じたのだと思う。光瀬龍の小説は、感情を抑えた書き方をしていて、それはたぶん書くことではなくて書かないことでしか表現できなかったからそうしたのだと思うのだけれど、萩尾望都はそれを感じ取ったんじゃないかな」

由紀子のその声は、葉山先生の声のように聞こえた。僕は葉山先生と、この小説についてこうやって意見を交換したかったのだと思い出し、胸が痛くなった。

「だからきっと葉山先生も萩尾望都のイラストの入った新しい表紙のほうを森本君に読んで欲しかったんだと思う」

ただ、由紀子は一つだけ間違っていた。僕がこの夏、ずっと持ち歩いていたのは葉山先生から借りた本ではなくて、彼女が亡くなったあとに行きつけの古本屋で買ってきたものだった。その本は、表紙に萩尾望都のイラストが使われている新装版ではなくて、波のような抽象画が使われたその一つ前のバージョンだった。由紀子は夏合宿のときにこの本を手にとって眺めていたはずだけれど、古本の割にきれいな本だったのと僕がカバーを外して裸で持ち歩いていたので、そのことに気づかなかったのだ。つまり由紀子が思っているほど、僕と葉山先生に深い交流はなかったのだ。実際に僕は彼女が死ぬ二週間前から交流を絶っていたので、結局葉山先生が買い直してくれたその本を借りることはできなかったのだから。

しかし、もしかしたら葉山先生と結べたかもしれない関係が由紀子とは結べるのかもしれない。僕はこのときそう、思った。僕は夏休み前に、この三人組の山の上の家にはじめて行ったときのことを思い出した。あの日、あの家と庭に溢れていたものはどれも魅力的だった。食べたことのない料理、大人同士の会話、棚に詰まった本と映画のソフト、ガレージのオートバイたち……。由紀子も、カバパンも、ヒデさんもこの街の外側から来た人で、本とか映画とかオートバイとか、僕をもっと大きな世界に連れていってくれそうな魅力的な物事への興味を共有できそうな人たちだった。

実際に僕はこの夏休みの間アルバイトに出かけるたびに、由紀子と本の話をして、そしてカバパンからは古い映画のソフトを借りていた。これは結構困った話で僕が初日になんとなく、はじめて井上と山の上の家に遊びに行ったときにリビングの大画面で映されていた映画は何かと口にしたのが運のつきだった。カバパンは待っていましたと言わんばかりに、その映画（『アラビアのロレンス』というとても古い映画だった）の魅力を、バンが目的地の郊外の公園の駐車場に着いて停まるまで早口でまくし立て続け、そして次のアルバイトの夜に僕の下宿に迎えに来たとき、大量のＤＶＤソフトを僕に押し付けてきた。それは『アラビアのロレンス』を含むデヴィッド・リーン監督の映画を中心としたＤＶＤたちだった。そしてその中には『戦場にかける橋』『ドクトル・ジバゴ』『ライアンの娘』『インドへの道』といったリーン監督の作品に加えて、本屋のレジの前のワゴンによく1本五百円とか、千円で売られているような古い映画が何本か交じっていた。たしかに僕は『アラビアのロレンス』を観てみたいと口にした記憶があったけれど、別にこういうことを求めていたわけではなかった。しかし、せっかくなので僕はまず『アラビアのロレンス』を観た。三時間以上もある長い映画だったけれど、最初は退屈だった砂漠の風景に、僕はいつの間にか魅せられていた。途方もないものを前にしたときに自分の小ささを思い知らされる経験が、逆に人間を自由にすることがある……。そんな感想を抱いた。僕は次に『ドクトル・ジバゴ』を観ようと思ったのだけれど、それより前にカバパンから今度は、前回のアルバイトのときに雑談の中で話題に出た昔のアニメ映画のＤＶＤを山のように押し付けられていた。『エースをねらえ！』『王立宇宙軍 オネアミスの翼』『銀河鉄道の夜』……どれも聞いたことのない作品だった。こうして、僕はほとんど宿題のようにアルバイトに出向くたびにカバパンからＤＶＤを数本、押し付けられ、そのうち面白そうな一、二本だけを観て返すようになった。僕がその中で気に入ったのは『２００１年宇宙の旅』『惑星ソラリス』といった古いＳＦ映画や、『田園に死す』や『牯嶺街（クーリンチェ）少年殺人事件』といったアングラ的な匂いのする映画だった。僕は本が好きだったけれど、こうして週に何本も映画を観る習慣はこのときまでなかった。そして、僕はこの夏に人間が言葉に置き換えられないものも、映像や音楽を通じて表現できることをはじめて実感していた。

夜のアルバイト中に虫を探していないときのカバパンは車の中でラップトップを広げて、何かのデータ解析結果のような画面と睨めっこをしてることが多くて、ちゃんと話すタイミングはなかったのだけれど、僕がソフトを返却すると必ず感想を尋ねてきた。僕は試験をされているような気がして、ちょっと嫌だったけれど感想を伝えたいという気持ち自体はあったので背伸びしすぎて馬脚を露《あらわ》さないように気をつけながら、正直な感想を述べた。カバパンはいつも喉の奥を鳴らすような声で笑いながら、僕の話を何も言わずにじっくり聞いていた。そして僕が話し終わると、じゃあ次はこのあたりかなと言っていつも車の荷台から別のソフトを取り出して押し付けてきた。ちょっとありがた迷惑なところもあったけれど、知らない作品の存在を知れること自体は嬉しかった。

ヒデさんとは、ときどき夜の森でペアを組むことがあった。夏休みに入り、フードデリバリーの作業がなくなってあまり二人で話す機会がなかったのだけど、この夜のアルバイトでは久しぶりに二人で話した。ヒデさんは左腕を骨折する全治一ヶ月の怪我を負っている……割には、アルバイトが始まって一週間もすると時折左腕をかばいながらも、割と普段どおりに活動していた。さすがにオートバイや自動車の運転はまだできないようだったけれど、木の撮影やセンサーの確認には僕たちと同じように参加していた。

「よくよく考えたらヒデさんも板倉も、よく付き合いますよね？　僕たちと違ってアルバイト代とかが出ているわけじゃないんでしょう？」

ふと疑問に思って、僕はそんなことを口にしたことがあった。ヒデさんは笑って答えた。

「こういうことって、一見何の意味もないように見えるじゃないですか。でも、世界の平和とか人間の自由とか、そういうものって意外とこうやって誰にも注目されていないようなことをコツコツやることで守られているんだと思うんですよ。だから、オレはこの仕事に結構やりがいを感じているんですよね」

そりゃあ、緑の多い街づくりはそれなりに大事なことなのだろうけど大げさなことを言うな、と僕は内心苦笑した。しかしヒデさんのこういう屈託のなさが、僕は好きだった。

僕は以前、ヒデさんのオートバイに貼り付けられたステッカーのことを尋ねたときのことを思い出した。「Team Alternative」をヒデさんは人間の自由を守るためのチームだと言っていた。あのときの意味は、そういうことだったのだなと僕はこのとき合点した。

「それにオレ、夜の森が好きなんですよね。なんか、普段オレたちがぜんぜん気がつかないけれど、本当はそこにいたものにたくさん出会えるというか」

「それってなんですか？　虫とかですか？」

「虫もそうなんだけど……。もっといろいろなものかなあ。夜にしか咲かない花もあるし同じ木でも、昼間とは別の呼吸をしているというか。あと、夜の時間は街というか、その場所そのものが別のものになっていると思うんですよ。オレたちが普段見て、触れているものとはぜんぜん違う仕組みや規則で動いている感じがして……。うーん、うまく言えないなあ」

ヒデさんはそう付け加えて頭をかきむしった。ヒデさんはうまく言葉にできなかったけれど僕は彼の言いたいことが、なんとなくだけれど分かった。僕もたぶん、ヒデさんと同じような理由でこの深夜のアルバイトを自分でも驚くくらい楽しんでいた。

この街に引っ越してきてから四年になるけれど、僕はこのときまで深夜のこの街を出歩いたことがなかった。夜のこの街は、昼間とはまったく違っていた。昼間の街とは歩いている人も走っている自動車もまったく異なっていたし、それ以上に街の「顔」のようなものがまったく異なっていた。学校の行き帰りや休日の買い物で訪れたときは気づかないことに、たくさん気づいた。駅の裏の飲み屋やいかがわしいお店の集まるエリアに個人経営の古い古本屋が多いこと（実は移転前は地元の国立大学が近かったので、学生街としての側面があったらしい）、高台にある森林公園の隅にある展望台から街が一望できること、そして国道沿いの緑地や寺の境内など街中のちょっとした林の中にカブトムシやクワガタがいること。僕は自分が暮らしている街のことを、実は何も知らなかったのだとこのとき思い知った。

そして、夜の街は、すれ違う誰もがあまり他の人からどう見られているかを気にしていなかった。僕もそうだった。人のめっきり少なくなった夜の街を由紀子の運転するバンに揺られて走っていると、そしてこの年齢も性別もばらばらのチームで歩いていると、そして夜の空に真っ赤な信号弾を打ち上げていると、僕はとても自由になれた気がした。大げさに言えば、どこにでも行けるし、なんだってできるような気がしたのだ。そして、この自由を味わっているときだけ僕は葉山先生のことを、そして藤川のことを少しだけ忘れることができた。

# 11. 遺書

藤川が失踪してから、二週間と少しが過ぎた。この間に僕は、数ヶ月前まで四六時中一緒にいた写真部の面々とほとんど連絡を取らなくなっていた。メッセンジャーのグループチャットはよく覗いていて、ときどきゲームの話題で相槌を打ったり夏期講習の話題に加わったりはしていたけれど、溜まり場になっている駒澤の下宿にはまったく顔を出さなかった。たぶん僕の入っていない別のグループチャットが存在していたと思うのだけれど、僕はもうさほど気にしなかった。藤川康介のいない「僕たち」は「僕たち」ではない——僕はそう感じていたからだ。

しかし皮肉な話だけれど僕の夏休みは、たぶんこれまでにないくらい充実していた。

夜のアルバイトは、いろいろな意味で僕にとってこれまで触れてこなかった新しい世界に触れさせてくれるものだった。アルバイトのない日は朝起きて、午前中に夏期講習の課題を片付けて、そして午後はだいたい図書館に出かけて、お気に入りの席で本を読むことで過ごした。『百億の昼と千億の夜』は読み終えたので、由紀子に勧められた小説をよく読んでいた。アーサー・C・クラークの『幼年期の終わり』、スタニスワフ・レムの『ソラリスの陽のもとに』、ストルガツキー兄弟の『ストーカー』……といったあたりだ。特に僕が気に入ったのは『幼年期の終わり』だった。この小説は、『百億の昼と千億の夜』と同じように物語の力を借りて通常の状態の人間には認識できないような巨大な存在を描こうとしているように思えたからだ。

そしてその図書館通いには、ときどき井上が付き合ってくれた。逆に僕が井上に付き合って、ファミリーレストランで勉強することもあった。そして夜はだいたい、カバパンから借りた映画を観て過ごした。今思うと、藤川のことを考えないで済むように目の前のことに集中したいと思っていたような気もするし、不意に訪れたこの充実した時間に対して感じる後ろめたさを自分の中でごまかすために藤川のことを、ときどき思い出していたのかもしれなかった。

けれども、それはほんの少しの間のことだった。お盆が近くなった夏のある日、僕たち写真部のメンバーの全員が学校を通じて警察に呼ばれ、そして事情聴取を受けることになったからだ。僕たちの知らないところで、警察は藤川の失踪を「事件」と判断し捜査を進めていたのだ。

僕たちが警察に呼び出されたのは、五回目の夜のアルバイトの翌日だった。そしてその日の夜、僕は最後のスポットまで調査に参加できなかった。理由はあの雨の日や合宿のときと同じように「何か」に「見られている」感覚に襲われて、そのまま気を失っていたからだった。

それはその日の三箇所目のスポットの作業を終えた直後のことだった。僕たちは駅裏の官公庁街の並木の写真を撮ってセンサーを確認し、カバパンはその夜三発目の信号弾を夜空に打ち上げた。そしてその赤い火球が夜空に伸びていくのを眺めていたとき、また「あの感覚」が僕を襲ってきた。あ、これはまずいな、と思ったのだけれどそのときはもう遅かった。あの雨の日の橋の上と、合宿中の浜茶屋のときと同じように突然「何か」に「見られている」感覚がして、そのすぐ後に激しい吐き気と頭痛が一度にこみ上げてきた。僕は合宿の後に一度だけ、定期的に喘息の薬をもらいに行っている内科の先生にこの話をした。医者は心理的なことが原因ではないかと言った。このときは僕も葉山先生のこと、藤川のことで神経が参っているのだろうと僕なりに理解していたのだけれど、こうして再び襲われると明らかにそれは違っていた。それは僕の心の内側から生まれたものではなく、やはり外側から「見られる」ことによって発生しているのが、感覚的に分かった。それも、その視線から感じる僕という存在そのものを否定するような圧倒的な排除の意思によってもたらされたものだった。

信号弾を眺めていた視界が大きく揺れて、倒れそうになったところをとっさにヒデさんが支えてくれたのを知ったのはあとの話だ。ヒデさんと由紀子、そしてカバパンが何かを叫ぶ声が聞こえたのだけど、まったく内容は聞き取れなかった。そして夜空に炸裂した信号弾の赤い光に照らし出されるように、ほんの一瞬だけ、僕を「見ている」存在が見えたような気がした。まるでカメラのオートフォーカスが定まらずにピントを変え続けているときのように、その僕を「見ている」存在の姿を僕の目がはっきりと捉えることはなかなかできなかった。しかし、一瞬だけ、赤い光の中でそれは見えた。やはりそれは、合宿所で夢に出てきた存在と同じものだった。それは人間の形をしていたけれど、明らかに人間ではなかった。身長は二メートル以上あって、金属のようなビニールのような皮膚は、白のような銀色のような光に包まれていた。そのつり上がった大きな両目が僕のことを見ていた。それも一体ではなく、何体かのその存在がこちらを見ていた。

次に記憶があるのはバンの中で、僕は停まっている車内で由紀子に何かの薬を飲まされていた。「これを飲んで」——混濁する意識の中で、促されるままに僕は数錠の薬を口に含み、押し付けられたペットボトルの水を飲んだ。助手席ではカバパンがラップトップの画面を睨みながら、「これはまだかかるな、もう少し堪えるぞ」と言った。すると後ろから爆音が聞こえてきた。どこか聞き覚えのあるそれはヒデさんの乗っているあのオートバイのエンジン音じゃないかと思ったのは目が覚めた後で、僕は気がつくと森本の本家の僕の部屋に寝かされていた。
そこにあったのはいつもと変わらない、自室の風景だった。部屋には、夏の強い朝日が差し込み、早くも蒸し暑くなり始めていた。遠くからは蟬の声がして、自分がかなりの間、意識を失っていたのだなと分かった。背中には、じっとりと脂汗をかいていた。その不快感から、僕を「見ていた」あの存在のことを思い出した。あれはやはり、夢だったのだろうか。医者はストレスが見せた幻覚のようなものだと言っていたが、それにしてはあの存在は妙に生々しかった。これであの存在に「見られて」いるような気がしたのは三回目だったが、僕はそれに襲われるたびに何か体の重くなるような感覚が全身に強く残っていた。本当に心因性のストレス障害の類だとすると、自分で感じているよりもずっと重症なのかもしれなかった。ただ、僕が僕を「見ていた」あの存在たちの姿を逆に「見る」ことができたのは、いつも意識が混濁する「前」のことで、さすがに三回目になるとあれは本当に僕の心の生み出したものなのだろうか、と疑問に思えてきた。一度、大きな病院の精神科でしっかり診てもらうべきなのかもしれない
——そう考えたとき、僕は合宿のときに、由紀子が自分にもそういうことがよくあると言っていたことを思い出した。そして、由紀子のことを思い出した瞬間に、まずは昨晩のことを把握したいと思った。たぶん三人組が倒れた僕をここまで運んでくれたはずで、何があったのかを詳しく知りたかった。僕は何か連絡が来ていないかと携帯電話を確認した。すると、メッセンジャーに通知が二六件溜まっていた。何事かと思って慌てて開くと、写真部のグループチャットが沸騰していた。その日の朝一番に僕たち写真部のメンバー全員が、学校経由で警察に事情聴取で呼び出されていたのだ。

僕はびっくりして、母屋の食堂に駆け込んだ。おじさんとおばさんにも連絡が行っているはずだと思ったからだ。時刻は朝の八時半で、いつもならまだ二人とも朝食をとっている時間だ。「蔵」の二階の階段を駆け下りて、中庭を通って母屋にショートカットすると、いい匂いがした。それは今までにここで経験したことのない香ばしさで、後から知ったのだけれどごま油をたっぷり使った特製のとん汁の匂いだった。

「理生っち、よかった。気がついたんですね！」

母屋の食堂で僕を出迎えたのは、エプロン姿のヒデさんだった。そしていつもより品数が倍になった朝食のテーブルでは、おじさんとおばさんが心底おいしそうに箸を伸ばしていた。

「もういいのか、理生。心配したぞ」

「来年は受験なんだし、アルバイトもほどほどにしないとダメよ」

いかにも親戚のおじさんとおばさんの言いそうなことを言いながら、二人は上機嫌に僕を迎えた。二人の関心は、明らかに僕が倒れたことよりもむしろヒデさんの用意したと思われる朝食のクオリティにあった。実際に、テーブルの上の朝食は見るからにおいしそうだった。茶碗に盛られた白米は粒がたち、艶々と輝いて見えた。卵焼きは幾重にも焼き重ねられ、分厚く、クッションのようにふかふかで、ごぼうとにんじんのきんぴらの照り返しが食欲をそそった。ほうれん草の胡麻和えの緑は鮮やかで、具沢山のとん汁から立つ湯気を吸い込むと、口の中に唾が湧き出してきた。そして僕は、自分がひどく空腹なことに気づいた。それは昨晩、いつもアルバイト中に食べている夜食を逃したせいだった。

「ま、とりあえず食べて食べて」

ヒデさんに促されて僕はテーブルにつき、彼の作った朝食にがっつきながら、昨晩のことを聞いた。夜のアルバイト中に倒れた僕は三人組に介抱されて、明け方にこの下宿に運び込まれたこと。山の上の家に由紀子とカバパンは戻ったけれど、ヒデさんはついさっきまで僕の部屋で僕の様子を見守っていたこと。そしてヒデさんは僕の様子が落ち着いてきたのを見て、きっとお腹が空いているだろうと思って、朝食を用意して僕を待っていたこと……。説明の苦手なヒデさんの話は分かりづらかったけれど、たぶん総合するとこういうことのようだった。

「豊崎さんにちゃんとお礼言わなきゃダメだぞ。樺山先生にも」

「こんな朝ごはんまで作ってもらっちゃって……なんてお礼を言っていいやら」

「オレ、自分の料理を食べてもらって『おいしい』って言ってもらうのが世界で一番好きなことなんで、ぜんぜん問題ないですよ！」

そして、ヒデさんはその持ち前の明るさで、瞬く間にこの夫婦と、特に台所で一緒に朝食を準備したおばさんとは意気投合していた。本当は昨晩の僕の状態についてもっと聞きたいことがあったのだけれど、僕はそのタイミングを逸してしまった。ヒデさんの独特のノリのおかげでこの朝の食卓は幸福感に満ちた雰囲気に支配されていて、昨晩のどこまで現実か分からないぞっとするような体験について切り出すのには勇気が必要だった。果たしてどう切り出そうか迷っているうちに、ヒデさんは僕を急かし始めた。

「早く食べちゃわないと、遅れちゃいますよ。オレ送っていくんで」

「遅れるって……どこに？」

尋ね返しながら、僕はすぐに自分も警察に今から行かなければいけなくなっているのだなと合点していた。

僕が目覚める少し前におじさんとおばさんには担任の湯川から電話があり、事情聴取のために写真部のメンバー全員が警察に呼び出されたことが知らされていたのだ。

森本の本家から、ヒデさんはオートバイで僕を県警本部まで送ってくれた。「怪我はもういいんですか？」と尋ねると、「リハビリを兼ねて、少しずつ乗っているんですよ」と笑顔で返ってきた。もっと大きな怪我だったような気がしたけれど、ここ最近のヒデさんは怪我をしていることを忘れるくらい普通に活動していたので、大丈夫そうだった。


はじめて来た県警本部は、少し不気味な印象を与える建物だった。天井の高い一階の受付からそこはかとない緊張感が漂っていた。無機質な建物と笑顔でタレントが防犯や交通安全を訴えるポスターの明るいトーンとのギャップが、漂う緊張感を余計に増していた。受付には藤川の担任であり学年主任でもある中田と写真部顧問のカバパンに加え、二年生の担任が勢揃いし、そして教頭まで顔を出していた。やはり藤川の失踪はかなりの大ごとになっていたことが、教師たちの雰囲気で分かった。他の教師が沈鬱だったり、落ち着かない様子を見せている中で、カバパンだけが涼しい顔をしていた。一瞬、カバパンは僕と目が合うと、その口元がほんの少し笑ったような気がした。その顔はこんなことをしても、藤川は帰ってこないのにと言っているように僕には思えた。

生徒は順番に呼ばれているらしく、受付前の待合には他の生徒はいなかった。僕は緊張を紛らわすように、珍しい警察署内をキョロキョロ見回しながら、そのところどころビニールのクッションの破れた椅子に腰を降ろした。どのようなことを尋ねられるのか、そして捜査は進んでいるのか、進んでいた場合に何か分かったことはあるのか……。僕は落ちつかない様子の教師たちを見やりながら、さまざまな可能性を想像し、そして頭をよぎった最悪の可能性を必死に思考から追い出したときだった。

「さすがの森本君も、気が気じゃないみたいだね」

由紀子だった。気がつくと彼女は隣に座っていた。気配を消して相手の虚をつくのが彼女の十八番で、それが由紀子なりの親しみの表現なのも分かっていたけどやっぱりドキっとした。

「藤川君の身に何かあったことが分かったなら、さすがに真っ先にそう言うと思うな」

だから安心していい、そう言外に由紀子は伝えてきた。僕は由紀子に気遣ってもらっているのが半分恥ずかしく、そして半分嬉しかった。

「昨日の夜、僕が倒れたあと森本の本家まで運んでくれたんだよな？　その……」

僕は話を逸らすために昨晩のことを尋ねようとしたのだけど、そのせいで逆にまず由紀子にお礼を言う流れになってしまったことにあとから気づいて、言葉に詰まってしまった。

「その……何？」

由紀子が僕の顔を横から覗き込んで意地悪に、そして心底楽しそうに尋ねてきた。

「……ありがとう」

僕が小さな声で言うと由紀子は吹き出すように笑った。

「森本君ってひねくれているけど、ときどき可愛いよね。葉山先生も、そういうところが好きだったんだろうな」

「調査のほうは、大丈夫だったのか？　なんか、僕のせいでいろいろメチャクチャになったんじゃないかと思って……」

葉山先生の名前が出たところで本当に恥ずかしくなって、僕は咄嗟に話題を変えた。すると「ヒデさんから聞いてないの？」と逆に由紀子から尋ね返された。なんだか分からないけれど、かなり驚いていた。

由紀子は何回か僕に確認して、本当にヒデさんが僕に何も話していないことを把握すると深い溜め息をついた。「あの人らしいんだけど、さすがに驚いちゃった」と苦笑する由紀子は、言葉とは裏腹に怒ってはいなかった。そして一呼吸置いて改めて事情を教えてくれた。

「あのバンが、ちょっと調子悪くて……修理に出さないといけない感じなんだ。最低でも四日か五日はかかるから、とりあえず次の調査は延期だね」

完全に初耳だった。

「昨日の夜に僕をこの下宿に送ってくれたときは、まだ普通に走っていたんだろ？　事故にでもあったのか？」

「そういうんじゃないんだけれど……ちょっと使える状態じゃなくて……。それより、森本君は大丈夫なの？　すっかり元気だってヒデさんからは聞いたけれど、倒れたときの感じが合宿のときよりひどかったから、私も先生もすごく心配していた」

「いまはすっかり大丈夫だけど……倒れたときの記憶がないんだ。カバパンが信号弾を上げたところまでは覚えてるんだけど、その後のことをほとんど覚えていない。合宿の後に医者に行ったら周りでいろいろあったせいで、神経が参っているんだと言われたけど、本当にそれが原因だとすると結構やばい状態なのかもしれないな」

話していて、ふと気づいた。昨晩、僕はバンで下宿に運ばれたはずなのだけど、朝起きるとヒデさんのオートバイが下宿の前に停まっていて、彼は僕をバイクで県警本部まで送ってきてくれた。一度、山の上の家に戻ってバイクで出直してきたと考えるべきなのだろうけど、なぜそんなことをしたのだろう、と疑問を感じた。僕がそのことを由紀子に尋ねようとしたそのとき、僕は担任の湯川に呼び出された。湯川の背後には数人の警官たちがいて、僕を値踏みするように凝視していた。これから、事情聴取が始まるのだ。

映画やテレビドラマでは、独房のような殺風景な窓のない部屋に押し込められて事情聴取を受け、マジックミラー越しにそれを警察の幹部たちが見ているというシーンが多いが、僕が通されたのはうちの学校にもある会議室のような場所で、麦茶とちょっとした菓子のようなものが出てきた。たしかアルフォートというチョコレートビスケットの菓子とハッピーターンというスナック菓子だったと思う。最近、こんなお菓子はほとんど食べていないなと思いながら、僕は警官たちの質問に答えた。

僕を担当した警官は二人で、うち一人は生活安全課の所属で、白いシャツの似合う、キリッとした中年の女性だった。中高生の扱いに慣れた感じがあって、基本的に優しく丁寧に話しながらも言葉の端々に君たちは当然この事情聴取に協力的でなければいけなくて、もし下手に知っていることを隠したりすれば大変なことになるのだという暗黙の前提をチラつかせるのがうまかった。僕は彼女の前で普段はひねくれた態度をとっているが、親友が失踪してすっかり気弱になっている生徒を演じた。この手の大人を油断させる方法は一つで、それはこちらが大人のコントロール下にあると、つまり彼女の巧みな話術で僕がすっかり短時間で心を許してしまっていると思わせることだった。実際に僕は藤川の失踪について、警察に隠さないといけないことはほとんどなかった。だから僕はむしろこの刑事たちの話から情報を得ようとした。僕の興味は一つ。警察が藤川の失踪をどう判断しているのか、それだけだった。警察は街の中の監視カメラや、ＩＣカードでの公共交通機関の利用データを確認できるはずで、それは僕たちには逆立ちしても入手できない情報だった。だから警察は当日の藤川の足取りをある程度把握しているのではと踏んでいたのだが、その類の話は一切出なかった。

それより一つ、気になることがあった。それは僕の事情聴取に同席したもう一人の警官のことだった。それは北岡という若い、私服の警官だった。警官と言えば、体育会系のイメージがあったのだけれど、北岡は違った。たしかに長身で肩幅の広い体格をしていたが、この北岡という警官からは何か粘着質の知性のようなものを感じた。ゆるくウエーブをかけた髪を少し持て余し気味にしながら、彼は聴取が終わるまでほとんど口を開かず、僕を舐め回すような目で見ていた。その目つきの湿っぽさからは、この高校生がどう大人の前で振る舞うのかをじっと慎重に観察しているのがよく分かった。そして、僕は帰り際に何かあったら直接連絡してくれてもいいと渡された名刺にあった「刑事課」の文字を見逃さなかった。僕が思っているよりも、藤川の失踪は大ごとになっているのかもしれない——そう思った。

僕は聴取の終わり際に、あえて北岡に尋ねてみた。「なんかものものしい感じの事情聴取だった気がするんですけれど、何かあったんですか」とか、「普通こういうときって生活安全課の人が出てくると思っていたんですけれど、違うんですね」とか、そういった類のことだ。しかし僕の質問を北岡はことごとくそこに含まれた意図に気づかないふりをして「いや、特にはないな」とか「こんなもんさ」とか適当に答えて取り合わなかった。そんな僕と北岡のやりとりを、受付前で担任の湯川とそして教頭が苦々しく見守っているのに気づいた。同じクラスの鈴木が僕と入れ違いになって北岡に連れられて廊下の奥に消えていくと湯川が歩み寄ってきて、教頭先生が話があるそうだと僕に言った。

「教頭先生が、僕にですか?」

この高校に入学してから教頭と僕が話したのはヒデさんとはじめて会ったあの日にヒデさんに絡んでいたこの教頭を僕が適当に言いくるめたときだけで、この人が僕という生徒を個別に認識していることそのものが意外だった。湯川は席を外すようにその場を離れて、僕と教頭だけがその場に残された。

「まあ、座れや」

教頭は、ロビーの受付前のベンチに僕を座らせると、僕に紙パックを手渡してくれた。それは「ミルミル」という飲みもので、学校の購買の自販機でも売っているのだけれど、なんだかどういうときに飲んで良いのか分からなくて、いまだに一度も買って飲んだことがなかった。

「葉山先生の四十九日には行かなかったのか」

突然出たその名前に、僕は飲み込みかけたミルミルを気管に入れてむせ返った。葉山先生が顧問をしていた図書委員のメンバーには、夏休み前の四十九日の法要の案内が回ってきていたのだけれど、僕は葬式のときのように大げさに悲しんでみせる優等生たちの姿を見るのが嫌で、行かなかった。その代わりに、お盆のときに墓参りをすると決めていた。しかしそのためには葉山先生の家族に個別に連絡を取ってお墓の場所を調べる必要があり、どうしたものかと考え始めていたところだった。

「お前は葉山先生と仲が良かったそうじゃないか。ときどきいるんだよな、大人のことをバカにしているくせに、教師から妙に気に入られる生徒が」

教頭が自分はそういう生徒は好きじゃないと暗に述べているのが分かったので、僕は警戒した。こんなつまらない嫌味を言うために教頭が僕を呼び止めたとは思えなかったからだ。僕がストローを口から離して出方を窺っていると、教頭は傍らに折りたたんだジャケットのポケットからメモ用紙を取り出して僕に手渡した。そこには市内の、たぶん僕がまだ行ったことのない少し町外れの住所と、090で始まる携帯電話の番号が書いてあった。

「葉山先生のお母様が、お前に会いたがっている。連絡を取ってみてくれないか」

それは、葉山先生の実家の住所と母親の電話番号だった。


帰宅した僕は早速教頭から手に入れた番号に電話をかけた。電話に出た葉山先生のお母さんは、南高の森本ですと僕が告げると「ああ、森本君」と一オクターブ高い声を出した。僕は告別式で見かけた、あの今にも娘の後を追ってしまいそうな彼女しか知らないのでその反応にかなり驚いた。そしてその高くなったときの声は、葉山先生にそっくりだった。墓参りをしたいと言うと会いたいと言われた。「千夏子から、森本君の話は何度か聞いていたのよ」と彼女は言った。どんな話をしていたのだろう、と気になったのだけれど、僕はそれは電話で話すことではないと思い直した。

そしてその翌日、僕と井上は目的の墓地の最寄りのバス停で葉山先生のお母さんと待ち合わせた。井上を誘ったのは半分は会う口実で、そして半分は葉山先生に彼女の存在を紹介したい、と思ったからだ。僕は事情聴取がどうだったかを尋ねるていで井上に電話をかけて、そして最後に葉山先生の墓参りに行かないかと誘った。誘われた井上は、電話口で少し戸惑っていた。

「去年に授業は受けていたけれど、葉山先生とはあまり話したこともなくて。それに……」

「それに?」

井上が何か言いたそうで言わずにいるのがスピーカー越しに伝わってきたので、僕は突っ込んでしまった。

「森本君って、人よりたくさんものを考えているはずなのに、ときどき何も考えていないようなことを言うよね」

僕は井上の言っていることとの意味が分からなくて、一瞬キョトンとしてしまった。井上は怒ってまではいないけれど、明らかにあまりいい気分にはなっていなかった。なんと返してよいか分からずにまごついていると井上は翻ったように明るい声を出して言った。

「帰りに奢ってくれる？　久しぶりに、一緒にごはん食べたいな」

僕は井上の、こういうところが好きだった。


翌日の午前中に、僕と井上はバスを乗り継いで一時間半かけて墓地に向かった。僕はこのときはじめて、井上に葉山先生のことをちゃんと話した。井上は僕の話をじっと聞いていた。僕と葉山先生は、具体的に深い交流があったわけじゃない。しかし、僕は彼女が僕に目をかけてくれたことが嬉しかったし、彼女から本を借りることでとても自分の世界が広がったような気がした。葉山先生との交流がなければ、僕は由紀子やカバパン、ヒデさんといった外から来た人たちと仲良くなることもなかったと思う、と僕は話した。

「それに私とも、じゃない？」

僕の話をじっと聞いていた井上はそう言って、いたずらっぽく笑った。

そしてバスの中で今週のアルバイトがなくなって、いつ再開するか分からないという話になると、井上は夏祭りの話を始めた。それは僕たちの高校のある街で毎年、夏の終わりに催される大花火大会を中心とした夏祭りで、当日の夜は花火が上がるだけじゃなくて、駅前の繁華街に交通規制が敷かれて地元の伝統の踊りが練り歩くことになっていた。どうやら、夜のアルバイトが入らなくなるなら、それに一緒に行こうという話になるのだなと思うと、これから墓参りだというのに気持ちが弾んできた。浮かれているのを、一生懸命表情に出さないようにしているこの僕を、葉山先生が見たらなんと言うだろう、と僕は思った。

葉山先生の眠る墓地は僕たちの暮らす街と高校のある街との間にあたる丘の上にあった。

葉山先生のお母さんは、お花と水桶を用意して僕たちを待っていた。僕と井上がバスを降りると、静かに歩み寄ってきて深々と頭を下げたので、逆に恐縮してしまった。

「千夏子も、きっと喜ぶと思います」

葉山先生のお母さんは、笑ったときに細くなる目が先生にそっくりだった。墓参りらしい墓参りをするのがはじめての僕は、ただ黙って葉山先生のお母さんの後ろをくっついて歩いて、そしてその小さな墓石の前で手を合わせた。

遠くで蟬が鳴いていた。よく晴れた暑い日だった。少し歩くだけで、肌はジリジリと焼けて汗がにじみ出た。葉山先生が亡くなってから、二ヶ月と少しの時間が流れていた。その間に、いろいろなことがあった。由紀子とカバパンとヒデさんが写真部にやってきて、井上と仲良くなって、そして藤川がいなくなってしまった。僕の生活は、葉山先生が生きていた頃から信じられないくらい変わってしまった。葉山先生と、そして藤川がいなくなってしまったことの欠落を、僕は新しい仲間たちとの新しい生活で埋め合わせようとしていた。井上と楽しく過ごしているときや、あの三人組と夜の街や森を歩いているときだけ、僕は二人の不在を忘れることができた。そのことを考えていると、涙が込み上げてきた。さすがにここで泣くわけにはいかないと、僕は必死に堪えた。僕は葉山先生のお母さんが、そろそろ行きましょうか、と声をかけるまでずっと必死に込み上げてくるものを抑えていた。

　帰り際に、葉山先生のお母さんは僕に小さな包みを渡してくれた。これは千夏子が亡くなったすぐ後に宛先不明で返送されてきたもので、宛先を読む限り森本君に送ったものだったのではないかと彼女は言った。それは弁当箱くらいの大きさのあまり見かけない封筒で、表面には綺麗な字で僕の名前と、僕の下宿する森本の本家の住所が書いてあった。

　僕が下宿している森本の本家の「蔵」は、同じ敷地の母屋と番地が違う上に、近所には同じ「森本」という姓の遠い親戚が何軒も暮らしているために、こうして荷物が届かずに返送されてしまうことがあった。地元の郵便局が間違えることは決してないのだけれど、インターネットの通信販売でよく利用される全国チェーンの配送業者ではよく起こるトラブルだった。封筒に貼られた送り状のシールを見る限り、葉山先生が使ったのもその類の業者のサービスだった。

　そしてその封筒には、手触りからして文庫本が入っているのが想像できた。夢中で取り出して、僕は息を呑んだ。それは光瀬龍の『百億の昼と千億の夜』の少し前に再発売された新装版だった。表紙には、かつてこの小説を漫画化した萩尾望都のイラストが使用されていた。それは由紀子が言っていた、葉山先生が僕のために買い直した『百億の昼と千億の夜』の新装版に違いなかった。

　葉山先生が亡くなる少し前に、僕はこの『百億の昼と千億の夜』を彼女から借りる約束をした。葉山先生は僕がこの本を読みたいと言うと、学生の頃に買ったものがあるのだけど、今は手元にはないと言った。今思えば由紀子が「借りパク」していたせいなのだが、葉山先生はその約束を忘れていなかったのだ。由紀子が言った通り、葉山先生は僕に貸すために『百億の昼と千億の夜』を、駅前の本屋で買い直していたのだ。そして僕の下宿に送付していたのだ。手渡しにしなかったのは最後の二週間は僕が彼女を避けていたのと、自分がもう僕と会うことがないと分かっていたからだろう。僕は意地を張っていないで、あのとき葉山先生とちゃんと仲直りして、話しておくべきだったのだ。やっぱり自分は取り返しのつかないことをしてしまったのだという、悔しい思いが込み上げてきた。僕は、叫びたくなるのを抑えながら夢中で本を捲った。そこに、もしかしたら彼女の遺書のようなものが挟まっているのではないかと思ったからだ。しかし、そこには何もなかった。

葉山先生の葬儀の日に、由紀子は先生と特別な関係だった僕には特別に悲しむ権利があると言った。しかし、僕にはどう考えてもそのような権利はなかった。僕は自分のつまらないプライドのために、彼女の厚意を一番大事な場面で踏みにじるようなことをしてしまったのだ。僕は彼女が自ら死を選ぼうとしていることとなんて想像もつかなかったのだけれど、それ以前に彼女が僕のことをどれだけ気にかけていたのかすらも分かっていなかったのだ。自分の愚かさを、突きつけられた思いがした。

夜の街で、由紀子は言った。私は、その本の表紙の阿修羅王の表情が好きだと。由紀子は僕がこの夏の間持ち歩いている『百億の昼と千億の夜』がこの新装版だと勘違いしていた。それは生前の葉山先生から僕にこの本を貸し与えるために買い直したと聞いていたからだ。次に由紀子に会ったら、やっとこの本を受け取ったと彼女に見せてやろうと思いながら、僕はもう一度パラパラとさらにページを捲った。すると、そこには、レシートが挟まっていた。それは駅ビルに入っている、僕たちの学校のある街で一番大きな本屋のレシートだった。何気なく、日付と時刻に目が留まった。その日付は、葉山先生が亡くなった前日で時刻は夕方のものだった。つまり彼女は自ら死を選ぶその直前まで、僕のことを気にかけていたのだ。この本こそが彼女の遺書のようなものだったのだ。胸が、張り裂けそうになるのを感じた。しかし、その直後にもう一人の冷静な僕がその日付に別の意味を見出していた。その意味をはっきり自覚するまでに、ほんの少しだけ時間が必要だった。ほんの、少しだけだ。その間に違和感が疑惑に膨らみ、そして確信に変わった。たぶん、蒼白になっていたのだと思う。井上が僕に「すごく顔色が悪いけれど、大丈夫？」と声をかけてきた。

「……いや、これは大丈夫じゃない。大丈夫なんかじゃない……」

　僕は、夜のアルバイトのときに由紀子と交わした会話のことを思い出した。あの夜、由紀子は言った。葉山先生が僕に渡すためにこの本を買い直したことを聞いた、と。葉山先生がこの本を駅ビルの本屋で購入したのはその死の前日だった。では、由紀子はいつその話を葉山先生から聞いたのだろうか。そして由紀子はおそらくその後に葉山先生がこの本を僕に送付したことも知っていたはずだ。その結果として、由紀子は僕が合宿の間に持ち歩いていたのが、葉山先生から贈られた本だと思い込んでいたのだ。それ以外に、由紀子の勘違いを説明できる論理は存在しなかった。これが意味することはおそらく、一つだった。由紀子は葉山先生が亡くなる前日の夜か当日のどちらかに、彼女に会っていたのだ。

# 12. 鰻と6万円

　葉山先生が死んだ当日かその前の日に、おそらく由紀子は彼女と会っていた。そして由紀子はそのことを、たぶん……僕に隠している。由紀子は葉山先生が僕のために『百億の昼と千億の夜』の新装版を買い直したことを知っていた。そしてその本が僕の手元に届いたと思っていた。送り状を確認する限りその死の当日に、葉山先生は僕にこの本を送付していた。そして、その本が購入されたのはその前日だった。

「とりあえず由紀子と話してみたら？　それほど、深い意味はないと思うけれど……偶然そうなることだって、あることだと思うし」

　僕の話を聞いて、井上は言った。しかし彼女は明らかに動揺していた。その顔は言葉とは裏腹に、偶然にしては不自然すぎると言っていた。由紀子は、僕に葉山先生についての何かを隠している。それはたぶん間違いなかった。それがどのようなものかは想像がつかなかったが、もしかしたらあの三人組、特に由紀子は葉山先生の死の理由を知っているのかもしれない。そう考えると、いてもたってもいられなくなっていた。

「前から気になってたんだけど由紀子って、すごく学校休むんだよね。たぶん週に一回とか、二回とかのペースで休んでいると思う」

　三杯目のドリンクバーのジャスミンティーがなくなると、井上はためらいがちに話し始めた。

それは、クラスが違う上に写真部に入る前はほとんど彼女と話したことのない僕が知らなかったことだった。

「あと、由紀子ってよく怪我しているんだ。自転車で転んだっていつも言っているけれど、由紀子が自転車に乗っているの見たことがないし、家に行ったときも……」

「自転車なんか見かけなかった……！」

井上が何を言いたいのか分かった僕は思わず口を挟んだ。考えてみれば、そもそもあんな山の中に暮らしている人間が日常的に自転車に乗るはずがなかった。

「由紀子だけじゃなくて、ヒデさんも、カバパンもよく怪我をしているよね。私、あれもなんとなく気になっていたんだ……。夜の森の調査で怪我をしたのかと思っていたけれど……」

調査がそれほど危険なものではないことは、実際に参加した僕と井上はよく分かっていた。

「でも私、やっぱりあの人たちがそんなに悪い人だとは思えないんだ」

しかし井上の顔は、それでもやっぱりあの人たちは何かを隠している。そう、告げていた。

「僕は間違っていたんだと思う」

僕はそのとき、ふと気づいた。

「僕はずっと葉山先生や藤川に、僕が知らない事情があったんじゃないかって、そればかり考えていた。でも、違うんだ。調べなきゃいけないのはあの二人じゃなかったんだ。井上の言いたいこと、僕だって分かるよ。ヒデさんはもちろん、板倉のことも友達だと思っているしカバパンだって好きさ。だからこそ、あの人たちが何を隠しているかははっきりさせたいんだ」

その結果として知りたくない、認めたくない事実に直面することになったとしても、という言葉を僕は飲み込んだ。

結局その日も、そして次の日の午前中も由紀子たちと連絡はつかなかった。由紀子もヒデさんもカバパンも、突然連絡がつかなくなることがこれまでもたまにあったが、このときもそうだった。埒があかないので、僕と井上はその日の午後に落ち合って山の上の家に向かった。これから行くと事前に連絡は入れなかった。連絡を入れると、あの賢い由紀子は短い時間でも、それなりに取り繕う準備をしてしまうと思ったからだ。そして、現地に着いてひどく驚いた。ガレージに、僕たちが夜の調査活動に使っていたバンが、見るも無残な形で放置されていたからだ。まるで大きな車に正面衝突したように、フロントがグシャグシャになりボディが大きくひしゃげていた。これは俗にいう「大破」という状態だった。由紀子の説明ではバンの調子が悪いから修理に出すということだったけれど、これは「調子が悪い」なんてレベルではなかった。僕が倒れたあの夜に、もっと大変なことがあったのは間違いなかった。僕は夢中で家の呼び鈴を連打したが、何度押しても誰も出なかった。足になる車もないのに、あの三人組が揃ってどこに行ってしまったのか、まったく分からなかった。

僕はもう一度、由紀子たちに連絡を入れたが、反応はなかった。僕は井上とこのまま連絡がつかなかったらもう一度ここに来ようと相談して、その日は別れた。僕は当分、三人組はあの山の上の家に戻らないんじゃないか……そう、予感していた。しかし、由紀子との直接対決は案外早く訪れた。

「随分と遅かったじゃない。待ちくたびれちゃった」

その日、僕が井上と別れて森本の本家に戻ると、由紀子が僕の部屋に上がり込んでいた。

由紀子は、いつもそうだった。気がついたら、常にそこにいる。由紀子はまるでテレポーテーションしたかのように、いつも気配を感じさせずその場所に現れる。そしてこのときもそうだった。合宿のときもアルバイトのときも思ったが、制服を着ていない……つまり私服の由紀子は本当に大人っぽくて、とても同い年に見えなかった。着ているものも少女じみたところのまったくない落ち着いたものが多かったし、言葉の選び方、目つき、動作、すべてが僕たちよりたくさんの前提を踏まえた上で吟味されているように思えて仕方なかった。こういう人間と友達になれたと思ったときは気持ちが弾んだが、こうしてやり合うとなると話は別だった。

「待っている間、本棚を見せてもらっちゃった。悪くない趣味をしていると思うけれど、もう少し有名なアメリカのSF以外も読んだらいいんじゃないの？」

由紀子らしい嫌味だった。それが彼女なりの親しみの表現なのはもう分かっていたけれど、そういった彼女のコミュニケーションを、このときの僕には面白がることはできなかった。

「森本君から昨日と今日で、何回も着信があってびっくりしちゃった。よっぽど私と話したいみたいだから、こっちから来てあげたんだけど、不満なのかな？」

葉山先生の墓参りから戻って、僕は由紀子に何回か電話をかけた。用件の想像がつくと警戒されると考えたのでメッセージを文字で残すのではなく電話をかけた。しかし、それが裏目に出た。僕の目の前にいる由紀子のどこか不敵な笑みは、明らかに僕を警戒していた。電話をかけるということは、それなりに急ぐ用件が発生したことを意味する。そして、僕はそれが何の用件かを伝えるメッセージをショートメールなどで残さなかった。その不自然さが、由紀子の警戒心を呼び起こしてしまったのだ。その鋭さに、改めてこいつは本当に自分と同じ高校生なのかと心の中で舌を巻いた。しかしここで由紀子のペースに巻き込まれるわけにはいかなかった。この場面で小細工を弄するとかえってボロが出ると考えた僕は情報を必要以上に与えないように気をつけながら、単刀直入に彼女に尋ねた。

「板倉は、葉山先生が死んだ理由を知っているのか？」

「なぜ、そう思うの？」

僕はこれ以上由紀子に警戒されると勝ち目はなくなる――引き出せるものも、引き出せなくなる――と考えた。しかし、いつも大人たちにやるように、ウブで安直な男子高校生を演じることが今更この由紀子に通用するとは思えなかった。僕は全力で頭を回転させた。そして僕が由紀子に対し何らかの疑念を抱いていることを隠すのは不可能だと判断した。その上で由紀子を油断させることができるとしたら僕が間違った、あるいは浅い情報を得ていると思わせることしかないという結論に達した。僕は昨日葉山先生のお母さんから渡された形見の文庫本を、あれからずっと持ち歩いていた。そしてそれをリュックから取り出して由紀子に見せて言った。

「板倉は僕が持ち歩いていた『百億の昼と千億の夜』の文庫本を、葉山先生から贈られたものだと思っていたよな。でも、違うんだ。僕が持ち歩いていたのは、葉山先生からもらった本じゃない。古本屋で見つけて買ったものなんだ。そして昨日、葉山先生の墓参りに行って、お母さんと話す機会があった。お母さんの話で、僕は葉山先生が僕に貸すためにこの本を、それも亡くなる前の日に買っていたことを知らされたんだ。だからそれを知っていた板倉は先生が死ぬ直前に会っていたんじゃないかなって気づいたんだ。なあ、もし葉山先生にそのときに何かあったとか、変わったことがあったとか、そういった事情があるなら教えてくれないか」

「……そう、そういうことか」

由紀子は少しホッとしたような、がっかりしたような表情を浮かべた。

「あの本、森本君に届かなかったんだね」

たぶん、由紀子は少しだけ警戒を解いたのだと思う。この聡明な少女に付け入るスキがあるとすると、自分の切れ味のようなものを隠せないところだと僕は思っていた。だからあまり由紀子を警戒していない井上にも、由紀子が写真部の男子たちを相手にしていないことを把握されていたのだ。あと、由紀子は気を許していることが割と顔や仕草に出ることがあった。そしてこのときは、明らかについさっきまでの張り詰めた感じがほんの少し、緩んでいた。

「私が最後に葉山先生に会ったのは、亡くなる前の日だった。夕方に偶然、駅の本屋で会った。この本を、森本君にプレゼントするんだって言って『百億の昼と千億の夜』の新装版の文庫本を見せてくれた。送られたそれが森本君の手元に届かずに戻ってきてしまった理由は、私には分からない。でも、そのときは特に変わった様子はなくて、葉山先生が亡くなったって月曜日に聞かされたときは、とても驚いた」

「そうか……。葉山先生は死ぬ直前まで、僕のことを気にかけていたんだと思うと、なんかたまらなくなって……。板倉がその日に会っていたら何か聞いていないかなって思ったんだ」

「うん……ちょっとした立ち話だったから……。私も借りっぱなしにした本、返しますとか、そんなことしか話さなかったし、先生にも変わった様子はなかったと思う。ごめんね」

その回答自体は、僕が想定していたものだった。それはとても自然で、完璧な回答だった。しかし、それは僕が由紀子に対して仕掛けた罠に彼女がかかった瞬間でもあった。

由紀子は葉山先生が買った本が僕の下宿に「届かずに戻ってきてしまった」と言った。本を買った翌日に先生は亡くなったので、僕がこの本を昨日まで手に入れることができなかった理由は先生が僕にこの本を渡す手配をする前に亡くなったからだと考えるほうが自然だった。しかし由紀子はこの本が僕の下宿に送られたことまで知っていた。僕は確信した。本屋で軽く立ち話をしただけだと主張する由紀子が、そこまで知っているのは不自然だった。やはり由紀子は、嘘をついているのだ。それは彼女に心を許しかけていた僕にとっては、どこかで認めたくないことだった。その気持ちは、怒りのような感情になって僕の中に渦巻いてきた。

「なあ、板倉。もう少し腹を割って話してくれないか。最初の頃は、板倉たちが写真部にやって来たせいで、僕は仲間たちからますます浮いてしまったって恨んでいた。でもさ、いろいろあって今は違う。アルバイトに誘ってもらったのも感謝しているし、こうやって普通に話せるようになってよかったって思っている。だから、もう少し僕のことも信用してくれないか」

それは、半分は思わず出た言葉だった。僕は心のどこかで自分でも意外なくらい、由紀子が嘘をついて、葉山先生のことを隠していることに傷ついていた。だから僕なりの最後の和平の提案のようなことを、不意に口にしてしまった。僕なりに、腹を割って話したつもりだった。

しかし、由紀子は僕のその言葉をどちらかと言えば宣戦布告のように受け取ったようだった。

「私こそ、森本君と仲良くなれてよかったと思っているよ。だったらそういう問い詰めるような言い方はないんじゃないかな？　葉山先生のことも、藤川君のことも、きっと森本君が一番つらいのだと思う。でもさ、そうやって周りの人に当たったって何も得られないと思うな」

由紀子は、たぶん怒っていた。はじめて会った頃の、あの由紀子に戻っていた。悪辣な笑みを浮かべ、明らかに僕を挑発していた。

「さっき、山の上の家に行ってきた。ヒデさんのオートバイだけじゃない、あのバンもめちゃくちゃに壊れていた。あれはちょっと調子が悪いなんてもんじゃない。結構大きな事故か何かに巻き込まれたはずだ。なのに、板倉もヒデさんもカバパンも、あの日の夜に僕が倒れたあとに何も話してくれない。本当は、一体何があったんだ？」

「バンは結構派手にぶつけちゃっただけ。森本君が心配すると思ったから言わなかった。それに、一応未成年ってことになっている私が運転してぶつけたってことになると、まったく別の次元の問題が生まれるから、あまり言いたくなかった。これじゃ納得しない？」

「僕には板倉が何かを隠しているのが分かる。そして僕が気づいていることを板倉も分かっていて、白々しい態度を取ろうとしていることに怒っているよ。板倉は葉山先生のことで、僕が知らないことを知っている。でも、そのことを話そうとはしない。せめてその理由を教えてくれないかと思ったんだけどな」

「そんなに私がまだ話していないことがあると思うなら、気が済むまで調べてみたらいいと思う。でもね、森本君。余計なお世話かもしれないけれど、森本君が見なきゃいけないのは、もっと別の世界だよ。身の回りの、閉じた人間関係の世界だけじゃなくて、もっと遠くて、広くて、もしかしたら普段は目に見えない世界のことを想像したほうがいいと思う」

そして、最後にこう付け加えた。

「それが、虫の眼を持つってことじゃないかな？」

「俺と板倉は、この夏休みで割といい友達になれたと思っていたんだけどな」

「私もだよ。だからこんな風にケンカを売られて、あまり……いや、かなり気分よくないな」

そう言って、由紀子はすっと立ち上がり、素早い動作で僕の部屋を出ていった。

「お手並み拝見だね。楽しみにしている」

由紀子は風のようにいなくなった。

僕はカッとなってついウッカリ由紀子に宣戦布告のようなことをしてしまったことを後悔していたが、どちらにせよ由紀子はこの下宿に現れた時点で僕が彼女を疑っていることに気づいていたのだから結果は同じだと自分に言い聞かせた。そして会話の中で由紀子への疑念は確信へと変わっていった。由紀子は僕に嘘をついていていたぶん、たくさんのことを隠していた。

それから僕は三人組について、徹底的に調べ始めた。まずはその翌日、僕は井上を誘って午前中から学校に向かった。この二ヶ月近く、半ばカバパンの執務室代わりに使われていた写真部の部室に、何か手がかりがあると思ったからだ。しかし、これは空振りだった。カバパンはそもそも、ほとんど「紙」を使わない。例の街の木の調査もすべてクラウド上のデータ管理で済ませてしまっていて、持ち歩いているラップトップとタブレットだけで彼の仕事は完結していた。部室にあるのは学校の方針で仕方なく彼がプリントアウトしていたいくつかの教材だけで、手がかりらしいものはまったくなかった。気がつくと午後の一時になっていた。朝から出歩いたせいですっかり腹が減っていた。井上がお腹が空いたから何か食べに行こうと言い、僕も同意した。ただこの学校は以前述べたように町外れの、ほとんど飲食店のないエリアにあって、まともな食事にありつくには駅前まで戻らなければいけなかった。面倒臭いけれど、そうしようかと僕たちが部室を出ようとしたときに扉が開いた。

「やっぱりここだったか」

教頭だった。「お前たちが、原チャリの二人乗りで裏門につけたのを職員用トイレの窓から見た。何をしに来たのかと思ったが、よく考えたらここくらいしか来るところはないからな」

僕は教頭が何の用なのかと疑問に感じたが、その疑問はすぐに、かなり具体的な嫌な予感に変わった。

「二人とも、昼飯がまだなら食べないか？　ちょうど、出前を取ろうと思っていたところなんだ。それに」

教頭は用意していたような台詞をつらつらと言い、そして最後に短く付け加えた。

「刑事さんも、いろいろ聞きたいことがあるそうだ」

教頭の小柄な背中に覆いかぶさるように、長身の男がにゅっと顔を出した。それは、県警本部で僕の事情聴取に立ち会った、北岡という刑事だった。

「鰻を取るつもりなんだ。まあ、来いよ」

教頭は汗のシミでランニングの肌着の透けて見えるYシャツの胸元をつまんで、暑そうにしながら、僕たちを手招きした。急な展開で僕は驚いたが、少し考えて教頭の誘いに乗ることにした。警戒しなければいけないのは間違いなかったが、その気になればいくらでも僕を強制的に学校に呼び出せる教頭が個人的に昼食に誘うことには相応の理由があるはずだった。そして僕はその理由はもしかしたら、いや、かなりの確率で葉山先生のことや、藤川の安否にかかわること――どちらかと言えば後者――ではないかと思った。警察や学校は既に藤川の行方を摑んでいて、そのことを伏せた上で僕たちに事情を聞いているのではないかという疑念が、確信に変わった瞬間だった。僕は、最悪の知らせを聞かされることを覚悟した。


教頭は県庁通りの鰻屋から、4人前の鰻重の出前を取ってくれた。「俺は若い頃から鰻が好きでな。毎週食べてもまったく飽きない。こうやって、たまに学校で出前を取るときは鰻と決めているんだ」

教頭は僕と井上、そして北岡を校長室横の応接室に案内した。合唱コンクールの賞状や、建て替え前の校舎の模型、歴代の校長の写真に見守られながら学校の応接室で、僕と井上そして教頭と北岡というよく分からない組み合わせが鰻重を待っていた。

「もうすぐ出前が来るはずだ。腹が減っていると思うが、もう少しの辛抱だ」

鰻重はその調理方法の関係上、注文してすぐ届くようなものではない。それくらいのことは、高校生の僕でも知っていた。だから「ちょうど出前を取ろうと思っていた」のは明らかに嘘だった。教頭は僕と井上を見た瞬間に北岡を呼び、そしてこの席を設けるために鰻重を予め注文していたのだ。

席について一息ついた頃に、それまで「心配だな」とか「大事な時期だから、気を落とすな」とか実質的には無内容なお決まりのフレーズを反復していた教頭は頃合いだと思ったのか小さく咳払いをして僕たちに言った。

「森本も井上も、樺山先生と仲がいいみたいじゃないか」

僕は深夜のアルバイトがバレたのかと思って、一瞬構えた。しかし、それは僕のはやとちりだった。

「樺山先生の研究を手伝っているんだろう?　ああいうのな、一応学校に申請しないとダメな決まりなんだ」

カバパンはそれが深夜の労働であることだけを伏せて、学校に全て報告をしていた。肝心な一点を除いてはすべて本当のことを告げる。これがあの男の嘘のつき方なのだと、僕は思った。

「どうだ。楽しいか、樺山先生のところのアルバイトは」

「楽しいですよ。高校生にはなかなかできない体験ですし、やってよかったと思っています」

我ながら、優等生的な回答だなと僕は内心苦笑した。

「そうか、ならよかった」

教頭は何かを言いたそうにして、言葉を飲み込んだ。その様子で、教頭はやはりカバパンが嫌いなのだと思った。

「教頭先生、カバパンのこと嫌いですよね」

「お前な、思っていてもそういうことは口にするもんじゃないよ」

教頭は、否定しなかった。

当直の、名前を知らない若い男の教師が出前が着いたと告げに来て、鰻重が運ばれてきた。蓋を開けて息を吸い込むとタレの焼けた匂いで鼻と口がいっぱいになって、僕はたまらず「いただきます」と短く告げて頭を下げ、鰻重にがっついていた。鰻の脂臭いほんのりとした甘さに、僕はこんな気まずい席でもうまいものはうまいのだと思った。

「お前たちに聞きたいのは、その樺山先生のことだ」

井上と北岡も黙々と鰻を食べ始め、そして代わりに教頭は自分の重箱は蓋も開けずに続けた。

「樺山先生は県の、それも結構上の方からの紹介で赴任してきた人なんだ。それも春休みの間に、急に決まった話だった。葛飾先生が産休に入ったあとは、私と亡くなった葉山先生が彼女の授業を分担する予定だったんだが、急に樺山先生の赴任が決まった。そして樺山先生と、板倉がこの学校にやって来た。私は教師をもう三十年以上やっているが、こんなことははじめてだ。そして六月に葉山先生が亡くなって、今度は藤川が失踪だ」

「ちょっと待ってください。教頭先生は二人のことにカバパンが関係しているって言いたいんですか？」

僕のその言葉にはっとして、遠慮がちに重箱を箸で突っついていた井上が顔を上げた。

「分からない。証拠も手がかりも、まったくない。しかしお前たちも知っている通り、この街は田舎の、平和なところだ。同じ学校で、こんな短い間に教師が突然自殺したり生徒が失踪したりするなんてことは、まったくなかったことだし、普通に考えたらあり得ないことなんだ。それはお前たちも分かるだろう？」

僕が何かを言い返そうとしたときに、それまで黙っていた北岡が急に口を挟んだ。

「そして、葉山千夏子と藤川康介の接点は一つしかない。森本君、君だ」

僕は話の流れをだいたい予測していたが、井上は意外だったようで驚いて顔を上げた。

「逆に聞きますけれど、僕が知らないことを、教頭先生と北岡さんは知っているんですよね？葉山先生とカバパンたちの間に、何があったんですか」

僕の切り返しに、教頭と北岡は一瞬目を合わせた。北岡の了解を得たと判断したらしい教頭が話し始めた。

「葉山先生は亡くなる少し前に、個人的な読書会を企画していた。森本も誘われていたはずだが、これは私も知らなかったことで、先生が亡くなってからお母様や図書委員の生徒から聞いたことだ。そして葉山先生は新学期が始まった頃、年度内に文芸部を創設したいと言い出していた。今思えば、読書会は文芸部の設立を睨んだ集まりにするつもりだったのだと思う。お前たちも知っている通り葉山先生はあまり仕事に積極的なタイプではなかったから、驚いたよ。ただ、すぐに合点がいった。葉山先生にそうしたほうがいいと吹き込んだ人間がいたんだ」

「カバパンですね」

話の筋が見えてきた僕は、間髪入れずに言った。教頭は黙って頷いて、続けた。

「森本が知っているかはわからないが、あの二人は仲が良かった。というか、樺山先生が葉山先生に近づいていったように私からは見えていた。板倉も含めて、よく三人で話しているのを職員室で見かけていた。樺山先生は自分がいる一学期の間に、葉山先生と組んで文芸部を作ろうとしていたようだ」

「自分がいる一学期の間って……どういうことですか？」

さすがに驚いて声を上げげた。葉山先生とカバパンが仲が良かったというのにも驚いたが、その後に続いた言葉のほうが驚きだった。

「やはり知らなかったか」

教頭は深い溜め息をついた。

「葛飾先生はな、生まれたお子さんは同居しているご両親に預けて二学期には復帰するんだ。というか最初から、その予定だったんだ。だから樺山先生がこの学校で教えるのは一学期……正確には夏期講習が終わるまでだ。そして校長のお達しで、そのことは生徒には伏せられている。さっき言った通り、そもそも樺山先生の赴任自体が、かなり異例のことだったんだ」

北岡だった。

「不自然なことがありすぎるんだ」

「葉山千夏子の死は自殺だということで処理されている。あの日の朝、彼女の遺体が市内の路上で発見されたとき、争った形跡も、着衣の乱れもまったくなかった。財布や携帯電話もそのままだった。付近の監視カメラにはその少し前にこの付近を独りで歩く彼女の姿が映っていただけだった。警察は、近くのビルからの飛び降り自殺だと判断した。では仮に自殺だったとして、その動機は？　公私ともに、まったくそれらしいものは見当たらなかった。恋人はいなかったようだが、家族とは良好な関係を築いていた。年度内に文芸部を作るために、生徒たちと読書会の立ち上げも企画していた」

「他殺だって言いたいんですか。そして仮に他殺だとして、それにカバパンたちがかかわっているって言うんですか」

思わず、大きな声が出た。北岡はまったくトーンを変えずに、続けた。井上は完全に箸を止めて僕の隣で真っ青になっていた。

「分からない。少なくとも、証拠はない。ただ、藤川君の失踪も含めてこの学校で起きている二つの事件の接点があるとしたら樺山優児とその二人の同居人、そして……」

「僕、だということですね」

それが間違いなく教頭がこの場を利用して北岡と僕を会わせた理由だった。北岡はカバパンたち三人組に目をつけていて、そして僕の存在に行き当たった。それも、かなり前から。だから僕を自分で事情聴取して、教頭を味方に引き入れてこのような捜査を行っているのだ。

ここでそれまで黙っていた井上がたまらなくなったのか、口を挟んだ。

「三人とも変わっているけれどいい人たちですよ。カバパンはあれで面倒見のいいところがあるし、ヒデさんはすごく優しい人だし、由紀子は同じ年とは思えないくらいしっかりしていて、いつも私たちを引っ張っていってくれて……」

「そこなんだよ」

北岡が井上の言葉を遮った。

「なあ、考えてみろ。この田舎街でほとんどカネにならない高校の非常勤講師をやっている学位持ちの中年男と、その若い助手の男。そして遠縁だという女子生徒が三人で、昔の金持ちの別荘を借りて暮らしている……。どう考えても怪しいと思わないか？　お前たちは、あの連中の借りている別荘の家賃、知っているか？　オーナーから直接借りているのかもしれないが、インターネットにこの春まで出ていた入居募集の広告によると月額二九万八〇〇〇円だ。これは、非常勤講師の樺山に学校が出している月給より遥かに高いはずだ」

考えてみれば教頭と北岡の言う通り、あの三人組は何もかもが怪しかった。女子高生と中年男と青年の三人が同じ家に暮らし、その家は分不相応に豪勢で、業者の使うような大きな自動車と、どう考えても彼らの日常生活には不要なオートバイ数台を所有している……。教頭の側が嘘をついていなければ、カバパンの赴任の背景には政治家の影がチラついていて、しかも二学期にこの学校を去ることを僕たちに隠していた。

僕はあの三人組と仲良くなる過程で、こういったそもそもの疑問を感じることができなくなっていたことに、今更気づいた。ただ、井上の言うこともよく分かった。あの三人はたしかによく分からないところがあるのだけれど、僕たちに悪意を持っているとは、どうしても思えなかった。たしかにそれは演技なのかもしれなかった。しかし本当にあれが全部演技ならあの三人は、特にカバパンや由紀子はもっと巧くやってみせる……僕にはそう思えた。

僕は、すっかり味のしなくなった鰻を食べ終えると言った。

「あまり詳しくないんですけれど、学校には、書類みたいなものがありますよね。板倉が転校前にいた学校のものとか、カバパンが所属している研究所とか、これまでの経歴がまとまっているようなものは提出されなかったんですか？」

「そりゃあ、されたさ。だが、本当のことが載っているかどうかは別問題だがな」

「それでも、何かの手がかりにはなると思います。カバパンのことだから、口裏合わせの手配くらいしているはずで、それがむしろ手がかりになると思います」

僕が何を言っているのかに気づいた教頭が、冗談じゃないと言わんばかりに青ざめて言った。

「森本、お前……何を考えているんだ？」

「実際に調べることにも意味はあると思いますし、嗅ぎ回られていることに気づけば、何か動いてくるかもしれないじゃないですか。北岡さんもそのほうがやりやすいでしょう？」

僕がジロリと視線を向けると、北岡は無表情に「まあ、そうだな」と言った。しかし、教頭は納得しなかった。

「お前な、仮に俺がここでウッカリ生徒や職員の個人情報の載っている書類を置き忘れて、それをなくしでもしたら大変なことになるんだぞ。そういうの、分かっているのか」

「もちろん、分かっていますよ。ただ、たとえば北岡さんのような警察の人に、教頭先生が意図的に情報をリークしたなら大きな問題になるのかもしれないですけれど、僕たちが机の上に放置していた書類を面白半分に写真に撮ってしまったのなら、そもそもバレるリスクは少ないし、バレてもちょっと怒られるくらいで済むような気がしませんか？　あくまで仮の話ですが」

教頭は北岡と顔を見合わせた。しばらく二人は視線を交わしていた。北岡はほとんど表情を変えずにじっと教頭を見つめているのに対して、教頭は何か迷っているように、目を泳がせて、落ち着かない様子だった。まるで、予め決めてあった対応の執行を北岡が無言で要求して、それを教頭がためらっているようだった。そして北岡は無言で立ち上がり、足早に立ち去ってしまった。その意思表示に教頭はげんなりした表情を浮かべ、深い溜め息をついた。教頭と北岡には親子くらいの年齢差があって、社会的な地位もかなり差がありそうだったけれど僕には北岡のほうが教頭をリードしているように見えた。それどころか、教頭の挙動は何か弱みでも握られているのではないかとすら思わせるものだった。しかし、今気にしなきゃいけないのは、そんなことじゃなかった。

教頭は意を決したのかすっと立ち上がり、やれやれといった感じで言った。

「ちょっと用事を思い出した。私は今から隣の校長室にものを取りに行ったあと、十分ほど電話をかけて戻ってくる。校長の机の上にはときどき大事な書類が置いてあるから、絶対に見たり、触ったり、写真を撮ったりするんじゃないぞ。いいか、絶対にだ」

僕は井上と顔を見合わせた。井上も教頭が暗に何を言っているのかすぐに察したようだった。教頭は席を立って隣の校長室に入るとガサゴソと何かを取り出したあと、黙って出ていったようだった。僕と井上はその途端に校長室に飛び込んだ。校長のデスクの上に由紀子の転入届が置いてあった。僕はそれを広げて、裏面が白紙なのを確認して携帯電話で写真を撮影した。バックアップのために、井上も撮影した。教頭は他にも置き土産をいくつかしてくれていた。それは、由紀子の所属する2年1組の出席データのプリントアウトと、カバパンがこの学校に赴任するときに提出した履歴書だった。僕と井上はその書類もしっかり撮影して、そしてすぐに応接室に戻った。

きっかり十分後に、教頭と北岡が揃って戻ってきた。

「お前みたいな生徒ははじめてだ。なんというか、あまり、大人を舐めてかからないほうがいいぞ」

「舐めてかかるついでに、先立つものが欲しいです。日帰りで戻ってくるにしても、高校生にはちょっと大きな額ですから」

僕が費用のことを言い出したので、教頭と北岡は顔を見合わせた。そして、教頭は再び大きく溜め息をついて、財布から二万円を出してテーブルの上に置いた。そしてその上に更に北岡が四万円を重ねた。普通、出す金額が逆じゃないかと思ったけれど北岡は平然としていた。

「北岡さんは、僕が派手に動き回って、なんだったらヘマをしでかしてあの三人組の注意を引くとか、動きを引き出すとかできればいいと思っているわけですよね？　僕だってそれくらいのことは分かりますし、何も思いつきでこんなことを言っているんじゃないんです。ちゃんと目算があって言っています。調べて分かったことはちゃんと話すので、あんまり囮みたいに考えないでくださいね」

僕のほうこそ、あまり北岡に舐められる訳にはいかないので、そう付け加えた。北岡が僕を泳がせることで三人組の尻尾を捕まえるつもりなのは明らかで、僕はその企みに気づいた上で乗っかっているのだから、雑に扱うと協力しないと牽制したのだ。

北岡は無言で僕を睨み、そして面倒臭そうに目をそらした。まったく心を許せる気がしなかったけれど、今は教頭と北岡から引き出せるだけのものを引き出すことが、僕には必要だった。

六万円を受け取って、僕と井上は応接室を出た。裏庭からスーパーカブの停めてある駐車場に向かって歩いている途中で、井上が周りをきょろきょろと警戒しながら僕に話しかけてきた。

「大丈夫なのかな？　今のって要するに私たちが教頭先生たちを無理矢理共犯にして、お金までゆすり取ったってことだよね？」

「ゆすり取ってなんかない。あの人たちがして欲しいことをするんだから、必要な資金を提供してもらっただけさ」

「森本君って、ときどき大人みたいな話し方するよね。大人っていうか、映画に出てくる人みたいに、用意していたような言葉をスラスラと話すからビックリする。本当に私と同じ高校生なのかなって思う」

そして井上は最後に「由紀子にも、同じようなことをときどき感じる」と付け加えた。僕は井上の言ったことには答えずに、少し緊張しながら彼女に告げた。

「明日か明後日あたり、丸一日付き合ってくれないか。帰りは遅くなると思うんだけれど……」

「あのお金って……そういうことだったの？」

僕が何を提案しているのか察したのだろう。井上が大きな目をますます丸く、大きくして声を上げた。

「あの三人組が、この春まで暮らしていたところに行って一人でもいい、直接知っている人に話を聞きたい。それも、三人組に連絡を取られないようにその場で捕まえて、いろいろ聞き出したいんだ。だから一緒に」

僕はその固有名詞を口にするとき、少しだけためらった。それを口にすると、何かもう、あとには戻れないような気がしたからだ。でも僕は勢いに任せてその街の名前を口にした。

「東京に、行こう」

それは僕の長い夏休みの、終わりの始まりだった。

# 13. 東京

お盆が過ぎて、夏の終わりの匂いがほんの少し漂い始めたその日、僕と井上は東京に出発した。東京での活動時間を長くするために、行動を開始したのはほとんど夜明けと同時だった。その日は朝から蒸し暑かったけれど、その暑さは気が高ぶっているせいかあまり気にならなかった。僕は荷物——といっても、いつも持ち歩いているリュックを背負っているだけだったが——をまとめると、自転車で井上の家に迎えに行った。僕が井上の家に行ったのはこのときがはじめてだった。井上と僕は別の中学だったけれど、家は近く2キロメートルも離れていなかった。彼女の家はこのあたりには多い少し大きな農家で、僕の下宿にお見舞いに来たときに持ってきたすももは彼女の家の所有する畑のものだった。敷地は広く、石塀から覗くと母屋と、離れと、納屋があって奥には少し広い庭もあるようだった。

僕は玄関の前に自転車を停めて井上にメッセージを送った。農家はどこもそうだが朝が早く、僕が到着した六時過ぎにはすっかり家族が起きていて、朝食の味噌汁の匂いが漂ってきていた。もっとも農業に従事しているのは祖父母だけで、父親は隣の市（僕たちの高校のある県庁所在地）の職員で、母親はこの街の給食センターに勤める栄養士だということだった。

僕はできれば井上の家族とは顔を合わせたくなかったので、早く井上がメッセージに気づいて出てきてくれるのを願った。しかし、まったくメッセージは既読にならなかった。そして玄関から「行ってきますー」と勢いよく、半ズボンを穿いた小学生の男子が飛び出してきた。そして思いっ切り目が合った。

「お姉ちゃんの友達?」

首から紐を通したラジオ体操の出席カードをブラ下げたその少年は、僕を見上げて言った。

僕は少し考えた。僕は同級生や大人を相手に自分のペースに巻き込んで話すのは得意だったけれど、小学生のようなあまり自意識のない生き物を相手にするのは、どこから攻略して良いのか分からなくて苦手だった。ここで変に騒がれて他の井上の家族と顔を合わせるのは面倒だったので、なるべく穏便にことを済ませるために適切なコミュニケーションを選ぶことにした。

「井上さんの弟さんだよね? 悪いけれど、お姉さんをこっそり呼んできてくれないか?」

僕は、NHKの教育テレビに出てくるガイド役のお兄さんのようなつもりで、可能な限りさわやかに、屈託なく少年に話しかけた。少年は無言でたたたたたたたたたーっと家屋に走って戻り、そして塀の前の僕にも聞こえる大声で叫んだ。

「お姉ちゃん! カレシが迎えにきているよ!!!!!!!!」

……予測し得る、最悪の展開だった。

結局、その五分後に僕は井上家の朝食のテーブルにいた。

「ごめん、もうちょっとで準備が終わるから……。なんか食べてて!」

遠出とはいえ、日帰りの旅行に何の準備がそこまでいるのか分からなかったけれど、井上は洗面所と自室を往復しながらずっとバタバタし続けていて、初対面の大人たちに囲まれるというものすごく気まずい状態にある僕を気遣ってくれる余裕はまったくないようだった。

僕は食べてきたので結構ですと遠慮したのだけれど、とりあえず何か食べさせることを正義だと信じて疑わない田舎の昭和生まれの人々は僕を半ば強引にそのテーブルに座らせた。そこには香ばしい干物とか、ツヤツヤの煮付けとか、みずみずしい厚切りのトマトとか、ありきたりかもしれないけれど見るからに確実においしいと分かるものが盛られた大皿が並んでいて、既にその2／3がなくなっていた。

僕の正面には、朝に一仕事を終えて戻ってきたところだという井上の祖父が座っていた。白髪の豊かな、がっしりとした老人だった。最初はちょっと気難しい人なのかなと思ったが、僕が簡単に自己紹介をすると「沢端のところの。ああ、そうか。弟さんのほうの息子さんか」と目を細めて人懐っこい笑顔を見せた。「沢端」というのは五軒に一軒は「森本」姓のこの集落における森本の本家の通称で、家のそばを小川が流れていることに由来していた。

「森本君は東京にいたんだろう？　大学は東京に戻るつもりなのかい？」

出勤前の井上の父は、その祖父に顔はよく似ていたが、雰囲気はまるで違った。小柄で、白いワイシャツと黒縁のメガネがよく似合う、公務員か銀行員以外の職業の想像のつかない、温和で、真面目そうな人だった。

「暮らしていたと言っても、長い間じゃないですし、『戻る』みたいな意識はありません。ただ、東京のほうがいろいろ経験できそうで、そうしようかなとは思っています」

これは半分は嘘で、僕はたいていこの学校の生徒がそうするように、何も考えず地元の国立大学に進学するのが嫌なだけだった。

「綾乃はあんな感じの娘だから、東京の大学に行きたいなんて言い出してビックリしているの。綾乃が迷子にならないように、よろしくお願いしますね」

井上の母親は、井上をふっくらとさせてそのまま年を取らせたような人だった。目が大きくてグリグリしているところもソックリだった。そんな井上の母親は会話の合間にやたらと「ほら、これもおいしいから食べときー」と次から次へと僕に勧める義母、つまり井上の祖母を「おばあちゃん、森本君は朝ご飯食べてきたんだから、そんなに食べられませんよ」と牽制し続けてくれた。しかし常に首が右上に少し傾いている井上の祖母は、この間ずっと僕に何かを食べさせることを諦めなかった。

「森本君、ちょっと来て！」

二階から井上の呼ぶ声がした。どうやら自分の部屋に来て欲しいということらしいが、僕はちょっとびっくりしてためらった。しかし、井上の家族はあまり抵抗はないらしく「なんか、呼んでるみたいよ」と井上の母親に促されて僕は食堂を出て、のそのそと階段を上がった。

「これとこれ、どっちがいいかな」

開け放たれたドアから恐る恐る部屋に入ると、いつもより髪を丁寧にアレンジした井上が、水色のワンピースを着込み、二つの肩掛けバッグを重ねて下げていた。片方は紺色に近い黒で、もう片方はベージュに近い白だった。別に遊びに行くわけではないはずだったけれど、明らかに井上は東京に行くことに浮かれていた。僕と近所で会うときは、Tシャツにハーフパンツといったラフな格好が多い井上は、このときは明らかに気合を入れておしゃれをしていて、僕はこのとき素直に、やっぱりかわいいな、と思った。葉山先生のこと、藤川のこと、あの三人組のこと、全部忘れて井上と残りの夏休みを過ごせたらきっと楽しいだろうと思ったけれど、そうするには僕はこれらの問題に深入りしすぎていた。

「靴は？」

「きっとたくさん歩くからスニーカーにするつもり。色は白かな？」

「じゃあ、白じゃないかな。あまり色が散らないほうがかっこいいと思う」

僕は具体的なアイテムの特徴が分からないので、単純に色を合わせるように意見した。「そう……。でも、やっぱりこっちにする。ありがとう」

と、僕が選んだほう「ではない」黒いほうを持っていくことにしたようだった。じゃあ、なんでわざわざ意見を求めたのか、さっぱり分からなかった。

そしてこれですぐに出発できるのかと思ったけれどそうではなく、その後井上はそのバッグにいろいろな小物を詰め込み始めた。僕はその間に井上の部屋を観察した。机はよく整頓されていて参考書の類がしっかり並び、やはりこの娘は僕よりもかなり真面目な子なのだと思った。本棚には中高生にもよく読まれているミステリーやファンタジーの小説が思っていたよりずっとたくさん並んでいた。あまりマンガは読まないらしく、少し前に映画化されてヒットした少女漫画の背表紙が数冊分見えた。そして、本棚の一番下の部分にはオートバイ関係の雑誌がびっしりと詰まっていた。印象的だったのは、むしろ本棚の横に彼女の腰の高さくらいまで積まれたCDのケースと、壁に飾られた（おそらくはほとんど触っていない）ベースの存在だった。これまでの会話から井上が国内の、おそらくは少しマニアックなロックバンドの曲をよく聴いていることは分かっていたけれど、僕が想像していたよりも聴き込んでいるようだった。

僕と井上は出勤する彼女の父親の自動車に同乗して、JRの駅まで送ってもらった。この日、僕と井上はそれぞれの家族に大学のオープンキャンパスがあると嘘をついていた。それも、公式のものではなくてカバパンの古巣である情報系の研究室を見学に行くのだと嘘をついていた。夏休みはオープンキャンパスが多いとは言え、いきなり行きたいと言い出すのは不自然な話だと僕なら考えるが、善良な地方の中高年たちは急な話だと驚きながらもこの嘘を疑わなかった。

新幹線の二人がけの席に並んで座った僕たちは主にこれからの話をした。それは、東京での段取りとか三人組との駆け引きとか、そういうことではなくて進学の話だった。それは僕たちが保護者についてきた嘘のことから、流れで至った話題だった。井上は東京の有名な私立大学の名前をいくつか挙げて、自分はそこに進学するつもりだと言った。

「親はどちらも、私は地元に残るって思っていたみたいで、驚かれちゃった。森本君もそう思ってたでしょ？」

「……うーん、どっちかと言えば、そうかもな……」

僕はまさに、こうして仲良くなる前は、彼女にそんなイメージを抱いていたので、苦笑してごまかした。

「カブに乗るようになったときにさ、なんか当たり前のことだけれど私ははじめて、自分の力でどこにだって行けるって思えたんだ。大きな道路にはさ、標識があるじゃない？　あの街まで、何キロって書いてあるやつ。あれを見て、ああ、この道ってもっと別の街まで続いていて、このまま走っていけばいつかはそこに着くんだなって思った。そしてそのとき、大学は遠くの街に行きたいなって思ったんだ」

それは、僕があの町外れの橋を見つけたときに感じたものとほとんど同じ感情だった。井上も、僕と同じようなことをあの街で考えていた。そう思うと、少し嬉しくなった。

「それで、どうせなら東京がいいって思ったんだ？」

「絶対にそうしようって決めたのは最近なんだ。写真部に入って、由紀子やカバパンやヒデさんや、そして森本君と仲良くなって、やっぱり一回は東京に行こうと思ったんだ」

「僕が東京に住んでいたのはほんの短い間で、ぜんぜん馴染みなんかないんだけどな……」

「私が森本君のお見舞いに行ったあの日に、山の上の家でカバパンから森本君の様子を見てきて欲しいって言われたんだ。びっくりしたけれど、由紀子が、森本君は話してみると面白いはずだからって言って」

「そうだったのか……。なんで、来てくれたんだろうって、ずっと不思議だった」

「藤川君はなんでもできるすごい人だって思うけど、やっぱりこの街の人なんだよ。でも森本君はさ、外から来た人だって感じがするんだよね。それはちょっとした言葉とか行動とかに出ているなって、ずっと思っていた。だからこうやって一緒に東京に行くの、不思議な気分だよ」

井上は駅で買ったサンドイッチを食べ終わると寝てしまった。並びの席だったので、眠る井上の頭が僕のほうにもたれかかってきた。シャンプーのいい匂いがした。


東京に着くと、僕たちはまずカバパンが所属している（ということになっている）研究施設のある大学に足を延ばした。

新幹線を降りた僕たちは在来線に乗り換えて、その大学の最寄りの駅に向かった。ICカードと連動したスマートフォンで乗り継ぐ僕を見て、井上は複数枚のきっぷを持て余しながら「森本君は、やっぱり東京の人なんだね」と言った。

駅から十分ほど歩くと、大きな公園に隣接して目的地のキャンパスが見えてきた。そこにはその大学の理工系の学部だけが切り離されて置かれていて、キャンパスとスポーツセンターや図書館のある公園とが実質的に一体化していた。小さなキャンパスにある研究所ならすぐに見つかるだろうと僕はたかをくくっていたけれど、実際に足を運ぶとそんなことはまったくなく、どこから探していいか見当もつかなかった。結局、僕は門のところにいた七十歳くらいの守衛さんに適当な嘘をついた。知り合いの紹介で見学に来た高校生なのだけれど、目当ての施設がまったく分からない、と僕はインターネットで調べたその研究所の名前を告げた。するとそのガリガリに痩せた小柄な守衛さんは電話帳のようなファイルを取り出して、唾を付けて捲っていった。そして「ああ、ここだ」と口に出すと内線で電話をかけ、出た相手にほぼ僕が言った嘘と同じ事情を話した。誰の紹介なのか、と途中で守衛さんに聞かれた僕は樺山優児の名前を告げて、守衛さんも繰り返した。

「最初に言っておくけれど、樺山はもはやこの研究所とほとんど関係はない。いや、俺が関係したくない」

僕たちを出迎えたのはカバパンと同じくらいの年齢の中年男だった。でっぷりと太って天然パーマ気味の髪を持て余した、見るからに不摂生な男だった。厚木と名乗ったその男は、研究室に泊まり込んでいたらしく、守衛の電話で起こされたと言っていた。そしてそのせいか、かなり不機嫌だった。僕たちが通された研究室はただデスクトップのコンピューターが並んでいるだけの高校の視聴覚室を思わせる場所で、数人の研究員が黙々と机に向かっていた。僕と井上は真っ白なテーブルとオフィスチェアがあるだけの、殺風景なガラス張りの会議室に案内された。厚木は紙コップに入ったコーヒーを三人分、器用に運んでくると僕たちに勧めてくれた。

「ご覧の通り、ここでやっているのはデータの解析で、樺山がそっちでやっているような実験調査とは違って、見学して面白いようなものは何もない。そしてそれを分かっているはずの樺山が、なんで生徒をここに送り込んできたのかも俺にはさっぱり分からない」

さっぱり分からないのは、僕が適当な嘘をついたせいだった。理由は分からなかったが、カバパンはこの厚木という研究員にかなり嫌われているようだった。僕は厚木に出された泥水のように不味いコーヒーを啜りながら、恐る恐る尋ねた。

「樺山先生みたいな人が、うちの高校で先生をやっているのって、なんだかすごく不思議で……。理由とか、聞いたことありますか?」

「こっちが聞きたいよ」

厚木は吐き出すように言った。

「樺山は俺の大学の後輩で、俺をここに引き込んだのもあいつなんだ。しかし、自分はほとんど顔を出さずに全国を飛び回って、年に何回か思い出したようにデータを送ってくる。何か他の仕事をしているのだろうとは思っていたけれど、何も話さない。高校の先生をやっていたなんて、今はじめて知った」

僕は露骨に探りを入れていると思われないように気をつけながら、厚木にカバパンについて尋ねた。しかし、新しく分かったことはほとんどなかった。唯一の収穫は、カバパンがこの研究所にかかわるようになった経緯だった。

「樺山はアメリカが長かったのさ。戻ってきたのは何年も前のはずなんだが、帰国後はしばらく音信不通だった。それが三年前にひょっこり俺の前に現れ、この研究所に誘ってきた。あいつがアメリカ時代に仕事をしていた会社がスポンサーで、予算額も大きくて、当時は鳴り物入りの産学連携のプロジェクトとして少し話題にもなった。でもあいつは、いざプロジェクトがスタートすると、まったく研究所に寄り付かなくなった。立ち上げるだけ立ち上げて、あとは知らん顔だ。何もかも俺に丸投げだ。昔から調子が良くて、いい加減な奴だったけれど、こんなことまで仕出かすとは思わなかった」

厚木は例の泥水のようなコーヒーにたっぷり砂糖とミルクを入れて、ロクにかき混ぜずに飲み干すと、しみじみと言った。

「あいつが高校の先生か。まあ、向いていると言えば向いているかもしれないな……」

「樺山先生がいま、一緒に暮らしている人たちには会ったことがありますか？　豊崎さんって若い男の人と、私と同い年の女の子で……」

「え？　なんだよ、それ」

厚木はその日一番、大きな声を出した。

「あいつが誰かと一緒に暮らすなんて、まったく想像できないな」


僕と井上はその足で、教頭から提供された資料にあるカバパンの東京の住所に向かった。

「あの厚木って人の話が本当なら、カバパンはあの研究所の仕事を隠れ蓑にして、裏で何かをやっている可能性が高いと思う」

「そうだね……でも何かって、一体何を……」

「厚木さんはヒデさんのことも、板倉のことも知らなかった。あの二人は、やっぱりカバパンが裏でやっていることに絡んでいる仲間なんだと思う」

カバパンの東京の自宅は、そこから歩いて行ける距離にあった。駅にもう一度戻って、さっきまで僕たちがいた大きな公園や大学のあるエリアとは正反対の方角に少し歩くと小さな商店街があった。商店街を抜けると住宅街が広がっていて、カバパンの自宅はそこに佇む四階建ての小さなマンションだった。その外観はヨーロッパの古い建物を思わせる瀟洒なもので、いわゆるデザイナーズ・マンションと言われる類のものだった。

「意外とオシャレなところに住んでいるんだね」

マンションの臙脂色のレンガの壁を目の当たりにしながら井上が漏らした。その臙脂色の壁には、鮮やかな緑の蔓が覆うように這っていた。東京にはこういうオシャレなマンションがあるのだなと思いながら、僕は蔓をたどって視線を上に走らせ、そしてとんでもないものがあることに気づいた。

「あれ、瓢箪じゃないか？」

「瓢箪？」

聞き慣れないその単語に、井上はオウム返しに聞き返した。

その壁を覆う蔓の発生源は四階の角部屋のベランダで、そしてそのベランダの手すりを乗り越えるようなかたちで、直径一メートルはありそうな瓢箪がいくつか垂れ下がっていた。

「瓢箪……だよね、あれ。瓢箪ってあんなに大きくなるの？」

マンションの壁に這った蔓は、装飾目的であしらわれたものではなく、その四階の角部屋の住人がベランダで巨大な瓢箪を（おそらくは後先のことを考えずに）栽培した結果だった。

僕と井上は、四階のその部屋のベランダを正面から見たくて、マンション裏の駐車場に回ってみた。すると、そこには二人の男が問題の部屋のベランダを指さしながら何かを話していた。片方は僕の父親と同世代のたぶん五十代くらいのおじさんで、もう片方は七十代くらいのおじいちゃんだった。

「……あれ、瓢箪ですよね」

二人の間に漂う呆れと諦めの入り混じった感情をそこはかとなく感じた僕は、僕もドン引きですよという顔をして話しかけてみた。

「瓢箪なんだよ。困ったもんだよ。今月だけでもう四つも落ちてきて、駐車場の車を壊したり、汚しちゃったりしているんだ」

マンションの管理人らしいおじいちゃんは、なんでこの年齢でこんなしょうもないトラブルを処理しなければいけないのだという困惑を隠さなかった。

「ベランダであんな大きな瓢箪を育てるなんて、さすがに非常識だよなあ。あんなに大きくなるとは思わなかったのかもしれないけどさあ」

マンションの住人らしいおじさんのほうは、半分困り、半分呆れ、そしてほんの少しだけこの異常事態を面白がっていた。

「変なこと聞きますけれど、あれ、403号室の樺山優児さんの部屋ですよね？」

そして、恐る恐る僕が尋ねると二人の男はきょとんとして顔を見合わせた。


「部屋で育てているらしいクワガタが大量に逃げ出して、とんでもないことになったことがある。その前はやっぱり同じようにカエルを大量にオタマジャクシから育てて、それが逃げ出して大変なことになった。ときどき部屋で何かの機械を組み立てているみたいで、ボヤ騒ぎも何回か起こしている。そして、今度は瓢箪だ」

このマンションの大家兼管理人だというそのおじいちゃんは、僕たちを一階の自宅兼管理人室に入れてくれた。このおじいちゃんは親の代からこの土地に住んでいて、一家はバブル経済の頃にこのマンションを建てて、自分たちはその一室に住むようになった。おじいちゃんはずっと別の仕事をしていたのだけれど、いまは引退して親から受け継いだこのマンションの管理人をしているという話だった。そして昭和末期の思い出話に続いて、彼の口から出たのは、403号室の住人の迷惑行動の数々に対する愚痴だった。

「なんとかして欲しいと思っているんだけれど電話になんか出たためしがない。ほとんど部屋を空けていて、たまに帰っている形跡はあるんだが、最後に顔を見たのは一年近く前。本当、困ったもんだよ」

そしてその管理人のおじいちゃんの奥さんのおばあちゃんは「暑かったでしょう」と言って、僕と井上にレモネードをついでくれた。

「あの樺山さんが、遠いところで高校の先生をやっていたなんて……びっくりね」

「まったく、次はいつ戻ってくるのやら……」

愚痴るおじいちゃんをニコニコ見つめながら、奥さんは「この人も去年までは近くの女子校で先生をしていて、最後は校長までやったんだから」と、いまいちどう反応していいか分からない情報を付与してくれた。

僕はこれ以上この人たちから引き出せる情報はないな……と思いながらレモネードを一口、口に含んだ。そのレモンの皮の苦味を生かした味付けには、明確に覚えがあった。

「森本君、これ……？」

井上も、同じことに気がついたようだった。

「うん。ヒデさんのレモネードにそっくりだ」

「あら？　あなたたち秀郷君とも知り合いなの？」

おばあちゃんは嬉しかったのか、急に大きな声を出した。

「逆よ。逆、逆。私が秀郷君にこのレシピを教えたんだから」

おばあちゃんはエプロンを誇るように胸を突き出して、自慢気に言った。

　カバパンの悪評とは裏腹に、誰に聞いてもヒデさんのことを悪く言う人はいなかった。二年ほど前、ヒデさんはふらりと現れ、カバパンの身の回りの世話を始めた。「先生の助手です」と名乗ったけれど、仕事上の助手ではないことは誰の目にも明らかだった。しかし彼の登場でカバパンの生活態度は見るからに改善した。ロクにゴミ出しの曜日も守れずに玄関にゴミ袋をためがちだったカバパンは、ゴミ屋敷寸前の汚部屋から一瞬で解放された。「クワガタ事件」のときも「カエル事件」のときも、結局夜を徹して生物を回収したのはヒデさんであり、そして彼はお詫びに得意のスフレ・チーズケーキを焼いてマンションの入居者に配って回った。そして持ち前の明るさ、というか邪気のなさでたちまち管理人さんの奥さんをはじめとする町内の主婦コミュニティのアイドルになったヒデさんは、彼女たちと料理勉強会を定期的に開くようになり、レシピの教え合いによってよりその絆を深めていった。さらにその中の一人の紹介で始めた喫茶店のアルバイトをきっかけに、ヒデさんは商店街の人たちの人気者になっていった。人の良い彼は、ほとんど無償で近所の店を、時間の許す限り手伝っていたのだという。

「このあたりで店をやってる人で、秀郷君のことを好きじゃない人はいないと思う」

　ヒデさんが最初にアルバイトを始めた喫茶店の「看板娘」――といっても、四十歳は超えていたと思う――のお姉さんは、そう僕たちに言った。僕と井上は管理人さんの奥さんに連れられて商店街の喫茶店に案内された。そこは昭和の終わり頃で時間が止まったような、古い喫茶店だった。椅子とテーブルが低くて、店内は暗かった。お昼のランチ営業に力を入れているらしく、壁にはミックスフライ定食とかポークソテー定食とか、喫茶店というよりは洋食屋のようなメニューがマジックペンで書き殴られた紙が貼られていて、その端っこは油でにじんでいた。本棚には『タッチ』とか『GU－GUガンモ』とか『ウイングマン』とか、僕の知らない漫画の日焼けした背表紙が並んでいた。

「樺山さん……？　ああ、秀郷君が『先生』って呼んで面倒見ていた人だよね。ときどき、うちの店にも食べに来ていたよ。よくこぼす人で、秀郷君にいつも怒られていたけれど、とてもおいしそうに食べる人だったから覚えている」

「もう一人来ませんでした？　彼女と同じくらいの女子高生とか」

この商店街周辺で会った人々はヒデさんとカバパンのことはみんな何かしら覚えていたが、ただの一人も、由紀子のことを覚えている人はいなかった。

僕と井上は、その街をあとにして地下鉄で別の街に向かった。そこで僕は十七時にある人物と待ち合わせをしていたからだ。そこは駅の西口から少し歩いた坂の下にあるスターバックスで、二階席から外堀が見える店だった。そこを指定したのは相手のほうだ。僕の父親は二年サイクルで転勤することが多くて、僕が東京で暮らしていたのは小学六年生から、中学一年生までの二年間だった。そして、この時期の僕は転入先の小学校に馴染めず不登校気味になった。両親は東京の中高一貫校を受験させようとしていたらしいけれど、それどころではなかった。なし崩し的に近所の公立中学に進学しても、僕はほとんど学校に行かず、家で本を読んでばかりいた。心配した両親は勉強だけは遅れないように、僕を少人数制の塾に通わせた。そこで知り合ったのが、僕のほとんど唯一の東京の友人である溝口穂香だった。

「びっくりしちゃった。私のことなんか、とっくに忘れたと思ったんだけど、いきなりこんなこと頼んできてさ」

溝口は明るく、誰にでも気安く話しかけるタイプだった。少し濃い色をした肌と、切れ長の瞳がその勝ち気な性格をよく表していた。塾で隣の席になった僕を気にかけ、そしてこれは本当にたまたまだったのだけど、彼女の父親と僕の父親は同じ職場で、家もともに会社が社宅として借り上げているマンションにあった。僕の事情も両親から聞き知っていたようで、よく親切にしてくれた。ただ、僕が東京から引っ越してからは元日に年賀メールが送られてくる程度で、ほとんど連絡を取らなくなった。

最後に顔を見たのは三年前の中学二年生のとき、横浜に暮らす従兄弟の結婚式に出席する前日に東京駅のカフェで一時間ほど会った。しかし、ほとんど話題が続かずに気まずい時間だけが流れていった。それから僕は基本的に溝口とは連絡を取らなかった。そして、三年ぶりに会った溝口は、私服だったせいもあると思うけれど垢抜けて見えた。僕にはファッションのことはよく分からないけれど、身に着けているものから動作までの何もかもが僕の知っている溝口より圧倒的に洗練されて、都会的になっていた。それは僕の隣に座る井上と比べると一目瞭然で、溝口の飾らない、でもスマートな出で立ちや動作と比べると、井上のそれは明らかに不必要に力んでいた（それでも、僕は井上のほうがやっぱりかわいいと思ったのだけれど……）。

しかし、重要なのはそんなことではなかった。溝口はスマートフォンの画面いっぱいに写真を広げて、僕たちに見せて言った。

「学年全員分の名簿って、いざ集めようとするとけっこう大変だったんだから」

溝口はこの近くにある、有名な中高一貫の女子校に進学していた。

「去年の名簿だけど、何度も見直した。疑うなら自分でも見て欲しい。でもうちってそもそもそんなに一学年の人数が多い学校じゃないんだよね。他の学年も調べたけれど、板倉由紀子なんて生徒は、聞いたことがないし名簿にもない」

そして教頭から提供された資料によれば、由紀子は僕たちの学校に転校する前は、その学校に通っていたはずだった。

「何かの事情で、名字だけが違う可能性はないのかな？」

「別の字で『ユキコ』って読む子はいるけれど、その子はまだ普通に学校に通っていて、転校なんかしていないよ」

僕の想像した通りだった。板倉由紀子という生徒は、その学校に存在していなかった。

「やっぱりか……。じゃあ、もう一つ聞きたいことがあるんだけど」

僕は今度は自分のスマートフォンを取り出して、写真を溝口に見せた。それはさっきお世話になった、カバパンの借りているマンションの管理人夫婦の仲睦まじいツーショットだった。去り際に照れる二人を強引に説得して、撮影したものだった。

「このおじいちゃんのほう、溝口は知ってるんじゃないか？」

「前の校長先生だけど……。なんで森本君が知り合いなの？」

管理人のおじいちゃんが、女子校の校長先生をやっていたと奥さんが口にしたとき、僕は少し引っかかるものがあった。あの場所の近くにある女子校はそれほどたくさん——通常の「近い」という感覚で言えば、そして実際にGoogle Mapsで検索する限りは——一つか二つかしかないはずだったからだ。

僕は、これからやるべきことの段取りを、頭を全力で回転させて考え始めた。

「こっから先は僕たちじゃ無理だ。いますぐ北岡に連絡して、板倉の前歴とあの管理人さんとカバパンのつながりを洗い直してもらうんだ。板倉の転校関係の書類の偽造に、あのじいさんが絡んでいるはずだ」

八月も終わりが近づくと、この時間にはもう日が傾き始めていた。このとき僕たちはJRの駅に向かって外堀にかかった橋を急いで渡っていた。

「スピードが勝負だ。あの管理人のじいさんから、既にカバパンに連絡が入ったという前提で考えないといけない。でも、僕たちが板倉が前の学校に存在していないことやあのじいさんの前歴まで突き止めたことにはまだ気づいていないはずだ。だから、そこから洗ってもらう」

もちろん、北岡と教頭には既にメールをしていたが、返信がないので僕は電車に乗る前に電話をかけようと考えていた。そしてなるべく早く東京から戻るために駅に急ごうとしていたのだけど、このとき井上が橋の上で立ったまま、動かなくなっていることに気付いた。

「どうしたんだよ……。何かあった？」

井上は露骨にムスッとして、橋の上に立ち止まっていた。そういえば、スターバックスで溝口と会っているときから、井上は一言も口を利いていなかった。

「……私、役に立ってないよね。なんで来たんだろう」

「そんなことないって。いろいろ手伝ってくれているじゃないか」

「ううん。森本君ひとりでも、やろうと思えば全部調べられたよ。私はただ、ついてきただけ。足手まといだったでしょ？　あの溝口さんって人みたいに情報を提供できるわけでもないし」

井上が不機嫌になっている理由に、僕はこのときはじめて気がついた。僕としては、不謹慎にも二人を見比べて、やっぱり井上のほうがかわいいなとか考えていたくらいだったので、これは完全な不意打ちだった。

「森本君はあの人のことが好きだったんでしょう？　私だって、それくらい分かるよ。親切で、話しやすくて、スマートで、おしゃれだし。でもさすがに、この状況で私をそんな人に会わせて二人だけで盛り上がるのって、無神経だと思う」

「それって……　もしかして妬いてるの？」

「森本君はさ、カッコつけ過ぎだよ。ちょっと連絡しないとヤキモキするくせに、私が怒っていると、そうやってからかったりするの、ひどくない？」

もはや何をケンカしているのか、よく分からなかったけれど、僕たちは夕暮れ時の橋の上で言い合っていた。それは決して大きな声ではなかったけれど、通行人たちは若いカップルが往来でケンカしているのを見て、失笑しながら通りすぎていった。僕はものすごく恥ずかしかったけれど、こういう風に嫉妬するということは井上も僕と付き合いたいのだなと、手応えのようなものも感じていた。でも、経験のない僕にはこういうときにどう言って井上をなだめれば良いのかわからなくて、口を開いても出てくるのは憎まれ口ばかりだった。

「続きはやることとやってからでいいかな？　いまはとにかく早く……」

連絡をつけないと、と続けようとしたときだった。

あの感覚が、また、来た。

視界がグラッと、揺れた。

倒れたらしいと分かったのは、後頭部を何かにぶつけたような感覚があったのと、井上が「森本君」と何度も叫ぶ声が聞こえたからだ。「何か」に見られている――その感覚が、これまでのどのときよりも、強く、ハッキリと感じられた。これは寝不足でも、熱中症でもない。僕は確実に「彼ら」に「見られる」ことで、まるで身体を内側から抉られるような感覚に襲われていた。通行人たちがザワついているのが、なんとなく分かった。混濁する意識の中で、僕はなんとか「彼ら」を「見ようと」した。例によって、なかなかその像は結ばれなかったけれど、揺らぐ視界の中に数体の「彼ら」の存在を感知できた。ただ「彼ら」がいるのは僕らのいる空間ではなくて、そこと重なって存在する別の空間のような場所なのだとこのとき僕は感じた。そして「彼ら」の視線とその場所の存在を感じているのは少なくともこの場所では僕だけで、井上にも、ざわつく通行人たちにもそれは感じられていないようだった。

僕は井上に抱き起こされると身体を引きずるようにして橋を渡りきり、街路樹の影にへたり込んだ。頭痛と同時に、嘔吐感が込み上げてきたが、吐けなかった。井上が携帯電話で救急車を呼び、この駅の西口の橋の袂だと必死に叫んでいるのがかろうじて分かった。しかし僕は混濁しかけた意識の下で、何度か「救急車はいらない」「ここから離れたい」と繰り返していた。とにかく今すぐに「彼ら」の視界から逃れないと、本当に内臓が沸騰してしまいそうだった。僕は最後の力で右手を上げて、タクシーを止めた。そして井上に支えられながら、転がり込むように後部座席に乗り込んだ。井上の「本当にいいの？　救急車じゃなくて」という問いかけに答える前に「東京駅まで」と運転手に告げた。タクシーは皇居の東側を回って東京駅へと走っていった。駅が見えてきたあたりで、やっと落ち着いてきた。今回は、気を失わずに済んだようだった。はじめて「発作」が起きたときもバスに乗ってその場から移動した結果、（熱を出して寝込んではしまったけれど）僕は気を失わずに済んだ。夏休みに入ってからの二回の「発作」はどちらも気を失ってその後半日くらい起き上がれなかったので、とにかく「彼ら」の視界から位置的に逃れることが大事なのかもしれないとこのとき僕は思った。

井上は二人分のきっぷと、水を買ってきてくれた。

「森本君……合宿のときも同じような感じで倒れていたよね。あのときは熱中症だって思ったけれど、違うよね？」

待合室の椅子で、鉛のように重たくなった身体を休める僕に井上は心配そうに声をかけた。まだふらつく足を引きずるようにして立ち上がった僕は、ホームに上がり、車両に乗り込みながら井上に「発作」のことをはじめて話した。これが四回目の発作だったこと。「何か」人間ではない存在に「見られている」という感覚に陥ること。悪寒と、頭痛と、目まいが止まらなくなって、意識を失うこともあること。井上が見舞いに来てくれたのは、一回目の発作のあとだということ。二回目の合宿のときの発作のこと。医者に、心因性の障害だと診断されたこと。三回目は夜のアルバイト中に起きたこと。二回目と三回目の発作が特にひどかったことを順番に、ゆっくりと話した。話し終わったのは新幹線が夜の闇の中を走り出して、三十分ほど経ったときだったと思う。その間、井上はたっぷりと脂汗のにじんだ僕の手をずっと握っていてくれた。もうちょっとロマンチックな状況ではじめて手を握りたかったな、くらいのことを考える余裕がこのときの僕にはできていた。僕はそのことを、照れ隠し的にちょっと冗談めかして口にしてみようと思った。しかしそのとき、気がついた。僕の手と同じくらい、井上の手にも脂汗がにじんでいたのだ。僕は隣の井上がついさっきまでの僕と同じように青ざめていることに気づいた。

「どうしたんだよ？」

「森本君の発作がひどくて、意識まで失ったのって合宿のときとアルバイト中のときだよね？」

「そうだけれど……」

「それってどちらも、由紀子たちが介抱してくれたときじゃない？　こんなこと、考えたくないけれどもしかして……」

全身から、さっきまでとは別の意味で血の気が引いていくのを感じた。合宿中に倒れたあと、由紀子は僕に次に発作が起きたときは必ず自分たちに連絡するように言った。あのときは僕を心配してくれているのだと思った。しかし、それが逆だとしたら？　ひどい発作が起きるたびに由紀子たちに助けてもらっているのではなく、由紀子たちといるときの発作が重症になっているのだとしたら……？

あの日、北岡は言った。葉山先生と藤川の唯一の接点はこの僕だと。しかし逆だとしたら？　僕に関係していたからこそ、葉山先生は死に、藤川は失踪したのだとしたら……？

「だとしたら、あの人たちの狙いはたぶん……」

理由はまったく分からなかった。想像することもできなかった。しかし、これがいまのところ一番しっくりくる説明だった。

「僕だ」

あの三人組の標的はおそらく、この僕なのだ。

# 14. 反撃

東京から戻った僕と井上は、翌日から行動を開始した。

僕と井上は午前中からあの日と同じように、学校の応接室で教頭と北岡に会った。東京で調べたことはその日のうちに伝えてあり、この日は今後の対応を話し合うことが目的だった。僕は一晩考えた作戦を教頭と北岡に話した。教頭は教師の、北岡は警察官の立場からその計画に多少の修正を加え、僕たちの行動方針は固まった。僕たちに残された時間は少なく、直ちに行動に移る必要があった。そして去り際に、北岡は僕に一言告げた。

「油断するなよ。相手は、平気で公式の書類を偽造するような連中だ。それだけじゃない、もしかしたらそれ以上のことをしでかしている可能性すらあるからな」

そう告げる北岡は、爬虫類が獲物を狙うような目をしていた。僕に忠告をしてくれているはずだったのだけれど、彼と会うたびに僕が感じるのはどこか暗い情熱というか、執念のようなものだった。

会合の間、井上はほとんど喋らなかったけれど、帰り際に学校の駐車場でスーパーカブの二人乗りの準備をしていると、僕に尋ねてきた。

「あの発作のこと、教頭先生と刑事さんには話さなかったんだね」

僕はあの「発作」のこと——何かに「見られている」感覚に陥り、意識が混濁する現象のこと――を教頭にも、北岡にも話さなかった。この二人を、僕はそこまで信用していないからだと井上には説明した。しかしそれ以上に僕はこの発作のことはできる限り他の人間には知られてはいけないような気がしていた。状況証拠はこの「発作」にあの三人組の不可解な行動が関与していることを示していた。そして、もしあの三人組が葉山先生の死と藤川の失踪という二つの事件に関与しているのだとすると、おそらく次の標的はこの僕だった。しかし、僕はこの大事なことをあの大人たちに話さなかった。それは、あの場に居合わせた井上以外には他の誰にも知られてはいけないことであるような、そんな気がしたからだ。

※

僕たちはその後由紀子の連れてきた写真部のもう一人の女子の松田を呼び出した。駒澤と同じ中学だった松田は僕たちと同じく学校のある街の隣のベッドタウンに暮らしていたのだけど、このときは学校のある街の駅前にいるというので、以前アルバイトの最中に立ち寄ったファミリーレストランに呼び出した。そして現れた松田は、自分を呼び出した井上の隣に予想外の僕が座っているのを見て、あまりいい顔をしなかった。

僕と井上は(正確には主に井上が)これまで調べたことを、丁寧に松田に説明した。さすがに教頭や北岡と組んでいることや、三人組の標的が僕かもしれないことは伏せて話したが、威力は十分だった。最初は面倒臭そうに聞いていた松田は、途中から神妙な顔つきになり、そして一通り聞き終わった後はすっかり表情から余裕が消えていた。

「……それ、全部本当だとしたら、いろいろシャレになっていない話だよね……」

松田は飲みかけのジンジャーエールをずるっと飲み干して、そして静かに語り始めた。

「由紀子ってさ、実はほとんど授業を受けていないと思う。あの娘、授業中はずっと自分が持ち込んだ本を読んでいるか、何の科目か知らないけれど別のテキストで勉強しているんだよね。そもそも休みがちだし、この学校で何がしたいとか、実はあんまりないんだと思う。その由紀子が、写真部に一緒に入らないかって言うから、びっくりしちゃった。綾乃もそうじゃない？」

よく怪我をしていて、ものすごく学校を休み、ほとんど授業を受けていない謎の転校生――やはり由紀子は僕たちの把握していない「何か」を裏でやっているのだ。

由紀子についての話が一段落したところで、井上はトイレに立った。そして井上が席を外すと松田は僕を睨むようにして、言った。

「森本ってさ、綾乃と付き合っているの？」

もっともな疑問だった。

「このタイミングでそういうこと聞くの、ちょっと性格悪いんじゃないか？」

僕はドキリとしたのを悟られないように、とっさに口にした。

「はあ？　森本に性格悪いとか、言われたくないし……」

松田は苦笑して、そして続けて言った。

「知っていた？　私は森本のことがあまり好きじゃなかったんだよね。藤川の親友なのとかカバパンやヒデさんに気に入られているのを鼻にかけて、自分は周りの人間とは違うんだって思っているのが透けて見えていた。でもさ、私くらいの浅い付き合いで透けて見えているってことは自分で思っているほど周りと違わないんだよ。ただしばらく一緒にいるとさ、そんなに悪い奴じゃないなってのは分かったよ。写真部のみんなのこと、好きなのも伝わってくるし。だけどやっぱりちょっとムカついているな。だってさ、由紀子もカバパンもヒデさんも、森本のことはすごく気にしているけれど写真部の他のみんなのことはそうじゃない。それって結構露骨だから、みんな気づいているよ。綾乃はそれで森本に興味を持ったのかもしれないけれど、私はやっぱり嫌だな。森本みたいに自分は学校や教師なんてバカにしてますって顔をしておいて、裏ではしっかりかわいいところを見せて大人に取り入っているタイプ、タチが悪いよ」

僕は松田がそうやって人間関係を観察していたことそのものに少し驚いた。そして、たしかに松田の言うように、僕は周囲を侮っていたところがあるのだなと思った。

「きっついこと言うな……。いまさら松田に好かれようとか、思わないけれどさ……」

「ごめん。でも、こうやって腹を割って話すくらいには、今では仲間だって思っているってこと。分かるでしょ?」

そう言って松田は、笑った。僕は案外、この松田とはいい友達になれるのではないか、と思った。

「なあ、一つ頼まれてくれないか」

井上がトイレから戻ってくるのを待って僕は切り出した。

※

僕たちがいつも溜まり場にしている駒澤の下宿は、学校から五百メートルほど離れた住宅地にある。そしてその下宿と学校の間には「産業道路」と地元では呼ばれている四車線の大きな県道があり、その県道沿いに小さな喫茶店がある。そこはこの田舎町では珍しい少し気取ったカフェで、東京ならラップトップを広げた学生や若い社会人がたむろしているような店だった。駒澤は父親が地元では少し知られた工務店を営む裕福な家庭の息子で、その財力は高校生の分際で学校近くのワンルームマンションを借りて、コーヒー一杯六百円のカフェの常連になる生活を実現させていた。

僕は中学時代から駒澤と仲のいい松田に頼み、彼を呼び出してもらった。僕がこれからやろうとしていることには写真部の仲間たちの協力が不可欠だった。しかし、この夏休みに僕と写真部の仲間たちとの間の精神的な距離は大きく広がっていて、腹を割って話して厄介事に巻き込むには何かきっかけが必要だった。そしてこの僕の動きは絶対に由紀子やカバパンに知られてはいけなかった。そのために僕は仲間たちとなるべく早く直接会って、話す必要があった。そこでまず、駒澤としっかり話すことにした。駒澤は僕たちの溜まり場のホストでもあり、社交的でグループの渉外担当のような存在だった。藤川がいなくなり僕が離脱したいま、グループの中心人物は駒澤で、彼を巻き込むことができなければすべてはご破算だった。

「おい、変わった組み合わせじゃないか？」

松田に呼び出された駒澤はそこに僕と井上がいるのを見て、苦笑した。

※

一杯六百円のアイスコーヒーを飲みながら、僕は駒澤にこれまでに考えたことを話した。

「僕はここまで調べてもまだ、板倉やカバパンやヒデさんが僕たちを騙していたなんて信じたくない。だからこそ、そのへんはハッキリとさせたいんだ」

それは半分は駒澤の協力を取り付けるための方便で、半分は僕の本音だった。

駒澤はしばらく考えたあとに、言った。

「俺はさ、藤川と森本って二人でセットだと思っていたんだ。うまく言えないんだけど、藤川が藤川だったのは、半分は横でお前が普通の高校生は考えないようなことをやたらと吹き込んでいたからなんだよ。でもさ、藤川はそれがちょっとキツかったんじゃないかな。森本は藤川にはさ、いつも他の誰よりもスゴい奴で、カリスマ的な存在であって欲しいって思っていただろ？　たぶん藤川はそれが重たかったんだよ。二年になってから、お前たちが前みたいにうまくいかなくなったの、そういうことじゃないかって俺は思うんだ」

僕は駒澤がここまで細かく僕と藤川の関係を見ていたことに、このときはじめて気づいた。

「お前と藤川がうまくいかなくなってるのは分かっていたんだけど、なんかお前たちの間には入りづらくて、結局何もできなかった。俺はそのこと、ずっと後悔しているんだ。だから」

駒澤は一拍だけ置いて、続けた。

「乗るよ、その話。藤川の件、このまま何もできないで終わるの、あんまりだからな」

「他のみんなにも協力を頼みたいんだ。どこに行けば会えるのか教えてくれないか」

「それは少し調べないと分からないな」

僕はこの夏休みの間にすっかり写真部の仲間たちから孤立して、きっと僕の知らないところでみんなは仲良くやっているのだろうと思っていたけれど、それは半分は僕の被害妄想だった。このときはじめて知ったのだけれど写真部の仲間たちはそもそも、この夏はほとんど一緒に遊んでいなかった。特に仲のいい鈴木と椎名はよくつるんで買い物に出かけたりゲームをしていたらしいが、去年のようにみんなで釣りやキャンプに出かけることもなかったし、一学期までのようにメンバーの全員が駒澤の下宿に溜まってダラダラと話すといった過ごし方はまったくしなくなっていた。社交的でグループの外にも友達の多い駒澤は同じクラスのメンバーと何度か遊びに行っていたようだし、今村は中学時代の仲間とよく会っていたようだった。この変化は明らかにリーダーの藤川の不在がもたらしたものだった。仲間の一人が失踪して、もしかしたら事件や事故に巻き込まれたのかもしれないこの状態で、いつものようなノリで遊ぶのには無理があったし、それ以上に僕たちはそもそも藤川康介のカリスマ的な魅力に惹かれて集まっていたところがあり、その不在は僕たちを空中分解させるのに十分な理由だったのだ。

※

「いいぜ。何をすればいいんだ」

プールサイドで僕の話を聞いた今村は、あっさりと僕たちへの協力を約束した。今村は、二年生になってから、僕といちばんソリが合わなくなったメンバーだったので、この反応は意外だった。

「……いいのか？　きっと、いや、たぶん危ない橋を渡ることになると思うぞ」

ここから先は、昔からの仲間同士のほうがいいという話になって僕は駒澤と二人で他のメンバーに会いに行くことにした。今村に「会いたい」とメッセージを送ると、中学時代の友達と市営プールに来ていると返信があり、僕と駒澤はバスを乗り継いでそこにやってきたのだ。

「森本は俺たちがお前のノリについてこれなくなったって思っていたかもしれないけれど、俺たちからすると逆なんだぜ。二年生になったあたりから、お前が俺たちといても物足りなそうにしているように俺には見えていた。たぶん、藤川もそうだったと思う」

それは、距離が近かった頃には絶対に聞けなかった今村の本音だった。そしてその「俺たち」には明らかに、もう僕は入っていなかった。

「それでも藤川は何かあったとき、他の誰よりも森本の分析を頼りにしていた。俺はさ、俺たちのリーダーはいまでも藤川だって思っている。そして藤川がここにいたら、森本の言うことを、絶対に一回は受け入れたと思う。だから協力するぜ」

今村はそう言ってもう一回プールに飛び込んだ。その今村を、最近よくつるんでいるらしい中学の同級生たちが囃し立てた。彼らは今村が、これからの時間を共有していくと決めた新しい仲間たちなのだ。僕は、たぶんこの今から始めようとしているミッションが、「僕たち」の最後の活動になるのだと思った。


鈴木と椎名のコンビは、駅裏のゲームセンターにいた。ここは僕たちのグループが中学生の頃からときどき遊びに行っていたゲームセンターで、対戦格闘ゲームを中心にレトロなゲームの筐体が入っていることで、一部のマニアには有名な店だった。九〇年代に一世を風靡したそのゲームで、椎名が勝ち続けている間に僕と駒澤は鈴木に、そして椎名の背中に話した。

「遅かったじゃないか。俺たちはずっと、理生が何か考えて動き出すんじゃないかって、待っていたんだぜ」

鈴木と椎名のコンビはグループの中で一番僕と疎遠で、そもそもこの二人だけで行動することが多い、少しずれた位置にいるメンバーだった。加えてどちらもとても調子のいい奴で、その場のノリで適当なことを言うところがあった。だからこのときの鈴木の発言も、たぶん適当に調子を合わせただけだった。それでも、僕はその言葉が嬉しかった。

「僕の意地みたいなものに、付き合わせてしまって悪いけれど……」

「何言ってんだよ、仲間じゃないか」

六人目の挑戦者を退けた椎名が、振り返り親指を立てて言った。

「俺たちは、これまでもいろいろな厄介事をみんなで乗り越えてきたじゃないか。水臭いこと言うなよ」

椎名も、適当な奴だった。でもその適当な気の良さが僕にはとても、とても嬉しかった。

※

その日の午後三時の少し前に、「僕たち」は久しぶりに溜まり場だった駒澤の下宿に集合した。そこは一学期の終わり頃まで、毎日のように僕たちが放課後に集まっていた場所だった。この高校生に与えられた部屋にしては広すぎるワンルームマンションで、僕たちはたくさんのことを話して、たくさんのゲームをして、そしてたくさんのろくでもないトラブルに対応していった。しかし、それもたぶん今日で終わりだった。本当はこの場所の中心にいるはずの仲間を、僕たちは失ってしまった。そして彼が戻らない限り、いや、戻ったとしても「僕たち」はもうもとには戻らない。そのことはこの場にいる全員が分かっているはずだった。

「板倉とカバパンは……もしかしたらヒデさんも、葉山先生の自殺について、そしてたぶん藤川の失踪についても何かを知っていて、それを隠している。なんとかしてあの三人組を出し抜いて、隠していることを突き止めたい」

「出し抜いて突き止めるって……どうやって？」

松田が疑問を口にした。そう、このとき駒澤の下宿には松田と井上、二人の女子がいた。これが「僕たち」の溜まり場に女子がいるなんて、夏休み前はまったく想像ができなかった。これがこんな非常事態じゃなかったら、そしてまだ藤川がいる頃だったらきっと楽しかっただろうな、と僕は思った。しかしそれはもう叶わないことで、そして僕にはやるべきことがあった。

「板倉由紀子なんて生徒は、転校前の学校に存在していなかった。それだけじゃない。カバパンもヒデさんも、この街に来るまでにどこで、何をしていたかの痕跡があるのだけれど、板倉にだけはない。まるで、ゼロから1が生まれるように板倉の存在はこの春に湧いて出てきている。そして、そのためにカバパンはかなり危ない橋を渡っている。この板倉の存在そのものが、あの三人組が裏で何をやっているかを知るための鍵になるはずだ」

「カバパンは由紀子の転入届まで偽造しているんでしょ？　私たちに何かできることなんてあるのかな」

「だから、警察に板倉の前歴を徹底的に洗ってもらう」

「警察に？」

「言ったろ？　警察の事情聴取に僕たちが呼ばれる前の日の夜に、板倉が運転するバンはたぶん大きな事故を起こしていて、それをカバパンは内々に処理しているはずだ。そして、あれだけの事故は必ずどこかに痕跡があるはずだ」

「なら、警察に任せておけばいいんじゃないのか？」

今度は鈴木が口を挟んだ。

「そのためにはまず、事故の存在そのものをある程度証明しないといけない」

「そんなの、お手上げじゃないか」

「それが、そうでもないんだ。あの三人組がこの夏の間、毎晩のように何をやっていたか思い出してくれ」

「そうか……。木の調査のために仕掛けたカメラのデータが手に入れば……！」

あのアルバイトに参加していた井上は、すぐに合点がいったようだった。

「ただ、問題が一つある。あの夜、僕は具合が悪くなって倒れていて、事故があったのがどの場所か絞り込めていない。だからあの日、僕が倒れたポイントよりあとに回る予定だったコースのカメラのデータを全部回収する」

「結構あったよね……。一箇所にだいたい四つとか、五つとかあったから……」

「三箇所で、十三個だ。これを今日これから数時間で片付けたい」

「思ったほど多くないな。この人数でやれば楽勝じゃん」

椎名はいつも楽観的だ。

「いや、やって欲しいのはそれだけじゃないんだ。あの三人組は、事故車を山の上の家に運んでガレージに放置している。たぶん、何らかの事情があって修理できないんだ。そしてこの狭い街に、あの大きさのバンを回収できる業者はそう、多くはない」

僕はグループチャットにGoogle Mapsのリンクを送信して、説明を続けた。

「電話帳とGoogle Mapsで調べた。事故車の回収能力のありそうな業者は市内と近くの街を合わせて十二軒だ。そしてレッカー車なんてバカでかくて、維持にもカネがかかりそうなものを持っている業者は絶対に広告を出して普段からそれで商売をしているはずだからな」

「なるほど……これもシラミ潰しに当たるってことか。しかし怪しまれないか？」

今村がもっともな疑問を口にする。

「いや、そもそも既に口裏を合わせてある可能性も高いんじゃないか？」

続いて駒澤が口を挟む。さすが、藤川を中心にこれまでずっと一緒にやってきた仲間たちだった。飲み込みが早く、そして適切な指摘をくれた。

「どちらもその通りだ。だから台本を用意した。カバパンの名前を出して、反応を見て欲しい。このタイミングでは、あの夜に車を処理した業者をある程度絞り込めれば、それで十分だ。少なくともカバパンや板倉よりは町工場のおっちゃんのほうが簡単に口を割るだろうし、ボロも出しやすいはずだ。うまくいけば引っかかってくれれば万々歳だけれど、最低限僕たちが事故車を処理した業者を嗅ぎ回っていることが、あの三人組に伝わればそれでいい。そうすればたぶん、あの三人組は近いうちにもう動かない事故車を、何らかの方法であの山の上の家からどこかに運び出そうとするはずだ。事故が起きたことの、最大の証拠だからな。そこを押さえられれば言い逃れはできないはずだけれど、そこまで都合よくことが運ぶとも思っていない。本命はカメラのデータで、こっちはどちらかと言えば目くらましだ。同時に二箇所を攻撃されるとは思っていないだろうし、気づいたとしてもこの短時間での対応はかなり難しいはずだ」

一気に話したので、少し疲れた。一呼吸置いて、続ける。僕はこのとき、藤川が隣にいるつもりで話していた。僕がアイデアを出し、藤川がそれを鮮やかに計画に落とし込む。かつてコンビネーションを発揮してやっていたことを、いま僕は一人でやっていた。藤川ならどう考えるだろうとシミュレーションし、一人で対話し、そして組み立てた作戦を話していた。

「あの三人組の弱点は、この街に味方がいないことだ。僕はあの三人組が、どうしてこんな手の込んだ、回りくどいやり方をするのかずっと疑問だった。そしていまのところの仮説はこうだ。あの三人組はやろうとしていることの大きさに比べて人手が足りないんだと思う。だから、身分を偽り、僕たちも利用していたんだ」

「急がないとまずいんじゃないの？　先にデータを回収されたり、業者に口裏を合わされたりしている可能性もあるんじゃない？」

松田が再び疑問を口にする。

「もちろん、可能性はある。しかし、少なくとも今日の夜までは、何もできない。いまこの瞬間に、あの三人組は警察に拘束されているはずだからだ」

僕のその言葉に、教頭と北岡との打ち合わせにいた井上以外の全員が息を呑むのが分かった。

「板倉の飲酒と無免許運転、そして僕と井上の深夜労働……あらゆる違法行為を全部学校と警察にチクってきた。いま三人とも教頭に連れられて県警本部で事情を聞かれているはずだ。いくら用心深いカバパンたちでも、さすがに手を回している余裕はないはずだ。でもこの程度の罪状で警察が拘束できる時間は限られている。現役教師のカバパンがこれらのことを指示していたとなればさすがにかなりの騒動になるはずだけど、警察を本格的に動かすためには、つまり生活安全課や交通課じゃなくて刑事課を動かすためにはもっと決定的な証拠が必要なんだ」

僕は全員を見回して、告げた。かつて藤川がリーダーとしてそうしていたように。

「グループチャットにそれぞれの担当を投げた。今日の夜までに、一気にケリをつけるぞ」

次々と仲間たちが立ち上がっていった。駒澤と松田、そして井上がカメラのデータを回収し、今村と椎名、そして鈴木が業者に当たる手はずになっていた。

「なんか……懐かしい感じだったな」

駒澤は、下宿を出る前に僕に声をかけた。

「藤川がいた頃、お前と藤川は何かを始めるときに、いまお前が長々と喋ったようなことを二人で俺たちの前で議論して、そして方針を決めていたよな。いまのお前は藤川の役と自分の役を一人でやっているんだと思う。なんていうかさ……」

僕がアイデアを出し、藤川がそれを具現化する。それがかつての「僕たち」のパターンだった。そしてたしかに僕はいま、自分の中の藤川を呼び出して、対話するように思考を展開していた。駒澤は少し言いづらそうに続けた。

「そうでもしないとお前の気が済まないのかもしれないけれど、無茶するなよ。お前にまでなんかあったら、さすがにやってられないからな」

「これが最初で最後さ。こんな思い、二度としたくないからな」

僕はそう返しながら、三人組の次の標的は僕であることを知ったら駒澤はどんな顔をするだろう、と思った。

そして、仲間たちがカメラのデータの回収と自動車修理工場を当たるために街に繰り出していくと、僕は携帯電話で北岡を呼び出した。僕の作戦は、正確にはこのタイミングで二箇所ではなく三箇所を攻撃することだった。三人組が警察に拘束されているその間に、あの山の上の家を徹底的に調べるのだ。

北岡の運転する自動車で、僕は山の上の家に向かった。北岡の愛車はランドクルーザーというアウトドアの好きな人のよく乗る自動車だった（と、後で知った）。運転中の北岡は、終始無言だった。いまは、こうしてある種の同盟関係にある北岡だったが、何を考えているか分からないところがあり、気を許せなかった。おそらくこの男の目的はあの三人組を追及することにあり、そのためには僕たちのような高校生の人生がどうなろうと、知ったことではないはずだった。だからこそ、僕は北岡に僕自身や仲間たちが捨て駒にされないように、なるべくこの男にも危ない橋を渡らせてかつ、その証拠をいつでも公にできる状態にしておく必要があった。電子メールはもちろん、北岡との電話はすべて録音しておいたし、なるべく教頭も入れた三人以上で会うようにしていた。

駒澤の下宿から三十分もかからずに、僕と北岡は山の上の家に着いた。念の為に手分けして庭に回り、玄関の呼び鈴を鳴らしたがやはり人の気配はなかった。手はず通り三人組がいまそれぞれ警察に拘束されていれば、すぐには戻ってこれないはずだった。

「例の事故車がまだ放置されているなら、ガレージを調べたいところだな」

北岡は真っ先にガレージに向かった。さすがに、シャッターを下ろして鍵をかけているのではと思ったが、すぐにガラガラと音がした。まさかあの用心深いカバパンや由紀子が、そんなヘマをするだろうか……。悪い予感がした。

「してやられたな」

言葉数こそ少なかったが、北岡は苛立ちを隠せていなかった。

僕がそこで目にしたのは、がらんどうになったガレージだった。あの事故車はもちろん、ヒデさんがいつも乗り回し、そしてなぜか数台同じものを所有しているオートバイも存在しなかった。それどころかヒデさんが大事にしていた工具も、庭でバーベキューをしたときに使った折りたたみ式のテーブルや椅子のたぐいも、ぜんぶ、すっかりなくなっていた。

「そんな……。昨日の今日で、どうやって……」

僕が東京でカバパンの共犯者と思わしき老人と会ってから、まだ二十四時間と少ししか経っていなかった。この短時間で、ここまで綺麗さっぱり証拠を隠滅できるというのは、ちょっと想像できなかった。もし可能だとするのなら、こちらの行動をリアルタイムで、完全に把握しているか、僕の想像のできないような巨大な組織が彼らを支援していて、その力で信じられないような短時間ですべてを処理していたときだけだった。

「お探しものが見つからなかったみたいで、残念だったね」

そしてそのとき後ろから響いた声に、僕は愕然とした。

「私をあんなつまんないことで警察に売るなんて……。さすがにひどすぎるんじゃない？　森本君と私って、結構いいコンビになるんじゃないかって、葉山先生も言っていたんだけどな」

由紀子だった。またしても、由紀子はそこにいた。不敵で、悪辣な笑みを浮かべて、いるはずのない時間と場所に、いつの間にか、まるでテレポーテーションでもしたかのように……。

「なんで私がここにいるんだって顔をしているね。単純な話じゃない？　私は森本君が写真部のみんなと悪巧みをしている間に警察から解放されて、一足先にここに戻ってきた。これ以外に考えられる？」

「どうやって解放されたんだ」

「さあ、どうかな。私に関しては森本君がチクってくれた飲酒も、自動車の運転も特に問題にされなかったってことじゃないのかな？」

そして、板倉の背後にはあの二人が立っていた。カバパンと、ヒデさんだ。カバパンは、いつもの寝癖頭をポリポリかきながら、面倒臭そうな、そしてどこか悲しそうな目をして僕を見ていた。カバパンは、深い溜め息をつくと僕に言った。

「学校と警察を動かして、三箇所を同時に攻撃する、か……。とてもじゃないが、高校生の考えることじゃないな。お前はその賢さとエネルギーを、もうちょっと他のことに役立てたほうがいいと思うぞ。世界平和とかさ」

そして僕が驚いたのは、ヒデさんの様子だった。このときヒデさんは右手に金属でできた腹巻きのような、帯のような、太いベルトのような長いものを持っていた。それは、以前カバパンがこの山の上の家でドライバーを片手にいじっていた機械だった。一体何に使うものなのかさっぱり分からなかったが、ヒデさんはそれをしっかりと握りしめていた。そしてヒデさんはじっと、終始無言で僕たちを睨んでいた。正確にはヒデさんの射抜くような視線は、自分たちを騙し討ちにしようとした僕ではなくその背後の北岡に向いていた。そして、ほとんど殺気と呼んでもいいものを放っていた。僕はこのいつもニコニコしているあどけない青年の、こんな目をしているのだろうと僕は思った。僕はこのいつもニコニコしているあどけない青年の、いままで目にしたことのなかった側面をはじめて目の当たりにしていた。

とにかく僕は、あのヒデさんがこんな怖い目をすることがあることに驚いていた。できれば、彼のそんな側面は見たくなかった。今すぐに、この場所から逃げ出したい……そう思わせる殺気だった。

由紀子は、トドメを刺すように僕に告げた。

「ちょっとした手違いがあったのかもしれないけれど、なんだったらまた東京に行って改めて調べてみるといいと思うな。私はたしかにこの三月まであの学校に通っていたし、それを証明するものもしっかり揃っているはずだから」

「この一日で、帳尻を合わせたっていうのか……」

「帳尻も何も、最初から問題なんてどこにもなかったんだよ。私は去年まであの学校に在籍していたし、違法な飲酒もしていないし、無免許運転もしていない。森本君がいま、写真部のみんなに調べてもらってる車の事故も存在していない。だからカメラには何も映っていないし、どこを訪ねても事故車を処理した業者は見つからない。何より、運転していた私にそんな覚えはないんだ。森本君はあの日倒れて、きっと悪い夢と混同していたんだと思うな」

完全に、向こうが一枚も二枚も上手だった。僕たちの味方は教頭と北岡だけだったけれど、カバパンや由紀子の背後には、確実にもっと大きな力が働いていた。由紀子の飲酒や無免許運転は瞬く間にもみ消されてしまい、前歴の捏造の証拠を摑んでもより深いレベルで記録が改竄されて帳尻が合ってしまう。そもそも、こちらが三人組の行動や背後をほとんど把握できないのに対して、三人組は僕の行動をほとんどリアルタイムで把握していた。とてもじゃないけれど、太刀打ちできない……僕は痛感した。

僕が愕然としていると、北岡が半歩だけ歩み出た。

「お前たちがどんなつもりで、この街でこんなことをやっているのかは分からない。ただ、ここまで好き勝手にやったツケは払ってもらうからな」

北岡は、それだけ告げて三人組に背中を向けた。

立ち尽くす僕に、カバパンが声をかけた。

「高校生が小賢しい真似をするなんてことを、今更お前を相手に言う気はないんだけどさ。あまり周りの人間が自分よりバカだと思わないほうがいいし、友達は選んだほうがいいな」

「あなたにも白々しく、学校の先生みたいなことを言うことがあるんですね」

何かを諦めたような口調で告げるカバパンに、僕は最後の虚勢を張って言い返した。

「理生、お前はいま人間の眼でしか世界を見ていない。だから本当に大事なことが見えていない。忘れるな。**これは想像力の必要な仕事だ。コツは一つ、虫の眼で世界を見ることだ**」

その言葉には何も答えずに、僕は逃げ出すように北岡の後を追った。

# 15. 花火

完敗だった。

由紀子たちが言ったように、結局僕たちは何も摑むことはできなかった。僕たちが回収した調査用のカメラのメモリはどれもまっさらで、まるで僕たちがこのデータを狙っているのを予期していたかのように何も記録されていなかった。自動車の修理工場のほうもどの業者にもそれらしい処理をした形跡はなく、誰に尋ねてもあの三人組のことは知らなかった。明らかに、どちらにも先に三人組の手が回っていた。二十四時間も経っていない間にこれだけの処理をしたというのはとても信じられなかったが、それ以外に考えられなかった。

「ここまでやってダメだったんだから、仕方ないさ。あとは警察に任せよう」

「まったく無駄なことだったとも思わないけどな。板倉やカバパンがこの短時間でこれだけの工作をしたんだったら、他のどっかで無理が出ていることだってあると思うんだよな。そっから足がつくかもしれないし。俺たちはかなり、追い詰めたんだ」

失敗は明らかだったけれど、仲間たちは優しかった。それくらい、見るからに落ち込んでいたのだと思う。特に井上は、僕のことをとても心配してくれた。

「できることは全部やったんだから、そんなに落ち込むことはないよ。みんなも言っていたけれど、由紀子たちも必死なんだと思う」

対して、北岡は厳しかった。僕はこの日、北岡の車で山の上の家から駒澤の下宿まで送られた。僕はその間何も話さなかったが、僕を降ろすときに北岡は一言だけ、言った。

「高校生にしてはよくやった……と言いたいところだったが、詰めが甘かったな。こちらの出方を予測していたにしても信じられないような対応の速さだが、先回りをされたとしか考えられない。さすがに飲酒や無免許運転の件までなかったことにされるとは思わなかったがな。奴らは、県警にもパイプがあるのかもしれない。だとすると、これは厄介だぞ」

仲間たちの言葉と北岡の言葉のどちらが真実に近いかは僕が一番よく分かっていた。こちらのアプローチはその一挙一動が正確に把握されているのに対し、僕からはどんな手を使ってもあの三人組の行動が把握できなかった。まるで、あの発作のときにあの存在たちが僕を「見ている」一方で僕はほとんど彼らを「見る」ことができないのと同じように、非対称な関係が、圧倒的な力の差がそこにはあった。

気がつけば、夏休みも終わりが近づいていた。僕たちの学校では、その翌日から夏休みの終わりを告げる夏期講習が始まっていた。僕はこの講習にまったく出ることもなく、その後三日間を毎日下宿している森本本家の「蔵」で過ごした。何もしたくなく、誰とも会いたくなかった。読みかけの小説を手に取って読み進めようと思ったけれど由紀子のことを思い出すのが嫌で止めた。部屋にはカバパンから借りっぱなしの古い映画のDVDが山積みになっていたけれど、それに手を付ける気にもならなかった。僕はその三日間を丸々、ほぼ寝て過ごした。食欲も性欲も物欲もすべてがなくなっていた。そして、いくら考えても答えが出ないことは分かっていたのに、葉山先生はなぜ死に、藤川はなぜいなくなってしまったのか、あの三人組が何を目的に活動し、あの二つの事件にどう関与しているのか……そればかりを考えていた。

三日目の午後に井上が下宿に現れた。井上はこの三日間、僕を気遣うメッセージを遠慮がちに送ってくれて、僕はそれに心配ないとか、大丈夫だとか、強がった返事をしていた。そしてそれが強がりなのは、井上にはしっかり伝わっていた。

「いろいろ考えたんだけどさ、一回、忘れたらいいと思う。由紀子たちが森本君のことを狙っているとしたらそれは怖いなって思うんだけれど、学校だけじゃなくて、警察まで動かしてくる森本君に、あれだけ慎重な由紀子たちがこれから何かするとは思えないし……。だから、これまでやったことはすごく意味があったんだよ。やれるだけのことはやったんだから、あとは警察に任せて、もとの生活に戻ったほうがいいと思うんだ」

井上の言うことはもっともだった。ここまでやれば、僕には簡単に手出しをしてこなくなる……そう踏んで手を打った側面は僕に確実にあり、実際にたぶん、そうなったはずだった。だから僕はそれなりに成果に満足して、残された夏休みの数日を井上と楽しく過ごしてもいいはずだった。ただし、葉山先生と藤川のことを忘れれば……。でも、どうしてもそれができなかった。そして、僕のそんな気持ちも井上は概ね察してくれていた。

「葉山先生や藤川君のこと、そう簡単に割り切れないとは思うんだけど……。でもさ、森本君が、そうやってずっと塞ぎ込んでいるの、葉山先生も藤川君も喜ばないと思う。私はあの二人のこと、あんまりよく知らないのにこんなこと言うの、おかしいかもしれないけれど……」

僕は井上が彼女なりに必死に言葉を選んで、僕を元気づけようとしてくれているのがよく分かった。だから僕は少なくとも、この井上の気持ちには応えないといけないと思った。

「おかしくなんかないよ。きっとその通りだと思う。僕が負けず嫌いなだけだって頭では分かっているんだけどさ」

僕が苦笑すると、井上は僕が少し元気を出したのが分かったのか、大きな目をキラキラさせて言った。

「私もさ、今日は講習サボっちゃったから遊びに行こうよ。私、いいこと閃いちゃった」

「いいこと？」

「森本君さ、教頭先生と刑事さんからもらった六万円、まだ持っているよね？」

僕ははっとした。急展開ですっかり忘れていたけれど僕と井上は結局、東京への旅費をそれぞれの親から獲得していたので教頭と北岡からもらった六万円は手付かずで残っていたのだ。

「あのお金、使っちゃおうよ。これまでのアルバイト代と合わせたら、カブを買っちゃうこともできるんじゃない？」

カバパンのところのアルバイトは再開の目途が立たないという理由で、それまでの報酬が既に僕の郵便局の口座に入金されているはずだった。それとあの六万円を合わせれば、僕が目をつけていた中古のスーパーカブを買うのには十分だった。免許の問題があり、すぐにそれで出かけるという訳にはいかなかったけれど、それは僕にとってとても魅力的で心躍る計画だった。

この高校二年生の夏に、僕はたくさんのものを失った。しかし、代わりに得たものもあることは間違いなかった。二学期から井上とツーリングに出かけて、そして一緒に東京の大学を目指すという未来を考えることは僕を少しだけ、しかし確実に元気にしていた。

そこは僕たちの暮らす街でほとんど唯一の中古オートバイを扱う店で、僕は一学期の終わり頃に一度だけ足を運んだことがあった。そしてその店には、僕が一学期の頃から目をつけていたカブが二台あった。それぞれタスマニアグリーンとセイシェルナイトブルーの車体で、ブルーのほうが少しだけ安かった。しかしこの日に訪れると、ブルーのほうには既に売約済の札がかかっていた。僕が狙っていたのはグリーンのほうだったのでほっとしたが、少し寂しかった。なぜならばこの計画を思いついた一学期の頃、僕は藤川を工場のアルバイトに誘って、二台のカブを一台ずつ買って一緒に出かけようと考えていたからだ。しかし、あれから二ヶ月と少しが経って、僕はあの頃はまだほとんど話したこともなかった井上とこの店を訪れていた。そして藤川はもう、いなかった。

「あんた、久しぶりじゃないか」

ツナギ姿のオートバイ店の主人のおじさんは、僕を見かけると話しかけてきた。一学期に一度来ただけの僕をよく覚えていたなと思ってそう尋ねると、「南高の生徒が原チャリを欲しがるのは珍しいからな」とタバコで焼けた黄色い歯を見せて笑った。

「ブルーのほうは、売れちゃったんですね」

僕が何気なく尋ねると、おじさんは思い出したように話し始めた。

「これを買うって言っていたのも、あんたと同じ南高の生徒さんだったんじゃなかったかな」

「へー、そうなんですか。どんな人でした？　やっぱり男子？」

同じカブ仲間が気になるのか、井上が身を乗り出して尋ねる。

「一ヶ月くらい前だったかな？　あんたたちと同じようにカップルでやってきて、男の子のほうが買うって言っていたんだ。夏休みの間にアルバイトをしてお金を貯めるから、取り置いてくれって言われたまま音沙汰がないから、欲しいってお客さんがいたら売ってもいいかなって思ってるんだ」

僕はおじさんに売れ残ったブルーのカブを取り置いてくれるようにお願いした。おじさんは僕に隣の市にある運転免許の試験センターのこととか、学科試験の問題集のこととか、役所に出す書類のこととか、保険のこととか、いろいろ詳しく教えてくれた。本当は井上から一通り聞き知っていたのだけれど、その井上が目をキラキラさせておじさんの話を一緒に聞いていたので、僕もそのまま黙って聞くことにした。それは、この夏の間に起きたことに一旦ピリオドを打って、二学期から新しい生活を始めるための儀式のようなものに僕には感じられた。

だけど、同時に僕はこのとき胸騒ぎがしていた。そのことを隣の井上に気づかれないようにするのに必死だった。僕と同じ店で、同じ原チャリを、同じように買おうとしている南高の生徒が、他にもいるだろうか？　僕たちの学校は全校生徒が千人以上いるので、あり得ない話ではないかもしれない。しかし、学校のある街の市内ならともかく僕たちの暮らすこの隣町から通っている生徒は、決して多くはないのだ。

僕はその日の夕方に帰宅すると、何度か訪れたことのあるその店のホームページにアクセスして、店のEメールアドレスに一枚の写真を添付して送信した。それは、合宿の最終日に、合宿所にしていた別荘を離れるときに全員で撮影した記念写真だった。そして店に電話した。六コールほどで、さっきのおじさんが出た。僕はいま、ホームページに書いてあった店のEメールアドレスに送った写真を見て欲しいとまくし立てた。おじさんは、少し不審がっていたが、僕の言う通りに手元のラップトップを操作しているようだった。昼間にあの店を訪れたとき、僕はある可能性に思い至っていた。そして、井上にこれ以上心配をかけたくなくて、そのことをその場では確認しなかったのだ。僕がいまから確認しようとしていることを井上が知れば、これ以上あの件には深入りしないほうがいいと確実に止められることは分かっていたからだ。

「おじさん、その写真の中にブルーのカブを取り置いてもらった男子と、そいつと一緒にいた女子はいないですか？」

そして、僕の想像は正しかった。その日、二人で店を訪れてブルーのカブを取り置くように頼んでいたのは藤川で、一緒にいたのは由紀子だった。そして、二人が店を訪れたのは合宿の最終日に、駅で僕たちが藤川と別れた後だった。驚く気持ちよりも、やっぱりかと納得する気持ちのほうが強かった。

藤川に最後に会ったのはたぶん、由紀子なのだ。

藤川がカブを買おうとしていた理由は想像がついた。藤川は僕の計画を知っていたのだ。おそらくおしゃべりなヒデさんあたりが話してしまったのだろう。そして、その計画に藤川も興味を持って、僕との和解の印にこっそり自分もカブを買って、免許を取って、僕を驚かせるつもりだったのだ。いまとなっては確かめることはできないが、大方そんなところだろう。僕には、藤川の考えていたことが手に取るように分かった。藤川はそういうふうに人を驚かせるのが、大好きな奴だった。そうやって僕たちを、いつも喜ばせてくれていた。

だが問題はそのとき一緒に由紀子がいたことだった。由紀子は確実に、藤川が自分に寄せていた好意に気づいていた。だから、こういうときに何か理由をつけて同行するのは簡単だったはずだ。さしずめ、僕とケンカしたことを合宿からの帰り道のどこかで尋ねてその流れで同行することになったといったところだろう。藤川があの日、駅でそそくさと僕たちから離れていったのは、由紀子とこの店に来る約束があったからなのだ。

葉山先生がそうであったように、藤川も姿を消す直前まで僕のことを気にかけていた。その事実は、僕を打ちのめした。僕はついさっきまで、一度葉山先生と藤川のことを意識的に忘れようとしていたことを、心の底から恥ずかしく思った。僕はこれから一緒に過ごしていくことになりそうな井上のことを大切にしたいと思うのと同じように、いなくなってしまった人たちのことを大切にしないといけない——そう思った。

そして藤川に最後に会ったのが由紀子であることがほぼ確定したいま、僕は確信していた。僕は由紀子を、あの三人組をこのままにしておくことはできない。僕はあの三人組のことが好きだった。由紀子とはいい友達になれそうだったし、カバパンとヒデさんは僕に新しい世界を見せてくれる大人だった。しかし、僕が直面したすべての現実はこの三人組こそが、葉山先生の死と藤川の失踪に大きく関与していることを示していた。井上と高校生活をやり直す前に、僕にはやらなければいけないことがあった。あの三人組は夏休みが終わり、二学期が始まるとこの街からいなくなる。例の木の調査のアルバイトの当初の日程表では、調査の最終日は夏休みの最後の日の前夜だった。土曜日に当たるその日は隣町で花火大会があって、アルバイトを始めた頃は作業の前にみんなでその祭りに繰り出そうと話していたこともあった。遅くてもその日までに、僕はあの三人組と最後の対決をしなければいけない——そう思った。


僕は翌朝から行動を開始した。止められると思ったので、そしてこれ以上危険を伴うことに巻き込みたくなくて、井上には連絡しなかった。

僕はまず葉山先生の母親に連絡をして、今度は彼女の実家を訪れた。葉山先生の母親は、僕がなぜここに来たのか分からずに、少し戸惑っていた。僕はいくつか、返していない本があることを思い出したと嘘を言って、持ってきた自分の本を彼女に手渡した。

「それは森本君が持っていてくれたらいいと思う。そのほうが千夏子も喜ぶと思うから」

——この葉山先生の母親の反応も、そのあとせっかくだから上がっていったらどうかという提案も、僕の想像した通りだった。

仏壇に線香をあげて手を合わせ終わると、僕は尋ねた。樺山という同僚の教師が、生前の葉山先生と仲が良かったと思うのだけど話を聞いていたか、と。同じように図書委員の板倉という女子のことも僕は尋ねた。しかしどちらも、答えは否だった。葉山先生は職場のことをあまり話すほうではなかったと母親は言い、僕もたしかにそうだろうな、と思った。僕はいま写真部でこの二人と一緒で、よく葉山先生の話をするのだと適当なことを言って、話の辻褄を合わせた。そして出された麦茶を飲み干して立ち上がった僕は、去り際にもう一つだけ尋ねた。これまでの質問は話の流れを作るためのもので、こちらが僕が本当に尋ねたいことだった。

「先生が亡くなる前に、何度か体調が悪くなったことはありませんでしたか？　風邪で熱が上がっているときとか熱中症のときみたいに、頭がクラクラして、吐き気がして立っていられなくなるような感じで……」

葉山先生の母親が、少し驚いているのが分かった。僕は彼女ほど驚かなかった。どちらかといえば、やっぱりかと思ったからだ。僕はようやく、何かを引き当てたのだと思った。


藤川の両親に会うのは難しかった。藤川の失踪直後に僕は毎日のように藤川の母親に連絡をしたことで嫌がられて、もう連絡してこないで欲しいと言われてしまっていたからだ。だから学校に行って、教頭に電話をかけてもらった。特に捜査の進展がないという、絶望的な状況を確認するためだけの電話を教頭にかけてもらい、そしてその流れで僕が葉山先生の母親に尋ねたことと同じことを尋ねてもらった。

「いや、そういえば何年か前に心因性のストレス障害で倒れた生徒がいて、その生徒は家出ではなく不登校になってしまったんですが、なんとなく藤川君と雰囲気が似た生徒でして……」

教頭は話の終わる頃に、僕が適当に考えた嘘を電話口で話し、そしてその後少しやりとりをして電話を切ると、呆れたような、驚いたような顔をして僕に言った。

「お前の言った通りだったよ。七月に入ってから一度だけだが、週末に藤川君が外出先で同じような症状で倒れたことがあったそうだ。そう、大したことはなかったみたいだが……。しかし、これが何か事件と関係しているのか？」

「まだ分かりません。もう少し調べて、見えてきたら話します」

僕は教頭にそう答えたが、報告するつもりはなかった。葉山先生と違って一度だけだが、藤川もやはりあの「発作」に襲われていた。母親が把握していないだけで、実はもっとあったかもしれない。僕は教頭から藤川が発作に襲われた日付を確認した。そして以前教頭から提供された出席簿に照らし合わせると、案の定由紀子はその翌日に学校を休んでいた。

僕は新しく知ったことを一通り北岡と共有した。この程度の情報で、由紀子を警察が引っ張れるとは思わないが、知らせないよりはマシなはずだった。そしてそれから独りでただ、ひたすら考え始めた。

僕はまず、なぜあの三人組に勝てないのか、そこから考え始めた。あの日、山の上の家から逃げ帰ろうとした僕にカバパンは言った。これは想像力の必要な仕事だ、と。人の眼にとらわれ、大事なことを見失っている、と。そして僕の結論は、僕の失敗の原因はむしろあの三人組に「勝つ」ことを考えていたからではないかということだった。僕は由紀子やカバパンが、僕たちを騙していたことが許せなかった。だから僕はずっと由紀子やカバパンを、今度はこっちが出し抜いて、一泡吹かせたいと考えていた。しかし、その感情が僕の眼を曇らせていたのではないかと思ったのだ。だから僕はあの三人組に勝つことは忘れて、実際に起きたことだけを純粋に振り返ろうと思った。他の人間を上回るとか相手に認められるとか、そういうことは横に置いて——つまり人の眼を捨てて、虫の眼で世界を、ただ起きたことだけを純粋に見てみようと思った。たしかに、それは想像力の必要な仕事だった。

僕はこれまでに起きたことを時系列にノートの見開きにまとめ、次に物事同士の因果関係をまとめた図を作った。そしてそれを眺めながら、例の「虫の眼」の呪文を繰り返し口の中で唱え続けた。**これは想像力の必要な仕事だ。目に見えぬものたちを、かたちにすることだ……。**敵を倒すために、敵の教えを用いているのは皮肉な話だった。

僕はまるで由紀子やカバパンにこの謎を解けるものなら解いてみろと、挑戦されているように感じていた。そのためには彼らの言う「虫の眼」を使いこなすことが必要だ。そう感じたのだ。あの深夜のアルバイトで暗い森に入っていくときに、僕は自分がこれまでになく「自由」になっているように感じた。あのときの自由で、どんなこともできそうな感覚があれば、いま手元にある材料からあの三人組の目的を想像することができる——そんな気がしたのだ。疑念が確信に変わっていくにつれて、激しい感情に全身が揺さぶられるのを感じたけれど、ぐっと我慢した。そのたびにカバパンの言う「虫の眼」の話を思い出した。

僕は比喩ではなく三日三晩、考え続けた。この間まったく夏期講習に姿を見せない僕を心配した井上が、何度かメールをくれた。そして三日目の夜にいつものファミリーレストランで落ち合った。井上は、僕がまだ単に落ち込んでいるのだと考えているようで、気を遣って思いっきり明るく、夏休み最後の週末に開かれる花火大会に行こうと改めて誘ってくれた。森本君は人混みとか苦手かもしれないけれどきっと楽しいとか、自分は浴衣を着ていくつもりだとか、そういったことを井上は楽しそうに話した。そして二学期になって落ち着いたら、僕が免許を取るための勉強を手伝ってくれるとか、そんなことも言ってくれた。僕はそんな井上が、こうして側にいてくれることを本当に嬉しく思った。しかし、僕は井上にあの三人組との最後の対決を考えていることを言わなかった。僕は井上と花火大会に行く前に、やるべきことがあった。葉山先生のために、藤川のために、そして僕自身のために。

このとき僕は既にほぼ一つの結論にたどり着いていた。それは大方予想がついていたとはいえ、なんだかんだであの三人組のことが好きだった僕には、とてもつらい結論だった。その日、自転車で下宿に戻るとスマートフォンに由紀子からメッセージが届いていた。それは三人組からの呼び出しだった。文面は簡潔で、バンの修理が終わったから調査を再開すること、そして夏休みの前半のように僕には深夜のアルバイトに参加してもらいたいことだけを告げるものだった。足がつかないように無難な文面を選んではいるが、これがあの三人組からの呼び出しであることは間違いなかった。

そして奇しくも三人組が指定してきたのは、井上が僕を誘った花火大会の夜——夏休み最後の週末の夜——だった。彼らがそろそろ決着をつけようと言っているのが、僕には分かった。あの三人組がこの街を去る夏休みの終わりまで、あと数日に迫っていた。時が満ちるというのはこういうことなんだと、僕は生まれてはじめて実感した。

僕が呼び出されたのは、国道沿いのショッピングモールの前にある駐車場だった。この近くには、いくつも緑地が残っていて例の木の調査でも何度か訪れたことのある場所だった。ここは夜二〇時のモールの閉店後は完全に無人になり、ときどき近所の中学生や高校生が花火をしたり、ダンスの練習をしたりして怒られている場所だった。そして、この日は少し離れた川沿いで開催されている花火大会のせいで、まったく人気がなくなっていた。

三人組が人気のない場所を選ぶことは、半ば予測していた。そして最悪のことを考えて家を出る前に教頭と北岡に、今夜の日付が変わる時間に届くようにメールを送信予約した。メールにはこれから三人組と対決することとその場所を書いて、この期に及んでそう簡単に三人組が僕に手を出してくるとは思えないが、この時間までに僕から連絡がなければ直ちに警察が動いてくれるように依頼した。井上にはメールが一時間後に届くように設定して、それに加えて巻き込みたくないので一人で対決に行くこと、北岡には状況を共有しているので心配しないで欲しいこと、そして無事に片付いたらその足で合流するので、遅れるけれど一緒に花火を見たい……といったことを書こうとしたけれど、最後の一節はいわゆる「死亡フラグ」のようだなと考えてやめた。

要するに、僕は井上と花火大会に行くのではなくあの三人組と対決することを選んだのだ。井上の好意を裏切るような後ろめたさはもちろん感じていた。しかし、ここであの三人組を見逃したら、僕は一生後悔し続ける。そう思ったのだ。

※

遠くで、花火が鳴っていた。それなりに離れているはずなのだけど、音が鳴るたびに空気が震えるのが伝わってきた。それは大きな月の出ている、青白い夜だった。道路を挟んだ緑地から聞こえてくる虫の声は夏が終わり、秋が始まろうとしていることを告げていた。

「遅かったじゃない？」

そしてそこには由紀子が、カバパンが、ヒデさんが僕を待っていた。修理が終わったらしいバンと三台のオートバイが、三人組の背後に鎮座していた。ヒデさん以外は運転することができないはずのオートバイが三台も並んでいるのはどう考えても異常で、いったいどうやってここまで運んだのかも分からなかった。

「よく来たな、理生。結論は出たのか？」

カバパンがどこか、楽しそうに尋ねてきた。

僕は白々しいカバパンに少しムッとした。そのカバパンの後ろには由紀子とヒデさんがいた。由紀子はバンのドアに寄りかかって腕を組み、ヒデさんは一番手前のオートバイの前に立っていた。ニタニタしているカバパンとは裏腹に、二人の表情は険しかった。ただ、二人の意識は僕というよりは周囲を含むこの状況そのものに向けられているように見えた。まるでほんの僅かな状況の変化も見逃さないようにアンテナを張っている——そんなふうに僕は感じた。

そして、僕は静かに語り始めた。

「葉山先生は殺された。そして、おそらくは藤川も既に殺されている。そして、二人の死にあなたたち三人は大きく関与している。それが僕の結論です」

「面白いな。続けてみろよ」

「あなたたち三人がこの街に現れたのは、今年の四月。先生とヒデさんはそれまで東京で活動していたらしい形跡がありますが、板倉の前歴は明らかに捏造されたものです。これはあなたたちが裏で『何か』をするためにこの街に現れたことを意味しています。そしてそのためにあなたたちは分不相応な家に住み、たくさんのオートバイと大きなバンを所有している。これらの車両に貼ってあるステッカーに記載された『Team Alternative』とは、おそらくあなたたちが所属している組織か、あなたたち三人のチームの名前のはずです」

僕が「チーム・オルタナティブ」という言葉を発した瞬間に、バンに寄りかかる由紀子の眉がほんの少し動いた。

「板倉と樺山先生は一学期の間に葉山先生に近づいて、文芸部を作ろうとしていた。その葉山先生が六月に死ぬ。自殺だと警察は判断したが、動機が分からない。その死の前の日、または当日に板倉は葉山先生と会っていた。これが最初の事件です。

その葉山先生の死後、板倉と樺山先生が写真部に現れて、女子部員を新しく入れて急に活動を始めた。そして夏休みのはじめの合宿後に藤川が失踪する。これが、二つ目の事件です。藤川が失踪前に最後に会ったのもおそらく板倉で、オートバイ屋で藤川と一緒にいたこと、そしてそのことをこれまで隠していたことからほぼ間違いないでしょう。

夏休みに入るとあなたたちは僕を深夜のアルバイトに誘い、そして僕が参加した最後のアルバイトの夜に板倉の運転するバンが大きな事故を起こし、それをあなたたちは内々に処理している。これが三つ目の事件です。そして、この三つ目の事件こそがあなたたちが裏で何をやっているかの鍵です」

「へぇ。俺たちが、裏で何をやっているというんだ？」

カバパンは、僕の推理を否定しなかった。そして明らかにそれを聞くのを面白がっていた。

「僕はこの間に奇妙な発作に襲われ続けています。一度目は一学期の終わり頃の放課後、二度目は合宿中、三度目はバンの事故のあった夜、四度目は井上と東京に出かけたとき――。特に症状が酷かったのは、二度目と三度目で、そのときはどちらもあなたたちが僕を介抱していた。そして葉山先生も、藤川もその死の一ヶ月ほど前から僕と同じ発作に襲われていた。僕の考えでは、この発作にはあなたたち三人が、おそらくは板倉が関与しているはずです」

「森本君……いくらなんでも、それはちょっとあんまりじゃない？」

さすがに堪えきれないと言わんばかりに、由紀子が食ってかかった。僕は構わず、続けた。

「あなたたちはとても合理的で、要領が良くて、虫捕りやファミレスの注文さえもまったく無駄がない。そもそもあなたたちがなぜこの街にやってきたのかは分からないけれど、一つ一つの小さな行動の目的は常に明確でした。書類の偽造は板倉の前歴を隠すため、読書会の提案は葉山先生に接近するため、フードデリバリーは写真部の人間関係を掌握するため、アルバイトに誘ったのは僕に近づいて監視下に置くため……どれもその目的は明確です。

だから、逆に一見無意味な行動に僕は注目しました。あなたたちの行動で、何のために行われているのか、まったく説明がつかないものは何か。それは、夜のアルバイトのときに打ち上げていた信号弾です。あの信号弾の打ち上げだけは、本当に何のためにやっているのか想像もつかない。あなたたちは毎回、街のあちこちに仕掛けたカメラとセンサーをメンテナンスして信号弾を上げていた。カメラとセンサーのデータは東京の研究所に送っていたようですけれど、信号弾を上げていた理由はいまだに不明です。これはあなたたちの本当の目的がむしろ信号弾を上げることにあったことを意味しています。

僕たちを襲った発作と信号弾――この二つをつなぐものが何かを突き止めれば、あなたたちのより大きな目的が分かるはずだ。そう考えました。あなたたちはなぜ、この街に現れ僕たちに近づいたのか。

そして僕は、把握できる限りの信号弾を上げた場所をすべて地図に並べました。それは奇妙なことに、毎回まるで円を描くように配置されていた。ある夜は市の中心部、また別の夜は国道と産業道路とを挟んでいる南側のエリアと、毎晩場所を変えて直径五百メートルくらいの面積を囲むように信号弾を打ち上げています。

あなたたちは木の調査をカモフラージュに使いながら、夜の街で特定のゾーンを信号弾で囲んでいる。そしてそれはとても危険なことのはずです。板倉は学校を休みがちで、先生とヒデさんも合わせてよく怪我をしていますが、それはあなたたちがやっているこの作業にかかわっているのだと思います。あの夜の事故はあなたたちがその作業に失敗した結果起きたことです。そしてその作業と僕たちの『発作』は関係している。葉山先生の遺体が発見された場所も、僕がこの街で襲われた二回の発作の場所も、そして葉山先生と藤川が『発作』に襲われた場所もすべて、あなたたちが信号弾で囲ったかなり狭いゾーンの中か、その周辺に収まっています。僕の推理が正しければ僕がこの街の外で襲われた合宿中や東京での発作のときも、おそらくあなたたちは密かに信号弾を上げていたはずです」

「仮にそうだとして、なんのために俺たちがそんなことをしたっていうんだ?」

やっぱりどこか楽しそうなカバパンに飲まれないように気を引き締めながら、僕は続けた。

「葉山先生が死ぬのを待っていたかのようにあなたたちは写真部に、いや僕に近づいてきた。葉山先生と藤川の共通点は一つ。僕との関係です。あなたたちは僕を監視している。あの山の上の家からは僕の下宿は望遠鏡を使えば丸見えなのもそうだし、どんな手を使っているのかは分からないけれど僕の一挙一動をほとんどリアルタイムで捕捉している。何のためにそんなことをしているのかはまったく分からない。しかしおそらく、あなたたちは僕をサンプルに何か実験のようなものをしていて、それがあの『発作』の原因なのだと思います。葉山先生と藤川は、僕との距離が近かったせいで、おそらくあなたたちが裏でしている『何か』に気づいてしまった。あるいは、巻き込まれてしまった。そしてそのために死んだ。いや、殺されたんだ」

カバパンの背後で、由紀子とヒデさんがソワソワし始めていた。あたりを頻繁に見回し、そして何か殺気のようなものを放ち始めているのを感じた。

「僕はあなたたちのことが、嫌いじゃなかった。最初は反発していたけれど、あなたたちとかかわることで、もっと広い世界のことに触れて、そして飛び出していけるんじゃないかと思っていた。この夏をきっかけに、自分の新しい冒険が始まるんだと思っていた。だから絶対にこんなことは考えたくなかったし、いまでも信じたくない。しかし論理的に考えてこれ以外に結論はない。なぜそのようなことになっているのか、僕にはまったく想像がつかない。でも、それ以外に説明がつかない。証拠はありません。しかし、状況から推測する限り、あなたたちが葉山先生と藤川の二人を殺したとしか考えられない。それが僕の結論です」

「理生は賢いな。俺が期待した以上だ」

カバパンは、笑った。何がおかしいのか、僕には分からなかった。それが自分に向けられた悪意ではないことは分かっていた。だからこそ、なぜカバパンが笑うのか、理解できなかった。

「高校生が、よくもここまで調べたもんだ。教師として、嬉しいよ。たしかに俺たちはあの二人の死に関与している。もっと言ってしまえば、責任がある。しかし誤解しないで欲しい。あの二人を殺したのは、俺たちじゃない。ただ俺たちは、あの二人を守れなかったんだ」

カバパンの口元から、いつの間にか笑みが消えていた。その言葉を、由紀子が引き継いだ。

「誓って言うけれど、私たちは命がけで、精一杯やった。たぶん、何十人かの命を助けることはできたはずなのだけれど、どうしても犠牲者をゼロにはできなかった。それが、葉山先生と藤川君だった。言い訳にならないことは分かっている。たくさんの人を助けたのだから、一人や二人のことで責めないで欲しいと言うつもりなんかない。でも、いまの私たちのチームの力では、これが限界だった。それは分かって欲しい」

カバパンと由紀子が言っていることが、僕にはほとんど理解できなかった。いや、理解するのを心が拒んでいた。

「葉山先生と藤川を殺した奴がいて、そいつから二人を守りきれなかったって言うのか」

「すぐには理解できないかもしれない。でも、もう時間がない。もし間違いだと思ったら、あとから私たちに何をしてもいい。だからいまは、私たちの言うことを聞いて」

「信じられるわけないじゃないか。あなたたちは、チーム・オルナタティブっていうのは、一体何なんだ？」

僕が苛立ちをそのまま声にすると、それまで奥に控えていたヒデさんが一瞬、キョトンとして僕に向き直った。まるで、なんでそんなことを聞くのかとでも言いたげな顔だった。そしてヒデさんは、僕に屈託のない笑顔を見せて言った。

「だから、前に言ったじゃないですか。オレたちは人間の自由を守る正義の秘密結社だって」

人間の自由を守る正義の秘密結社――その耳慣れない言葉が意味するところがまったく想像がつかず、今度は僕がキョトンとしてしまった。

そしてそのときボッと何かが破裂するような音がした。最初は、大会で上がっている花火の音かと思ったけれど、違った。

カバパンの「時間だな」という声に被さって、三人組の停めたバンとオートバイの後ろでシュルシュルと煙が上がり、そして赤い光がパァンと炸裂した。例の信号弾だった。時限装置でも使ったのだろう。時間差でもう一発の信号弾が上がり、同じように付近を赤く照らした。

僕はしまった、と思った。この三人組が黙って僕の推理を聞いていたのは、時間稼ぎだったのだ。彼らの目的がこの信号弾を上げることにあることは分かっていたのに、僕は推理の披露に夢中になってまんまとそれを見逃してしまったのだ。しかし、葉山先生と藤川を殺した奴が他にいて、三人組は二人を守りきれなかったというのは一体どういうことだろうか……？　悔恨と混乱と疑問が同時にこみ上げてきたこのとき、僕は激しい悪寒と嘔吐感に襲われていた。視界が一気にグラついて、立っていられなくなった。由紀子が「森本君」と僕の名を叫んで駆け寄ってきたけれど、視界が安定しなくてよく見えなかった。僕は「何か」に「見られて」いた。それも、これまでにない多数の「何か」に「見られて」いた。そして僕は、直感的にその「何か」の意志のようなものを、はっきりと受け止めていた。その圧倒的な意志のようなものが、プレッシャーのような力になって僕の心と身体を押しつぶそうとしていた。いま、ここで僕の存在を抹消して、殺してしまいたい――それが僕を「見ている」「何か」たちの意志のようなものだった。

# 16．想像力の必要な仕事

僕は「何か」に見られていた。これまでのどのときよりも多くの「何か」の存在を、そしてこれまでのどのときよりも強い意志のようなものを僕はそこに感じていた。その意志とは、僕という存在そのものを否定したい、排除したいといった性質のものであることがはっきりと分かった。内臓が沸騰して、口から吐き出してしまいそうな感覚がこみ上げてきた。視界がグラグラして、立っていられなくなった。

「領域の展開が間に合わなかったか……。予想よりも動きが早いな。そして数も多い」

こっちはいまにも倒れそうなのに、カバパンは冷静に状況を分析していた。「領域」というのは何だろうと、僕は薄れゆく意識の中で思った。

「やっぱり三人での運用だと、発生の探知がどうしても遅れますね……」

「分かっている。だから強い眼を持った奴がこのチームには必要だ。俺たちは、そのためにここに来たはずだ」

由紀子にそう答えるとカバパンは僕に向き直って、告げた。

「お前は俺たちが打ち上げている信号弾が、この街の特定のゾーンを囲むためのものであることまで気づいていた。そしてそれがお前の言う『発作』と関連していることまで予測していた。しかしそこまで気づいていたのなら、もう少し考えれば分かったはずだ。『発作』が起きるのは、俺たちが領域を展開したからじゃない。むしろ逆だ。標的になった人間が奴らに捕捉されて『発作』が起きるのは、俺たちが予め展開した領域の外側に出たときだ。お前が拗ねて部室から飛び出したとき、合宿中に康介とケンカして離れたビーチに出かけたとき、綾乃と東京に出かけたとき……。あるいはいまのように、俺たちが領域を展開する前かその最中に襲われたときだ。俺たちは『奴ら』の発生を予測して、領域を展開してきたが、いまの技術では発生を完全には予測できない。お前たちの発作は、すべて俺たちにとってイレギュラーな出来事だったんだ」

由紀子とヒデさんが、立っていられなくなった僕をやけに手際良く抱き起こして何かの錠剤を取り出した。これを飲んで、と由紀子に錠剤を渡されたとき、僕はあのアルバイト中の発作でも同じようなことがあったことを思い出した。そのときはその後、僕の意識は混濁した。だからこれは罠だと思った。「飲むわけないだろう」と差し出された手を押しのけると、由紀子は露骨に眉を吊り上げて言った。

「ちょっと、まだ私たちを疑っているの？」

「当たり前じゃないか」

支えようとするヒデさんの手を払いながら、僕は息も切れ切れに言い返した。

「森本君、聡明な君なら分かるでしょう？　私たちの狙いが君なら、とっくの昔にどうにかできている。たしかに私たちは君を監視していたし、利用もしていた。でも、他の誰よりも優先して守ってきた」

「守ってきただって？」

僕はオウム返しに聞き返した。しかし、由紀子の指摘したこと、つまり三人組が僕を殺すつもりならいつでもできたことは、僕も薄々感じていたことではあった。

「そうだよ。オレ、何度も何度も理生っちのことを助けたんだから、そんな怖い顔しないで欲しいなあ」

ヒデさんは心の底から心外だと言いたげに、眉を「へ」の字にした。

「私たちはこの春から森本君、君を監視してきた。私たちの家から君の下宿を監視して、常に領域を展開していた。学校にも潜入して、君の社会的な行動と人間関係を把握し、まとめて監視下に置いた。君たちを守るために、私たちにはそうする必要があった」

由紀子の言葉を聞きながら、僕は僕を見ている「何か」たちが少しずつ近づいてきているのを、徐々に強くなる悪寒として感じていた。立ち上がるのもやっとだったけれど、僕は問わずにはいられなかった。

「僕だけじゃなくて周囲の人間も含めて監視していたっていうのか。一体何のために……？」

「だから、それはみんなを守るためだって言ったじゃないですか」

ヒデさんがすっとんきょうな声を出して口を挟む。

「理生、まだ分からないか？　お前は俺たちが特定のゾーンに領域を展開していたことにたどり着いていたし、自分が監視されていることも半ば予測していたはずだ。そして、この二つの事象とその発作が関連していることにも、葉山先生と康介がその発作の延長で死亡したことにもだ。じゃあ、なぜこれらの事象の関係を論理的に整合性のある仮説で説明しようとしない？」

カバパンが何を言おうとしているのか、分からなくはなかった。しかし僕の中の常識が、固定観念が、そして恐れのようなものが、その可能性を検討することを避けていた。

「お前をいま見ている、そして排除しようとしている存在は神経の参ったお前の脳内に生まれた幻想なんかじゃない。それは実在する。そう仮定することが唯一の整合性のある説明を可能にするはずだ」

「僕を見ている、あの存在が実在しているっていうんですか？　じゃあ一体どこに」

僕のその疑問に答えたのは、由紀子だった。

「ここにいる。もう、すぐそこまで迫ってきてる。ただ、人間の眼にはそれが見えないだけ。でも、森本君は、ここにいる他の誰よりも強くそれを感じているはず」

「言ったはずだ。これは想像力の必要な仕事だと。それは通常では、人の眼には見えることのない存在だが、確実に存在し、こうしているいまも、ここに近づいている。そして……」

たまらず、僕はカバパンの言葉を遮った。

「そいつらが、僕を見ているあの存在たちが、葉山先生と藤川を殺したっていうんですか？　そんなバカなことが」

あるはずないじゃないですか、と言おうとしたとき、また悪寒が襲ってきて僕は再び立っていられなくなった。膝からガクッと崩れ落ちたその瞬間に、これまでになく「何か」の姿がはっきりと見えた。それは人間の形をしていたけれど明らかに人間ではなかった。白のような、灰色のような、銀色のような光に包まれていて、ぬめぬめとした質感のそれが服なのか、皮膚なのかは分からなかった。猫背で、痩せ形で、手足のやたらと長いその「人」のようなものが、五体から六体ほど「そこ」にはいた。「奴ら」は吊り上がった、黄色く光る眼で僕を「見て」いた。「ダメだ、やっぱり薬を」とカバパンが叫んで、ヒデさんが僕を抱き起こした。

「本当に死んじゃうから、早く飲んで……！」

混濁しかけた意識をなんとか維持するので精一杯で、由紀子に抵抗する余力はなかった。由紀子が錠剤と水の入ったペットボトルを、僕の口に押し当てた。僕は今度はされるがままに錠剤を飲み込んだ。

「これ、私とヒデさんは一日三回飲んでいる薬だから……毒なんかじゃない。安心して」

そして「奴ら」は一歩、また一歩とゆっくりとだが、確実に僕に向かって近づいてきていた。しかし、それは物理的な距離ではなかった。目に見えない、言ってみれば概念のようなものとして「近づいて」きているという感覚が強くなっていった。それが「どこ」で起きていることなのか、「奴ら」がどこに存在しているのかは、よく分からなかった。ただ、確実に「それ」は存在していて、うち先頭の一体がより強い「排除」の意志を僕に向けた。そして、左右の腕を胸の前で十字に組んだ瞬間……光った。

「大丈夫だ。俺たちには当たらない」

光った瞬間に、カバパンが言った。僕はこのときはじめて、この三人組にも「奴ら」が見えて……少なくともその存在が何らかの形で観測できていることに気づいた。そして次の瞬間、凄まじい破裂音がして、足元のコンクリートが震えた。機械油の焼ける臭いと熱気を感じて顔をあげると、三台あるオートバイのうち一台が炎上して煙を上げていた。その車体の2／3ほどは、きれいに消失していた。僕はあの「光」が真っ直ぐに伸びて、オートバイに直撃したのだと理解した。

愕然とする僕とは裏腹に、三人組は落ち着いていた。

「あーあ、また壊しちゃった……」

ヒデさんがやれやれといった声を出す。

「領域の座標を間違えましたよね？　やはり現状ではこの精度が限界なんじゃないですか」

「むしろこの距離の領域下ではオルタナティブ・エンジンに攻撃を誘導できることのほうが重要だ。これは、使えるぞ」

「何、狙い通りみたいなこと言ってるんですか。単に間違えたくせに」

「オレ、1号車がいちばん気に入っていたのに……。これ、もう直せないですよね……」

何が起きたのかも、三人組の会話の意味も、まったく分からなかった。僕は体を引きずるように立ち上がって食ってかかった。

「いまのは、何なんですか？　これがあの、僕を見ている奴らの仕業だっていうんですか」

「そうだ」

カバパンは、あっさりと断言した。

「奴らは、人類がはじめて確認した異なる世界からのコミュニケーションの主体だ。しかし、分かっていることはほとんどない。どこから来たのかも分からないし、いつから人間を狩っていたのかも分からない。そもそも奴らの存在を、人間は基本的に認識できない。だが、ごく一握りの人間――百万人に一人くらいの割合で発生する人間には、奴らを認識することができる。それが『虫の眼』だ。そして、奴らが狩っているのは、その『虫の眼』を持つ人間だ。それはそれほど特別な力じゃない。耳が良かったり、鼻が利く人間がいるように、『虫の眼』が強い人間がいる。それだけの話だ。しかし、そのことで『奴ら』の存在を認識することができる。『奴ら』に見られていることにも気がつくし、逆に奴らを『見る』こともできる。人間の側が奴らの存在を科学的に確認したのは二一世紀に入ってからだが、おそらく少なくとも何千年か、もしかしたら何万年も前から、『虫の眼』の強い人間は『奴ら』を認識してきたし、奴らは『虫の眼』を持つ人間を狩ってきたと言われている。目的は分からない。いまのところ、本能的に自分たちを認識する力のある個体を排除しているという説が有力だ。俺たち人間が、蚊や蝿を本能的に排除するように、奴らも『虫の眼』を強く持つ人間を排除しているってことさ」

荒唐無稽な話だった。人を馬鹿にしたような話だった。とても信じられず、僕は大きな声で食ってかかった。

「バカにしているんですか？　そんな話、どうやって信じろっていうんですか」

「じゃあ、逆にあそこで燃えているバイクをどう説明するの？　あれも私たちのトリックだっていうの？」

カバパンに食ってかかった僕に、由紀子は十メートル先で黒い煙を上げているオートバイの残骸を指さして言った。

「ウイルスのように考えれば良いのさ」

カバパンは説明を続けた。

「まるで疫病が発生するように奴らは不定期に一定の期間、一定の地域に出現する。奴らは自分たちの存在を認知できる人間――『虫の眼』を強く持つ人間――を把握して、標的に定める。そして、殺す。理生はこの地区に奴らが現れたとき、俺たちが個人を特定できるレベルで把握することのできた、数少ない標的だった。それはお前が相対的にこの夜の世界を見る力を、他の標的より強く持っていたからだ。理生はおそらくヒデや由紀子と同じくらい、いやそれよりも強く、しっかりと「奴ら」を見ることができるはずだ。だからこそ、奴らに見られていることに気づくことができる。『虫の眼』は年齢とともに弱くなる。俺にはもう、このメガネを通さないと見えない世界がお前にはいまも、はっきりと肉眼で見えるはずだ。だからこそ、お前は奴らの標的になったのさ」

カバパンはメガネを外し、目を細めた。メガネのレンズ部分に、小さな文字や数字がたくさん浮かんでいるのが一瞬見えた。僕はこのときはじめて、裸眼でも不自由しない視力のカバパンが、メガネをかけている理由を知った。これは、ただのメガネではなかったのだ。

「この数ヶ月の間、私たちは森本君を監視して、そして護衛しながら、奴らを狩っていた。しかし、予想以上に奴らの数が多くて、犠牲者が出てしまった。奴らは人間を個体として認識することができない。人間をネットワークの単位でしか、つまり人間一人ひとりではなくて、ある程度の規模の人間関係の単位でしか認識できない。だから奴らは君と精神的な距離が近い他の人間との区別がつかない。なので、森本君が標的になっているということは、君の周囲の人間たちも標的になることを意味している。だから私たちは、君と親しい人間をできる限りまるごと監視して、護衛してきた。そして毎晩のように奴らをおびき出して、少しずつ殲滅していった。でも私たち三人で、この地区をすべてカバーするのは難しくて、守りきれなかった。それが君と精神的により近い位置にいたために、より強く標的になった葉山先生と藤川君だった。私たちの力不足で、あの二人を守りきれなかったのは、本当にごめんなさい。でも、本当に精一杯、命がけでやった。それは分かって欲しい」

僕は愕然とした。由紀子の言うことが本当なら、葉山先生と藤川は僕と強い関係にあったために殺されたのだ。

「森本君、あの本は……葉山先生が君のために買ったあの本はね、先生が亡くなったあと、私が君の下宿に送ったんだ。あの本は森本君が持っているべきだと思ったから。まさか、届いていなかったとは思わなかったけれど……」

そして仮にその話が真実ならば、これまで僕が直面してきた謎に、ほぼすべて説明をつけることができた。由紀子がよく学校を休んでいたこと、由紀子やヒデさんがよく怪我をしていたこと、オートバイやバンがよく壊れていたこと、これらのことが僕の発作や藤川の失踪の直後に起きていたこと、そして……

「私たちは君と精神的な距離が近い人間を同時に護衛対象にするために君の人間関係を把握して、ある程度コントロール下に置く必要があると判断した。だから、葉山先生を通じて君に近づこうとした。正確には、最初の時点では君と葉山先生のどちらが『虫の眼』を強く持つ人間か、奴らをこの地域に引き寄せたネットワークの中心点なのか、完全には絞り込めていなかった。だから私たちは君と葉山先生の両方を監視していた。しかし葉山先生が殺されてしまったあとも奴らはこの地域に留まり続けていた。なので私たちは君がネットワークの中心だと、『虫の眼』を強く持つ人間だと判断した。だから写真部に直接乗り込んで、申し訳ないけれど君が孤立するように仕向けた。君と精神的に距離の近い存在を、この期間だけでも減らしたかったから……。完全に孤立すると私たちの監視コストが上がるので、綾乃を近づけた。あと、藤川君はそれでもなかなか君との精神的な距離が離れなかった。だから頻繁に襲撃の対象になって、合宿から帰ってきた日の夜に……」

「殺された……？」

「一瞬のことだった。なんとか助けようとしたんだけど、間に合わなくて……」

由紀子はそう言って、俯いた。彼女は藤川の最期を、その目で見ていたのだ。

「あの夜は、近くのエリアに奴らが大量発生し、ヒデが応援に向かっていた。タイミングが悪く、このエリアにも大規模な襲撃が起きた。どうしても手が回らなくて、由紀子だけでは康介を守りきれなかった。あの夜は俺たちも危なくて、ヒデも、由紀子も殺されるところだった」

カバパンも、目を伏せた。この話が本当なら、合宿から帰った直後にヒデさんが僕たちと別行動を取って、そしてその翌日に怪我をしていたのはそういうことだったのだ。

「そんな化物が、人を殺して回っているなんて……警察は、政府は何をやっているんですか？」

「もちろん、各国の政府は対応しているさ。この国も、一応な。しかし少し想像してみろよ、いまのこの国に異次元の知的生命体による敵対的なコンタクトから国民を保護する、なんていう厄介な仕事が十分にやり切れると思うか？　カビの生えた、時代遅れの装備と何のためにあるのか分からなくなった制度の中で、とりあえずかたちだけ対策をしているという姿勢だけを見せているのが現状だ」

「そんな……」

「交通事故の死者が年間約三千人、自殺者が約二万人。対して『奴ら』の犠牲者は年間推計三千人から五千人だ。実際には、葉山先生のように死因が特定できずに警察が自殺扱いしているものが含まれているので、自殺者の約二万人のうち何割かは『奴ら』の仕業である可能性が高いがな。そして、たかだか半世紀前は交通事故で年間一万人ほど死んでいたことを考えれば、この『数字』は国にとっては目をつぶっても良いと考えられる規模なのさ。これが、災害や事故の犠牲者なら一大ニュースになるが原因不明の散発的な死亡事件で、そもそも『奴ら』の存在が秘匿されている以上、それは決して報道されることはない。発信されない死は、社会に死としてカウントされない。だから……」

カバパンはそこで一旦、言葉を切ってそして言った。

「だから、俺たちのような有志の秘密結社が動いているのさ」

「有志の秘密結社？」

どこかで聞いたような言葉だと思って、僕が聞き返すとヒデさんが割って入った。

「前に言ったじゃないですか。オレたちの毎日の小さな努力が、意外と世界の平和とか人間の自由とかを守っているって。オレたちはそのために集まった正義の秘密結社だって」

僕はこのとき、ようやく気づいた。このヒデさんという青年は、嘘をつかない。いや、つけないのだ。だから僕がカブを買う計画のことを藤川に、工場のアルバイトのことをカバパンにペラペラと喋ってしまったのだ。そして、僕に自分たちが何者なのかと尋ねられたときも、彼の語彙と説明能力を用いて可能な範囲で最大限に本当のことを述べていたのだ。

「オレたちはこうやって毎晩『奴ら』から、みんなを守ってきたんだよ。いきなり言われても、分からないかもしれないけれど……」

あー、と声を出してヒデさんは頭をかきむしった。

「〈未確認怪生命体人型甲種〉というのが、この国の政府がつけた『奴ら』の呼称だ。略して『怪人』と呼ばれている。この五ヶ月で、このエリアに発生した『怪人』のうち2／3以上を仕留めることができたが、まだ六体から七体の『怪人』が生きているはずだ。今夜あたりで、最後の一体まで仕留めておかないとおそらくこの群れは次の地域の、次の標的に移動する。そうなるとまた何人かの、下手をすれば何十人か何百人かの犠牲者が出る。しかし、そんなことが許されていいはずがない」

カバパンは最後の「許されていいはずがない」という言葉を、これまで聞いたどの声よりも低い声で口にした。そこに込められたのは怒り、のようなものだったと思う。それは、満足に「怪人」に対応しない政府への怒りなのかもしれなかったし、葉山先生と藤川を守りきれなかった自分たちへの怒りなのかもしれなかった。

「もうすぐ奴らの、残った『怪人』たちの群れがここにやってくる。狙いは森本君、君だよ。そして私たちが今夜ここで奴らを仕留めなければ、確実に他の地域で犠牲者が出る」

由紀子に言われて、僕はようやく理解した。今日、この場所に三人組が僕を呼び出したのは、僕と最後の対決をするためじゃない。そして、僕を守るためでもない。もちろん、僕を護衛するつもりもあるのだろうが、それ以上にこの三人組は明らかに、今日この場でケリをつけたがっていた。僕に対してではなく、彼らが「取り逃がした」残りの「怪人」たちと――。

「あなたたちは、僕をエサにその『怪人』たちを――」

「私たちはこれまで君をたしかに囮に使ってきたし、いまもそうしている。でも、その代わりに私たちは君を全力で、命がけで守ってきた。それが、私たちが守れなかった葉山先生と藤川君にできるせめてもの償いだから……。だからいまだけでいい。私たちを信じて欲しい」

由紀子は、僕の目をまっすぐ覗き込んでそう言った。あの由紀子が、こんな目をするのかというくらいそれは必死で、余裕のない、真っ直ぐな目だった。

また何かが光ったのを感じた。それは直接肉眼で見える光というよりは、僕の意識下にひらめくような光だった。全身をジェットコースターで落下するような感覚が襲って視界が真っ白になった。あの「光線」だと思った次の瞬間、ドスッとした重たい音がした。びっくりして音がした方向に振り向くと、今度は駐車場から少し離れた川の土手のほうに煙が上がっていた。

「このレベルでしっかり領域を展開すれば、この距離でも十分偏向できる……。上出来だな」

ほら見たことか、と嬉しそうにカバパンは由紀子に言った。

「そういう自慢話は、片付いてからにしてください」

由紀子は言いながらバンの後ろのドア開けていくつかのトランクを取り出していた。

「先生。オレ、いつでも出られるようにします」

カバパンが頷くのを確認すると、ヒデさんは残り二台のオートバイのうち一台にまたがって、エンジンを起動した。明らかに「奴ら」の接近によって、「何か」が始まろうとしていた。

僕はまだ信じられなかった。三人組を信じられないのではなく、彼らが口にした事実が受け入れられなかった。彼らは葉山先生と藤川が、人間ではないが意思を持った「何か」によって殺されたと言っているのだ。そしてその「何か」、つまり彼らの言う「怪人」と彼らは夜な夜な戦っていたというのだ。彼らがこの街に現れたのは、僕を、正確には僕を中心としたネットワークにいる人々をその「怪人」たちから守るためだったというのだ。そしてその戦いはこうなしているいまも進行中で、この僕の発作もオートバイを破壊した光線のようなものも、すべてその「怪人」たちのもたらしたものだというのだ……。しかしこんなSF小説のような、アニメ映画のようなことを突然告げられて信じられるほど、僕は物分かりの良い少年ではなかった。

そしてカバパンは、僕に告げた。

「そんな馬鹿なことがあるものか、まったくもって現実的じゃない。お前はそう思っているだろう。しかしその考えこそが幻想だ。その考えこそが、現実的じゃないんだ。俺たちの生きるこの世界は、巨大だからこそ目に見えない構造とシステムに支配されている。いまここで起こっていることは、それが目に映るかたちになっているだけにすぎない。少し考えれば分かるはずだ。半径五メートルの人間関係しか目に映らない世界と、この奴らと俺たちの戦争のどちらがより、総合的に現実を表現しているかは明らかだ」

カバパンは「戦争」という言葉を使った。それは、僕にとっては自分にかかわりのある言葉だとはまったく思っていなかった言葉だった。

「お前は綾乃と花火大会に行くんじゃなくて、ここに来ることを選んだ。お前はこの街で何が起きているのか、俺たちが何をしているのか知りたくて、触れたくて仕方がなかったはずだ。お前はもう気づいているはずだ。いままで自分が生きていた日常こそが虚構で、いま直面している非日常こそが現実なんだ。人間同士のネットワークだけで閉じた世界こそがまやかしだ。安っぽい青春芝居はもう終わりだ。これは、戦争だ。戦争が始まるんだ。いや、そんなものはとっくに始まっているさ。問題なのはいかにケリをつけるか、それだけだ」

まだ、信じることはできなかった。しかしカバパンは少なくとも僕がこの夜にここに来た心理は完全に言い当てていた。そして彼の告げたことはこれまでの謎のほとんどに、これまでのどの仮説よりも強い説得力のある説明を可能にしていた。そして僕の目の前には、あの正体不明の「光線」の直撃を受けてめらめらと炎上しているオートバイが転がっていて、そしてそれ以上に僕自身が少しずつ、確実に「奴ら」が近づいてくるのを感じていた。

「人間は言葉を使い、人間と人間との間に目に見えない世界を生み出すことができる。しかしそのために、人間だけの世界に閉じ込められてしまう。人間と人間とのかかわりの中だけで世界のことを捉えるようになる。しかし、本当に目に見えない世界をかたちにするためには、その外側に触れる必要がある。正確にはこの世界の中で、ネットワークの内部に穴を、綻びを見つける必要がある。分かるか、これは想像力の必要な仕事なんだ」

想像力の必要な仕事——そのキィ・ワードをカバパンは口にした。たしかに、僕はある時期から、この三人組の謎を解くことに夢中になっていた。それは葉山先生と藤川のためにしたことのはずだった。それは嘘じゃない。しかしそれ以上に僕は、今日ここに来たかったのだ。ここに来て、この街で、この世界で何が起きているか知りたかったのだ。それは間違いなかった。

僕はこの「想像力の必要な仕事」に、惹かれていた。

「人間という存在をネットワークでしか認識できないのは、奴らだけじゃない。実は俺たち人間だって、そう変わらない。そしてそのために多くの大事なことを見失ってしまう。しかしこの閉じたネットワークから抜け出す方法が、一つだけある。それは大人になることでもなければ、死を受け入れることでもない。まったく別の存在に変わることだ。自分自身でありながら、人間でありながらまったく異なる存在をその身体に取り込むことで、存在として変化してしまうんだ。人間でありながら、人間とは別の時間を生きるんだ。そうすることではじめて、俺たちは『奴ら』に対抗できる。虫の眼を持つことで、虫の触角を持つことで、羽と、足を持つことで、奴らの存在を認識し、触れることができる。そして、戦うことも」

カバパンは「戦う」という言葉をはじめて使った。

「それが俺たち第07樺山小隊、チーム・オルタナティブ――カバパンの口からはじめてその名前が出た。オルタナティブ。もう一つの存在。代替物――それが何を意味するのか、僕にはまだ分からなかった。

「変わるんだ。『虫の眼』に適合したもう一つの、オルタナティブな身体に」

僕の疑問に答えるようにカバパンがその言葉を口にしたそのとき、由紀子が、ガチャガチャと何か機械のようなものを腰のあたりに当てているのが見えた。

「この数ヶ月、俺たちはこの街で毎晩のようにこうやって戦ってきた。しかし、時間切れだ。今夜、この街での仕事にケリをつける」

毎晩、この三人組は、チーム・オルタナティブは「怪人」たちと戦ってきた――それが、彼らの告げた真実だった。その言葉を僕が飲み込むその前に現実のほうが進行していった。

白い光が視界を覆って、足元から轟音が伝わってきた。振り向くと、煙が上がっていた。石油ストーブのような臭いがした。三回目の「光線」が駐車場の奥に炸裂して、地面のコンクリートごと辺りを溶かしたのだ。圧迫感のような、プレッシャーのようなものが加速度的に強くなり、「奴ら」がすぐ側まで近づいているのが感じられた。

「**これは想像力の必要な仕事だ。目に見えぬものたちを、かたちにすることだ**」

それは由紀子の声だった。

呪文のようなその言葉に反応して、何かが起動する音がした。まるで、玩具の光線銃のような電子音だった。パスワードを音声認識したと思われるそれは山の上の家で何度か目にしたあの、カバパンやヒデさんが手にしていた正体不明の機械だった。そして由紀子はその機械をベルトのように腰に巻いていた。いや、ベルトと呼ぶには余計なものがごてごてとつきすぎているそれは、華奢な由紀子が装着しているとほとんど腹巻きのように見えた。臍の下のバックルの部分には大きな風車のようなものがついていてそれが赤く、鈍い光を放ちながら高速で回転していた。

由紀子が何をしようとしているのか、僕には想像がつかなかった。しかし彼女たちの説明が真実なら、それは虫の眼を持つことで「怪人」たちに対抗する力を得ることのはずだった。

決定的なことが起きつつあった。僕はもう、自分が後には戻れない地点にたどり着いてしまっていたことを理解していた。いまから起きることを目にしてしまったら、もう僕は以前の僕ではいられなくなる。そのことがはっきりと、分かっていた。

そして由紀子は言った。機械という人間外の存在が確実に認識できるように短く、しかしはっきりとその言葉を口にした。それが、ベルトの機能を発動させる最後のパスワードだった。

# 「変身」

視界のすべてが、鈍い光に覆われた。僕は思わず目を伏せた。そして再び、ゆっくりと目を開けたとき、世界のすべては変わっていた。

※

**変身装置〈オルタナティブ・トランスレーター〉が発動することで、虫の眼の持ち主はもう一つの身体＝オルタナティブに変身する。装置を運用するチーム・オルタナティブは怪人たちの排除を目的とする有志の秘密結社である。チーム・オルタナティブは人間の自由のため、怪人たちと戦うのだ。**

# 17. 虫の眼

それは虫の顔をした人間「のような」身体だった。ついさっきまで由紀子だったその身体は大きな複眼と触角を持つマスクと、オートバイ用のライダースーツのようなものに覆われた姿に「変身」していた。よく見ると、胸や背中、そして手足にはまるで虫の外骨格のような装甲が装着されていた。そして身体の全体が、華奢な由紀子と比べると一回り大きくなっていた。虫を思わせる有機的な要素と、ライダースーツをよりメカニカルにした無機的な要素が奇妙に調和したその身体は一見して、男なのか女なのかも分からない個体になっていた。人間の眼に、虫の雄と雌の見分けがつきにくいように、それは無性的な存在に僕には見えた。

「板倉……なのか？」

「もうオルタナティブが見えている……？　やっぱり強い眼を持っているね。『奴ら』の標的になるわけだ」

その虫のような身体から普通に由紀子の声が聞こえたので、僕は余計に驚いてしまった。

カバパンは僕が混乱しているのを見て、したり顔で説明を始めた。

「いま、この地球上でもっとも『奴ら』の存在を感知できる存在、つまり強く『虫の眼』を持つ生物がまさに昆虫類だ。そこで、俺たちは『奴ら』の生きる世界で、つまりこの世界と重なり合っているがずれた場所にある世界の中で、人間の身体を昆虫類を参考に作り直したオルタナティブなものに置き換えることを考え、そしてついに成功した。それがこのベルト……オルタナティブ・トランスレーターを用いた『変身』だ」

「置き換えている……？」

「そうだ。だから虫の眼が弱い人間、たとえばいまの俺がこのメガネを外せば、そこに見えるのはさっきまでと変わらない格好の由紀子だ。由紀子の変身後の姿が見えているのは、お前の虫の眼が強い証拠だ」

カバパンの言葉の意味を飲み込もうとしていると大きな音がした。それはヒデさんがオートバイのエンジンを起動した音だった。音のした方向を見ると、残り二台のオートバイのうち片方に跨っていたヒデさんが、ヘルメットを被ろうとしているところだった。

「先生、オレ、先に出ます」

「分かっていると思うけど、無茶するなよ」

「オレが無茶しないと、先生こそ無茶しちゃうじゃないですか。ダメですよ、先生の眼が潰れたら、全部そこで終わりなんですから」

「分かっているって……あまり年寄り扱いしてくれるなよ」

「そこ、イチャついてないで仕事してくださいよ」

由紀子……だった存在が割って入って二人の漫才のようなやりとりを終わらせた。

「由紀子ちゃん、援護よろしく！」

ヒデさんが由紀子に声をかけた。そして僕はこのとき、ヒデさんの乗っているオートバイのエンジン音が変化していることに気づいた。その音は最初こそ、僕の知っているあの大きなオートバイの音だったけれど、すぐに別のもっと静かで、電気的な機械音に置き換わっていた。

「このバイク……内燃機関じゃない？」

「ブラフ・オルタナティブは通常のオートバイに偽装しているが、実際は電動だ。そうじゃないととても対応できないからな」

得意気にカバパンが言った次の瞬間、ヒデさんを乗せたオートバイ――彼らの言うブラフ・オルタナティブ――は高速発進していった。そして、静かに闇の中に消えていった。

「二十秒後にビットを展開だ。全部撃ち落とそうなんて下心を出すんじゃないぞ。一体でもいいから、確実に仕留めるんだ。分かっているな」

「欲を出して失敗するの、いつも私じゃなくて先生のほうじゃないですか」

「中年は貪欲なくらいで丁度いいのさ。逆に若者は禁欲的であることを覚えると、より大きな快楽を手にできることを知るべきだな」

「……結局、どうしろっていうんですか？」

「もちろん、全部撃ち落とせるならそれに越したことはないってことさ」

「なら、最初から正直にそう言ってくださいよ」

愚痴のような、軽口のようなやり取りを交わしながらも由紀子は「それ」を準備していた。

「4、3、2、……展開！」

カバパンが号令をかけると不思議な機械音と同時に羽のようなものが由紀子の変身体の背中に開いた。そして漏斗のようなものが十個近く、ぶわっと周囲に浮かび上がった。それがどのような原理で浮いているのか、まったく分からなかったが確実にそれは浮遊していた。

「な、なんだ。これって、どうやって浮いているんですか？」

「『奴ら』の世界と俺たちのこの世界は重なっている。このビットが存在しているのは『奴ら』の世界の側で、いま、それを由紀子がオルタナティブ・トランスレーターの力でこの世界と重ね合わせ、そして操作しているのさ」

「一番熱量の高い個体から、優先的に……」

念じるような由紀子の声が聞こえた。数秒後、彼女はその「ビット」たちに号令をかけた。「行け」という命令の言葉と同時に何かが光ったのが分かった。そして僕をずっと「見て」いる、そして少しずつ近づいてきている「怪人」たちの群れがその光に包まれ、うち、数体の身体が破裂した。その瞬間、大きな衝撃が僕を揺らして、立っていられなくなった。実際に地面が揺れているのか、精神的なものかは分からなかった。しかし、僕の「眼」はその由紀子が放った漏斗のような機械が、まるで虫が花や腐肉に「たかる」ように「怪人」たちに殺到し、そして破壊したのが分かった。「怪人」たちはたしかに「ここ」に近づいている。しかし奴らが存在しているのは、僕たちのいるこの空間と重なり合っているが普通の人の目には見えない別の、言ってみれば概念的な場所で、由紀子の操った漏斗のような機械はその場所に侵入して「怪人」たちを襲ったのだ。「怪人」たちが僕たち人間を一方的に「見て」、身体の内部から抉るように破壊を試みるように、あるいはどこから放たれているか分からない光線で道やオートバイを燃やすのと同じようなことを、いま、由紀子はこちら側の世界から行ったのだ。

そして僕はその「怪人」たちの何体かの身体が砕け散るその瞬間に、これまでになくはっきりとその姿を「見た」。それは、僕たちの世界に置き換えると人間よりも二回りほど大きな身体をした生き物だった。人間の四肢のバランスと比較すると頭は小さくて、手足はぐっと長かった。銀色の、繊維なのか皮膚なのか分からないものでその身体は包まれていて、手足の一部は赤かった。顔は（少なくとも由紀子の変身体に比べれば）人間に似ていて、つり上がった両眼と、唇のついた口が確認できた。しかしその面長な顔はつるんとしていて、強いて言えば仏像のようにも見えた。胸の中央に大きな光源があって、それがゆっくりと点滅しているのが分かった。それは、人間の身体に虫の外骨格が融合したような由紀子の変身体のゴテゴテした姿に比べるとずっとすっきりとした印象を与えるもので、全身がほのかに輝いているのもあってある種神々しくすら見えた。そしてその美しい身体が内側から一斉に裂けるように滅んでいく姿は、僕に「神殺し」という言葉を想起させた。それは、ほんの少しの罪悪感と、大きな爽快感を感じさせるものだった。

「三体を殲滅したか……上出来だ」

カバパンはバンからキャンプ用の折りたたみテーブルを引っ張り出してくると、その上にラップトップを広げて何かを確認しはじめた。

「たぶん、全部で七体の出現だと思います……。ヒデさんの援護に出たほうがいいですよね？」

いまの一撃を放つことでだいぶ消耗したのか、由紀子のその言葉は少し、息が切れ切れになっているように聞こえた。

「ヒデとは逆方向から回り込め。いいな？」

「間に合わせればいいんでしょう？　分かってますよ」

由紀子だった存在が、残った一台のブラフ・オルタナティブに跨って、静かにエンジンを起動した。地上のどの生物とも異なる身体が、クラシカルな外見を持つオートバイに跨る姿は、言葉の最大の意味で異様だった。そして、由紀子だったその存在はオートバイを発進させ、夜の闇の中に消えていった。

次の瞬間、由紀子が向かった方向と逆の方向で何かが光って、数秒後に大きな音がした。振動が地面から足に伝わってきた。僕は一瞬、花火大会がまだ終わっていないのかと思ったが、すぐに違うと気づいた。それは由紀子が「怪人」を仕留めたときと同じ光と音だったからだ。

「ヒデが仕留めたか……。しかし残り四体だとすると、厳しいな。間に合ってくれよ……」

カバパンはラップトップとにらめっこをしながら言った。それが独り言なのか、僕に聞かせるつもりなのかは、分からなかった。

「ヒデさんも変身して戦っているんですか？　あなたたちは、ずっとこうやって……」

「そうだ。これが虫の眼で世界を見ることの、想像力の必要な仕事の正体だ。俺たちはこうやって毎晩のように奴らを誘い出して、そして何度もこうやって戦ってきた。こっちが殺されそうになったこともあるし、葉山先生や藤川のように、守りきれず犠牲者も出してしまったこともあった。それでもなんとかこのエリアに出現した怪人の七〇％以上は殲滅することができた。しかし、もうタイムリミットだ。おそらく、今夜を逃せば生き残った怪人たちは、近隣の他のエリアに移動する。そうなると、また標的となる虫の眼の持ち主の特定からやり直しだ。この場合はおそらくまた少なくとも数名の犠牲者が出る。だから何としても、ここで残り三体から四体の怪人を全滅させておきたい」

「そんなこと……可能なんですか？」

「大丈夫……と言いたいところだが、ギリギリだな。だから……」

カバパンが何かを言いかけたそのときだった。

「全員、そこを動くな」

少し離れたところから声がして振り向くと、国道側に誰かが立っていた。そして街灯の薄明かりの中に浮かぶその人影たちは、僕のよく見知った人間のそれだった。

「茶番は終わりだ。樺山、お前を逮捕する」

北岡だった。抑揚のない、しかしよく通る声だった。あの爬虫類のような視線が、まっすぐにこちらに向けられていた。そしてその傍らには……

「森本君、早く逃げて！」

髪をアップにした、浴衣姿の井上が立っていた。

何が起きたのか想像することは難しくなかった。そう、これは想像力の要らない、人間の眼で見える世界の出来事だった。井上は僕のメールを読み、北岡に相談したのだ。井上を巻き込みたくなくて、僕はこの場所のことを彼女に教えなかった。しかし、井上はここにやってきた。井上が夜のアルバイトで訪れたことのある場所のどこかで僕が三人組と会っていると見当をつけたのかもしれないし、そもそも北岡が僕を密かに監視していたのかもしれなかった。どちらの可能性も、あるいはその両方であることもありそうなことではあった。

しかしどの可能性にせよ北岡がこの場所に井上を連れてきたことが不可解だった。さすがに「怪人」と戦っていることまでは想像できないだろうが、ここが危険な場所であることは、北岡には分かっていたはずだったからだ。そこに北岡は一人の応援も連れず、井上と二人で現れたのだ。僕が北岡の行動の不自然さに気がついたとき、同時に僕は北岡が右手に何かを握っていることにも気がついた。暗がりの中でそれが拳銃であることを認識できたのは、それを突きつけられている浴衣姿の井上が、いまにも泣き出しそうな顔をしていたからだった。

「また随分と大胆な手に出てきたな」

カバパンは平然と返していたが、僕は一瞬、何が起きたか理解できなくなっていた。繰り返すが北岡がここに現れることそのものは不思議ではなかった。しかし、分からないのはその北岡が井上に銃を突きつけていて、井上が震えながら両手を上げて僕を見ていることだった。

「森本君……この人、本気だよ。いますぐ逃げて……本物の警察に知らせて！」

井上が、振り絞るように声を出して叫んだ。

「北岡さん、どういうことなんですか？」

北岡は僕の問いかけには答えず、カバパンに言った。

「オルタナティブ・トランスレーター……。やはり完成していたか」

「やけに詳しいじゃないか。……そうか。お前は、オリジナルだな？」

北岡はオルタナティブ・トランスレーターの存在を知っていた。そしてカバパンは「オリジナル」という言葉を口にした。その言葉が何を意味するのか僕にはさっぱり分からなかった。

「この四月まで、県警に北岡なんて刑事は存在していなかった。おそらく政府筋のどこかが俺たちを探り、妨害しているのだろうと思っていたが、まさかオリジナル・トランスレーターの所有者が、刑事のフリをして付け回してくるとはな」

「オルタナティブとかいうふざけた連中を、野放しにはしておけない。そう考える人間はお前たちの想像よりもずっと多いってことさ」

「北岡さん、あなたって一体……いや、オリジナルって……なんなんですか？」

僕の問いに答えたのは、北岡ではなくカバパンだった。

「言ったろ？　政府はカビの生えた制度と技術で『怪人』たちに対抗しているって。この男はおそらく、そのオリジナルのシステムの運用者だ。そしてオリジナルのシステムの運用者には、俺たちオルタナティブの活動を良く思っていない連中が多い。この男は、お前を利用して、俺たちを探っていた。最終的な狙いはおそらく、オルタナティブ・トランスレーターの実物を手に入れることといったところだろうな」

北岡はフン、と鼻を鳴らした。

「概ねそんなところさ。しかし、この状況では打つ手はないはずだ。結局はオルタナティブ・トランスレーターを渡してもらうことになるだろうな」

「北岡さん……銃を下ろしてください。さすがに一般市民を、撃てるわけがない。そしてそんな見え透いたことをしたところで、この人が従うわけが……」

ないじゃないですか、と続けようとしたときだった。鼓膜が大きく振動して、その場の空気が引き裂かれた。花火の後のような臭いがして、北岡が発砲したと分かった。井上はその場に、反射的にしゃがみ込んでいた。

「お前たちが展開した領域のおかげで、銃声は国道まで聞こえない。そして、今夜この場所で死体が出たとしても、それは怪人の犠牲者として処理されるし、俺にはそうする権限がある。森本は俺が高校生を撃ち殺すことまでしないと考えているようだが、実際にはどうかな？　お前は俺という人間をほとんど知らないはずだ。現に俺の目的も、そしてオリジナルのシステムの運用者であることも今の今まで知らなかったわけだからな」

「強気だな。当局は俺たちオルタナティブの活動を支援もしなければ禁止もしない。しかし怪人を排除した成果だけは、自分たちの手柄として記録する。そういう舐め腐った態度を貫き通すんじゃなかったか？」

「そうさ。だから、今回は大いに利用させてもらう。お前たちが森本をエサに怪人たちを呼び寄せていることは想像がついていた。だから、オルタナティブ・トランスレーターだけでなく、お前たちがおびき寄せた獲物もしっかり俺がいただく。その上で、お前たちにはこの街でやらかした数々の無茶のツケを払ってもらう。だから……」

北岡が何かを口にしかけたそのときだった。

視界が真っ白な光に包まれた。「怪人」の光線が、至近距離に炸裂したことを理解したのは、全身が熱風のようなものに晒され、地響きのような轟音に立っていられなくなったからだ。何かが小爆発をしたのか、もう一度ドン、と大きな音がしてガソリンが焼ける臭いが辺りに立ち込めた。あのバンに光線が炸裂して大破したのだと理解したのはよろよろと立ち上がる北岡を視界の隅に確認したときだった。僕は夢中で井上の姿を探したが、北岡の側にはいなかった。

「綾乃を連れて、ここからすぐに逃げろ」

カバパンに言われて振り向くと、そこに浴衣を煤だらけにした井上がいた。僕はカバパンの言葉と井上の汚れた顔を見比べて、バンに光線が炸裂したドサクサにまぎれて、井上がこっちに逃げてきたことを理解した。

「先生はどうするんですか？」

「車を一台犠牲にして、この隙を作ったんだぞ。無駄にさせるんじゃない」

「怪人の攻撃を、バンに誘導したんですか？」

「怪人って何？　攻撃？　何を話しているの？」

僕たちが噛み合わないやり取りをしている間に、北岡は体勢を立て直していた。

「小賢しいことをやってくれるじゃないか。なら、こちらも実力行使をするしかない」

「北岡さん、あなたも怪人と戦っているんでしょう？　なんでこんなことを……」

北岡は僕のその問いかけに、答えなかった。そして彼のその手に、拳銃はもう握られていなかった。代わりに北岡の腰には、オルタナティブ・トランスレーターによく似た、しかし確実に異なるものが装着されていた。それが何を意味するのか、僕には想像がついた。

「何を言っても無駄だ。こいつは怪人たちよりも、俺たちオルタナティブを排除することが優先度の高い目的になっているのさ」

カバパンの口ぶりは、こうしてオリジナルからの襲撃を受けることがはじめてではないことを物語っていた。

「森本君、どういうこと？　知っていることがあるなら、私にも教えて……」

僕は北岡がいまから何をしようとしているのか、井上に告げようとした。しかし、できなかった。カバパンの告げたことが真実なら、虫の眼を持たない井上は「それ」が見えない……認識できないはずだからだ。

「いまはとにかく、逃げよう。あとで全部話すから」

僕ははぐらかすように井上に言った。そんな僕らの前で北岡は静かにベルトを起動させ、そして短く告げた。

# 「変身。」

由紀子のときよりも鈍く、黄色い光が辺りを包んだ。今度は目を伏せずに済んだ僕は、北岡の身体が、由紀子の変身体によく似た――昆虫のようなマスクにライダースーツのようなボディに身を包んだ――、しかしより簡素な姿に「変身」するのを目撃した。カバパンの説明から想像する限りは北岡の使用したシステムがオリジナルで、由紀子のそれはその代替物＝オルタナティブだということだったけれど、僕にはよりシンプルな北岡の変身体のほうがオルタナティブの普及版というか廉価版というか、「量産型」に見えた。

「ホッパーキング・タイプの量産モデルか。その旧式のトランスレーターでオルタナティブに対抗できると、本気で思っているのか？」

「だから今日ここで、お前たちのトランスレーターを提供してもらうことにしたのさ」

北岡の変身体の側にはバンの残骸が転がっていた。それは後部扉を含む全長一メートル以上ある鉄の塊だった。北岡の変身体はそれを片手で軽々と持ち上げた。それだけでも驚きだったが、今度はその鉄の塊を、彼は目の前の空中で固定した。何かが軋むような大きな音がした。暗くて細部までは見えなかったけれど、その鉄の塊がまたたく間に球状に丸められていくのが分かった。そして、北岡はその間その物体に指一本触れていなかった。由紀子があの漏斗のような機械にそうしたように、何らかの力でその物体は浮遊し、強い力で形状を変化させていた。

「伏せろ」

カバパンが短く叫び、僕たちが身をかがめたのと、その球体が僕たちめがけて放たれたのは同時だった。最初から、命中させる気はなかったのだろう。その球体は僕たちの立っている場所から十メートルほど離れた駐車場の詰め所のプレハブに命中して、それを鈍い、そして大きな音とともに破砕していた。そこに用いられたエネルギーの大きさを想起させる大きな音は、僕たちの肝を冷やすのに十分だった。

「北岡さん、いま、一体何をやったの!?」

「怪人」の存在を認識できず、北岡の変身体も見えていない井上は、バンの爆発からいまの北岡の行動までの意味がまったく分からず、困惑していた。そして僕は変身体が単に「怪人」たちを認識し、あの由紀子が使った漏斗のような、ドローンのような武器を使えるだけではなく、身体能力的にも強化されていることを知って愕然とした。こんな怪物じみた身体能力を得た北岡からどうやって逃げたらいいのか、まるで想像がつかなかった。

「俺たちを制圧するためにトランスレーターまで使用するのか。なりふり構わないな」

かなり絶望的な状況のはずだったけれど、カバパンは割と平然としていた。

「オルタナティブ・システムは本来四名で運用するはずだ。したがってお前たちは最低でもあと一つ、トランスレーターを所有していることになる。それを渡してもらう」

「……嫌だと言ったら？」

「拒否できる状況下にないことが、分からないお前ではないと思うがな」

「お前こそ、目の前の怪人への対処を優先しないと共倒れになるのが分からないのか？」

「そのための最善の選択は、余計なことを考えずに俺に従うことだ。二体のオルタナティブの反応はこの領域の中に存在しない。領域外で複数の怪人の相手をしているのだろうが、こうしてお前が後方支援ができなくなった以上は取り逃す可能性が高い。しかし俺がオルタナティブ・トランスレーターを使えば話は別だ。交渉の余地があるとしたら、ここだな」

北岡は勝ち誇っていた。しかし僕はカバパンが「時間稼ぎ」をしているのが分かった。北岡はオリジナルとオルタナティブの性能差に、執拗にこだわっている。そのせいで、カバパンに何か言われたときに、この有利な状況をアピールする言葉をどうしても言いたくなってしまっている。カバパンは、そこに付け込んでいるのだ。だとするとカバパンが何を狙っているかは明白だった。僕は、カバパンの企みに「乗る」ことにした。

「北岡さん……あなたも僕を利用していたんですね」

「それはお互い様だろ？　お前もまったく信用していない俺を利用して、こいつらの企みを暴こうとしていたわけだからな。だが、いまからでも組み直すことは可能だ。葉山千夏子と藤川康介を守りきれなかったこの民間団体から、危ない玩具を取り上げるのに協力するのさ。樺山の後ろにあるトランクの中身が、おそらく予備のオルタナティブ・トランスレーターだ。それを持って、井上と一緒にこちらに来れば、お前の仕事はそこで終わりだ。トランスレーターさえ手に入れれば、怪人たちは俺がどうにかする」

「北岡さん……無茶はやめてください。おそらくあなたの本来の任務はこの街に出現した怪人たちの監視と排除だったはずです。しかしあなたは、自分の装備ではこの数の怪人に対抗できないことを分かっていた。そこにこのチーム・オルタナティブが出現した。あなたはチーム・オルタナティブを監視して、僕との関係を把握した。そして、チーム・オルタナティブに怪人たちへの対応をさせながら、僕を利用してオルタナティブ・トランスレーターを手に入れる機会を窺っていた。違いますか？」

「……だいたいは間違ってはいない。しかし、それが何になる？　高校生には分からないだろうが、問題を理解することと、実際に解決することは別問題だ。お前は謎を解くことばかり考えて、状況を解決することを考えなかった。その結果、今日までこいつらに騙されていたのだし、俺の計画にもこの瞬間まで気がつかなかった」

北岡の顔はマスクに覆われ、表情が読み取れなかったが、気持ちよく喋っていることはよく分かった。そして、彼に気持ちよく喋らせることが、僕の狙いだった。

「あなたはなぜその所属する組織の、オリジナルの仲間たちの応援を呼ばなかったんですか？

その理由は一つ、一連のあなたの行動は組織の公式のものではなく、スタンドプレイに近いものだからです。今やっていることが明るみにでたとき、困るのはあなたじゃないんですか？」

「俺を脅しているつもりなのか？　この状況下で、随分と強気じゃないか」

「北岡さん、あなたと教頭先生は前に僕にあまり大人を舐めないように忠告してくれましたよね。いまとなっては、いい忠告だったと思います。だから僕もそのお礼に、一つ忠告させてください。それは相手が高校生だからといって、あまり舐めないほうがいいということです」

「だから強がってみせたとしても、無駄だと言ったはずだ」

北岡は苛立った声を上げた。僕は北岡に気付かれないように、そっとカバパンの様子を確認した。一瞬、目が合った。その目は僕に、よくやったと言っているように思えた。このとき僕は、北岡の背後に、ある気配のようなものが近づいてくるのを感じていた。僕の想像が正しければ、時間はもう、十分なはずだった。

「それが……そうでもないんですよ。後ろを向いてください」

北岡は警戒しながら、ゆっくりと後ろを見た。

**「これは想像力の必要な仕事だ。目に見えぬものたちを、かたちにすることだ」**

あの呪文を唱えながら、ゆっくりと歩いてくる影があった。

そのスラリとした影の腰の部分には、オルタナティブ・トランスレーターが装着されていた。そしてそのバックルの部分の風車のような装置は、電子音を奏でながら全力で回転していた。まるで、この世界からありとあらゆるエネルギーを吸収しているようだと僕は思った。

「ヒデさん……!?」

井上がその名前を口にすると、そのシルエットはピタリと立ち止まった。

「綾乃ちゃん、理生っちと早く逃げて！」

「え、でも、ヒデさんは……？」

「ヒデが戻ってきたなら、もう大丈夫だ」

カバパンが時間稼ぎをしていたのは、ヒデさんがもうすぐここに戻ってくることが分かっていたからだった。そして僕はそのことに気づいて、北岡の注意を引いたのだ。

「遅いぞ」とカバパンが笑顔で言った。

「ごめんなさい。先生がバイクを置いて生身で戻れっていうから、時間がかかっちゃって」

二人のやりとりを聞いて、僕は自分の想像が正しかったことを確認した。カバパンは何らかの方法でヒデさんに密かに指示を与え、ヒデさんは北岡に探知されないように工夫して戻って来たのだ。北岡の出現からこの瞬間まで、カバパンが具体的に何らかのアクションを起こすタイミングはなかったはずだった。意識そのものがつながって、直接考えていることを送り込みでもしない限り、それは不可能なことだった。これはつまり、オルタナティブ・システムがそれに近いことを可能にすることを意味していた。僕はこのとき、はじめてこの三人組の、チーム・オルタナティブの異常な要領と連携の良さの秘密を探り当てたような気がした。そしてヒデさんはあの日と同じように僕の目を見て言った。

「だから言ったじゃないですか。オレたちは人間の自由を守る正義の秘密結社だって」

このとき、僕はようやく確信した。この人は、この人たちはたしかに僕たちを騙していた。利用もしてきた。けれどその一方で本当に全力で、命懸けで僕たちを守ってきたのだ。そしてヒデさんもまた、僕の目の前で、あの言葉を口にした。

由紀子のときと同じように、赤い光が——彼らがあの信号弾で展開している「領域」と同じ赤い光が——辺りを包んだ。今度は意図してすぐに、なんとか目を開けた。一瞬のことだったがそこにはヒデさんが、いや、ヒデさんだったはずの存在が見えた。そこには、由紀子の変身したあの、虫のような身体があった。虫たちの個体の区別が人間にはつきにくいように、僕には二人の変身体がほとんど同じに見えた。

「ここはオレに任せて、二人は早く逃げて！」

ヒデさんのオルタナティブと北岡のオリジナル——二つの変身体が睨み合う形になった。

「北岡と言ったな？　もう、ここまでだ。やめておけ。オリジナルの装備では、オルタナティブにも、この数の怪人にも太刀打ちできない。そして俺たちもこの二人とお前を同時に守りながら戦う余力はない」

カバパンの述べた通り形勢は逆転したはずだが、北岡は平然としていた。

「なるほど。しかし、足手まといを三人も庇いながら戦わなきゃいけないのは、そいつのほうじゃないか？」

次に起きたことは、本当に一瞬だった。北岡の変身体が、消えたように見えた。それが高速で移動して、カバパンに突進したと分かったのは、すべてが終わったあとだった。

# 「変身！」

「いい加減、本当の敵はオレたちじゃないって分かってくださいよ……」

立っていられなくなるような大きな音がして、僕と井上は反射的に身をかがめた。そしてゆっくり身を起こすと、ヒデさんが十メートルほど先の地面に転がる北岡に言い放った。この一瞬で北岡の変身体は、割って入ったヒデさんの変身体にまるでバスケットボールのように簡単に弾き飛ばされたのだ。

「早く、いまのうちに！」

ヒデさんの言葉に、僕よりも井上が早く反応した。

「ありがとう、ヒデさん！」

井上が僕の手を引いて、僕たちは一緒に走り出した。浴衣に厚底サンダルの井上は、すごく走りづらそうにしていたけれど、僕たちはお互いの手を引っ張りながら、夢中で国道のほうに走っていった。国道に出たあとは、もし流しのタクシーが来たらすぐに拾えるように自動車の流れに沿うように走っていった。

カバパンの説明が真実なら僕だけではなく、いまもっとも僕と精神的な距離の近い人間の一人であるはずの井上も確実に「怪人」の標的になり得るはずだった。しかし「怪人」が出現する——つまり奴らが「こちら」の世界にアクセスできるポイントは限られているはずで、この夏にチーム・オルタナティブが毎晩のように領域を展開していたゾーンから大きく離れれば、おそらく「怪人」からの襲撃を避けることができると僕は考えた。だから、とにかく二人で、できるだけ遠くに逃げることが必要だった。しかし、問題はその後のことだった——。

僕は考えた。単純に考えれば、このまま警察に連絡して北岡の暴走を止めるのが妥当な選択だった。しかし、僕はすぐにそれは危険だと考え直した。仮に警察に連絡したとき、救援に訪れるのがオルタナティブとオリジナル、どちらの味方なのか僕には分からないからだ。

そしておそらくあの領域の中ではこうしているいまもヒデさんが北岡と、そして由紀子が残り四体前後の「怪人」たちと戦っているはずだった。北岡の乱入で、チーム・オルタナティブの計画は大きく狂ったと考えられた。少なくとも由紀子とヒデさんの二人で対応するはずの怪人たちに、由紀子が一人で当たっているのは間違いないだろう。ヒデさんは北岡を圧倒しているように見えたけれど、その後どうなっているかはやはり不安だった。

僕と井上は、息を切らせながらちょうどバス停に停まっていた市営バスの中に飛び込んだ。花火大会はもう終わっていて、駅前から郊外の会場の側に向かうこの路線の下り便はガラガラで、僕ら以外ほとんど乗客はいなかった。僕たちは、一番後ろの席に倒れ込むように座った。バスが発進してとりあえず助かったと思ったが、僕は同時に別のことを考え始めていた。

「ねぇ、教えて。何が起きてるの？　変身って何？　北岡さんとヒデさんのアレ、普通の人間の力じゃないよね？　森本君、何か聞かされているんでしょう？」

井上が矢継ぎ早に尋ねてきて、僕は彼女が何も「見えていない」ことを思い出した。井上にはヒデさんと北岡の変身体が見えていない。だから、何が起きているのか半分も理解していないのだ。僕は思った。やはり、井上を巻き込むわけにはいかない。僕は走りながら考えていたことを、井上に話し始めた。

「……いまから、東京の研究所の厚木さんと、あの大家さんのところに連絡を取って、カバパンたちがピンチだと言ってくれないか？　そして、あの場所を教えるんだ」

「……森本君、それ、どういうこと？」

「たぶん北岡の乱入で、そして僕たちを逃がすために、あの三人はかなりピンチになっているはずだ。厚木さんと大家さんのうち、少なくとも大家さんはあの人たちの、チーム・オルタナティブの仲間のはずだから」

「チーム・オルタナティブ？」

「人間の自由を守る正義の秘密結社なんだってさ……ヒデさんが言ってたよ。びっくりするけれど、たぶん本当のことだと思う」

「……森本君、何を考えてるの？」

僕が何を考えているか、概ね想像がついたらしい井上は大きな声を上げた。

「ダメだよ、森本君。これって私たちが、高校生がかかわっていいようなことじゃないよ。あとは、警察に任せて……」

「警察には北岡の仲間がいるかもしれないから、それは危険だ。だから、僕はこのまま逃げるわけにはいかない。あの三人に借りを返しに行きたいんだ」

バスが国道沿いの停留所で停まった。僕は降りようとしたけれど、井上が僕の左手首を摑んだまま離さなかった。

「これ以上はダメだよ。あの人たち、絶対におかしいよ。危ないよ。葉山先生や、藤川君みたいになっちゃうよ。そんなの絶対に……」

「分かってる。でも、やっぱり行くしかないんだよ」

僕は井上を遮って、言った。

「葉山先生もさ、藤川もさ、こんなことをしても喜ばないのは僕も分かっているんだ。でもさ、あの二人と過ごした時間を大切に思うなら、想像力の必要な仕事のことを、虫の眼のことを忘れちゃいけない。いや、忘れたふりをしてちゃいけない。そんな気がするんだ」

扉が閉まって、バスが次の停留所に向けて動き始めた。

「森本君ってさ、こういうときにスラスラともっともらしいこと言うよね」

井上は、すっと僕の手を離した。そして煤だらけの頬を煤だらけの浴衣で拭いながら、付け加えた。

「森本君がさ、この街を退屈に思うのも、あの人たちの世界に憧れるのも私、よく分かるよ。森本君はこの街とか学校とかじゃなくて、あの人たちの世界のほうにかかわりたいんだよ。でもそれを死んだ人のためなんて言うの、ちょっとズルいよ。止められないじゃん」

僕はこのときはじめて、井上が目に涙を溜めているのに気づいた。

「あとで全部話してくれるって約束してくれるなら、言われたことは全部しておく。だから次のバス停で降りなよ。逆方向なら、きっとタクシーが捕まるから、でもさ」

井上はそこで一旦、言葉を切った。

「いつまでも待ってるわけじゃないから、ちゃんと戻ってきてよ。私が言うことじゃないけれど、この街だってそんなに悪いところじゃないからさ」

井上は泣いているのか、笑っているのか分からない顔をしていた。僕はこのときの井上の顔をずっと、ずっと忘れないだろうと思った。

※

僕は次のバス停で降りて、横断歩道を渡り反対車線に走った。井上の読み通り、花火を見にきた客を自宅まで送り届けた帰りらしいタクシーがたくさん、国道の上り車線を走っていた。

僕はそのうち一台を停めて、さっきまでいた駐車場に向かってくれるように運転手さんに告げた。僕なら、こんな時間に高校生がなぜこのような場所に行くのかと不審に思うところだが、七十歳は超えているように見える運転手さんは「花火の帰りかい？」と見当違いなことを尋ねてきただけだった。

僕はいまから自分が戻ってするべきことを考えた。ヒデさんが北岡を既に制圧していた場合、していなかった場合、そして考えたくなかったし考えられないことだったけどヒデさんが北岡に返り討ちに遭っていた場合を、それぞれシミュレーションして自分が取るべき行動を考えた。そしてタクシーを停めて、ドアから飛び出した僕はガードレールを乗り越えて、芝生を滑り降りるように走った。その先の、まだ煙のくすぶるバンの前にあの三人組らしい人影が見えた。

※

「どうするんですか、バンまで壊しちゃって……。これ、逃げられますよね？」

「仕方ないだろ？　理生と綾乃を逃がしながら、オリジナルを片付けたんだから」

「大丈夫ですよ。次に奴らが出てきても、オレがちゃちゃっとやっつけますから」

……なんだか、揉めていた。

「ここまで追い詰めておいて、またゼロから標的を探すところからやり直すんですか？　私、イヤですからね。私にだって人生設計があるんですから」

「イヤだって言ってもさ、仕方ないじゃん……」

「大丈夫ですよ。由紀子ちゃんの勉強だって、オレが全力で応援しますから。夜食だって作りますし、由紀子ちゃんの好きな豆、そろえておくからコーヒーだって入れますし……」

なんだか、ものすごく揉めていた……。

「それに、森本君のことはどうするんですか？　このまま三人で運用を続けていくの、正直言って限界ですよ？」

具体的にはバンの残骸の前で、変身を解除した由紀子とヒデさんとカバパンの三人が、結構大きな声で言い合っていた。より正確に言うと由紀子とカバパンが揉めていて、そこに実質的に無内容なことを言ってフォローに入るヒデさんが完全に無視されるというやり取りが反復されていた。

「それもこれも、このバカが無駄にイキって、介入してきたせいだ」

カバパンが吐き捨てるように言って睨んだ先には、ロープでぐるぐる巻きにされて街灯にくくりつけられている北岡（の変身解除した姿）があった。

「……お前たち、こんなことやってタダで済むと思うなよ」

毒づく北岡の前には、完全に破壊された彼のトランスレーターが転がっていた。北岡はあのあとヒデさんに制圧されたのだ。たぶん、ボコボコに……。

「まだ強がるのか。お前の独断専行こそ、当局に詳細に報告してやるからな。量産型ホッパーキングのトランスレーター程度の装備でオルタナティブのチームに喧嘩を売るには無茶をしなきゃいけなかったのは分かるが、さすがに調子に乗りすぎだ。一般の民間人、それも未成年をここまで巻き込んだ以上は変身資格の剝奪はもちろん、刑事告訴も覚悟しておくんだな」

有利な状況ではとことん強気に出るタイプらしいカバパンは、抵抗力を失った北岡を前にサディスティックな笑みを浮かべた。

完全に出ていくタイミングを逸した感じになった僕は、そっと彼らに近づいていった。本当はピンチに陥った三人組の前にさっそうと現れる……くらいのことを想像していたのだけれど、なんだか感動的に旅立っていった転校生が忘れものを取りにすぐに戻ってきたような感じの申し訳無さそうな歩み寄りになってしまった。

「しかし、参ったな……」

カバパンは煙を上げるバンを前に、ガサガサと頭を掻いていた。その横顔は見るからに「困った」と言っていた。

「あ、理生っち？」

僕に最初に気づいたのは、ヒデさんだった。

「なんで戻ってきたんだ⁉」

カバパンは僕の姿を目にとめると、まずそう言った。しかし、それ以上は尋ねなかった。そしてどこか、嬉しそうだった。

「さっき僕たちを逃がしたせいで、計画が根本から狂ったんじゃないですか？　今夜がいま発生している怪人の群れを倒す最後のチャンスだと言ってましたよね」

「そうだけど、森本君……いま、君にできることは……」

僕は何かを言いかけた由紀子を遮って、考えてきたことを口にした。

「今夜、あなたたちは僕を囮に怪人たちを集めていた。あの信号弾で展開される領域は、怪人たちから虫の眼の持ち主の位置を特定させないためのものであると同時に、特定のゾーンに怪人たちを引き寄せるためのものなんじゃないですか？　要するに一定の範囲にダミーのエサを撒くことで、怪人たちを誘導しながら攪乱する。それがあの領域の効果のはずです。だから、あなたたちは僕を領域の中に置くことで囮に使いながら、同時に怪人たちから守ることができた。違いますか？」

「違わないとしたら……どう思うんだ？」

カバパンが、ニヤニヤしながら尋ね返した。

「僕がいまから、もう一度囮になれば、怪人たちを引き寄せることができるはずです」

「森本君……ちょっと、何を考えているの？　私たちが君と綾乃を逃がすために、どんな思いをしたか、分かってるの？」

「分かっている。だから借りを返しに来たんだ」

詰め寄ってきた由紀子に答えて、僕はカバパンに向き直った。

「僕はここに戻ってくる途中、ずっと考えていました。あなたたちがなぜこのような回りくどいやり方をしていたのか、ずっと分からなかった。僕を囮に使いながら護衛するのなら、もっと直接的で簡単な方法があったはずです。なぜ僕をアルバイトに誘って、本来なら隠し通さなきゃいけない領域の展開まで見せていたのか。でも、そこの北岡さんの言ったことを思い出して、やっと気づきました」

僕の言葉に憮然としていた北岡がふと顔を上げ、カバパンは面白そうに喉を鳴らした。

「へぇ。何に気づいたんだ？」

「あなたたちの使っているそのオルタナティブ・システムは本来四人で運用するものなんですよね？　あなたたちがこの街に来た目的は怪人たちを殲滅して、僕たちを守ることだけじゃない。あなたたちは、仲間を探しに来た。そして僕を試していた。だからあんな回りくどいやり方をして、時間をかけて近づいてきた。あなたたちがこの街に来た最大の目的は僕をあなたたちのチームに……チーム・オルタナティブに引きこむことだった。そうですよね？」

「仮にその通りだとするなら、何をすればいいと思うんだ？」

カバパンはひどく嬉しそうだった。

「領域をもう一度展開してください。できるんでしょう？」

「悪くない提案だな。でも、それだけじゃダメだ。分かるか？」

「先生……変なこと考えないでくださいよ」

何かを察したらしい由紀子がすぐに釘を刺した。

「変なことなんかじゃない。計画を前倒しするだけだ」

「ちょっと、前倒しって……」

カバパンは由紀子に答えた。由紀子は何かを言い返そうとしたが、その言葉を遮ってカバパンは僕に告げた。

「お前の言う通り、このオルタナティブ・システムは本来は四人一組で運用するものだ。戦闘用のオートバイのブラフ・オルタナティブが三台あって、その操縦者がそれぞれ一人ずつと、そしてシステム全体を統括する管理官の四人が本来の構成だ。だから本当は、もう一人操縦者がいて、奴らの存在をより正確に認識し、その相対的な位置を前衛に……つまりヒデと由紀子に共有してやらないといけない。しかし、俺たちは三人しかいない。俺はシステムの管理で手がいっぱいで、そもそも俺の眼では、奴らをはっきりと認識することができない。それを、バンに搭載していたスキャナーで補っていたが、この通りもはや使い物にならない」

カバパンは目の前のスクラップと化したバンを顎でしゃくってみせた。

「この二人の変身体は、言ってみれば武器のようなもので攻撃に特化している。だからレーダーにあたる、眼に特化した存在が必要なのさ。強い『虫の眼』の持ち主が、四人目のチーム・オルタナティブが必要なんだ」

僕はカバパンが何を言いたいのか、概ね想像がついた。心臓が大きく高鳴るのを感じた。カバパンは明らかに、僕を「乗せようと」していた。

「そして、ここに三本目のオルタナティブ・トランスレーターがある」

カバパンはいつの間にか取り出していたそれを、僕の前に掲げてみせた。

「先生、本気で言ってるんですか？　さすがにいま、いきなりは無茶ですよ」

由紀子が、カバパンに食ってかかった。その由紀子の反応で、僕はカバパンが僕に何を要求しようとしているのか完全に理解した。僕の想像はたぶん、正しかった。

「……まさか、僕に変身しろっていうんですか？」

「話の流れで分かるだろ。他に誰がいるっていうんだよ」

カバパンは、あっさりと認めた。

話を聞いていたらしい北岡が叫んだ。

「お前、さっき俺に民間人の未成年者を巻き込むなって言ったばかりだよな？　ふざけやがって……！」

もっともな指摘だったけど、発言者が北岡だったのでその場にいる全員が無視した。

僕は、抵抗した。

「無理ですよ。何の訓練もなしに、そんな……」

たしかに予測はしていた。しかしこの場で突然実戦を要求されるとまでは思っていなかった。

……いや、少し思っていたけれど、いざ本当に言われると怖くなった。

「そんなこともないと思うなあ。オレもはじめてのときは、現場でいきなり変身する流れだったけれど、結構いい感じでやれたから。なんか、こう、ビビッと来る感じがして……。なんとなく、怪人の動きが見えて自然に身体が動いちゃって……」

気持ちはありがたかったけれど、ヒデさんの話はまったく参考にならないので、これもその場にいる全員が無視した。

「別に奴らと直接、やり合えって言うんじゃない。ヒデと由紀子を、その眼で支援するだけだ。戦闘技術は、経験とともに上昇するが『虫の眼』は、つまり奴らを認識する力は加齢とともに弱くなる。だから、お前のまだ強く力の残る若い眼があれば、かなり正確に奴らの動きを把握することができる。そしてその眼を、二人に共有する。それだけでいい」

「でもそれって、あいつらとの……怪人との戦いに加わるってことですよね」

「もしここで奴らを取り逃がしたら、そして再び奴らがこの街に現れたら、真っ先に狙われるのはお前と、あともう一人誰かは想像がつくだろ？」

本当に嬉しそうに、カバパンはその言葉を口にした。カバパンは分かっていたのだと思う。僕にはもう選択肢はないのだということを。

「やっぱりあなたたちがこの街に来た最大の目的は僕をあなたたちのチームに……チーム・オルタナティブに引きこむことだったんですね」

カバパンはニヤニヤしたまま、答えなかった。ヒデさんはずっとニコニコしっぱなしだった。そしてさっきまで怒っていた由紀子が、一瞬だけ僕を見て笑ったような気がした。

「そして、いざというときに僕を協力させるためのカードとして、あなたたちは僕に井上を近づけた。そうですね？」

「想像に任せるよ」

「ロクな死に方しませんよ」

「褒め言葉と受け取っておくよ」

カバパンはそう言って、オルタナティブ・トランスレーターを僕に手渡した。僕は無言でそれを受け取った。それは、見た目よりも、ずっしりと重かった。腰にぐるっと巻くと自動的に収縮して、ぴったりと身体に装着された。

「僕も言うんですか？　あの呪文」

「トランスレーターにはお前の声紋が既に登録されている。個体認証も兼ねた起動パスワードだから、ちゃんと言わないとダメだ」

「いきなり実戦に放り込むんですよ。何かアドバイスとかないんですか？」

「おい、何度も言ったはずだろ」

カバパンは、最高に得意気に言った。

「コツは一つ、虫の眼で世界を見ることだ」

由紀子が、やれやれといった顔をして目をそらした。ヒデさんはやっぱり、そんな僕らをニコニコ笑いながら見守っていた。

僕はすべてを諦めて深い溜め息をつき、その呪文を——トランスレーターを起動するためのパスワードを唱え始めた。

**「これは想像力の必要な仕事だ。目に見えぬものたちを、かたちにすることだ」**

僕の唱えた「虫の眼」の呪文に反応して、オルタナティブ・トランスレーターが起動した。

バックルの部分の風車が回転し、赤い光を放ち始めた。下腹部の辺りに膨大なエネルギーのようなものが流れ込んでくるのを、僕はトランスレーター越しに感じていた。

これはどう考えても、これまで僕が触れてきた世界とは違うレベルで起きていることだった。この夏が訪れるまで、僕はただの高校生だった。自分は周りの人間とは違うのだと、思い込みたくて仕方がないただの少年だった。しかし、いまの僕は間違いなくそうではなくなっていた。あの頃、僕は好きなＳＦ小説を読みながら、退屈なこの街の代わり映えしない日常が終わりを告げることを夢見ていた。しかしそれが現実になったとき、僕は願望が満たされたことの喜びよりも一生引きずり続けるであろう強い痛みと、そして迫り来る危機に対する不安の中に放り込まれていた。ただほんの少しだけ、しかし確実に自分が新しい世界に触れようとしていることへの新鮮な感動のようなものが存在した。僕はその僅かな感動を梃子に、やるべきことをやるための勇気を絞り出そうとしていた。一体なんで、こんなことになってしまったのだろうと後悔のような気持ちが沸き上がってきた。しかし、とっくに僕はもう戻れない地点にまでたどり着いてしまっていた。

たくさんの諦めと、そしてほんの少しの希望を込めて僕はその言葉を、最後のパスワードを口にした。


**「……変身」**

こうして僕の長い夏休みと、普通の高校生としての日常は終わりを告げた。

# 18. 夏休みの終わりに

変身後の世界のことを言葉にするのは難しい。たぶんほとんどの人は僕たちの人間の身体が、そのまま強くなったものを想像していると思う。しかしそれは大きな誤解だ。変身するとは、オルタナティブな身体を通じて世界に接するとは、人間の世界を捨てるということなのだ。

たとえば視覚がそうだ。犬や猫など、比較的人間にスケールが近い身近な動物でも、人間と視界が異なるだけでなく、「色」の識別も人間とは異なっているということを知っている人もいると思う。変身後の僕の視覚もまた、まず人間のそれとは根本的に異なっていた。それは頭上やお腹に目玉がついているような感覚のする、ぐっと広いものだった。色の識別は人間とあまり変わらなかったが、その対象の陰影や凸凹は人間の眼よりもずっと細かいところまで把握できた。聴覚も明らかに変わっていて、数十メートル離れた国道の自動車が行き交う音はほとんど聞こえないのに、ぐっと離れた川沿いの草むらの中の早くも鳴き始めた秋の虫たちの声はうるさいくらいに聞こえた。そして、人間の声はほとんど直接聞こえなくなっていた。

「**これは想像力の必要な仕事だ**」

だが由紀子の、そしてヒデさんの口にした虫の眼の呪文は、はっきりと聞くことができた。

「**目に見えぬものたちを、かたちにすることだ**」

いや、正確にはその言葉は僕の意識に直接響いていた。

二人の声と言葉が重なり、そして光とともに僕の目の前に二つの変身体が出現した。ヒデさんと由紀子の変身体の姿にほとんど差はなく、強いて言うなら由紀子の変身体のほうが一回り小柄だった。ヒデさんの変身体がほぼダークグリーン一色なのに対して由紀子のそれはマスクとスーツに差し色的にシルバーが入り、少し派手な印象を与えるものだった。僕は自分の身体がどうなっているのだろうと思った。そう考えると不思議なことに、まるで少し離れたところにあるカメラが捉えたように、自分の立っている姿が「正面から」見えた。

これは明らかに自分の頭についている目の視界そのものではなかった。由紀子や北岡が物体を浮かせている（かのように見せている）ように、僕の視界もまた、怪人たちの世界を経由して僕たちの暮らす通常の世界とは異なる法則のもとに作用していたのだ。

僕のマスクは赤と白、スーツは緑と白を基調にした他の二人よりも派手な色使いのものでそしてやはり、虫に似ていた。由紀子とヒデさんのそれがバッタを想起させるのに対し、僕のそれはもうすぐこの街にも飛び交い始める、秋のトンボたちを想起させた。

「由紀子は手、ヒデは足、そして理生、お前は眼だ。強い複眼を、虫の眼をお前はいま得ている。虫の眼には見えるはずだ。奴らの存在が。人間の生み出した時間ではなく、「間」そのものに潜むものたちが。それを目にしたとき、その視覚の情報は由紀子とヒデにもつながる。お前が手を伸ばせば、それは由紀子の手に置き換わる。由紀子はそれを、手の変化した道具で撃ち抜く。目にしたものに近づけば、ヒデがその足でそれに向かって走る。そして俺は言葉だ。お前たちの意識に直接話しかけている。さあ、来るぞ」

カバパンの声もまた、別の回路を用いているらしく、脳の中に直接響いた。

しかし、一番驚いたのはその空間そのものの認識だった。視野がかなり変わってしまっただけではなくて、そもそも遠近感のようなものが変身前とはまるで異なっていた。具体的には意識を集中すると自分もたしかにそこに立っているにもかかわらず、そこはまるでチェスや将棋の盤のように自分の姿を含む全体が俯瞰して見えた。一歩踏み出すと僕は大きくその場所からズレて、将棋盤のように見える人間の世界の平面の一部が視界から外れた。そして、前方に小さく、しかし、はっきりと「奴ら」の集団が見えた。一体、二体、三体——三体の「怪人」が僕たちの側にゆっくりと歩いて、近づいてきていた。その距離は人間の世界の、盤上の距離ではなく「この世界」での距離だった。そして彼らの意思——この存在を抹消してしまいたいという圧倒的な排除の意思——は確実に僕に向いているのがはっきりと感じられた。しかし、一方的に「見られる」だけだったこれまでとは異なり、変身後の僕にははっきりと「奴ら」の姿を「見る」ことができた。

「由紀子はここからビットで奴らを攻撃するが、残り三体を同時に殲滅するのは難しい。そしてビットの展開中は無防備になる。だからヒデが同時にブラフ・オルタナティブで近接戦闘を仕掛ける。理生、お前はヒデにくっついていって、『眼』の役割を果たせばいい。『眼』の情報は由紀子にも転送される。つまり、この作戦はすべてお前の『眼』が機能することが前提だ」

「三体すべてを視界に収めるのが前提だってことですよね。でもそれ、条件はないんですか？」

「領域の中では、一定の周期で一時的に奴らの世界と俺たちの世界が重ね合わされる。次のタイミングは、約五分後から、三分間だ。そして次のサイクルは一時間三十七分後だが、これは十数秒しか続かない。事実上、次が最後のチャンスだ」

「そのタイミングで、奴らを視界に収められる位置はどこなんですか？　移動手段は？」

「私のブラフ・オルタナティブに乗って」

由紀子が意識に直接話しかけて、割って入った。

「そしてヒデさんの後についていけばいい。一定以上加速することで、奴らとの相対的な距離がゼロに近づく。そのとき奴らを視認してその情報を私たちに共有すれば……」

「あとは、オレと由紀子ちゃんでどうにかしますよ」

「原チャリの免許も持っていないお前が大型のバイクに乗れるんだ。嬉しいだろ？」

三人が畳み掛けるように言って、僕は由紀子に彼女のオートバイ――ブラフ・オルタナティブの3号車――に促された。

「乗り方は分かるよね？」

「だいたいは……。でもいきなりスピードを出せって言われても……」

「変身体ならコケても死にはしない。気にしすぎだ」

カバパンが無責任なことを言った。

「大丈夫ですよ。オレも、この間バイク一台完全にダメにしましたけど、あのときの怪我、もうすっかり治っていますから」

ヒデさんの言うそれはたぶん合宿後の怪我のことで、だとするとあれは全治一ヶ月くらいの結構ひどい怪我だったはずで……要するにまったく気休めにならなかった。

「君がどうにかなる前に、私が必ず奴らを仕留める。それを信じて走って欲しい。いま、私に言えるのはそれだけ。まだ不安かもしれないけれど、これ以上の気休めは嘘になる。だから、信じて欲しい」

由紀子のその言葉は、真剣だった。同じ言葉を仮に素顔で真剣に言われたらうっかり好きになってしまうくらいの力があるなと思ったのは、僕が彼女の言葉に少し、安心したからだ。

「さあ、来るぞ……」

僕はブラフ・オルタナティブに跨って、エンジンを起動させた。最初からガソリンエンジンではなく電気動力が起動したので、僕の憧れていたエンジン音はしなかった。

「オレについてきてください。飛ばしますよ！」

ヒデさんのブラフ・オルタナティブが急に走り出して、僕は慌ててアクセルを踏んだ。その巨体はあっけなく走り出して、瞬く間に加速した。僕はオートバイに乗るというのは、もっと自分の身体が大きく、強くなるような感覚を与えてくれるものだと思っていた。しかし、違った。こうしてオルタナティブな身体に変身してしまったあとは、そもそも世界に対する認知がまるで違った。だからヒデさんの後に続いてオートバイを発進させたときの感覚も、想像しているようなものとはかなり異なったものだった。それはヒデさんや井上の運転するオートバイに二人乗りしているときの感覚よりも、むしろ自分の足が長くなって、それも四本とか六本になって、地表を高速で歩いているような感覚に近かった。風を切る感覚というよりは、歩幅が異様に大きくなっているという表現のほうが正確だった。加えて前提として視界そのものが、人間の眼が捉えているような近くのものが大きく遠くのものが小さく見える視界ではなく、チェスの盤を斜め上から俯瞰するように一帯を眺めているものになっているので、乗り物に乗って「走る」という感覚とはかなり異なっていた。ただ、僕はこのときとても、とても自由になったように感じた。ほとんど人が歩いていない、そして自動車も走っていない無人に近い真夜中の国道を、まるで神様のような視点から自分自身の身体を半ば客観的に見ながら、そして駒のように自在に動かす――。大げさに言えば、僕はこんなに自由に世界に触れていいのかと、心のどこかで感動していた。

そして僕たちの速度と奴らの速度が近づいてくると、ぼんやりとしていた「怪人」の姿が前方にはっきりと見えてきた。ヒデさんと僕は一度奴らとすれ違ったあと、大きくUターンして「奴ら」に追いつくように走った。「奴ら」――怪人たち――は一見、ゆっくりとぞろぞろ歩いているように見えるのだけれど、それはあくまで僕たちの世界に置き換えたときの速度で、「奴ら」の世界での移動は速かった。そのため「奴ら」に追いつくためにはさらにブラフ・オルタナティブを加速することが必要だった。そして怪人たちと僕たちの速度差がゼロに近づいたそのとき、僕は右斜め前方にはっきりと三体の怪人たちを目にした。その三体は僕たちの走る国道の反対車線にいるように見えたし、同時に「向こう側」の世界にもいた。僕はその怪人たちの像を強く念じた。先を走るヒデさんに、そしてビットの攻撃を準備しているはずの由紀子に怪人の相対的な位置を、その色と形を強く念じた。

〈見えた………!〉

その念じたものが由紀子に、そしてヒデさんに「共有」されたのが分かった。まるで、Bluetooth通信で情報を転送するときのように「つながった」ような感触だった。

次の瞬間に、先頭の一体がグシャッとした音と一緒に破砕されたのが感じられた。僕を見ていた怪人の「視線」が消滅したのだ。あの漏斗のようなものが飛び交うのが一瞬見えて、由紀子が遠距離から怪人を仕留めたのだと分かった。

そして残った二体のうちの一体が、より強い排除の意思を向けた。それは、僕ではなく前を走るヒデさんに向けられたものなのが分かった。怪人の腕にあたる部分がしゅるしゅると伸び、そして五つか六つに分かれて広がり、まるでイソギンチャクの触手のようにヒデさんを襲っていった。危ない、と叫ぼうと思ったけれどそれより前に信じられないことが起きた。ヒデさんは、まるで予期していたようにその怪人からの攻撃を避けたのだ。それも高速で走行中のブラフ・オルタナティブから真上にジャンプして触手をやりすごした。そしてヒデさんの変身体はブラフ・オルタナティブから飛び上がったまま、サーカスのトランポリンアクションのように空中で一回転し、そして一体の怪人に対して急降下した。飛び蹴りと言えばそうなのだろうが、ほとんど自らの長躯を弾丸にした体当たりだった。流星のようなヒデさんの変身体――オルタナティブな身体――が一体の怪人の身体を貫き、爆砕していた。それは完成された、鮮やかな必殺技だった。

〈残り一体だ。時間がない。視界に入れられるか――?〉

ヒデさんの戦闘力に圧倒されていると、カバパンの声が脳内に響いた。

〈分かりました。もう一度視認します――〉

僕は視界を動かして、最後に残った怪人を「見た」。しかし怪人はまるで、僕の視界から逃れるように移動を始めた。僕はブラフ・オルタナティブを大きく右に旋回させた。僕がいま共有した「眼」の情報で、由紀子かヒデさんのどちらかが――おそらくは由紀子が――怪人に攻撃を加えるはずだったが、それが成功するとは限らない。僕はもう一回、残り一体の怪人を視界に収めるために相対的な距離を詰めるべきだと判断した。僕はブラフ・オルタナティブを加速して怪人に接近した。すると、怪人が正面に見えた腕を十字に組むのが見えた。その排除の意思が僕に向けられたものだと感じたときには、光が見えていた。光線を撃たれたと思ったのと、視界の中でその怪人に由紀子の放ったビットが殺到したように見えたのがほとんど同時だった。そして、僕の視界は光に包まれた。

※

僕は部室にいた。

窓が開いていて、遠くからブラスバンド部の練習する音が聞こえていた。文化系の部室が並ぶ旧校舎にはどの部屋にもエアコンがなくて、だから夏場はこうやっていつも窓を開けっぱなしにしていた。そして僕はこうやって窓を開けて、校内の雑多な音が部室に入ってくるのが好きだった。一人一人はどちらかといえば好きじゃない生徒や教師たちの声や彼らの立てる音も、こうして遠くから聞こえてくるのは悪くないといつも思っていた。

そこには僕のほかに、藤川だけがいた。いま思うと僕は藤川に話すべきことがたくさんあったはずだった。しかし口から出たのはどうしようもなく他愛のないことばかりだった。夏休みが終わる前に国道沿いにできた東京の有名なラーメン屋のチェーン店に並ぼうとか、僕の好きなアニメのポップアップストアが駅前のビルにできたのでそこに行こうとか、そういった話だった。僕は一緒に原チャリの免許を取って、カブを買ってツーリングに……という話を今日こそしようと思ったけれど、タイミングがうまく取れなくてモゴモゴとしてしまった。そしてモゴモゴとしながら、僕はなんだか泣きたくなってしまっていた。

このときの僕は藤川がもういなくなってしまったことはすっかり忘れてしまっていた。だから僕が泣きたくなってしまったのは、もし仮に一緒にツーリングに出かけたとしても、つい数ヶ月前までの関係には戻れなくなってしまったことが、この他愛もない会話で改めて分かってしまったからだ。僕たちはどちらからともなく適切な距離を探して、他愛もない話を始めてしまっていた。その結果として、本当に話さなくてはいけないことに、たどり着けなくなってしまっていた。だから僕は、一生懸命話題を変えるきっかけを探した。しかし、どうしても言葉が出てこなかった。藤川が、それを望んでいないことが、伝わってきたからだ。

本当に話さなくてはいけないことを話してしまったら、僕たちはもう親友ではいられなくなる。そのことが僕にも、藤川にも分かっていた。だから藤川はその話題を避け、そして僕も踏み込めずにいた。それは藤川の優しさのようなものなのだと、僕は思った。

そして気がつくと、僕は図書室にいた。正確には併設された図書準備室にいた。そこは僕と葉山先生がいつも本の貸し借りをしていた場所で、このときも彼女はそこにいた。僕は葉山先生にも言いたいことがたくさんあった。しかし、やっぱり僕は何から話してよいか分からなくなってしまった。そして僕がまごついているうちに、彼女が話しかけてきた。

「森本君ってさ、ああいう子が好きなんだね。なんか、納得というか……安心しちゃった」

葉山先生が、いきなり井上のことを言うので僕はドキッとしてしまった。

「安心したなんて、大人の言いそうなことですよね」

僕は照れ隠しに、憎まれ口を叩いた。

「森本君は意外と寂しがり屋だから、井上さんみたいな世話焼きな人が合うのかもしれないね」

井上の名前がはっきりと出たところで、僕は一気に恥ずかしくなった。そして少し、嬉しくなった。ずっと自分が井上のことを葉山先生に話したかったのだと、僕はこのとき気づいた。

「僕はたぶん……このあとこの街からいなくなることになるから……それでまだ付き合ってもいないのに遠距離みたいなことになるのって、結構致命的なんじゃないかとか、そういうの心配になって……」

「何それ。森本君もそんな可愛らしいこと考えるんだ」

そして葉山先生はおかしくて仕方ない、と言わんばかりに笑いを堪えながら僕に言った。

「森本君が誰かのことをそんなふうに言うの、聞きたくなかったな」

それは、僕が葉山先生から最後に聞いたものと同じ言葉だった。しかしその意味は、まったく異なっていた。僕は恥ずかしくなって、何か慌てて言い返そうとした。照れ隠しに、何かひねくれたことを、大人がドキッとするような言い回しで言おうとした。でも、口がうまく動かなかった。

※

目が覚めると、僕は熱気と光の中にいた。それが朝の太陽のせいだと理解したのは、遠くで蝉が鳴いていたからだ。既に日差しが強く照りつけていて、コンクリートに接している手足や背中はジリジリと熱くなっていたけれど、僕の後頭部は何か柔らかいものの上に乗っていた。それが誰かの膝の上だと気づいたのは、静かな息遣いが聞こえてきたからだ。

もしかしたらそこは夢の続きで、葉山先生の膝の上に僕はいるんじゃないかと思ったけれど、すぐにそれはないと打ち消した。一瞬だけ、心配になって戻ってきた井上が介抱してくれているのではという考えが頭をよぎった。そしてもし本当にそうだったらと思うとドキッとした。付き合ってもいないのに、膝枕など許されるのだろうか……。そしてなし崩し的に膝枕が行われたということは、なし崩し的にその先にあるべき展開に進むことが許されるのではないか……。そんな考えが一瞬で浮かんだ。

あるいはこの膝がもし由紀子のものだったらどうしようか、とも思った。状況的にはむしろその確率のほうが高いはずだった。意外な展開だが、なしではない。なしではないけれども……。どちらにせよ、悪くない未来がそこに待っていると判断した僕は意を決して目を開いた。

「よかった！　気がつきましたね！」

ヒデさんだった。

茶色く日焼けした顔と白い歯が、満面の笑みで僕の視界に広がっていた。

なんで男のくせに、それもかなりの筋肉質なのにこんなに太ももが柔らかいのかと文句を言おうと思ったけれど、善意で膝枕をしてくれていた人にこんな理由で文句を言うのはさすがに筋違いだと思って、やめた。ヒデさんはどこから調達してきたかまったく分からない女物の日傘を畳みながら、僕に言った。

「理生っち、どこか痛くないですか？　見たところ、怪我はないみたいだけれど……」

「怪人たちは……あと、北岡は？」

半身を起こすと、少し離れたところでカバパンと由紀子が何かを話していた。顔つきは真剣だったけれど、戦闘中のような緊張感はなかった。あたりを見回すと怪人たちの死体はもちろん、破壊されたバイクとバンの残骸、そして北岡の姿も見当たらなかった。まるで、夜の間に起きたことが、何もなかったかのように片付けられていた。ところどころ地面に残るタイヤの跡や焼け焦げた部分が、それが夢ではなく、実際にあったことなのを物語っていた。

「大丈夫ですよ。もう一通り、片付いていますから。こういうの、手伝ってくれる人たちがいるんです」

僕が三回目の「発作」を起こしたあの夜――「怪人」たちの襲撃を受けたであろうあの夜――も、こうやって数時間で「処理」が行われたのだと僕は思った。チーム・オルタナティブの所属する「秘密結社」は、それなりの規模と組織力を持っているのだ。

「お、気がついたか」

そのカバパンの日常的な、気の抜けた声がすべてが終わったことを証明していた。

「体調はどう？　さすがに、はじめての変身は堪えたんじゃない？」

由紀子に言われて、僕は自分がオルタナティブな身体に変身して怪人と戦ったのだと改めて実感した。

「堪えたもなにも……。これ、新手の児童虐待的な何かですよね？　高く付きますよ」

僕はカバパンを睨んで言った。

「森本君が憎まれ口を叩くのは元気な証拠だから、安心した」

由紀子はおかしそうに言うと、僕に歩み寄ってきた。そのこみ上げるものを噛み殺すような笑い方が、さっき夢の中で見た葉山先生のそれに少し、似ていた。

「これ、壊れていないと思うけれど……」

そして由紀子は僕のスマートフォンを手渡してくれた。たぶん、僕が倒れていたところに落ちていたのだろう。とりあえず電源を入れてみると、すぐに起動した。そして、メッセンジャーに大量の通知が来ていることに気づいた。

「やばっ、五十八件来ている……」

井上だった。

「五十八件ってすごいな」

カバパンがすっとんきょうな声を上げる。

「昔、俺の友達がヴィパッサナー瞑想の修行で他人と言葉を交わさずに修行する合宿を終えて十日ぶりにスマートフォンを返却されたあと、怒濤のように俺にメッセージを送ってきたことがある。そのときの通知がちょうど五十八件だった。綾乃にとって、この数時間は十日間の修行に匹敵したということだな」

「綾乃にどこまで話すか、ちゃんと考えないとね。何も話さないわけにもいかないけれど、これ以上巻き込むこともできないから」

カバパンのよく分からない過去の体験談をさくっと無視して、由紀子が僕に告げた。僕は由紀子のその言葉が、既に僕を仲間として認識しているものであることに気がついた。少しむず痒かったけれど、悪い気はしなかった。

怪人たちを倒して気が緩んだのか、三人組はそろって上機嫌だった。

「オリジナルの妨害が入ったり、バイクやバンがダメになったり、いろいろあったが結果的には大勝利だ。本当にここでこの群れを全滅させることができるとは思わなかった。基本的には俺の天才的な采配の結果だが、お前たちの働きも十分賞賛に値するな」

「森本君、いきなり無理させちゃってごめんね。とりあえず、先生に高いもの奢ってもらおう。私たちにはその権利があるはずだから。私、中華がいいな。いや、やっぱり焼肉とかお寿司でもいいかな」

「由紀子ちゃん、お腹空いてるんですか？　冷蔵庫にある豚バラ肉、今日食べないとマズいんですよね。冷凍しちゃおうかなあ。でも、引っ越しがあるんだよなあ……。分かりました。ここはオレが腕によりをかけて、回鍋肉を作りましょう！」

そしてこのあたりで僕もいい加減気づいてきたのだけれど、この三人の会話は基本的に嚙み合っていなかった。

「お前たちも、よく学ぶといい。優れた戦略とはむしろ詩を詠むことに、あるいは物語を語ることに似ている。本来は言葉では指し示すことのできない、しかし確実に世界に存在する物事を、言葉の組み合わせを用いて近似的に表現する。それが文学だ。そしてこの夏に展開した俺の戦略は、もはや文学の域に達したと言っていいだろう……」

「引っ越しまでに予約取れそうなところで、Googleの口コミが百件以上あって評価点が平均4・0以上のところ、そして一人あたりの予算が三万円以上のところだと、フレンチか中華になるね……。でも森本君は、やっぱりお肉か寿司が良いよね？」

「そうだ。庭の枝豆、まだ最後の収穫が残っているんですよ。少し早いけれど、せっかくだから食べちゃいましょう。ただ茹でて食べるんじゃないほうがいいよなあ。ペーストにして、パスタソースを作るのはどうですか？　パンに塗ってもおいしいですよ」

そしてこの嚙み合わない会話は、四人目が介入しないと生産的な方向に進展しないことは明白だった。

「…………とりあえず、お腹空いたし、座りたいのでどこか近くのお店に入りませんか？」

※

結局、国道沿いの牛丼屋に来た。バンと一台のオートバイが大破し、残った二台のオートバイも修理のために引き取られた僕たちには、「足」がなかった。その結果として、戦闘のあったモールの駐車場から数百メートル離れた大手牛丼チェーン店に入ることになった。本当はドリンクバーのあるファミリーレストランが良かったけれど、仕方なかった。年齢も性別もばらばらで、しかも身体中が泥だらけで擦り傷だらけの僕たちを、出迎えたアルバイトらしい店員のお兄さんはひと目見て不審者の集団の類だと判断したらしく露骨に嫌そうな顔をしたが、すぐに飲食店のプロらしい無関心さを装って案内してくれた。そして僕たちは店の奥に二つある四人がけのテーブルのうち片方を四人で占領することになった。

席に着くと由紀子はメニューも見ずに、牛丼アタマの大盛りの豚汁セットを注文した。カバパンは朝こそ糖質を制限することで自分をより高みに導くのだという持論を展開しながら牛皿定食のご飯抜きに、追加牛皿と生卵、そしてキムチを頼み定食の味噌汁を豚汁に変更して、さらにごぼうサラダを付けた。ヒデさんは肉だく牛スパイシーカレーの大盛りに生卵をつけ、そしてごぼうサラダとポテトサラダを両方つけ、さらに豚汁を追加した。そのヒデさんの注文を聞いて、由紀子が「やっぱり私も」と言ってごぼうサラダとキムチをつけた。僕は三人の注文を聞きながらこの人たちは虫の眼とか変身とかとあまり関係なく、基本的に欲望が強い上にそれを追求することにあまりためらいのない人たちなのではないかと思った。

そして僕は並盛りの牛丼セットを汁だくで頼み、少し考えて味噌汁を豚汁に変更して、ネギラー油と納豆を追加した。

「……高校生のくせに、凝った注文するじゃないの？」

由紀子はなぜか上から目線で、僕の注文にコメントした。

「ネギラー油……その手があったか……。しかし納豆というのは安直だな。俺ならここで、むしろねぎだくの玉ねぎを別皿で頼む。投下するタイミングは……」

「オレ、庭の畑で九条ネギを育てているんですよ。あれ、いろいろ使えるんですけれど、シラスと合わせてピザの具にするのがいちばん好きで……」

カバパンが聞いてもいないのに講釈を始め、ヒデさんがほぼ関係ない話を始めた。僕はこのあたりでこの三人のそもそも噛み合わせる気のない会話に付き合うことに、若干の疲れを感じ始めていた。

腹がある程度膨れてくると、自然と話題は今後のことに移行していった。そして、僕は重大なことに気づいていた。

「問題は、未成年者を合法的かつコミュニケーションコストを抑えながらどう連れていくかだ。やっぱり、研究所の特待生に選ばれた、みたいな筋書きかな……。こいつの成績を考えると少し無理があるが……。その、ＡＯ入試的な何かという設定で乗り切るしかないかもな」

いつの間にかこの人たちの中では僕がこれから自分たちについていき、チーム・オルタナティブの一員として活動することが既定のことになっているようだった。

「森本君、この筋書きで親御さんは納得しそう？　お仕事は何しているんだっけ？　こういうのに詳しい人だと、もっとしっかり偽装しないと難しいかも……」

そしてカバパンも由紀子も、最初から僕の両親を騙して僕を連れていく気満々で、かつそのことにまったく倫理的な問題を感じていないようだった。

「大丈夫ですよ。ご両親が心配したら、オレが出かけていって誠心誠意話しますから」

ヒデさんの提案は気持ちだけをありがたく受け取ることにして、僕は恐る恐る尋ねた。

「……あの、一応聞きますけれど、やっぱり僕ってもうチーム・オルタナティブの一員ってことになっちゃっているんですか？」

「安心していいですよ。理生っちのバイクもすぐに手配されるはずだから」

ヒデさんの文脈を理解していない発言は、例によって全員が無視した。

カバパンはフン、と喉を鳴らして言った。

「逆に聞くけれど、元の暮らしに本当に戻りたいのか？　ここまで知ってしまって、あんな体験をしてしまったお前が」

バカなことを言うな、と言わんばかりの口調だった。そして、由紀子が補足した。

「あれはテーマパークへの遠足でも観光旅行でもない。いつか戻ってくるようなタイプの体験じゃない。これが私たちの日常なんだよ。そして君のこれからの日常になる……」

由紀子はそう言って、最後に付け加えた。

「でも、悪くないと思ってるでしょ？」

由紀子は、見透かしたように笑った。僕は何か言い返そうと思ったけれど、うまく言葉が出てこなかった。それはたぶん、由紀子の言ったことがその通りだったからだ。

「そう、重く捉えるなよ」

カバパンは満足気に言った。

「このチームでの運用はせいぜい向こう一、二年の予定だ。オルタナティブ・トランスレーターもその運用システムも、まだまだ試験段階だからな」

むしろ僕はカバパンが逆に年単位で僕を拘束して、チーム・オルタナティブの活動に巻き込むつもりなのにびっくりした。

「え？　じゃあ進学とかどうなるんですか？　一応、来年は受験生なんですけど……」

「一浪とか二浪とか、気にするようなことじゃないだろ」

人命がかかっていることなのに何を言っているんだと言わんばかりの態度だった。いや、それはその通りなのだけど……

「いや、気にしますよ。そりゃ」

「由紀子だって普段は大学院に所属しながら俺の指導で、オルタナティブ・システムについての論文を書いている。こうやって数ヶ月単位で遠征することも多いから、なかなか研究のほうが進まないけれど、ちゃんと来年には修士論文を出せる見込みになっている」

「そうですよ。オレも毎日応援しますから、受験と怪人と戦うの、絶対両立できますって」

ヒデさんがドン、と胸を叩いたが僕はその前にカバパンが口にしたことを聞き逃さなかった。

「ちょっと待ってください。いまさらっと、大事なこと言いましたよね……？」

受け流そうかと思ったけれど、やっぱり気になって指摘してしまった。

一瞬、カバパンと由紀子が目を合わせ、そしてどちらからともなくそっと視線を外したような気がした。

「板倉が大学院生って……。どういうことですか？」

由紀子が下を向いて、沈黙した。顔が少し赤くなっていた。カバパンは面倒臭そうに頭をボリボリかき始めた。

「念のために聞きますけど、海外の大学で飛び級しているとかじゃないですよね？」

「何言ってるんですか。ひどいなあ」

ヒデさんがニコニコしながら僕に突っ込んだ。

「由紀子ちゃんに失礼ですよ。どう見たって、十代じゃないでしょ？」

まったく論点を理解していないヒデさんの一言が、場の気まずさを加速度的に進行させた。

「もしかして……本当は大学院生なのに高校生のフリ、していたんですか？」

僕は震える声で尋ねた。

誰も、何も答えなかった。由紀子は下を向いたまま目をそらし、カバパンはバツが悪そうに口元を手で覆った。そしてヒデさんは何を当たり前のことを確認しているのかと言わんばかりにニコニコと笑っていた。状況は、確定的だった。

「一学期の間ずっと、高校生のフリをして学校に通っていたんですか？　制服着て？　十代になりきって？」

思わず大きな声が出てしまった。あまりに驚いたので、その後何度も「ええっ」と声を上げてしまった。僕の動揺が予想以上に激しかったせいか、場が完全に静まり返ってしまった。

由紀子は年齢に比して大人っぽい少女なのではなく、単に僕たちよりも大幅に加齢した大人だったのだ。そして飲酒も自動車の運転も、完全に合法だったのだ。警察は彼女の飲酒や運転を見逃したのでもなければ黙認したのでもなく、単に違法性がないので取り締まらなかっただけなのだ。少なくともこの点については、完全に法は遵守されていた。しかしその一方で何か法律を守ることよりも大切なものを、彼女は失ってしまっているような気がした。

二十秒ほどの沈黙を経て、由紀子は少しずつ話し始めた。

「森本君……引いてるよね。やっぱり。ドン引きだよね。うん……分かるよ。だって、私もさすがにおかしいと思うもの……。六歳もサバ読んでいるんだからね。二十三歳が十七歳のフリしてはしゃいでるのって、さすがにビックリするよね……」

「由紀子ちゃん、自分の歳を間違えたらダメですよ。誕生日五月なんだから、もう二十四歳になったじゃないですか」

なんの悪意もなく、ヒデさんが真実を告げた。由紀子が間違えたのではなく、さり気なく一歳分サバを読んだのが、僕にも分かってしまった。

「二十四歳って……僕たちよりも葉山先生とかのほうに歳が近いですよね？　それで、僕たちと一緒に部室でたむろったり、合宿行ったりしていたんですか？」

再び沈黙が、場を支配した。

由紀子は、割り箸を丼の上に置くとカッと目を見開き、僕の隣に座るカバパンを睨みつけた。

「……だから嫌だって言いましたよね、私。普通に新任教師とか、教育実習生として潜入したいって、何度も何度も言いましたよね？　でも、教師じゃなかなか接近できないから同級生が必要だってどうしても言うから……！」

「え？　俺が悪いの？」

カバパンが、まさか自分に矛先が向くとは思っていなかったと言わんばかりに不服そうな声を出した。

「由紀子だってノリノリだったじゃん。意外と女子高生に見えるとか、制服が似合いすぎてやばいとか、はしゃいでいたくせにさ」

「それはそうでもしないと、自分がものすごく惨めだったからで……。やっぱり最初から無理だったんだな……」

由紀子は最後の「無理だった」という言葉を、腹の底から出していた。人間が、こんなに自分の行為を後悔しているところを僕は生まれてはじめて目にした。僕はふと、ヒデさんを見た。文脈というものを基本的に理解しない、何か人間として重要な部分が決定的に欠落しているこの人ならば、逆に無邪気かつ無自覚に由紀子をフォローしてくれるように思ったからだ。僕の視線に気づいたのか、ヒデさんは由紀子をなだめるように言った。

「由紀子ちゃん、ごめん……。オレもずっと無理があるよなーって思っていたんだけれど、由紀子ちゃんがものすごく制服着て楽しそうにしていたり、何枚も自撮りしたりしているのを見て、さすがに本当のことを言ったらすごく傷つくと思って、言えなかったんだ……」

おい、ここに来てそれはないだろうと僕は叫びそうになった。

「訴えてやる」

由紀子は肩を震わせて言った。

「訴えてやる。ハラスメントで訴えてやる！」

「違うだろ？　二十四歳より十七歳が価値があるなんて、誰が決めたんだ？　俺は由紀子の挑戦を誇りに思っている。むしろ制服も女子高生っぽいメイクも女子高生っぽいしぐさも、大人の成熟した女性があえてそれをすることで新しい魅力を引き出すことができる……そのことを自分は証明したのだと主張するべきなんじゃないかな」

カバパンは明らかに面白がっていた。

由紀子は叫んだ。

「絶対に、絶対に訴えてやる！」

「大丈夫ですよ。由紀子ちゃん。正直言ってぜんぜん十代に見えなかったけれど開き直って思いっきり、高校生っぽくはしゃいでいるの、なんていうか痛々しいというか、見ているこっちがつらくて……。だからみんなもきっと、由紀子ちゃんがすごく無理していたの分かってくれるはずだし、可愛そうな人なんだなって思ってくれるはずだから、何の心配もいらないですよ」

ヒデさんがまったくフォローになっていないフォローを入れた。そしておそらく善意100%のその言葉が由紀子に改めて残酷な世界の真実を告げて、とどめを刺した。

「辞めてやる。絶対にこんな仕事辞めてやる。今度こそ辞めてやる！」

由紀子が大きな声を出して、さっきから僕たちのテーブルをものすごく嫌そうに眺めていた店員のお兄さんがいよいよカウンターの向こう側からこちらに向かってきそうな挙動を見せていた。僕は先手を打って席を離れて、彼の前に飛び出した。

「ごめんなさい。本当にごめんなさい。すぐに、すぐに会計して出ますから……」

僕は、露骨に苛立っている店員のお兄さんに頭を下げた。

その背後ではカバパンが大笑いし、そのカバパンに由紀子が怒声を上げ、そしてその由紀子をヒデさんがまあまあ、となだめていた。

入口の自動ドアが開いて、カウンターで食べていた客が店を出ていった。朝日と一緒に入り込んできた風には少しだけ涼し気な、秋の空気が混じっていた。僕はこの夏が終わるとこの街を離れるのだろうな、とこのとき思った。思いながら僕は新しい三人の仲間たちの騒がしいやりとりを背に、ひたすら頭を下げ続けた。おそらくは心底迷惑だと感じているであろう店員のお兄さんに頭を下げ続けながら、僕はなんとなくこのチームでの自分が果たすべき役割が分かったような気がした。

〈了〉

この小説には僕がこれまで親しんできたたくさんの作品から受け取ったさまざまなものが、思いっきり詰め込まれています。氷室冴子の『海がきこえる』、吉田秋生の『夢みる頃をすぎても』『河よりも長くゆるやかに』『吉祥天女』、大林宣彦監督の『転校生』『時をかける少女』『さびしんぼう』の尾道三部作と『青春デンデケデケデケ』、光瀬龍の『百億の昼と千億の夜』、そして何より敬愛する井上敏樹の手掛けた『仮面ライダー』『スーパー戦隊』シリーズの諸作品……これらの作品から得たものは、僕という人間を内面から、それまでとは異なる存在に「変身」させてきました。そしてこの小説はこうして「変身」させられてしまった僕がこれらの作品への返歌を、これまで書いてきた批評と呼ばれる文章とは異なるかたちでまとめたものです。それは僕が思っていたよりも遥かに苦しく困難な、しかし圧倒的に楽しく充実感のあるまさに「想像力の必要な仕事」でした。この小説を書くことは、これまでとは異なるかたちで僕を再び「変身」させてくれたように思います。改めて僕という人間を形成してくれたこれらの作品とその創り手たちに、感謝の意と敬意を表したいと思います。

２０２３年秋　出張中の京都にて

宇野常寛

初出　「HB」2022/1～2023/6　全18回

本文組版　一企画
校正校閲　鷗来堂

## 宇野常寛

（うの・つねひろ）

評論家。1978年生。批評誌〈PLANETS〉編集長。著書に『ゼロ年代の想像力』（早川書房）、『リトル・ピープルの時代』（幻冬舎）、『日本文化の論点』（筑摩書房）、『母性のディストピア』（集英社）、『若い読者のためのサブカルチャー論講義録』（朝日新聞出版）。石破茂との対談『こんな日本をつくりたい』（太田出版）、『遅いインターネット』（幻冬舎）、『砂漠と異人たち』（朝日新聞出版）、『ひとりあそびの教科書』（河出書房新社）など。立教大学社会学部兼任講師も務める。

# チーム・オルタナティブの冒険《ぼうけん》

2023年11月30日　第1刷発行

著　者　宇野常寛《うのつねひろ》
発行人　清宮 徹
発行所　株式会社ホーム社
〒101-0051　東京都千代田区神田神保町3-29 共同ビル
電話　編集部　03-5211-2966
発売元　株式会社 集英社
〒101-8050 東京都千代田区一ツ橋2-5-10
電話　販売部 03-3230-6393（書店専用）
読者係 03-3230-6080

印刷所　TOPPAN株式会社
製本所　加藤製本株式会社



The Adventures of Team Alternative

Printed in Japan　ISBN978-4-8342-5378-8　C0093